KB013021

# 어떤 계모님의 메르헨

*Which stepmother's Märchen*

냥이와향신료 장편소설

# 어떤 계모님의 메르헨 Ⅰ

낭이와향신료 장편소설

초판 1쇄 찍은 날 | 2018년 12월 21일
초판 2쇄 펴낸 날 | 2021년  3월 31일

지은이 | 낭이와향신료
펴낸이 | 권태완 우천제

편집책임 | 박은정
편집 | 박가연 김효주 천희진 유안진

펴낸곳 | (주)케이더블유북스
등록번호 | 제25100-2015-43호
등록일자 | 2015. 5. 4
WFN | 제3-035호

주소 | 서울특별시 구로구 디지털로31길 38-9 에이스테크노타워 1차 401호
전화 | 02-867-4626 팩스 | 02-866-4627
E-mail | cl_production@naver.com

ISBN 979-11-293-2339-2 04810
      979-11-293-2338-5 (set)

# 어떤 계모님의 메르헨 I

*Which stepmother's Märchen*

냥이와향신료 장편소설

위츠북

# Contents

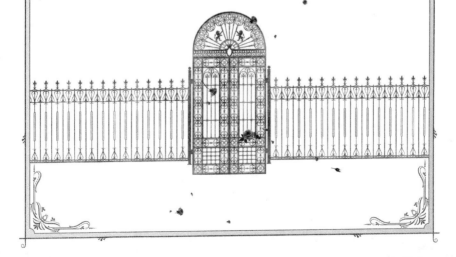

## Prologue
## 어떤 계모

철혈의 미망인, 거미 과부, 남자 사냥꾼, 노이반슈타인 성의 마녀, 귀부인들의 수치…….

저 많은 호칭이 대체 누구를 가리키고 있는 거냐고? 다름 아닌 나, 슈리 폰 노이반슈타인 후작 부인을 가리키고 있는 거다. 우리 제국에 나만 한 별명 부자가 또 있을까?

……그다지 자랑스러운 별명은 아니란 거 나도 잘 안다. 하지만 남들이 떠드는 말엔 신경 쓰지 않은 지 오래인걸. 사람들이 나에 대해 뭐라 떠들든, 무슨 이야기를 하든 중요한 게 아니니까.

중요한 건 오로지 내가 노이반슈타인 가문과 자식들을 이날 이때까지 무사히 지켜 냈다는 사실이다.

그래, 나는 결국 그와의 약속을 끝까지 지켰다.

물론 현실적으로 내 동생뻘에다 피 한 방울도 섞이지 않은 녀석들을 자식이라 칭하기에는 좀 많이 어색한 감이 있지만, 어쨌든 법적으론 엄연히 내 자식들이 맞다. 비록 그것들이 아직까지 한 번도 날 어머니라 부른 적이 없다 한들, 나는 그 속 썩이는 짐승 새끼 같은 네 자식을 어엿하게 키워 냈다 이거지.

그리고 내일은 마침내 이때까지 나의 고생과 노력이 결실을 맺는 날이다. 무슨 날이냐고? 바로 첫째 아들내미 제레미가 결혼하는 날이다!

자타공인 노이반슈타인의 사자이자, 황태자의 검 되시는 그 녀석은 혼례 서약을 맺는 즉시 제 아버지의 유언에 따라 드디어 어엿한 노이반슈타인 후작이 되는 것이다. 게다가 상대는 황도 제일 미녀라는 하인리히 공작가 영애다.

아아, 새삼 감격의 눈물이 차오른다. 고 녀석이 홍역에 걸려 다 죽어 가던 어린 시절이 바로 엊그제 같은데, 언제 이리 다 컸나.

독하기 이를 데 없이 헤쳐 나왔던 무수한 나날이여, 내 드디어 그 개고생의 보람을 느끼게 되는구나! 지난날을 기념하며 축배를 들자!

……라는 것은 나의 엄청난 착각일 뿐이었다.


누가 그랬던가. 사람이 너무 기가 막히면 되레 아무 생각조차 할 수가 없어진다고. 지금 내 상태가 딱 그렇다. 아무런 말은커녕 무슨 생각을 해야 할지조차 모르겠다.

"방금 뭐라……."

"말씀드린 그대로예요. 그이가…… 어머님께 결혼식에 행차하실 필요 없다 전해 달라 했어요."

하얗게 변한 머릿속을 부여잡고 간신히 입을 떼려는 나를 가로막으며 차분히 덧붙이는 이 아름다운 아가씨는 바로 제레미의 약혼녀이자 내

일 진행될 세기의 결혼식의 주인공, 오하라 폰 하인리히 공녀다. 구불구불 물결치는 창백한 백금발과 환상적으로 어우러지는 보라색 눈망울이 묘한 연민의 빛을 머금은 것처럼 보이는 건 내 착각일 뿐일까?

"제레미가 정말로 그리 말했다고요? 그런데 어째서 직접 전하지 않고……."

"지금 그이 정신없는 거 아시잖아요. 저도 겨우 틈이 나서 온 거라, 죄송해요. 저도 설득해 보려고 했는데……."

"잠깐, 잠깐만요. 그 녀석이 뭐라고 했든 나는 두 사람의 결혼식에 반드시 참석할 의무가 있어요. 그걸 그 녀석이……."

"정확히는 이렇게 전해 달라 했어요."

정말 내키지 않는 듯한 표정으로 숨을 잠깐 고른 공녀가 이어 또박또박 끊어 뱉듯 제레미의 말을 전했다.

"언제나 입버릇처럼 강조하시는 그 의무는 내일 저희가 서약을 맺는 순간 끝이 날 거라고, 하루라도 빨리 벗어던지는 편이 후련하시지 않느냐고요."

"……."

나는 잠시 넋이 나가 버린 채로 입을 반쯤 벌리고 있었다. 내가 그러한 꼴불견을 연출하는 동안 오하라는 안타까움 반 질책 반이 섞인 표정으로 내 시선을 마주할 뿐이었다.

대체 뭐라고 대꾸해야 하지? 뭐라고 말해? 이런 경우는 겪어 본 적도, 상상해 본 적도 없어서 뭐라고 대답해야 할지 모르겠어.

내가 아는 제레미는 이런 말을 남을 통해 전달할 사람이 아니었다. 그 녀석에게는 시건방지게 앉아서 예의 그 사람 속 박박 긁는 비아냥거림과 이죽거림을 면전에 대고 날리는 쪽이 어울렸다. 그런 녀석이 제 동생들도 아닌 약혼녀를 통해 이리 전달할 정도라면…….

더는 얼굴도 마주하기 지긋지긋하다는 의미일까. 내일이면 여태까지의 허례허식조차 필요 없게 될 테니, 직접 대면하고 말을 섞는 것조차 성가시다는 것일까. 설마, 설마 그렇게까지……. 말을 하려고 입을 여는데 목소리가 쩍쩍 갈라져서 나왔다.

"대체 왜 그런……."

"솔직히 좀 너무한 처사죠. 저도 그렇게 생각했어요. 하지만 그이가 워낙 완고한 걸 어떡해요……. 그리고 죄송하지만, 이렇게 된 데에는 부인의 책임도 어느 정도 있다고 생각해요."

상당히 되바라진 언사였으나 나는 불쾌함보다는 당혹감을 느끼고 있었다. 답답하다는 듯 짧게 한숨을 내쉰 예비 며느리가 이제 긴 속눈썹을 내리깔며 저보다 고작 네 살 위인 예비 시어머니를 향해 질책 어린 목소리로 읊조렸다.

"사교계에서 부인의 이미지가 어떤지 잘 알고 계실 거 아니에요. 물론 저야 어머님이 좋은 분이란 거 알고 있지만, 대부분의 사람은 그렇게 생각하지 않죠. 그이가 어머님을 원망하는 것 역시 객관적으로 당연한 일이니 어쩔 수 없고요."

"제레미가 나를 원망해요?"

"……솔직히 부인께선 전 후작님과 사별한 지 한 달 만에 애인을 들여앉힌 분이시잖아요. 그 무수한 스캔들 하며, 그이와 피를 나눈 친척분들도 얼씬도 못 하게 차단하셨다면서요. 조카들 얼굴 한 번만 보여 달라던 고모님도 내쫓으시고…… 그러니 원망할 수밖에요. 왜 그리하셨어요?"

그러게, 내가 왜 그랬을까? 이유야 많다. 하지만 입 밖으로는 한마디도 나오지 않았다. 내가 여기서 오하라를 붙들고 무슨 변명을 한다 해도, 이제 와서 내가 그럴 수밖에 없었던 이유에 대해 구구절절 늘어놓는다 해도, 정말이지 무슨 소용이 있을까?

쿳잔등이 시큰거렸다. 아이들의 무심함에는 질리도록 익숙해졌다고 생각했는데, 왜 새삼 이리 구슬픈 기분이 이는 거지?

"누가 뭐라 하든 나는 그 애의……."

목구멍에 틀어박힌 아린 덩어리를 꿀꺽 삼키며 간신히 말을 잇는데 오하라가 재차 내 말을 가로막았다.

"그이는 단 한 번도 부인을 어머니라 여긴 적 없다는 거 알고 계시죠? 솔직히 말도 안 되는 소리긴 하잖아요."

……그래, 당연히 그렇지. 상식적으로 나보다 고작 두 살 아래인 녀석이 날 그렇게 여긴다는 건 말도 안 되지. 나도 동의한다고. 하지만……하지만…….

"물론 저는 앞으로 최대한 어머님과 잘 지내고 싶어요. 그러니 이번만 그냥 협조해 주시길 바랄게요. 한 번뿐인 결혼식에 잡음이 일어나는 건 바라지 않으니까. 이해하시죠?"

"……."

"그럼 저는 이만 가 볼게요. 아직 준비할 게 많아서……. 그래도 최대한 설득하려고 애는 써 볼게요. 다만 너무 기대하진 마세요."

마지막으로 안타깝다는 눈길을 내게 던진 오하라가 몸을 일으키는 동안 나는 그녀를 배웅할 생각도 못 하고 그저 멍하게 얼어붙어 있었다.

제레미, 제레미…….

내가 열네 살 나이로 이 후작저에 처음 발을 들였을 때부터 적의 가득한 눈동자로 나를 보았던 아이. 제 아버지의 장례식에서 꿋꿋하게 눈물 한 방울 안 흘리던 아이. 아무도 보지 않는 곳에서 혼자 몰래 목 놓아 울었던 아이. 홍역에 걸려 사경을 헤매며 내가 셀 수 없는 밤을 까맣게 태우게 만들었던 아이.

단 한 번도 내게 마음을 열어준 적 없었음에도 불구하고 내가 온몸과 마음을 바쳐 지켜 내려고 했던 어린 소년.

그 소년은 이제 더없이 낯선 장성한 청년이 되어…… 나를 내치고 있었다.

❊

검은 머리 짐승은 거두는 거 아니라고 했다.

……하지만 제레미는 금발이니까 검은 머리가 아니잖아. 말이 안 되는데? 그래, 자식새끼들 키워 봤자 다 필요 없다지. 역시 선조들은 지혜로우시다. 자식새끼들 키워 봤자 다 헛짓거리라고!

"마님, 괜찮으세요?"

"아니, 그웬. 나 진짜 못살겠어. 죽을 거 같아."

"마님……."

"……그 천하의 못된 놈! 천하의 못돼 처먹고 싸가지 없는 놈! 내가 저를 어떻게 키웠는데! 어떻게 나한테 이럴 수가 있어! 어흑흑, 그웬, 나 진짜 서러워서 죽을 것 같아……!"

내가 오죽하면 채신머리없게 하녀장을 붙들고 펑펑 울겠냔 말이다. 하지만 어쩔 수 없다. 하소연할 마땅한 친구 하나 없는 것이 내 처지이니.

하아, 내 신세도 참 처량 맞구나. 그간 뒤돌아볼 틈 없이 아득바득 달려오기만 해서 몰랐는데, 이제 와서 새삼 내가 얼마나 고독하고 외로운 사람인지 깨닫고 있다. 누구를 탓하리요. 그리 만든 것은 나 자신인데.

"그것들이 어떻게 나한테 이래!"

참으로 매정하게도, 둘째 엘리아스도, 막내 레온과 레이첼 쌍둥이도 제레미를 설득해 줄 기미는 눈곱만큼도 보이지 않았다. 되레 서로 눈치를 슬슬 보면서 한다는 소리가 글쎄 오지 말라는데 갔다가 망신당하면 더 웃기지 않느냐는 거다.

진짜 서러워서 미치는 줄 알았다! 아무리 그래도 그렇지 내가 저들을 어떻게 키웠는데 결혼식도 못 보게 하나!

그깟 결혼식은 안 가면 그만이다. 그러나 문제는 가고 말고가 아니다. 그것들이 나를 어떻게 여기고 있느냐가 문제인 거다!

속이 시끄러워서 그런지 식욕도 없었다. 나는 저녁 식사를 하는 대신 담요를 발에 돌돌 만 채 걸터앉아 창가에 기대어 멍하니 하늘만 바라보고 있었다.

이리 청승 떠는 것도 참 오랜만이다. 기분 탓일까, 9년 전 내가 처음 이곳에 왔던 날 밤의 하늘과 너무도 똑같이 보였다. 검은 잉크 빛 밤하늘에 수도 없이 박힌 반짝이는 별들……. 저 무수한 별이 바로 내가 이곳에서 흘릴 눈물의 양이라는 사실을 그때는 미처 몰랐다.

기억을 더듬어 유년기를 떠올릴 때면 언제나 똑같은 풍경만 스쳐 갔다. 도박과 투견에 미친 아버지, 추레한 현실을 그저 외면하기 바빴던 사치스러운 어머니, 마찬가지로 현실 인지 능력이란 조금도 없는 바람직한 난봉꾼의 새싹이었던 오빠. 눈덩이처럼 불어나는 부채로 가산은 빈털터리에 남은 것이라곤 이름뿐이었던 촌동네 자작가의 고명딸이 바로 나였다.

하나뿐인 딸을 어떻게든 최대한 부유한 집안에 시집보내려 기를 쓰던 부모님의 소원이 마침내 이루어진 때는 아이러니하게도 나의 열네 살 생일날이었다. 정확히 말하자면 수도의 사교계로 나를 진출시키려 안달이던 어머니 덕에 참석한, 비텔스바흐에 사는 이모님의 저택에서 열린 연회에서.

내가 자신의 첫사랑과 너무 닮았다고 말했던 한 남자. 그 남자는 내아버지 연배의 사람이었고, 전 부인과 사별한 경력까지 있었으나 '그' 노이반슈타인 후작이었다. 그는 나와 혼인하는 대신 우리 집안의 부채를전부 해결해 주겠다는 조건을 걸었고, 가족들은 뛸 듯이 기뻐하며 즉시승낙했다.

……그렇다. 나는 다름 아닌 내 가족에 의해 그 나이 먹도록 첫사랑을 잊지 못한 주책바가지 홀아비한테 팔린 것이다! 가기 싫다고 울고 짜는 나를 분수도 모르는 계집이라며 두들겨 팬 위인이 바로 내 부모란 작자들이다.

설상가상으로 남편에게는 사별한 전 부인과 낳은 자식이 넷이나 있었다. 장남 제레미와 차남 엘리아스, 막내 이란성 쌍둥이 레온과 레이첼.

내가 이 집안에 발을 들인 첫날부터 그 녀석들의 눈동자에 깃든 적의와 분노는 말로 표현하기도 어려웠다 해야겠다. 아예 대놓고 날 뭐 보듯취급하던 제레미는 그나마 양반이었다. 엘리아스는 툭하면 도를 넘은장난을 빙자한 괴롭힘으로 나를 들볶곤 했으며 쌍둥이는 툭하면 내게진짜 엄마 데려오라며 온갖 패악을 다 부려 대곤 했다. 크흑, 그 녀석들과 부대끼며 살아온 세월 동안 내 몸에 쌓인 사리가 몇 개나 되는지는신만이 아실 일이다.

흡사 도축장의 양처럼 팔려 온 신세인 내가 남편이라는 작자를 사랑할 수 있었겠나? 내 아버지뻘의 남자인 데다 나와 재혼한 이유도 순전히 내 얼굴이 자신의 첫사랑과 닮아서였는데?

그럼에도 그는 내게 친절했다. 언제나 항상, 지나칠 정도로 친절하고 사려 깊었다. 엄연히 부부였음에도 불구하고 내 몸에 손댄 적조차 없었다. 순전히 내가 바라지 않는다는 이유 하나만으로 말이다. 어찌 보면 그는 나를 산 거나 마찬가지였는데도 그랬다. 나는 내 가족에게서조차 그런 배려와 존중을 받은 적이 없었다.

비록 그를 사랑하진 않았으나 나름대로 감사와 존중하는 마음은 가지고 있었다. 우리의 결혼 생활 불과 2년 남짓 만에 그가 폐렴으로 숨지기 전까지, 우리 사이는 나름 호의적이고 부드러웠다 이거다.

후작이 위독하다는 소식을 듣고 몰려온 친지들을 전부 물리친 뒤 아이들까지 내보낸 그가 유언장을 받아 적게 한 이는 어린 아내인 나였다. 어쩌면 그건 나에 대한 그 나름대로의 마지막 배려였을지도 몰랐다. 아무도 진짜 후작 부인으로 취급하지 않는 어린 풋내기인 내가, 그가 죽은 뒤에도 이 후작저에서 존중받을 수 있게끔 취한 조치이자…….

내게 얹은 무거운 책임.

아직도 한 자 한 자 뚜렷이 기억하고 있다. 모든 가주의 권한은 슈리 폰 노이반슈타인 후작 부인에게 임시 위탁하며, 그것은 장남 제레미 폰 노이반슈타인이 성년을 넘기고 혼례를 치를 때까지 유효하다는 내용. 만약 그 전에 후작 부인이 사망한다면 노이반슈타인 후작가의 모든 것은 황실에 흡수될 거라는 짤막한 추신 역시.

방계 인사들이 뒤집히는 건 당연한 수순이었다. 가주의 권한이란 단순한 유산 상속과는 차원을 달리하는 엄청난 권한이니까. 제국법상 그 권한은 오로지 장자, 혹은 데릴사위 후계자에게 이어졌고, 후계자가 지나치게 어릴 경우에는 성년식을 치를 때까지 숙부나 백부 등이 위권을 대리하는 법이었다. 거기다 노이반슈타인이 어디 평범한 귀족가인가?

그럼에도 이제 겨우 성년을 맞은 어린 후처에게 소속 기사단을 움직이는 건 물론이요, 직, 방계에 관한 모든 크고 작은 문제에 손을 댈 수 있으며, 의회에 한자리 차지하고 앉아 목소리를 낼 수 있기까지 하는 그 모든 권한을 위탁한다는 내용의 유언장에 후작의 자필 서명과 인장이 찍힌 것이다.

다들 그가 미쳤다고 떠들었다. 나 역시 그가 죽기 전에 머리가 어떻게 된 게 아닐까 싶었을 정도였으니 오죽하랴.

남편은 죽기 전에 나에게 제 아이들을 부탁했다. 나를 어머니라 부르는 것 자체가 우스운 일인 아이들, 나아가 내게 어울리지도 않는 웅장한 후작저까지 온전히 내 몫으로 맡겼다. 그가 죽고 나면 기다렸다는 듯 호시탐탐 후작가를 집어삼키려 들 방계들로부터 무슨 수를 써서라도 지켜 달라 부탁했다. 나로 하여금 약속하게 만들었다.

그건 가히 만용이라 부를 수 있을 정도의 지나친 믿음이었다. 그리고 나는 그 믿음에 보답하여 약속을 지켰다고 생각한다.

어떻게든 가주권을 포기시키려 압박하는 방계 인사들과 그저 경멸스러운 시선을 던지는 저명한 귀족들에게 둘러싸인 채 갓 열여섯 살 된 내가 얼마나 두려움에 떨어야 했는지는 굳이 거론하지 않겠다. 내가 얼마나 무섭고 얼마나 서러웠는지 궁금해할 만한 사람은 아무도 없을 테니까.

그럼에도 나는 어떻게든 방법을 찾아냈다. 팔아 치우듯 넘긴 여식이 사상 유례없는 초유의 과부가 되었다는 소식에 달려온 내 친정 식구들, 호시탐탐 나를 노리며 들이대는 방계 떨거지 등, 하나같이 어떻게든 나를 저들 입맛에 맞게 재혼시키려 안달인 상황에서 부러 저택 안에 떡하니 근본 없는 양아치 애인들을 들여놓았던 일 역시 그런 방법 중 하나였다.

아무도 모르겠지. 초반 몇 개월씩 번갈아 가며 내 애인 행세를 했던 자들이 실은 전부 일정 보수를 받고 계약한 용병들이었다는 사실을…… 하하.

그런 식으로 살아왔다, 나는. 나를 은연중에 깔보는 사용인들의 기강을 잡기 위해 독살스러운 마님이 되었고, 누가 염탐꾼을 심어 놨을지 모를 일이었기에 사용인들을 툭하면 갈아 치웠고, 누구도 쉬이 믿을 수 없었기에 아이 중 누가 아프기라도 하면 내가 꼬박 붙어서 간호했으며, 누구에게도 호락호락 보이지 않기 위해 권모술수가 판치는 귀족 사회에서 알아주는 시건방진 어린 귀부인이 되었고…….

어린 나이에 남편 잡아먹고 명문가를 독차지한 것도 모자라 하루가 멀다 하고 남자들을 장난감처럼 갈아치우는 무시무시한 거미 과부, 남자 사냥꾼이자 노이반슈타인 성의 마녀가 되었다.

그렇게 악착같이, 독하게 살아왔는데…… 이젠 내게 남은 게 뭐지?

요헨, 난 당신과의 약속을 지켰어요. 그런데 내게 남은 게 뭐죠? 대체 어디서부터 뭐가 잘못됐던 걸까요?

퍽!

"꺄아아악!"

목덜미를 강타하는 거센 고통에 나는 마구간을 지나쳐 가다 말고 곧장 앞으로 풀썩 고꾸라질 수밖에 없었다. 반사적으로 손을 들어 뒷목을 감싸는데 무언가 뜨뜻하게 흘러내리는 것이 느껴졌다.

"엘리아스! 너 미쳤어?!"

간신히 고개를 드니 눈물로 그렁그렁해진 시야에 저만치서 새하얗게 굳은 얼굴로 달려오는 제레미와 내 뒤쪽에 얼어붙은 듯 서 있는 엘리아스의 당혹감 어린 얼굴이 들어왔다. 자기가 저질러 놓고는 어쩔 줄 몰라 하는 모양새가 꼭 다섯 살짜리 어린애 같았다.

"거기다 돌을 던지면 어떻게 해, 멍청아! 그러다 사람 죽는다고!"

"나, 나는 그렇게 세게 맞을 줄은……. 저, 저 바보가 반사 신경이 둔해서 못 피한 거야!"

두 소년의 앞다투어 외치는 고함이 까마득하게 멀어져 갔다. 나는 그대로 목덜미에 피를 철철 흘리며 정신을 놓았다.


엘리아스가 내게 도를 넘은 장난을 건 횟수는 셀 수 없이 많았으나 이번처럼 몸에 상해가 남은 적은 없었다. 다행히 출혈은 금방 멈췄지만 내 뒷덜미에는 영원히 지워지지 않을 흉터가 남았다. 앞으로 나는 수도의 귀부인들 사이에서 유행하는 온갖 우아한 헤어스타일은 엄두도 못 낼 것이었다.

"어머니께 사과드려라."

도무지 두려움이라는 단어와는 아무런 접점도 없을 것만 같은 드센 소년들이 제 부친의 엄한 얼굴 앞에서는 잔뜩 주눅 든 강아지 같은 모습이 될 수 있다는 사실이 신기하기 그지없었다. 동시에 나 자신이 사죄의 대상이 된 상황임에도 불구하고 몹시 불편하게 느껴졌다.

"엘리아스! 어서 사과드리지 못하겠느냐! 그리고 제레미, 너는 네 동생이 그런 짓을 하는 동안 대체 뭘 하고 있던 거냐?"

"죄송합니다, 아버지."

제레미는 고개를 숙이고 있었기에 나는 그의 표정을 볼 수 없었다. 마찬가지로 어깨를 미세하게 떨며 고개를 떨구고 있던 엘리아스가 갑작스레 내 쪽을 확 노려보며 입을 연 건 그때였다. 이글이글 타오르는 화염 같은 눈길에 일순 내 몸이 반으로 쪼개지는 거 아닐까 싶어질 정도였다.

"저딴 계집애는 우리 어머니가 아니라고요! 전 죽어도 인정 못 해요! 아버지께서 아무리 뭐라 하셔도……."

짜악!

공기를 가르는 날카로운 파공음에 나는 절로 짧은 비명을 내지르며 손을 입에 가져다 댔다. 놀라기는 얻어맞은 본인인 엘리아스도 마찬가지인 모양이었다. 그는 잠시 파도처럼 일렁이는 눈으로 제 아버지를 멍하니 올려다보기만 하고 있었는데, 방금 일어난 일을 믿지 못하는 듯했다. 하지만 그런 차남을 마주 응시하는 남편의 시선은 서릿발처럼 싸늘했다.

"방금 그 헛소리도 사과드리거라."

눈을 몇 번인가 멍하니 깜박이던 엘리아스가 다시금 내 쪽을 노려보았다. 물기 어린 암녹색 눈동자에 찌릿거리는 번개 같은 분노가 피부로 느껴질 만큼 생생했다.


쿵!

차마 나를 때리진 못하고 애꿎은 벽을 주먹으로 내려치는 열네 살의 제레미가 보였다. 우리가 같이 산 세월을 다 합해서 그가 그토록 격한 감정을 내게 표출해 보인 건 그날이 처음이자 마지막이었다.

"아버지가 돌아가신 지 고작 한 달 지났어. 고작 한 달이라고! 그런데 뭐, 애인? 네가 지금 제정신이야?!"

"천만에, 제정신이라서 이러는 거야!"

"너 대체 무슨 생각이야? 무슨 생각을 하고 있는 거냐고! 네가 제정신이라면 그딴 근본도 없는 천박한 뜨내기하고 눈이 맞을 리가 있냐?! 네가 그딴 짓을 벌이도록 내가 내버려 둘 것 같아?!"

"안 내버려 두면 어쩔 건데?! 네 상속 문제가 걱정되는 거라면 신경 끄시지! 어차피 난 재혼할 생각은 눈곱만큼도 없고, 네 잘난 아버지가 남긴 유언 그대로 너한테 전부 곱게 물려줄 테니까!"

"제기랄, 그런 말이 아니잖아! 대체 무슨 꿍꿍이인지 말을 좀 해보란 말이야! 사람들이 뭐라고 떠들어 댈지 신경도 안 쓰여?!"

"말을 하라고? 내가 너희한테? 하, 그게 가당키나 하니?"

"너……."

"이제 와서 신경 쓰는 척하지 마! 나라고 여기 처박혀서 너네 뒤치다꺼리나 하고 싶은 줄 알아?! 되지도 않는 어머니 노릇 하고 싶은 줄 아냐고! 제발 나 좀 내버려 둬! 어차피 네가 다 자라서 결혼하기 전까진 내가 네 말을 들을 의무는 조금도 없으니까, 가서 네가 좋아하는 검이나 실컷 휘두르든, 사냥하러 가든, 동생들하고 내 욕을 하든 마음대로 하란 말이야!"

제레미는 나를 거의 한 대 칠 지경이었지만, 용케 이를 꽉 악물며 참았다. 이글이글 작열하던 암녹색 눈동자가 서서히 가라앉나 싶더니 돌연 초록색 얼음처럼 얼어붙었다.

"……물론 그렇지. 말씀대로 따르지요, 부인."

참으로 정중한 어투로 빈정거린 그가 등을 돌렸고, 나가면서 문을 어찌나 세게 닫았는지 천장에 금이 가는 게 아닐까 싶었다. 그리고 나는 바닥에 털썩 주저앉아 혼자 끅끅 흐느끼기 시작했다.

너무도 어렸다. 우리 모두, 지독하리만치 갈피를 못 잡고 우왕좌왕하는 어린아이들이었다.

창가에 기댄 채 깜빡 잠든 모양이다. 눈을 떴을 때는 이미 언제나 항상 일어나는 시각, 동이 터 오는 시점의 푸르스름한 새벽이었다.

밖에는 눈이 내리고 있었다. 하얗게 김이 서린 창문에 비친 내 얼굴이 순간 노인의 그것처럼 보여서 깜짝 놀랐다.

하아, 무리도 아니다. 언제부턴가 항상 스스로가 노인처럼 느껴졌으니까. 내 나이 아직 스물셋임에도 벌써 한 예순쯤 먹은 노인이 된 것 같은 기분이랄까. 늙으면 현명해진다고들 하지만, 현명한 건 모르겠고 단지 늙어버린 기분이다. 아무튼 눈이네. 레온이랑 레이첼이 좋아하겠어…… 아, 이젠 그럴 때는 지났다.

아이들이 어렸을 적엔 이렇게 눈이 내릴 때마다 넷이서 뜰로 뛰어나가 놀곤 했다. 쌍둥이가 눈사람을 만들고 엘리아스가 눈을 뭉쳐서 사방에 던지는 동안 제레미는 개들과 눈밭을 질주했다. 그리고 나는 이곳, 내 처소에서 창문을 통해 녀석들이 노는 모습을 지켜보곤 했다.

우스운 일이지. 더없이 우스운 일이야. 진작부터 알고 있었는데, 처음부터 그 녀석들 틈에 내 자리는 존재하지 않았다는 거, 진작부터 알고 있었는데 이제 와서 새삼 속상해하는 꼴이라니.

"마님, 일어나셨어요? 차 가져다 드릴까요?"

"그래 줘. ……그리고 그웬, 부탁이 있어."

몇 달 전부터 온 황도의 사람들 입에서 떠들썩하게 오르내리던 세기의 결혼식이 조금 후면 막을 올릴 것이다. 얼마나 화려하고 눈부신 풍경일까. 간단하게 혼례 서약을 맺고 서류에 서명하는 것으로 끝났었던 나의 결혼과는 차원이 다르겠지.

장담하건대 하객들 모두 신랑 신부한테서 눈을 떼지 못할 것이다. 신랑 측 식구들에게도. 문자 그대로 눈이 호강에 흠뻑 절여지겠지…….

내가 아는 나 자신의 유일한 장점이 있다면, 그것은 아마 끝났을 때 끝났다는 사실을 받아들일 줄 안다는 점이리라.

어린 나이에 부모를 모두 잃은 것이 더없이 안타까웠던 레온과 레이첼. 늘 짓궂었지만 마냥 미워할 순 없었던 엘리아스. 그리고…… 늘 맘을 졸이게 만들었던 너, 제레미.

넌 결코 모르겠지. 예전에 네가 고열을 앓으며 사경을 헤맬 때, 나는 수도 없는 밤을 네 곁에서 지새우며 네 생명과 내 생명을 맞바꿀 수 있다면 기꺼이 그러리라는 생각까지 했단다. 내가 누군가를 위해 그런 생각까지 하게 될 줄은 나 자신조차 몰랐었어.

보답을 바라고 행하는 일은 잿물 같은 씁쓸함만 남기는 법이라지. 그러니 너희에게 아무런 원망도 하지 않을 거야……. 너희 역시 나름대로 정당한 이유가 있을 거고.

걱정이 안 되는 것은 아니다. 아직 새파랗게 젊은 그 녀석이 잘할 수 있을까. 제 아버지의 유지대로 이 찬란한 유산을 잘 지켜 낼 수 있을까. 너무 일찍부터 어른들의 세계에 발을 들여야 했던 나로서는 그저 걱정과 불안만이 앞선다.

……하지만 그건 더는 내가 상관할 일이 아니겠지. 괜찮아, 애들은 알아서 잘 살 거야. 아무렴, 누가 키웠는데!

"마님?"

내가 탁자 위에 물건들을 다 늘어놓았을 때쯤 하녀장 그웬과 집사 로베르트, 기사단장 알베른이 나란히 들어섰다. 아주 오래전부터 대대로 이 집안을 보필해 온 충직한 가신들이자 내가 그간 유일하게 신뢰해 왔던 존재.

"하이델베르크로 내려갈 거야. 아무도 모르게 하고, 애들 몰래 출발할 거니까 준비해 줘."

"하이델베르크로…… 알겠습니다. 한데 며칠이나 머무르실 예정입니까?"

"안 돌아올 거야."

"……예?!"

후작령 하이델베르크의 별장은 어찌 보면 유일하게 온전히 내 소유라 할 수 있는 장소다. 남편이 내게 결혼 선물로 줬던 거니까. 비록 신혼 초기에 딱 한 번 가 봤던 게 전부이지만 말이다.

아무튼 그제야 탁자 쪽으로 시선을 준 세 사람의 눈이 그야말로 접시만 하게 벌어졌음은 두말할 것도 없었다. 거기에 놓인 것들은 내가 지난 7여 년간 결코 손에서 놓지 않았던 보물들-이 저택의 모든 장소를 열 수 있는 마스터키와 유언장의 함, 그리고 가주의 인장이었다.

"마, 마님, 그게 대체 어언 말씀이십니까?"

"마님께서 요양차 떠나시는 거라 해도 놀랄 판국인데 이 무슨 청천벽력 같은 말씀이십니까?"

"오늘은 제레미의 결혼식이잖아. 명색이 큰아들이 결혼하는데 어머니로서 결혼 선물은 줘야 할 거 아니야."

"예?"

"그 못된 놈은 틀림없이 내가 사라져 있기를 간절히 바라고 있을 테니까."

허리에 손을 얹으며 씩 웃자 앞다투어 나를 만류하던 세 사람의 얼굴이 동시에 약속이라도 한 듯 딱딱하게 굳었다. 하하, 이것 참.

"표정들 풀어. 사실인데 뭘."

"마님."

"내가 없는 동안 잘 부탁할게…… 알지?"

"하오나 마님……!"

"새 마님 오면 잘 모시고, 이제부터 제레미가 그대들의 주인이니까 거스르지 말고. 그대들도 알잖아, 그 녀석 성질머리 끝내주는 거."

"아니, 마님, 이건 말도 안 됩니다. 마님께서 도련님들하고 아가씨를 어떻게 키우셨는데요!"

집사 로베르트가 더는 못 견디겠다는 듯 내뱉은, 단말마의 비명과도 같은 애잔하기 짝이 없는 외침에 나는 잠깐 멍하게 굳었다가, 다시 픽 웃었다.

"그대들이라도 알아줘서 다행이네. 그래도 그런 말은 애들 앞에서 하지 말라고? 자칫 미운털 박힐 테니까."

"마님!"

"자자, 이러고 있을 시간 없다. 세 사람 모두 이만 내려가!"

이곳에서의 나의 몫은 여기까지인 걸로. 휴, 이제부터 혼자 알아서 잘 먹고 잘살아야지. 악착같이 일만 하면서 사느라 제대로 된 연애 한번 해본 적 없는데, 이제부터라도 나 자신을 위해 하나둘씩 새로이 시작해 봐야겠다. 그래, 괜찮아. 다 괜찮을 거야.

……라는 것 역시 나의 또 다른 착각 중 하나일 뿐이었다.

신이시여!

## Chapter 1

# 재시작은 말도 안 돼

"⋯⋯헉!"

몸이 절벽 아래로 떨어지는 듯한 감각에 헛발질을 하며 눈을 떴다. 사방이 흐릿하게 보이는 와중에 또렷이 떠오르는 건 마지막에 칼을 휘두르던 산적 놈들의 비릿한 웃음.

머리를 흔들어 정신을 차려 보려 애썼다. 가물가물하던 시야가 서서히 자리를 잡으며 주변 풍경을 비추기 시작했고, 마침내 내가 어디에 와 있는 것인지 알게 되었다.

⋯⋯바로 후작저의 내 처소였다. 한때 일찍이 병사한 전 후작 부인이 사용했으며, 내가 이곳에 발 들인 이후 내 차지가 되어버린 화려한 방.

내가 어쩌다가 여기에 돌아와 있는 걸까? 분명 하이델베르크로 가는 길에 산적들로부터 습격을 당했던 것으로 기억하는데 말이다. 운 좋게 구출당해서 여기로 실려 온 건가? 하지만 내 기억이 맞다면 수행 기사들도 전부 죽었는데, 누가 날 구해 준 거지?

아리송하고도 반쯤 멍한 감각에 사로잡힌 채 관자놀이를 누르던 내 눈에 뭔가 이상한 점이 띈 것은 그때였다. 정확히 말해선 하늘거리는 딸기색 커튼이 쳐진 창가 근처에 자리한 우아한 황금 화장대가 내 시선을 사로잡았다.

저게 대체 어떻게 여기 있는 거지?

화장대가 대체 뭐가 문제냐고 묻는다면, 하등 문제 될 것 없다. 문제는 저 화장대 자체가 여기 있을 수가 없는 물건이라는 거다. 원래는 전후작 부인이 사용했던 그대로 저 자리를 조용히 차지하고 있었으나 한 5년쯤 전엔가 엘리아스가 나와 다투다가 자기 어머니 물건 어쩌고 하면서 거울을 박살 내버렸던 것이다. 흑…….

아니, 그런데 저게 대체 어떻게 여기 돌아와 있는 거냐고. 단지 비슷한 물건일 뿐일까? 하지만 그렇다면 대신 들여놨던 장미목 화장대는 누가 멋대로 치운 거지?

꺼림칙하고도 어리둥절한 기분에 나는 침대에서 내려가 휘적휘적 화장대를 향해 다가갔다. 그러자 둥그렇고 매끄러운 거울의 표면에 내 얼굴이 비쳤고, 나는 다시 한번 뭐라 표현할 길이 없는 아리송한 감각에 사로잡히게 되었다.

화장대 거울에 비친 것은 분명 내 모습이었다. 허리께까지 흘러내리는 밝은 분홍색 머리칼도, 옅은 풀빛 눈동자도 분명 내 얼굴 맞았다. 그런데…….

이상하다. 뭐가 달라진 거지?

나는 반쯤 무의식적으로 손을 들어 손가락으로 내 얼굴을 천천히 만지작거렸다. 분명 뭔가가 평소와 다른데 그게 뭔지 딱 집을 수가 없는 느낌이었다. 전체적으로 얼굴선이 부드러워진 느낌이랄까. 뺨도 좀 더 통통해진 것 같다. 눈매도 더 동그스름해진 것 같고…….

종합적으로 결론을 내리자면 평소에 비해 기이하리만치 어려 보인다는 거다. 이건 또 무슨 현상일까? 큰 난리를 겪고 갑자기 회춘하기라도 했나? 보통 그러면 팍 삭아버리는 법 아닌가?

똑똑, 하는 노크 소리가 울린 것은 그때였다.

"마님?"

"아, 그웬! 와서 나 좀……."

봐 달라는 말을 채 잇기도 전에 나는 다시 한번 놀라움을 금치 못하고 어안이 벙벙해져 버렸다. 문을 열고 조용히 들어서는 이는 분명 우리의 하녀장 그웬이 맞았다. 맞긴 맞았는데…….

"그웬, 살 빠졌어?"

"예?"

다짜고짜 웬 해괴망측한 소리냐는 듯한 표정을 지어 보이는 그웬 역시 평소와는 매우 다른 모습을 하고 있었던 것이다. 그웬은 최근 달달한 음식을 즐겨 먹은 탓인지 몸집이 꽤 불었는데, 순식간에 옛날처럼 홀쭉해진 건 둘째 치고 훨씬 젊어 보였다. 진짜 이상한 일이네? 우리 모두 단체로 회춘이라도 했나?

"무슨 말씀이신지 모르겠으나 아무튼 시간이 없습니다, 마님."

나는 눈을 깜박였다. 회춘한 듯한 외모보다 더 낯설게 느껴지는 것은 다름 아닌 그웬의 태도였다. 정확히 말하자면 그녀가 나를 대하는 눈빛과 어투.

하녀장 그웬은 이 웅장한 노이반슈타인 저택에서 그나마 나를 이해해 주는 몇 안 되는 사람이자, 내가 자식새끼들을 위해 얼마나 개고생을 했는지 잘 알고 있는 사람이었다.

그런데 그런 그웬이 어째서 갑자기 저러한 사무적인 눈빛과 건조한 음성으로 나를 대하는 걸까? 혹 내가 하이델베르크로 떠난답시고 가 버렸다가 죽을 고비를 당한 바람에 단단히 심통이 난 걸까?

"그웬, 나 무슨 일이……."

"장례식까지 두 시간 남았습니다. 속히 준비하셔야죠."

……뭐라고?

"대체 무슨…… 소리야? 밑도 끝도 없이 다짜고짜 장례식이라니? 가만, 혹시 애들 중 누가 잘못된 건 아니지? 설마 그런 거야?!"

세상에, 정작 산적 떼 만나서 죽을 뻔한 건 난데, 설마 결혼식장에서 떵가떵가 놀고 있어야 할 녀석들한테 무슨 변고라도 생긴 것인가? 신이시여!

순식간에 밀려온 공황에 마구잡이로 소리치자 그웬은 일순 움찔하나 싶더니, 이어 종잡을 길이 없는, 더없이 이상하기 짝이 없는 눈길로 나를 뚫어져라 바라보았다. 그러더니만 한결 부드러워진 어조로 어르듯 말하는 것이었다.

"마님…… 충격이 크신 것은 이해합니다만, 이만 현실을 받아들이고 움직이셔야죠. 후작님도 그걸 바라실 겁니다."

"뭐?"

그건 대체 또 무슨 소리냐고 물으려는데 느닷없이 밀려온 기이한 기시감이 내 목구멍을 틀어막았다.

잠깐만, 이 상황 어디서 본 것 같은데……? 어디서 봤지? 이 이유를 알 길이 없는 기시감의 정체는 대체 뭐지?

귀신이 곡할 노릇으로 돌아와 있는 옛 화장대. 익숙한 듯하면서도 묘하게 낯선 방의 풍경. 평소보다 기이하게 어려 보이는 나 자신과 마찬가지로 뜬금없이 젊어 보이는 그웬. 그리고 그웬이 입고 있는 상복 같은 검은 옷……

짧고도 긴 헤맴 끝에 마침내 이 더없이 불길한 기시감의 정체를 깨달은 나는 다음 순간 숨을 크게 들이켰다. 그랬다. 깨달아버린 것이다. 깨닫지 못할 턱이 없었다. 지금 이 풍경은…….

칠 년 전 남편의 장례식 날 아침과 너무도 비슷했으니까.

갓 열네 살 된 나를 웅장한 노이반슈타인 후작저에 들인 남자, 나의 남편 요헤너스 폰 노이반슈타인 후작. 그의 장례식이 치러진 날은 무심하리만치 화창한 날이었다. 땅 위의 인간들에게 무슨 일이 벌어지든 하늘은 개의치 않는다는 듯 맑고 화창한 가을날. 한 남편의 장례식을 두 번이나 치르게 된 여자는 아마 나밖에 없을 것이다.

……신이시여, 이건 대체 무슨 현상이란 말입니까!

"후작께서……"

"저 여자가 바로 그……"

"애들만 불쌍하게 됐죠. 휴, 저리 예쁜 아이들이……"

"저 여자가 그 후작 부인이라고요? 저 어린애가?"

"후작께서 돌아가시기 전에 정신이 흐릿하셨던 게 분명해요. 어찌 그런 말도 안 되는 유언을……"

"모르죠, 후작을 그렇게까지 꾀었는데 알고 보면 보통내기가 아닐지도……"

"말도 안 되는 헛소리지. 후작이 일찍 노망이 들어버린 게 분명해."

"단단히 홀리지 않고서야 어떻게 저런 계집에게……."

검은 파도처럼 모여든 조문객들이 수군대는 소리 역시 하나같이 지독하리만치 낯익었다. 장례식이 열리는 중인 거대한 예배당의 모습도, 상복 차림으로 몰려든 사람들 하나하나도, 구슬프게 울리는 종소리도, 그리고 무엇보다……

"어린것이 장남이라고 의젓하네요. 어쩜 어린애가 눈물 한 방울 흘리질 않아……."

나의 법적 자식새끼들도.

늘 감정에 솔직했던 아이들답게 훌쩍훌쩍 울고 있는, 이제 고작 열 살배기 레온과 레이첼 쌍둥이. 의젓하게 있으려고 애쓰지만 흐르는 눈물을 주체하지 못하고 있는 열세 살의 엘리아스. 그리고…… 기억하는 그대로 그저 공허한 얼굴을 하고서 묵묵히 관 곁에 서 있는 열네 살 소년 제레미.

거참, 저 녀석들의 풋풋한(?) 시절을 다시 보게 될 줄이야. 새삼 감회가 새롭다.

……진짜 환장할 노릇이군. 대체 왜 이런 기현상이 벌어지고 있는 거냐고? 내가 꿈을 꾸고 있는 걸까? 마침내 모든 걸 내려놓은 뒤 조용히 나 자신을 위해 살아 보려고 마음먹은 차에 이런 꿈이라니, 아니, 차라리 꿈이면 망정이지, 내가 정말로 시간을 거슬러 과거로 돌아온 거기라도 한다면 그건 그것대로 훨씬 끔찍하지 않은가! 그 개고생을 하며 자식새끼들 다 키워 놨더니만 이제 와서 재시작이라니, 말도 안 돼!

"하아……."

내 입에서 통탄의 한숨이 흘러나왔다. 나도 모르게 작게 내뱉은 소리였으나 아무래도 내 뒤쪽에 서 있던 뮐러 백작, 즉 내 남편의 아우이자 아이들의 숙부 되시는 분의 귀에 들린 모양이었다.

"지루하신가 보군요."

"……."

"그래도 이 정도는 좀 견디는 게 도리 아닙니까? 황금 알을 낳는 거위를 고스란히 차지하신 마당에."

대놓고 깔보는 듯한 빈정거림. 슬쩍 떠보는 기색도 섞여 있었다. 하하, 이런 식으로 시비를 걸다니.

"하실 말씀이 그것뿐인가요?"

"뭐요?"

"형님의 장례식장에 와서 표할 감상이 그것뿐이신 듯한데 이만 돌아가셔도 됩니다. 전 당신들 칭얼거림 받아주고 있기엔 너무 바쁜 사람이거든요."

뮐러 백작은 '방금 뭐라고 했소'라든가 '그 무슨 무례한 말씀입니까'라고 대꾸하는 대신에 하도 어이가 없어서 말이 안 나온다고 주장하는 듯한 떨떠름한 눈빛으로 나를 빤히 쳐다보기만 했다.

끄응, 뭐 무리도 아니다. 본디 이맘때의 나는 아직 뭘 어떻게 해야 할지 감조차 잡지 못한 채 그저 겁에 잔뜩 질려 있던 어린애였는데, 갑자기 이리 나오니 역시 기고만장한 것처럼 보이겠지. 내게서 떨어질 기미가 없는 한심한 시선을 무시하며 나는 다시금 복잡한 머릿속을 뒤적거렸다.

만약 내가 정말로 과거로 되돌아온 거라면 이건 정말 심각한 문제다. 지난 7년간의 그 짓거리를 다시 반복해야 한다는 거니까. 어차피 아무도 알아주지 않을 그 개고생, 두 번 다시 반복하고 싶지 않은데……!

혼자 그렇게 생각을 곱씹는 동안 추도식이 끝나갔다. 슬슬 매장식이 시작될 예정이었다. 하여 나는 장례 미사를 맡은 교주가 기도를 완전히 끝맺을 때까지 잠시 기다렸다가 걸음을 옮겨 단상으로 다가갔다. 내 움직임을 좇는 사람들의 눈빛이 따가울 법도 했지만 술에 취하기라도 한 듯 멍하고도 무감각한 기분일 뿐이었다.

"레이디 노이반슈타인?"

"실례합니다, 교주님. 이 자리에 모인 모든 분께 정중히 간청드리건대, 매장이 진행되기 전에 잠시 남편과 둘이 있고 싶군요. 이해하시겠지요, 모두."

술렁임이 퍼져 갔다. 조문객들이 저마다 헛기침을 하거나 인상을 찌푸리거나 하는 동안 나는 시선을 돌려서 아이들 쪽을 바라보았다. 정확히 말하선 제레미를 보았다. 여전히 멍한 듯한 얼굴이었으나 놈에게 장장 십 년 가까이 시달려 온 나로서는 지금 그가 나에게 화가 난 상태임을 빤히 알 수 있었다. 어둡게 얼어붙은 암녹색 눈동자가 훤히 말해주고 있는걸. 네가 뭔데 그런 주장을 하냐 이거지. 에구, 하여간 저 못된 놈. 실컷 노려봐라, 이놈 시키야. 내가 눈이나 까딱하나.


내 요구대로 모두 물러간 고요한 예배당에는 향초에서 피어 나오는 은은한 향기만이 맴돌고 있었다. 관 위에는 노이반슈타인의 상징-검을 문 사자가 그려진 휘장이 덮여 있는 채였다. 나는 잠깐 그것에 시선을 주다가 조용히 관 곁에 꿇어앉았다.

"오랜만이에요, 요헨."

작게 속삭이며 관뚜껑을 쓰다듬자 까칠한 목재의 느낌이 장갑 낀 손바닥에 생생하게 와 닿았다. 이것이 정녕 꿈이라면 지나치게 구체적이라 할 정도로.

본디 과거 이 시점의 나는 시간을 달라며 조문객들을 물리치지도 않았고 이렇게 혼자 앉아 망자의 관에 말을 걸지도 않았다. 아까 뮐러 백작과 있었던 작은 마찰 역시 일어나지 않았다. 그때의 나는 너무 겁에 질리고 혼란스러운 상태라, 장례식이 어서 끝나 사람들의 시선으로부터 숨을 수 있기만을 속으로 간절히 빌고 있었다.

그 어리숙하고 소심했던 자작가 출신 소녀에서 독하디독한 노이반슈타인 성의 마녀로 탈바꿈하기까지 얼마나 많은 눈물을 흘려야 했던가.

지금 와서 돌이켜 보면 참 실수도 많았고 사고도 많았던 세월이다. 그걸 모두 극복해 냈던 스스로가 새삼 대견하게 여겨질 정도로. 그 모든 것이 전부……

"당신과 한 약속을 지켰다고 하면 믿겠어요? 내게 떠맡긴 당신의 아이들이 얼마나 눈부시게 자랐는지, 그리고…… 얼마나 차가웠는지도. 믿겨져요?"

죽은 자는 말이 없다고 한다. 나 역시 딱히 대답을 바라는 건 아니었다. 제단 좌우에 위풍당당하게 서서 아래를 굽어보고 있는 성부와 성모상의 모습이 마치 내 꼴을 비웃고 있는 것처럼 보였다.

"어디서부터 뭐가 잘못됐던 걸까요? 이제 와서 당신을 원망하거나 그녀석들을 탓할 마음은 없답니다. 전부 너희를 위해서였다는 말이 얼마나 공허한 소리인지 잘 아니까요."

내게 약속을 하게 만든 이는 남편이었지만, 그 약속을 지키려 무슨 지독한 짓이든 다 해온 이는 나 자신이었다.

뒤돌아볼 생각도, 주변을 살필 겨를도 없이 그저 불타는 전차처럼 내달렸던 나. 사람들이 나에 대해 떠드는 소문이 꼬리에 꼬리를 물고 부

풀어 가도록, 오해와 갈등이 쌓이고 쌓여 부술 수 없는 얼음의 장벽이 되도록 수용한 이도 나 자신이었다. 그러니 누굴 원망할 것도 없었다. 단지…….

"하지만 두 번은 못 하겠네요. 이제 더는…… 그렇게 악바리처럼, 아득바득 온갖 꼴 다 보고 온갖 욕 다 들으면서 살고 싶지 않아요. 그러기엔 내가 너무 지쳤어요."

보답받지 못하는 마음이 이토록 아픈 것일 줄은 몰랐다.

나는 아이들로부터 무슨 보답을 바랐던 걸까. 감사? 존중? ……하다 못해 그저 애정?

"알겠어요? 두 번은 못 하겠다고요. ……우리 제레미 결혼식, 꼭 보고 싶었단 말이에요."

고개를 수그리자 흘러내린 긴 분홍빛 머리칼이 관 위로 흐트러졌다. 뺨을 타고 흘러내리는 눈물의 느낌이 꿈치고는 지나치게 생생했다. 만약 내가 정말로 과거로 되돌아와 버린 거라면, 이전과는 다른 선택을 하라는 신의 뜻이 아닐까? 그렇지 않고서야 이 말도 안 되는 기현상이 설명이 되지 않잖아…….

얼마나 그러고 있었는지 모르겠다. 홀로 관 위에 엎어진 채 한참 청승을 떨던 나는 마침내 천천히 몸을 일으켰다.

이젠 정말 안녕, 요헨. 부디 이것이 우리의 마지막 작별이길…….

"……!"

홀쩍이며 몸을 돌리는 바로 그 순간 전혀 예상도 못했던 인물과 곧장 마주하는 바람에 나는 하마터면 육성으로 소리를 지를 뻔했다. 취기라도 오른 듯 덤덤했던 피가 빠르게 돌면서 심장이 맹수 앞의 토끼처럼 팔딱거리기 시작했다.

진짜 귀신이 따로 없네. 대체 저 녀석이 언제부터 여기 들어와 있던 거지?

나로부터 한 여섯 발자국쯤 떨어져 있는 지점에 서 있는 소년은 다름 아닌 제레미였다. 내게 익숙한 스물한 살의 건장한 청년이 아니라, 아직 소년과 청년의 경계에 서 있는 풋풋한 모습의 제레미 말이다. 눈앞의 소년과 기억 속의 청년이 서로 겹치면서 표현할 길이 없는 기이한 기분이 피어올랐다.

"제레미? 왜 들어왔어?"

서둘러 손등으로 눈물을 훔쳐 내면서 부러 건조한 투로 묻는데 제레미는 대꾸가 없었다. 말없이 내 젖은 얼굴을 훑는 암녹색 눈동자에 일순 혼란스러운 빛이 스쳐 간 것 같았다. 그 모습을 보고 있자니 기가 막혔다. 뭐가 그리 놀랍느냐, 이놈 새끼야. 그럼 내가 네 아버지 관 위에서 춤이라도 추고 있을 줄 알았니?

"……이만 나가 봐야겠구나."

쓴웃음을 삼키며 걸음을 옮기려는 찰나, 제레미가 등장한 것만큼이나 갑작스레 내 손목을 덥석 붙들었다. 이 생각지도 못했던 행위에 나는 절로 움찔할 수밖에 없었다.

"제레미?"

잠시 침묵이 흘렀다. 제레미는 한참 동안 아무 말 없이 내 얼굴을 뚫어져라 응시하고만 있었고, 나 역시 왜 그러냐고 다그치는 대신 놈의 얼굴을 새삼 물끄러미 관찰하기만 했다. 새삼 믿기지가 않았다. 아직 얼굴에 솜털이 보송보송한, 나보다 한 뼘 정도 큰 이 소년이 머지않아 고개를 한껏 젖히고 올려다봐야 할 만큼 자라 버릴 것이라는 사실이.

갓 사교계에 데뷔한 어린 영애들과 젊은 귀부인들이 뺨을 붉히며 가슴 설레하던 노이반슈타인의 사자, 황태자의 검으로 눈부시게 성장한 널 보면서 나는 늘 내색하진 않았지만 자부심에 넘쳤었는데……

"너……."

놈이 마침내 입을 여는데 괜스레 숨이 바짝 조여 왔다. 왜, 또 뭐니. 또 무슨 소리를 해서 내 속을 긁으려고? 하나 제레미는 하려던 말을 잇는 대신에 나로서는 전혀 예상도 못 했던 짓거리를 감행했다. 바로 제 겉옷 주머니에서 주섬주섬 꺼낸 손수건을 나에게 불쑥 내미는 짓거리 말이다. 그러고는 문자 그대로 토끼 눈이 된 내 면전에 대고 마침내 퉁명스레 내뱉는다는 소리가 바로 이거였다.

"화장 번졌다고."

……그것참 고맙구나. 덕분에 창피를 모면하게 되었지 뭐니. 하하하. 하여간 이 싹수 노란 놈.

⁂

남편이 땅에 묻힌 뒤 내 손아귀에 떨어진 가장 중요한 물건 세 개. 하나는 후작저의 모든 창고와 방문을 열 수 있는 마스터키였고, 하나는 유언장을 보관한 함이었으며, 마지막 하나는 가문의 문장이 새겨진 인장이었다.

그것들을 떠맡게 된 과거의 나는 이 시점에 문자 그대로 잠잘 틈도 없이 바빴는데, 그간 남편이 해왔던 일까지 나 혼자 온전히 처리해야 했기 때문이다.

후작가의 안살림에 관련한 문제는 물론이요, 후작령 영지와 길드들, 금광으로부터 날아오는 각종 보고서와 탄원서를 이해하고 처리하는 법, 수익과 차익 계산법, 황실에 납부할 예산 정리 및 장부 관리법, 기사들의 봉급과 처벌 및 포상 관련 문제 등등. 그 모든 것을 빠른 시간 안에 습득하고 처리하려면 먹고 자는 시간을 쪼개도 모자랐던 것이다.

내가 남편과 결혼하기 전부터 안살림을 관리해 왔던 하녀장과 집사의 성심 어린 도움이 없었더라면 난 아마 진작에 과로로 죽었을 것이었다.

물론 그건 전부 과거 얘기고, 지금의 나는 깨알 같은 글자가 자잘하게 박힌 장부를 한 손에 쥔 채 대충 훑기만 해도 뭐가 잘못되고 뭐가 빠졌는지 바로 눈치챌 수 있는 경지에 이르러 있었다. 무수한 종이 서류를 훑으며 일일이 인장을 찍는 일은 차를 마시면서도 할 수 있었다.

밀러 백작이 빈정거렸던 그대로, 노이반슈타인 후작가는 황금 알을 낳는 거위 그 자체였다. 건국 초기부터 황실을 비호해 온 유서 깊은 명성은 둘째 치고 후작령 소유의 상인 길드와 금광은 그 수입이 천문학적인 단위를 넘어갔다. 오죽하면 제국을 다스리는 건 황실이지만 그 황실에 보기 좋게 금칠을 해주는 건 노이반슈타인이라는 아슬아슬한 우스갯소리까지 나올까. 후작가 소속 기사들의 제복과 군장만 해도 황실 친위대 뺨치는 화려함과 견고함을 자랑했다.

하지만 요헤너스 폰 노이반슈타인 후작이 생전에 남긴 가장 귀중한 유산은 그런 물질적인 것들이 아니었다.

어린 나이에 부모를 모두 잃고 누이뻘인 계모와 남겨지게 된 후작가의 네 아이는 사람들의 말마따나 하나같이 눈에 띄게 잘난 외양의 소유자였다. 어쩌다 공식 행사에 다 같이 참석할 때면, 남녀 가리지 않고 모두가 우리한테서 눈을 떼지 못할 정도였다.

남매 중 유일하게 제 생모로부터 붉은 머리칼을 물려받은 엘리아스를 제외하고 모두 가문 특유의 화려한 금발과 타오르는 녹보석 같은 암녹색 눈을 자랑했으며, 다른 집 아이들에 비해 발육도 유독 빨랐다.

특히 제레미는 언제나 또래 무리 중에서 제일 컸다. 녀석들이 어찌나 잡초처럼 쑥쑥 무섭게 자라던지, 나는 내가 만일 남자였다면 상당한 자괴감이 일었을 거라는 생각까지 했었다.

물론 용모만 빼어난 건 아니었다. 열다섯 나이에 기사 서품을 받고 승승장구해서 종국에는 황태자의 검이라는 휘황찬란한 별명까지 붙은 제레미, 형의 절차를 착실히 따라 밟아 가던 엘리아스, 어린 나이부터 패션과 예술 쪽에 뛰어난 조예를 드러내던 레이첼, 한 번 훑은 책의 내용은 빠짐없이 기억하던 어린 수재 레온까지……. 이쯤이면 신은 불공평하다는 생각까지 든다.

그러나! 신이라고 해서 다 주는 건 아니라는 말이 있다. 누가 생각해 낸 말인지 몰라도 그 깊은 견식에 격한 존경을 금할 수가 없다. 10년에 가까운 세월 동안 녀석들에게 시달려 온 내 감상을 말하자면, 노이반슈타인가에 흐르는 피 중 가장 뚜렷한 특색은 아름다운 외양도 잘난 재능도 뭣도 아닌 바로 싹퉁바가지 다혈질 성질머리다!

레온과 레이첼 쌍둥이는 타고나길 타협을 모르며 감정에 대단히 솔직한 성격이었는데, 그 정도가 지나치다 못해 저들 마음에 안 드는 상황에선 무조건 뒤집어엎고 온갖 패악을 다 떨어야만 속이 풀리는 수준이었다. 남편이 죽고 나선 더 심해졌다. 날고 기는 베테랑 유모들이나 가정교사라 한들 쉬이 감당할 수준이 아니었다 이거다.

……뭐, 그 둘이야 어리니 그럴 수 있다 치자. 제 기분 거슬리면 상대가 누가 됐든 무조건 주먹부터 내지르고 보는 엘리아스는 또 어떤가. 내 그놈 새끼가 친 사고 때문에 지난 7년간 골머리 썩였던 횟수를 세자면 양손이 모자란다!

뛰는 놈 위에 나는 놈 있다고 했나? 문자 그대로 야수 새끼들과 다를 바 없는 남매 중 최고를 뽑자면 단연 제레미라 할 수 있겠다. 제레미는 안 그럴 것 같으면서도 넷 중에서 성미가 제일 급했다. 안장 매듭을 손으로 푸는 대신 칼로 잘라 버리는 수준이니 말 다 했다. 침착하게 좀 굴라고 수도 없이 잔소리해도 귓등으로도 듣질 않는 놈이다.

엘리아스가 혈기를 주체 못 하고 날뛰는 망아지라면 제레미는 작정하고 급소부터 물어뜯어 버리는 맹수라 할 수 있겠다.

……하아, 그 성격 급한 놈이 작위를 계승하기까지 장장 칠 년이나 기다려야 했으니 내가 오죽 미웠겠나.

하지만 그게 꼭 내 탓이라고만은 할 수 없는 일이었다. 암, 그렇고말고. 수많은 영식으로 하여금 사랑의 열병을 앓도록 만들었다는 미모의 하인리히 공녀, 가문으로든 평판으로든 모든 면에서 손색없는 그녀와 열일곱에 약혼한 주제에 4년간이나 결혼을 미적거린 건 바로 그놈 자신이었으니까 말이다. 내가 어떻게 성사시킨 약혼이었는데……!

아무튼 그토록 성질 더러운 사자 새끼들과 거의 십 년 가까이 지지고 볶은 마당이니 내가 괜히 성격 버린 거 아니다. 크흑, 덕분에 이젠 웬만한 상황이나 사람 앞에서는 전혀 감흥이 없을 자신까지 생겨 버렸다.

햇볕이 잘 드는 커다랗고 화려한 응접실에 모인 이는 총 여덟. 나를 제외하면 총 일곱이다.

밀러 백작과 그 부인, 프리드리히 후작, 펜슬러 백작과 그 부인, 마지막으로 발렌티노 경과 세바스티앙 백작 부인이다. 밀러 백작 부인과 펜슬러 백작 부인을 빼면 전부 죽은 남편의 동생들인 것이다. 남매 중 가장 나이 어린 세바스티앙 백작 부인이 나보다 일곱 살 위였다.

그렇다. 방계 인사들을 대표하다시피 하는 이들은 전부 나를 압박하기 위해 오늘날 이 시점 이 자리에 모인 것이다! 내가 기억하는 그대로 말이지.

겁에 질린 토끼를 둘러싼 채 한가로이 입맛을 다시고 있는 맹수들의 풍경이다. 약간의 으르렁거림과 슬쩍 보이는 송곳니만으로 충분할 것이라 자부하는 포식자들의 자태가 참으로 유유자적해 보인다.

뮐러 백작이 최연장자로서 가장 먼저 말하고 있었다. 능구렁이 백작님은 장례식 때 있었던 사소한 마찰 따위 잊어버린 듯한 거들먹거리는 투로 입을 열었다.

"오랜만에 다들 여기 모여 앉아 있자니 어렸을 때가 생각나는구려. 형님께선 생전 우리 모두 함께 자란 이 저택을 더없이 소중히 여기셨지."

"하하, 형님과 큰형님께선 언제나 온 집안을 휘젓고 다니며 싸우시곤 했죠."

"그랬지. 그때마다 넌 아버지에게 쪼르르 달려가 일러바쳤고 말이다, 오토."

"정말이지 이제 와서 말하는 거지만, 오라버니들은 어머니 말씀대로 짐승들이 따로 없었다니까요. 오죽하면……."

"제게 추억을 들려주려 오신 건가요, 모두? 아시다시피 전 무척 바쁜데."

심드렁한 투로 끼어들자 짐짓 추억 어린 낯짝을 하고 있던 사람들 모두 순식간에 표정을 굳히며 일제히 나를 돌아보았다. 여유 만만히 점잔 빼던 맹수들이 동시에 정색하며 시선을 번득이는 풍경이란. 예전 같으면 상당히 위압스럽게 느껴졌을 터이나 지금의 나는 별 감흥을 느끼지 못했다. 흉포하기 이를 데 없는 새끼 사자들과 수년을 지지고 볶다 보면 이러한 메마른 정서의 소유자가 되게 마련이다. 크흑.

숨 막히는 침묵이 흐르고 흐른 끝에, 내 무심한 낯짝을 주도면밀히 탐색하는 듯하던 뮐러 백작이 기선 제압으로 시작하려던 계획을 바꾼 건지 어쩐 건지 대뜸 온화하게 변색한 음성으로 입을 열었다.

"레이디 노이반슈타인. 이왕 이리 한자리에 모인 거 허심탄회하게 말씀드리겠습니다. 미리 덧붙이자면 우리가 부인을 믿지 못하는 것은 절대 아니니 서운한 오해는 삼가 주시길. 오히려 걱정하고 있을 뿐이니."

"걱정이요?"

"걱정하는 게 당연하잖습니까. 부인께서도 아시다시피 노이반슈타인 가문은 제국에서 손꼽히는 명성을 자랑하는 대귀족 혈통 아닙니까. 우리가 부인을 신뢰하고 말고의 여부를 떠나서, 부인은 아직 보기 안타까울 정도로 어리며 아이들 또한 마찬가지입니다."

매우 상냥한 어조였다. 진심으로 네가 안타깝다고 주장하는 듯한, 얼핏 자상하게마저 들리는 음색. 하여 나는 입매를 약간 부드럽게 허물며 눈을 내리깔았다. 진심으로 감명받기라도 한 것처럼 말이다.

"여러분이 뭘 걱정하시는지 짐작이 안 가는 건 아니에요."

"물론 그렇겠지요. 여기 모인 우리 모두, 어린 부인이 자칫 닳고 닳은 음흉한 작자들에게 꾀여 자랑스러운 노이반슈타인의 이름에 의도치 않은 흠을 내게 될까 걱정하고 있습니다만…… 실례지만 부인, 사교 모임에 나가 본 적 있습니까?"

"……서너 번쯤 있긴 하지요."

"독사보다 더 무섭다는 사교계의 귀부인들보다 더 무서운 것이 그네들의 남편이란 작자들입니다. 바로 우리 같은 작자…… 그들은 부인 같은 어린 여인이 비록 남편의 유지를 따른 것이라 한들 가주 자리를 꿰차고 앉아 의회에 동석하는 꼴을 절대 두고 보지 않을 겁니다. 차라리 열네 살짜리 풋내기 소년이 그들 입장에선 천 배는 나을 거라 이 말입니다."

맞는 말이긴 했다. 이미 내가 몸소 겪어 본 일 아닌가.

전시나 황실에 큰 변고가 생긴 상황이 아닌 이상 한 달에 한 번 꼴로 열리는 귀족원 의회. 황도의 내로라하는 귀족 가문 중에서도 손꼽히는 명문가의 수장들과 저명한 추기경들로 구성된 이 의회는 현 황후의 동생 뉘른베르 공작을 중심으로 제국의 대소사를 결정짓는 데 지대한 영향을 끼친다. 설령 황제나 교황이라 한들 의회의 의견을 무시하기는 어려운 법이었다. 그런 대단한 모임에 나 같은 새파랗게 어린 과부 따위가 자리를 자치하고 있도록 그들이 그냥 두고 봤겠는가?

그들은 곧장 나를 내치진 않았다. 손색없는 매너와 유려하기 짝이 없는 기품으로 무장한 그들을 그저 실실 웃는 낯으로 대하던 내게 머지않아 닥쳐 온 것은 다름 아닌 청문회였다. 죽은 남편이 남긴 유언장의 조작 여부를 따지는, 실로 두고두고 음유시인들의 희곡 거리가 된 청문회.

만약 그 청문회에서 황제 폐하께서 내 손을 들어주시지 않았더라면, 황제 폐하와 뉘른베르 공작까지 친히 나서서 후작이 남긴 자필 서명의 무게를 언급하며 최근 귀족 사회에서 의미가 퇴색되어 가고 있는 '전 가주의 유지' 조례를 날카롭게 상기시키지 않았더라면, 나는 아마 그때 도사린 독사와 같은 방계 인사들에 의해 어떤 식으로든 가주권을 박탈당했을 것이다.

당시 황제와 뉘른베르 공작이 무슨 생각으로 그리 청문회를 파투 냄으로써 내 편을 들어줬던 건지는 나도 알 길이 없다. 그 사건을 시발점으로 본격적으로 독해지기로 작정한 내가 온갖 악명을 다 떨치며 귀족 사회를 들쑤셔 놓았을 때도, 그 두 사람은 나를 그냥 내버려 뒀었다.

어쨌든 지금 이 순간 뮐러 백작이 순전히 걱정스런 마음에 내게 조언 하려 한 거였다면 나는 기꺼이 받아들이는 시늉을 했을 것이었다.

이들은 차라리 나를 죽여 없애고 싶을 것이다. 하지만 그들의 득을 위 해서라면 나는 살아 있어야 했다. 살아서 그들의 뜻대로 움직여 줘야 했 다. 내가 죽는다면 후작가의 모든 것은 황실에 흡수되어 버릴 테니까. 스스로의 실리를 위해서라도 그들은 나를 보호해야만 했다. 이 얼마나 얄궂은 현실인가?

이들이 가장 바라는 건 내가 여느 젊은 과부라면 으레 그러하듯 장 남에게 가주권을 인도한 뒤 조용히 내조하는 역할을 맡는 것이리라. 그 럴싸하게 포장하자면 그렇단 소리다. 아니면 저들이 멋대로 주무를 수 있는 상대와 재혼하든가.

일찍이 부친을 잃은 어린 가주가 친척들에 의해 삽시간에 꼭두각시로 전락하는 경우는 흔했다. 비단 나이의 문제가 아니라 경험과 인맥의 문 제였다. 아무리 나이보다 신분과 혈통이 우위라 한들 먼저 살아온 세월 동안 쌓인 연식과 사람을 쥐고 흔드는 능수능란함은 결코 얕볼 수가 없 는 것이다. 특히나 모친이라는 사람이 어느 정도 연륜도 있고 사교계에 연줄도 빵빵한 귀부인이 아닌 나 같은 나이 어린 계모라면, 가히 최악의 상황이랄 수 있겠다.

요헨은 그것을 예상하고 그러한 유언을 남긴 것이었겠지……. 나로 하여금 약속하게 만든 것 역시.

그는 대체 뭘 믿고 그 모든 걸 내게 맡겼을까? 나와 같은 처지의 웬만 한 사람이라면 그 온갖 고생을 감내하느니 남겨진 유산을 가지고 안락

한 사교 생활을 즐기면서 사는 편을 택할 것이다.

어차피 본인의 아이들도 아닌 데다 사랑으로 이뤄진 결혼도 아니었는데 어떤 바보가 편히 살 팔자를 굳이 비틀어 가시밭길을 걸을까? 아무도 알아주지 않을 것이며 남는 것이라곤 여인으로서 치명적인 오명들뿐인데?

……그 바보가 바로 나였다. 젠장 할, 지금 와서 돌이켜 보니 나도 참 막무가내가 따로 없었구나.

"따스한 염려에 그저 감사드릴 수밖에 없군요, 뮐러 백작님. 하지만 전 죽은 남편의 유지를 어길 순 없습니다."

"알고 있습니다. 그래서 우리가 부인을 도울 수 있게 해달라 간청하는 겁니다."

살짝 미소 지으며 나긋하게 말하자 기다렸다는 듯 덤벼 오는 기세가 마치 미끼를 문 짐승을 덮치는 사냥꾼 같다. 나 참.

"저를 어떻게 도우신다는 건가요?"

"부인께서는 지금까지 그러했듯 안살림에만 신경 쓰시면 됩니다. 의회나 후작령에 관한 모든 복잡한 문제는 우리가 당분간 분담하여 처리하겠습니다. 아이들 교육 문제도 마찬가지이고. 다시 한번 덧붙이겠으나 우리 중 누구도 부인의 마땅한 권한에 손댈 생각 없습니다. 그저 돌아가신 형님을 생각해서 돕고 싶은 것뿐입니다."

과거의 이 자리에서 나는 속으론 벌벌 떨면서도 무작정 이들의 회유를 거부했었다. 겁에 질린 고양이가 꼬리를 부풀리고 발톱을 세우는 모양새로, 문자 그대로 캬룽캬룽거리며 이들을 내쫓았다. 참 용기가 넘쳤다고 생각한다, 과거의 어린 나 말이다.

그때의 나는 아직 남의 속내를 꿰뚫어서 구슬리거나 내 편의에 맞게 적당히 이용하거나 할 줄 몰랐다. 그저 무작정 밀고 나가기만 했다. 어떻게든 독해지려고 안달을 했다.

어떨 때는 너무 힘들어서 아무도 안 보는 심야에 몰래 울기도 했었지만, 그렇게 이리저리 부딪히고 구르고 차이고 하던 과거의 내가 있었기에 지금의 내가 있는 것이다.

그리고 지금의 나는 두 번 다시 예전처럼 살고 싶지 않았다. 앞으로 어떻게 살아갈지는 이제부터 정해야겠지만, 확실한 건 예전 같은 개고생은 사양하고 싶다는 거다. 더는 마지막에 비난과 원망이나 듣고 싶지 않았다. 특히 아이들로부터는.

"글쎄요, 좀 숙고해 봐야 할 것 같네요. 남편이 땅에 묻힌 지 얼마 되지 않은 상황에서 이런 문제까지 한꺼번에 결정하기엔 힘이 부치거든요. 이해하시죠?"

내가 사근사근하게 뱉은 말에 한껏 고조되었던 분위기는 순식간에 흐물흐물하게 가라앉았다. 여기서 더 밀어붙이기도 뭣하겠지만, 어쨌든 여지는 주었으니 거의 성공했다 믿을 것이다. 지금 나를 향해 초롱거리는 뮐러 백작의 저 열렬한 눈빛을 보라. 쯧쯧.

"물론, 당연히 이해합니다. 다만 상황이 상황이니 속히 결정해 주기를 바라는 바⋯⋯."

"저어, 제가 그럼 따로 한 가지 부탁드려도 될까요?"

살갑고도 애교 넘치는 목소리로 끼어든 이는 다름 아닌 루크레치아 폰 세바스티앙 백작 부인이었다. 우아하게 틀어 올린 짙은 금발과 호수 같은 청록색 눈동자가 그림 같은 미녀. 과거에 내게 한 번만이라도 아이들을 만나게 해달라며 몇 번이고 간곡히 청해 왔었던, 아이들의 고모 되는 여인.

"뭔가요?"

"부인께서도 아시겠지만, 전 조카들이 어릴 적부터 봐 왔던지라 꽤 가까운 편이거든요. 그러니 제가 당분간 여기 머무르면서 아이들과 지내면 아이들도 빨리 안정되고 부인께서도 한결 편하시리라 생각되어요. 어떤가요?"

과거의 나는 어째서 아이들의 친척들을 무조건적으로 배척했을까? 탐욕스러운 숙부들은 그렇다 처도 왜 아이들이 아름답고 다정한 고모마저 만날 수 없게 차단시켰을까?

그건 아마 남편이 했던 말 때문이었을 것이다. 제 동생 중 누구도 믿을 수 없다며 쓰라리게 읊조렸던 말. 하나같이 겉과 속이 다른 하이에나들이라 했던 말. 사자인 척하는 승냥이들이라 했던 말. 그리고 어쩌면 아주 약간은, 스스로의 감도 섞여 있었을 것이다.

하지만 그럼으로써 종국에 모두가 원망하게 된 사람은 나였다.

내가 이 과거로 돌아오기 전, 결혼을 앞둔 스물한 살의 제레미는 나를 원망했었다. 약혼녀를 통해 자신의 결혼식에도 참석하지 못하게 만들 정도로, 나를 원망하고 수치스러워했다. 그게 그의, 또 다른 모든 사람의 눈에 비친 나였다. 철혈의 미망인. 노이반슈타인 성의 마녀. 그들이 바라는 대로 한번 해줘 보자. 저들의 꿍꿍이대로 내버려 둬보자.

"그렇게까지 배려해 주신다면 저야 감사한 일이지만, 혹 부군께서 마땅찮아 하시지는……."

"어머, 괜찮아요, 그이한테는 이미 말해놨으니까."

반색하며 활짝 웃는 루크레치아와 더불어 대번에 훈훈해지기 시작하는 분위기 속에서 이번엔 발렌티노 경이 질 수 없다고 주장하는 듯한 기세로 나섰다.

"그럼 부인, 저 역시 약소하나마 도움을 드리고 싶습니다."

"뭐죠?"

"제가 요즘 시간이 좀 여유로워져서 말입니다. 상황이 상황인 만큼 조카들도 자주 볼 겸 검술 실력을 향상시키는 데 도움을 주고 싶은데⋯⋯."

"제레미에게는 이미 여덟 살 때부터 함께해 온 검술 스승이 있어요."

"그건 알고 있습니다. 하지만 엘리아스 역시 한창 수련할 나이 아닙니까?"

무슨 꿍꿍이일까? 노이반슈타인 출신이라는 훈장만 아니었다면 기사 서품을 따내지도 못했을 양아치 기사, 진짜 본업은 주색질과 도박이라는 난봉꾼 발렌티노 경마저 조카들 곁에 붙어 있으려 애쓰는 모습이라니. 뭐 두고 보면 알게 되겠지. 나는 잠깐 망설이는 척하다가 이윽고 고개를 끄덕이며 순진한 미소를 머금었다.

"쉬운 기회는 아닌 것 같군요. 그럼 당분간 잘 부탁드릴게요."

그건 어떻게 보면 오기와 무심함이 뒤섞인 일종의 시험이었다. 무대에서 발을 떼고 등을 돌릴 준비를 하면서도 마음 한구석에선 과거의 내 선택이 옳았음을 바라고 있었다.

과거의 이 시점에는 하루 종일 일과에 시달리다가 새벽녘에 잠깐 자고서 다시 눈을 뜨자마자 복잡한 서류들과 장부를 들여다보는 것이 일상이었다.

눈을 뜨고 있거나 감고 있거나 온몸의 신경이 예민해질 대로 예민해져 조그만 소리에도 화들짝 놀라던 시기. 사용인들과 기사들이 나를 대하는 눈빛 하나하나에 지나칠 정도로 깊은 의미를 두던 그 시기에, 나는 처음으로 귀족원 의회에 참석했던 그날 귀가하자마자 쓰러져 종일 죽은 듯 잠들었다.

그러고는 눈을 뜨자마자 꼭두새벽부터 뭐에 홀리기라도 한 것처럼 내가 처음 이 저택에 발을 들였을 때 가져왔던 물건들을 바리바리 싸 들고는 밖으로 나섰다.

뭐가 그리 미칠 지경이었던가, 나는.

반쯤 제정신이 아닌 채로 이곳을 영영 떠나려 무작정 뛰쳐나가는 내 발걸음을 붙들었던 건 다름 아닌 발코니에 서서 졸린 눈들을 비비며 나를 빼꼼히 바라보던 쌍둥이, 레온과 레이첼이었다.

*"가짜 엄마, 또 어디 가⋯⋯? 맨날 바쁘네. 올 때 사탕 사 와."*

잠이 덜 깬 커다란 초록빛 눈동자를 끔벅이며 고사리 같은 작은 손을 나란히 흔들어 보이던 어린 남매.

그제야 퍼뜩 정신이 들었다. 난데없으며 미친 것 같은 내 돌발 행위를 미처 저지할 생각도 못 하고 넋이 나간 채 지켜보기만 하던 기사들의 모습 역시 그제야 눈에 들어왔다.

그렇게 나는 발걸음을 되돌렸고, 저택 안으로 돌아오자마자 사용인을 모두 소집한 뒤 그 자리에서 절반가량을 해고했다. 누구 하나 나를 말릴 엄두를 내지 못했다.

하지만 이른 아침 서서히 동이 터 오는 뒤뜰을 산책할 여유마저 생긴 지금은, 사용인들을 갈아 치우는 일은 잠시 미뤄둬야겠다. 앞으로의 내 길을 정하는 게 급선무니까 말이다.

현 상황이 내게 있어 최악의 조건이라고만 할 순 없었다. 내가 진짜 과거로 되돌아와 버린 건지, 혹은 여태까지의 일이 실은 생생한 예지몽이었던 건지는 알 길이 없지만, 어쨌든 미래에 벌어질 크고 작은 사건들에 어느 정도 대비할 수 있다는 거니까. 가령 그 빌어먹을 청문회라든가, 청문회라든가…….

군이 청문회 사건이 아니더라도 과거 사교계에서 내 평판은 그야말로 처참하다 못해 극악의 수준이었다. 오죽하면 제레미가 제 결혼식에 참석 못 하게끔 만들었을까.

……크흑, 그게 서럽긴 했지만 이해가 아주 안 가는 건 아니었다. 남이 나에 대해 뭐라 떠들든 신경 쓰지 않았던 것까진 좋다 쳐도 그 정도가 좀 과했던 것 같다. 크고 작은 오해에 대해 해명할 생각도 하지 않았으며 혼자 껴안고 끙끙대기만 했으니.

나는 만인의 미움을 샀지만 아이들은 상황이 달랐다. 사람들은 아이들과는 어울리길 원하면서 나는 배척했고, 나는 아이들이 나에 대해 뭔소리를 듣고 오든 무슨 오해를 하든 설명할 생각도, 오해를 풀 시도도 하지 않았다. 결국 그들이 바라던 그대로 나는 어디에도 끼지 못하는 아웃사이더, 공공의 적이 되어버린 것이다.

지금 와서 돌이켜 보면 그래도 내게 호의적이던 소수가 어느 정도 있긴 했다. 나 같은 풋내기에 비해 연식도, 경험도 많았던 이들. 그들이 내미는 조언과 도움에 귀를 막고 눈을 감은 건 나 자신이었다. 뭣도 모르는 남들이 속 편히 앉아서 주절거리는 충고 따위 필요 없다고, 나 혼자 알아서 잘할 수 있다고, 그렇게 스스로를 고립시켰던 어린 치기.

노이반슈타인 가문의 위엄만 아니었다면 나는 진작에 사교계에서 내쳐지다 못해 귀족 사회 자체에서 매장되어 버렸을 것이다. 정확히 말해선 내 친권 아래 있는 어린 노이반슈타인들의 존재가 아니었다면.

참 얄궂기 그지없는 일이다. 나로 하여금 노이반슈타인 성의 마녀로 탈바꿈하도록 만든 존재가 아이들이었는데, 마찬가지로 그러고도 바닥까지 추락하지 않게끔 만든 존재 역시 아이들이었으니까.

다른 사람들이 날 어떻게 여기든 아이들만은 언젠가 내 진심을 알아주지 않을까 싶었는데…… 전부 내 착각에 불과했다. 착각이 아니었다면 그 빌어먹을 결혼식 사건은 일어나지 않았겠지.

하아, 어쩌면 이대로 떠나는 게 차라리 나을지도 모르겠다. 과거에는 아이들이 나를 내치기 전까지 끝끝내 하지 못했던 것. 예기치 못하게 시간을 거슬러 온 지금, 일찌감치 다 털고 물러나 주는 편이 나를 위해서도 모두를 위해서도 좋은 일일지도 모르겠다.

이런저런 생각을 곱씹으며 거닐다 보니 어느새 후원 한복판까지 다다랐다. 안개꽃과 유채꽃, 튤립과 장미가 각양각색으로 어우러진 후원 한복판에는 흙으로 쌓다 만 작은 성채가 자리하고 있었다. 틀림없이 쌍둥이가 만들다 만 것이리라.

언젠가 흙은 아니고 눈으로 쌍둥이와 함께 성을 쌓았던 적이 있다. 내가 벽과 기둥을 쌓아 올리는 동안 레이첼은 색종이를 접어서 깃발을 만들었다. 레온은 눈을 조그맣게 깎아서 사람들과 동물들의 형상을 만들어 내려고 애를 썼다. 난데없이 튀어나온 엘리아스가 단단히 뭉친 눈을 성에 던져 버리기 전까진 상당히 괜찮은 분위기였다.

하지만 애써 쌓은 성이 와르르 무너지자마자 레이첼이 울고불고 난리를 치며 애꿎은 내게 화풀이를 시작한 건 예고된 수순이었다. 마지막에는 어쩌다 보니 우리 모두 서로에게 눈뭉치를 집어 던지고 있었다.

스멀스멀 피어오르는 옛 기억에 사로잡힌 채 나는 어깨에 걸친 숄을 바닥에 깔고 앉았다. 그러고는 맨손으로 보들보들한 흙을 한 줌 쥐어 미완성된 성채의 탑에 얹었다. 그런 식으로 몇 번 쌓아 올리다 보니 다른 부분들도 눈에 띄었다. 울퉁불퉁 조각된 지붕들과 담장, 보초를 서는 병사의 형상 등등까지 전부 손을 대고 있자니 어느덧 푸르스름한 새벽이 물러가고 사방이 환하게 밝혀져 있었다.

내가 얼마나 그러고 있었는지 모르겠다. 새벽 훈련을 마치고 삼삼오오 지나가던 기사들이 발걸음을 멈춘 채 내가 하는 짓을 멍하게 지켜보고 있다는 사실을 깨닫기까지는 꽤 걸렸다. 이른 시간부터 부지런히 식재료를 나르던 급사들도, 나를 찾으러 나온 집사도 전부 나를 말리기는커녕 그 자리에서 멈칫한 채 멍한 시선들을 돌릴 생각을 하지 않고 있었다. 어린애처럼 흙장난에 심취한 나를 마침내 저지한 건 다름 아닌 뜻밖의 인물이었다.

"네가 애냐?"

……이 시건방진 목소리의 주인공은 누구신가. 우리 사고뭉치 둘째 아들내미 아니신가?

나는 몸을 벌떡 일으켰다. 황급히 돌아본 그곳에는 아니나 다를까 예의 그 삐딱하기 짝이 없는 표정으로 서서 나를 노려보고 있는 엘리아스 녀석이 있었다. 내가 기억하는 스무 살의 뿔난 망아지 같은 청년이 아니라, 열세 살짜리 어린 소년 엘리아스가.

지극히 낯익은 동시에 새삼 낯선 붉은 사자 새끼의 으르렁, 하는 포효가 적막한 후원에 아련하게 울렸다.

"내 동생들이 만든 건데 왜 네 멋대로 손을 대?"

한다는 소리가 고작 그거니. 하여간 너란 놈도 참 변함이 없구나, 변함이. 나는 쓴웃음을 삼키며 흙먼지 묻은 손을 탈탈 털었다. 그러고는 뭐가 대수냐는 투로 씨익 미소를 지었다.

"안녕, 너도 좋은 아침."

나답지 않은 여상한 대꾸에, 엘리아스는 일순 움찔하나 싶더니 탐색하는 듯한 눈초리로 내 얼굴을 주도면밀히 노려보았다. 그러고서 한다는 행동이 바로-

"이딴 걸 누가 가지고 놀아?!"

씩씩 다가와서 흙성을 발로 냅다 걷어차는 거였다.

와르르!

아아, 저리 허망하게 무너질 것을 나는 뭣 하러 심취해서 그 공을 들였던가. 하여간 이 싹수 노란 놈 같으니. 이 자식아, 너도 네 형도 명색이 기사 될 놈들이 성질머리가 그따위여서 대체 어따 쓰겠냐고!

예전이었다면 이게 무슨 짓이냐고 버럭했겠지만 지금의 나는 열세 살짜리 소년을 향해 진지하게 화내기에는 매우 많이 뭣한 상황이었다. 암, 내 정신은 스물세 살짜리 산전수전 다 겪은 어른이 아닌가?

하여 그저 어정쩡한 미소만 지어 보이고 있는데 이놈은 그러고도 속이 안 풀렸는지 여차하면 물어뜯을 기세로 눈을 부라리는 것이었다.

"우, 우리 아버지가 너더러 이딴 쓰잘데기 없는 짓이나 하라고 그딴 유언 남겼대?!"

저 지극히 안하무인적이며 패륜적인 발언이야 이놈이 원래 그런 놈이니 그렇다 치자. 한데 왜 화내면서 저리 버벅대는 걸까? 마치 꼭……

"미안하구나."

"뭐?"

"미안하다고."

조용히 읊조리며 손수건을 꺼내어 눈가를 눌렀다. 땀을 훔치려고 한 행동일 뿐이었으나 요 막무가내 소년의 눈에는 상당히 오해할 법하게 보인 모양이었다.

"뭐, 뭐야? 왜 갑자기 질질 짜고 난리야?!"

아무래도 내가 우는 것이라고 오해한 모양이다. 얼굴을 벌겋게 물들인 채 두 눈을 우왕좌왕 굴려대는 놈의 꼴을 보고 있자니 문득 슬그머니 장난기가 발동했다. 그러고 보니 이 녀석 의외로 눈물에는 약했지, 참. 하여간 자기가 실컷 괴롭혀 놓고는 뒤늦게 쩔쩔매는 모습조차 변함이 없다니까.

"내, 내가 뭘 어쨌다고 울어?! 울지 마!"

"미안해, 난 그냥……."

손수건으로 눈가를 찍으며 어깨를 움츠리자 엘리아스의 얼굴은 마치 분출하기 일보 직전의 화산 같은 모양새로 변모해 갔다. 하핫, 실로 오랜만에 보는 풋풋한 모양새다.

"울지 말라니까, 멍청아! 저딴 애새끼들이나 갖고 노는 진흙 덩어리가 뭐라고 질질 짜고 난리……."

"엘리아스!"

저건 내가 낸 소리가 아니었다, 당연히. 일단 내 목소리는 한창 변성기를 타는 소년의 그것과는 거리가 멀지 않은가?

누가 형제 아니랄까 봐 똑같이 불쑥 등장해서 끼어든 녀석은 다름 아닌 제레미였다. 이른 시간부터 다른 기사들과 신나게 훈련을 한 모양인지 관자놀이와 목덜미에 송골송골 맺힌 땀방울이 아침 햇살에 반짝거리며 흘러내리는 꼴이 훤히 보였다.

"너 또 뭔 짓 했냐?"

"나, 나 아무 짓도 안 했어! 얘가 갑자기 혼자 질질 짜는 거라고!"

막무가내 엘리아스가 유일하게 한 수 접고 굽히는 상대가 세상에 있다면 그건 바로 동생 못지않은, 아니, 어쩌면 더한 막무가내 형 제레미일 것이다. 패악질과 목청으로는 어디 가서 꿀릴 일 없는 쌍둥이조차 잠깐이나마 유순해지는 상대가 이 성질 더러운 장남이니 원.

"그럼 내가 저기서 본 건 잠 덜 깨서 꾼 꿈이냐?"

"얘가 레온이랑 레이첼 거에 손대서 그런 거거든! 자기가 뭔데……."

"네가 애냐!"

"형은 왜 갑자기 나한테만 지……!"

엘리아스가 욱해서 이으려던 뒷말이 무엇이든 간에, 그것은 할 테면 해보라는 멀뚱한 표정으로 서서 목검을 어깨 위에 얹는 제레미의 흉포하기 짝이 없는 모습에 참으로 아련하게 사그라들고 말았다. *끄응.*

"……지랄 맞게 배고프네."

참으로 어색하게 꿍얼대며 안쪽으로 폭풍 질주하려는 기세로 발걸음을 옮기던 엘리아스가 이내 멈칫하며 또 뭣 때문인지 나를 쳐다보았다. 대체 왜 저러나 싶어 빤히 마주 보자 놈은 무어라 알아먹기 힘든 소리를 입 속으로 꿍얼대더니 마침내 비척비척 가 버렸다. 실로 싱겁기 짝이 없는 그 뒷모습을 새삼 신기하게 지켜보는 찰나.

"너."

아차, 미안하구나. 내 하마터면 너의 존재를 깜박할 뻔했지 뭐니.

"응? 왜 그러니?"

"……."

쏟아지는 아침 햇살처럼 눈부시게 반짝이는 금빛 머리칼 아래 자리한 날카로운 암녹색 눈동자가 내 얼굴을 뚫어져라 응시했다. 제가 불러 놓고 말없이 빤히 쳐다보기만 하는 꼴이 영 조마조마했으나 나는 그냥 묵묵히 마주 보고 있기로 했다.

이리 과거로 되돌아와 버리기 바로 전에 있었던 그 빌어먹을 결혼식 사건 탓일까? 아직 소년의 모습을 한 이 녀석을 대하기가 묘하게 어색한 기분이었다. 아니, 껄끄럽다고 해야 하나. 괜스레 내 쪽에서 먼저 시선을 피하게 됐다.

우리 사이의 침묵이 계속 이어져 마침내 더는 못 견디겠다는 생각이 들 때쯤, 제레미가 마침내 좀처럼 어울리지 않는 신중한 어조로 입을 열었다.

"너, 무슨 생각인 거야?"

"뭐가 말이니?"

"고모님 말이야."

……이건 또 무슨 새로운 방식의 시비란 말인가. 저들 고모가 여기 있고 싶다고 해서 그러라고 해줬더니 왜 갑자기 따지고 난리야? 하여간 못돼 처먹은 놈. 야, 이 어린놈의 시키야, 안 그랬음 나중에 그걸로 나 원망했을 거잖아!

"너네 고모님이잖아. 쌍둥이도 아주 잘 따르는 것 같던데, 당분간 여기서 너네랑 지내고 싶다고 하셨는걸."

"……."

제레미는 그러고도 한참을 더 눈을 가늘게 뜬 채 나를 뚫어져라 응시하기만 했다. 그리고 나는 갑자기 걷잡을 수 없는 피로감이 이는 것을 느꼈다. 하여간 이것들은 뭘 어떻게 해줘도 사사건건 날 못 잡아먹어 안달이라니까. 진작부터 알고 있긴 했다만…….

"부인, 부인? 어머, 제레미."

나를 찾아 나온 듯한 루크레치아가 활짝 웃으며 우리 쪽으로 다가온 것은 그때였다. 곧장 조카의 뺨에 키스를 하는 그녀의 구불구불한 금빛 머리칼이 소년의 헝클어진 머리칼과 색깔이 완벽하게 일치했다. 나보다는 차라리 저쪽이 어머니 역할을 맡는 것이 제격이라 느껴질 정도로.

"일찍부터 훈련했구나? 과연 오라버니가 어렸을 때랑 똑같다니까. 배고플 텐데, 어서 아침 식사 하러 가렴."

제 고모의 허물없는 인사를 순순히 받아들인 제레미가 마지막으로 나를 흘긋 보더니 앞장서서 걸음을 옮겼다. 그렇게 뒤에 남겨진 나는 해맑게 웃고 있는 루크레치아에게 손을 덥석 잡혀 버렸다.

"부인은 식사 안 하세요?"

"아뇨, 저는……."

나로 말할 것 같으면, 남편이 죽은 이후 식사는 대개 내 처소에서 따로 했다. 내가 아이들과 함께 식탁에 앉는 즉시 전쟁이 벌어지게 마련이었으니.

이거 먹기 싫다, 저거 냄새 이상하다는 식의 반찬 투정을 멈추는 법이 없는 쌍둥이와 아까 같은 식으로 사사건건 나를 못 잡아먹어 안달인 형제한테 둘러싸여서 식사를 한다고 생각해 보라. 음식이 코로 들어가는지 입으로 들어가는지 알 수가 없게 되게 마련이다.

……에구, 내 팔자야. 역시 전부 양도해 버리고 맘 편히 내 살길이나 도모해 가는 편이 나으려나?

"제가 마침 드릴 말씀이 있거든요. 애들하고 관련된 문제예요."


"가정교사요?"

아이들이 식사하는 별관의 식당과 멀찌감치 떨어진 아틀리에. 여인들 둘이서 오붓하게 조찬을 드는, 겉으로만 보면 참 그럴싸한 풍경 속에서 나는 찻잔을 내려놓으며 눈을 크게 떴다. 루크레치아로 말할 것 같으면 이러한 반응을 예상했다는 듯 해사하게 웃고 있었다.

"네. 쌍둥이 말이에요."

"쌍둥이한테는 진작부터 과목별 교사가……."

"그건 저도 알고 있답니다. 제가 말하는 건 데뷔탕트 특훈 교사예요. 특히 레이첼 말이에요, 벌써 열 살이잖아요."

아하, 그런 걸 말하는 거였나.

어린 영애들의 사교계 데뷔 준비를 위한 특훈 교사는 대개 열두 살 무렵부터 붙게 마련이었다. 그보다 빠른 경우도 있긴 하지만, 나 역시 과거에는 레이첼이 열두 살 생일을 넘기고 난 뒤에 특훈 교사를 초빙했었다. 지금의 레이첼은 아직 열 살, 이르다면 이른 시기였다.

"아직은 좀 이른 것 같은데요. 보통……."

"일반적인 영애들은 열두세 살쯤부터 시작하는 법이죠. 하지만 아이들의 고모로서 좀 걱정이 된달까요……. 쌍둥이가 우애 좋은 건 흐뭇하지만 둘이서 멋대로 하도록 내버려 두는 시기가 지속될수록 교정하기 힘들어질 거라는 걱정이 인답니다. 고모인 제 눈에는 레이첼이 마냥 사랑스럽지만, 다른 사람들 눈에는 그리 보이지 않을 테니까요."

나긋하게 말을 이은 루크레치아가 잘 알지 않느냐는 투로 눈을 크게 깜박여 보였다.

할 말이 없군. 아무래도 명색이 고모라는 그녀 눈에도 명백하긴 한가 보다. 쌍둥이가 한번 깽판을 치기 시작하면 그 튼튼하다는 비텐베르크 궁전까지 능히 깨부수고도 남을 것이라는 사실이…….

솔직히 말하자면 쌍둥이 중 패악질을 솔선수범하는 쪽은 대개 레이첼이었다. 레온으로 말할 것 같으면 주도한다기보다는 제 쌍둥이 누이가 하는 짓은 뭐든 따라 해서 문제였다. 다행히 레온은 어느 정도 나이가 차고 난 뒤 애처럼 깽판 치는 짓을 멈췄지만, 레이첼은 사교계에 데뷔할 때까지도 영 진전이 없었다. 만약 나라는 공공의 적이 없었더라면 아마 레이첼은 사교계에서 밉상 철부지로 꽤 낙인찍혔을 거다.

크흑, 그래, 나는 딸내미를 위해 한 몸 불살라 악역을 맡은 것이다······! 그냥 그랬다고 치자!

"일리 있는 말씀이긴 하군요. 추천할 사람이 있나요?"

"그럼요, 마담 루아젤이라고 이쪽 방면에 유명하신 분이 계셔요. 다행히 저와 친분이 있는 분이라, 아마 흔쾌히 응해 주실 거예요."

기다렸다는 듯 반색하는 루크레치아를 바라보면서 나는 잠시 고민에 빠져들었다. 과거의 내가 초빙했던 레이첼의 특훈 교사는 남편이 생전 절친했다던 바이에른 백작 부인이었다. 꽤 상냥하고 온화한 분이었던 걸로 기억한다.

하지만 마담 루아젤로 말할 것 같으면 이름은 들은 바 있었으나 그녀가 어떤 성향인지에 대해 아는 게 없었다. 그냥 맡겨도 괜찮을까?

······뭐 유명한 만큼 제값은 하겠지. 거기다 루크레치아가 한 말도 일리가 있잖은가. 어쨌든 난 조만간 완전히 손을 떼버리게 될지도 모르는데, 일찍 교사 하나 들인다고 크게 잘못될 게 뭐가 있겠나? 설령 최악의 경우, 그녀가 루크레치아와 짜고서 아이들과 날 이간질한다 하더라도 더 나빠질 게 뭐가 있지?

나는 그런 무심하고도 냉랭한 기분에 사로잡힌 채 승낙했고, 하여 바로 다음 날부터 마담 루아젤이 정기적으로 후작저에 방문하게 되었다.


바야흐로 거대한 노이반슈타인 성이 고요한 어둠에 잠긴 수마의 시간. 아이들은 한참 자고 있을 이 시간에 깨어 있는 것 역시 더없이 익숙한 일이다. 과거와는 다른 점이 있다면, 미칠 듯이 내려앉는 눈꺼풀을 비비며 한 자라도 더 들여다보는 것이 아니라 서류 작업을 진작 마치고 생각 많은 머리를 부여잡은 채 멍 때리고 있다는 점이리라.

"저어, 마님……?"

내가 이틀 치에 달하는 각종 보고서를 속전속결로 처리하는 동안 묵묵히 곁에서 보좌하던 집사 로베르트가 조심스레 입을 열었다. 나는 한 손을 턱에 괴고 앉아서 허공을 응시하는 자세 그대로 대꾸했다.

"왜 그래?"

"……아닙니다. 이만 쉬시는 편이 어떻습니까?"

"가서 쉬어. 난 생각할 게 많아서."

촛대를 든 집사가 문가에서 머뭇거리는 기색이 훤히 느껴졌다. 왜 저러지? 내가 너무 일 처리가 빨라서 제대로 이해하기나 한 건지 의심스러워졌나?

나는 고개만 슬쩍 돌려서 로베르트를 향해 눈을 크게 떠 보였다. 내 의아해하는 눈빛에 충직한 집사는 일순 어물쩍대나 싶더니, 이어 결심했다는 듯 비장하기 짝이 없는 눈빛을 지어 보이며 전혀 상상도 못 한 소리를 내뱉는 것이었다.

"마님, 외람된 말씀이오나…… 괜찮으십니까?"

"글쎄, 괜찮지 않을 게 뭐가 있겠어? 왜 그래?"

"……아닙니다. 그럼 일찍 쉬십시오."

남은 어리둥절하게 만들어놓고는 참으로 싱겁게 물러가 버리는 집사씨였다. 나는 머리를 좀 갸웃대다가, 잠깐 바람이나 쐴 심산으로 서재를 나섰다.

한밤의 저택은 문자 그대로 쥐 죽은 듯 고요했다. 예전에는 이 거대한 장소를 밤마다 배회하면서 빈방들을 세어 볼 생각도 했었다. 1층에서 연회가 벌어지는 도중에 위층의 무수한 방 어딘가에서 살인 사건이 일어나도 아무도 모를 것만 같은 웅장한 성채. 물론 실제로 그런 일이 일어나기란 불가능했다. 개미 새끼 하나 지나가지 않는 것처럼 보이지만 물밑에선 가문 기사들이 밤낮으로 교대하며 순찰을 도니까.

아마 지난 과거 동안 집 안에서 나와 가장 자주 얼굴을 맞댄 존재는 자식새끼들도, 사용인들도 아닌 바로 기사들일 것이다.

신분이나 사회적 위치는 둘째 치고 온전히 가주의 입장에서 사용인들과 기사들 사이에 결정적인 차이가 있다면 그건 아마 일용성의 차이이리라. 충성스러운 사용인들을 대거 고용하는 건 힘든 일이나 충성스러운 기사들을 거느리기란 더더욱 힘들다.

검을 문 사자에게 충성을 맹세하고 황금 견장을 단 기사들. 가주가 누가 됐든 그들은 여전히 노이반슈타인의 발톱들이었다. ……비록 그들의 충정이 내가 아닌 아이들에게 향해 있다 해도, 그 가치만큼은 결코 돈으로 셈할 수 없었다.

"……꺄아아악!"

조용히 묵례를 해 보이는 기사들을 지나쳐 앞뜰로 나오자마자 나를 반긴 것은 다름 아닌 찬물 세례였다.

촤르르르!

정수리부터 시작해서 순식간에 온몸이 뻣뻣하게 얼어붙었다. 아아, 죽은 남편이여, 신이시여! 이 느낌 참 오랜만이군요?! 고개를 들어 위를 보니, 아니나 다를까 거기에는 길게 뻗은 발코니 난간에 걸쳐진 양동이와 후다닥 안쪽으로 사라지는 쌍둥이의 금빛 인영이 아련하게 일렁이고 있었다. 그 꼴을 보고 있자니 기가 막혔다. 그래, 그래, 너네가 웬일로 며칠간 얌전하나 했다!

"뭐, 뭐야?!"

"마님?!"

"마님, 괜찮으십니까?"

내가 내지른 비명 덕에 사방이 온통 시끌시끌해졌다. 하이고, 짓궂은 꼬꼬마들 때문에 오밤중에 이게 무슨 난리란 말인가. 나는 혼비백산하여 튀어나온 기사들을 향해 대충 손을 들어 보인 뒤 도로 안으로 뛰어 들어갔다. 아니, 가려고 했다.

"무슨 일이야?"

"아, 도련님……!"

쟨 대체 이 시간까지 안 자고 뭐 한 거야? 뼛속까지 젖은 채 덜덜 떠는 내 시야에 아직 평상복 차림인 제레미의 긴 인영이 들어왔다. 황당하다 못해 기가 막힌다는 표정을 짓고 있는 놈을 상대하기 영 꺼려져 얼른 지나쳐 가려는데 놈이 대체 뭔 생각인지 내 팔을 붙들어 세웠다.

"또 쌍둥이야?"

그럼 네 동생들 말고 또 누가 있겠냐, 라고 쏘아붙이고 싶었으나 딱딱 부딪히는 내 잇새로 나온 말은 생판 다른 소리였다.

"나, 나 죽어……!"

내 귀로 듣기에도 참으로 한심하게 들리는 소리였다. 엄마 죽는다, 이놈아!

제레미는 몹시 황당함을 금치 못하는 표정이었으나 더는 별말 하지 않고 내 어깨에 팔을 두른 채 걸음을 옮겼다. 녀석이 벌써 나보다 훨씬 컸기에 가능한 일이었다.

"그웬!"

제레미의 고함에 후다닥 달려 나온 그웬이 물에 빠진 생쥐 같은 내 꼬라지에 기겁을 하며 부랴부랴 처소에 불을 지피고 따뜻한 차를 내왔다. 옷을 갈아입고도 계속해서 추웠기에 나는 담요로 꽁꽁 싸맨 채 난로 앞에 웅크리고 앉아 뜨거운 차를 후후 들이마셔야 했다. 아니, 그런데…….

"좀 괜찮냐?"

……이 녀석은 대체 왜 안 가고 알짱대고 있는 걸까?

"사, 살 것 같긴 하, 하구나."

이가 계속 부딪혀서 말하기도 힘들어 죽겠다. 오밤중에 이게 무슨 푸닥거리냔 말이다! 설마 그 소악마 같은 쌍둥이가 이 시간까지 안 자고 나를 노리고 있었으리라고는 예상치 못했던 것이 내 불찰이었다. 미안하구나, 내 다시는 네 녀석들을 무시하지 않으마……!

통탄의 눈물을 삼키며 힐긋 곁눈질해 보니, 거기에는 한쪽 무릎을 꿇고 앉아서 나를 물끄러미 응시하는 소년의 더없이 진지한 얼굴이 있었다. 난롯불에 비친 탓인지 암녹색 눈동자가 내 눈만큼이나 밝은 풀색으로 보였다.

"다음부터는 그런 짓 못 하게 해. 네가 자꾸 그냥 넘어가 주니까 계속 그러는 거잖아."

글쎄, 내가 어찌 대처하느냐에 관계없이 네 동생들은 마지막까지 그 모양일 터인데 어쩌겠니. 너와 딱 마찬가지로 말이야. ……라는 말을 입 밖으로 내뱉을 순 없었기에 나는 말없이 담요 속에서 몸을 한껏 웅크리기만 했다.

제레미는 그러고도 한참을 더 내 곁에 앉아서 나를 지그시 쳐다보다가 갔다. 그 알 수 없는 오묘한 시선으로부터 마침내 해방된 내가 일어나서 비척비척 침대로 다가가 풀썩 쓰러지는 찰나였다.

"마님?"

"아아, 고마워 그웬. 이제 그만 가서 자도……"

"저어, 마님."

"응?"

푹신한 거위 털 베개에 파묻은 고개를 슬쩍 옆으로 돌리자, 어째 아까의 로베르트와 상당히 비슷하게 느껴지는 기세로 문가에 서 있는 그웬이 보였다. 어라?

"왜 그래?"

"그게…… 괜찮으십니까?"

"뭐가 말이야?"

"……아닙니다. 편히 주무십시오."

정중히 인사를 건넨 그웬이 나가고, 훈훈한 온기가 맴도는 방에 혼자 남은 나는 잠시 멀뚱하게 방문만 쏘아보았다.

이상하다. 다들 뭔가 좀 이상하다. 왜 번갈아 가면서 저런 생뚱맞은 질문을 다 하는 거지? 내가 괜찮든 괜찮지 않든 이 시점에서 하등 문제될 게 없을 텐데?


"에취-!"

젠장 할, 결국 감기에 걸려 버린 것 같다. 아무리 두껍게 껴입어도 으슬으슬 오한이 이는 게 확실한 감기 증상이었다. 그웬이 내 이마와 목덜미에 손을 대 보더니 혀를 내두르며 주치의를 불러와야겠다고 주장했다.

"완벽한 감기 증상입니다. 며칠간 잘 드시고 푹 쉬셔야 합니다."

주치의 씨가 묘하게 낭창낭창한 어조로 판정한 그대로, 나는 그야말로 며칠간 꼼짝없이 침대에 묶여 지내야 했다. 내가 처소에 누워 있는 동안 루크레치아가 몇 번인가 와서 쾌유를 빌어주고 갔다. 발렌티노 경도 왔다가 갔다. 또 누가 왔다 갔는지는 모르겠다.

처음에는 기침과 오한만 있나 싶더니 나중에는 기어이 열이 펄펄 끓었다. 열에 들떠서 계속해서 잠만 자는 내내 꿈과 현실의 경계가 모호해졌다. 이대로 앓다가 죽는다면 나는 과거에서 눈을 뜰 것인가, 아니면 다시 내가 아는 미래로 돌아가 있을 것인가······.

"가짜 엄마, 또 꾀병이야?"

······이 어물어물한 목소리는 누구 거더라. 어디서 많이 들어 봤는데. 아, 그래, 우리 꼬꼬마 레온이구나. 이 녀석아, 내가 누구 때문에 이러고 누워 있는데 그게 할 소리니? 아니, 그보다 얘가 왜 여기 들어와 있는 거지?

"······웬, 그웬!"

"마님? 에구머니나, 도련님, 여기 계시면 안 되어요."

"왜? 나 아무 짓도 안 할 건데······."

"옮으면 큰일 납니다. 얼른 이리 오세요."

다행히 레온은 평소처럼 생떼를 쓰는 대신 고분고분 끌려 나갔다. 나는 계속해서 비몽사몽하며 잠들었다 깼다를 반복했고, 나중에는 옆에서 들려오는 말소리에 반응할 기운조차 잃어버렸다.

"진짜 죽은 거 같아."

"쉿. 조용히 말해."

"오빠, 가짜 엄마도 죽어버리는 거야? 그럼 아버지처럼 땅속에 들어가?"

"죽긴 누가 죽냐? 그냥 골골대는 거지. 쯧, 하여간 꼴에······."

……우리의 싹퉁바가지 엘리아스와 천하무적 땡깡지존 레이첼이 웅얼대는 지극히 패륜적인 언사 역시 그냥 못 들은 척해 버렸다. 하녀들 부를 기운도 없었으니. 하아, 이것들이 진짜 아픈 사람 옆에 와서 그게 할 소리냐고!

"상태가 심각해 보이는데. 정말 그냥 감기 맞아?"

"열이 떨어지고 나면 괜찮아지실 겁니다. 너무 걱정하지 마세요, 도련님."

아파서 주야장천 잠만 자는 내내 현실과 과거-혹은 미래가 뒤죽박죽 얽힌 꿈에 시달렸다.

들끓던 감기 열이 마침내 떨어지기까지는 꼬박 엿새가 걸렸다. 내가 침대에서 끙끙대는 동안 꽤 고생했는지 우리의 그웬의 눈 밑이 상당히 거무죽죽해져 있었다.

"이제야 열이 떨어졌군요. 쾌차하셔서 정말 다행입니다."

"그래. 별일 없었지?"

고작 엿새간 무슨 일이 얼마나 있었겠냐마는, 몸에 밴 습관대로 별생각 없이 묻는데 내 옷을 갈아입혀 주던 그웬의 손길이 일순 멈칫한 것 같았다.

"그웬?"

"아, 네, 네. 배고프시죠? 금방 식사를 가져오겠습니다."

……뭐지, 이 뜬금없이 수상쩍은 느낌은? 내 눈은 못 속인다. 우리의 충직한 하녀장과 그 긴 세월을 동고동락해 온 내 감으로 말하자면, 방금 그녀의 태도는 뭔가를 감추려 얼버무린다기보다는 스스로도 확신이 서지 않은 문제라 어물쩍대는 듯한 기색이었다.

……아니면 단지 내가 아픈 뒤라 예민해진 것뿐일까?

"마님……?"

반쯤 멍하고도 의구심에 찬 기분에 사로잡혀 있다가 문득 정신을 차려 보니, 어느샌가 나는 내 처소를 빠져나와 서쪽 별관의 식당으로 향하고 있었다. 대체 어쩌다가 여기까지 나왔는지 모를 일이었다. 뭐가 나를 흘린 걸까?

"쾌차하셔서 다행입니다."

고개를 흔들어 머릿속을 맑게 하려 했다. 난간에 담쟁이덩굴 조각이 새겨진 화려한 계단과 대리석 흉상들이 새삼 낯설게 느껴졌다. 어리둥절해하는 내 시야에 언제나처럼 별관 입구를 지키고 서 있는 기사들의 모습이 들어왔다. 나는 자박자박 걸어서 그대로 입구를 지나쳐 들어갔다. 그랬다가, 반쯤 충동적으로 뒤를 돌아보았다. 알 수 없는 모호한 시선으로 내 뒤통수를 응시하던 기사들이 후다닥 눈길을 돌렸다.

……저것들은 또 왜 저래? 이 종잡을 수 없는 분위기는 도대체 뭐람? 어디가 어떻게 이상하다고 정의하기는 어려웠지만 확실히 석연치 않은 기운이 공기 중에 맴돌고 있었다. 일종의 불안이랄까, 혹은 동요랄까……?

그리고 그건 10여 년 가까이 이 저택의 대소사를 주물러 왔던 나 같은 사람에게조차 생소하게 느껴지는 것이었다. 분명 남편이 죽고 난 뒤에도 이 정도로는…… 아냐, 내가 예민해진 것뿐이리라.

식당 안으로 비척비척 걸어 들어가자마자 아이들과 함께 식사를 들던 루크레치아가 자리에서 벌떡 일어나며 호들갑스레 나를 반겼다.

"어머, 부인. 쾌차하셔서 정말 다행이에요!"

"고마워요. 별일 없었나요?"

"무슨 일이 있었겠어요. 어서 앉으세요."

상냥하게 내 손등을 툭툭 두드리는 루크레치아에게 미소를 지어 보이며 자리에 앉는 찰나, 구운 당근을 상대로 용감무쌍한 대련을 하던 엘리아스가 힐긋 시선을 던지며 퉁명스레 중얼거렸다.

"당장 숨넘어갈 것처럼 끙끙대더니 살아났네."

"엘리아스, 어머니한테 그 무슨 말버릇이니?"

루크레치아가 부드럽게 일침하는 소리에 나는 그만 눈을 질끈 감아버렸다. 아이고! 우아하신 백작 부인, 그런 말은 삼가는 편이 우리 모두의 평안한 아침을 위해서 좋을 터인데요!

하나 속으로 땅을 치고 있는 내 걱정이 무색하게도, 엘리아스는 평소처럼 '저딴 게 왜 우리 어머니냐'라는 설전을 시작하는 대신에 당근과 원수라도 진 것처럼 대련을 계속하기만 할 뿐이었다. 내가 오늘 해가 서쪽에 떴나 싶어 창밖을 힐끔거렸음은 두말할 것도 없었다.

저 안하무인 녀석이 웬일이지? 내가 좀 아팠다고 해서 새삼 너그러이 굴 녀석도 아닌데……. 아, 고모 앞이라서 그런 모양이다.

식사 시중을 드는 하녀들이 내 몫의 요리를 따로 가져오는 동안 나는 엘리아스의 옆자리에 나란히 앉아 있는 쌍둥이들 쪽으로 시선을 던졌다. 막 목욕을 마친 모양인지 깨끗하게 곱슬거리는 금색 머리칼을 빛내며 크랜베리 샐러드를 깨작대는 모습이 꽤 귀엽고 사랑스러워 보였다. ……물론 저 천사 같은 외모에 속아 넘어가선 안 된다는 사실을 이제는 아주 잘 알고 있다.

"제레미는요?"

"큰형아는 이미 먹고 갔어."

루크레치아를 향해 물었는데 대답을 한 녀석은 레온이었다. 한 손으로 샐러드를 휘저으며 그 큰 에메랄드빛 눈으로 나를 힐끔대는 모습이 영 생소하여 물끄러미 바라만 보는데, 옆에서 마찬가지로 샐러드를 휘젓고 있던 레이첼이 대뜸 포크를 내려놓더니만 단호하게 외쳤다.

"나 이거 먹기 싫어."

네네. 그러시겠지. 이젠 놀랍지도 않다. 쌍둥이가 음식 가지고 투정하는 게 하루 이틀도 아니었으니. ⋯⋯아니, 이제 와서 드는 생각이지만 어쩌면 내 앞에서만 일부러 저러는 걸지도 모르겠다.

"어머, 레이첼, 아까까지만 해도 잘 먹었잖니. 반찬 투정하면 못써요."

휴우, 자애로운 고모분이 상대하도록 내버려 두자. 난 지금 입씨름하기는 너무⋯⋯.

"가짜 엄마, 내가 이거 싫다고 한 소리 들었어?"

"레이첼!"

오호라, 저것이 바로 아리따운 고모의 힘, 혈연의 힘인가? 참으로 놀랍게도 레이첼은 더는 아무런 말도 하지 않았다. 대신에 포크를 접시와 요란하게 부딪히며 매우 불편한 심기를 드러낼 뿐이었다. 내 감탄한 기색을 느낀 건지 어쩐 건지 내 쪽을 돌아본 루크레치아가 실로 자부심에 찬 미소를 지어 보였다.

"몸이 괜찮으시면 이따 오후에 함께 외출하지 않겠어요? 마침 마담 루아브의 살롱에서 초대장이 왔는데, 이제 슬슬 바깥나들이를 시작해도 될 것 같은걸요."

"고맙지만 괜찮아요."

"너무 집 안에만 계시면 정신적으로 피폐해지게 마련이랍니다. 사람들과 슬픔을 나누고 사교계 출입도 하셔야죠. 부인께서도 가만히 보면 천생 소녀이신 것 같은데, 마담 루아브의 올겨울 드레스 라인이 벌써부터 호평이 자자하답니다."

응당 옳은 소리였다. 꽤 다정한 발언이기도 했고. 그런데 왜 난 내키지가 않는 걸까? 계획대로 내 앞길을 도모해 가려면 루크레치아와 함께 지금부터 사교계에 자리를 잡아놓는 편이 유리한 일인데 말이다.

"아직 몸이 좀 불편해서 말이죠. 다음에는 같이 갈게요."

"그래요, 그럼. 다음엔 꼭 같이 가는 거예요?"


식사를 마치자마자 식당에서 물러나 서재로 향했다. 3일간 밀린 서류들을 후딱 해치워 버리려면 서둘러야 했다. ……에고, 몸에 밴 습관이란 건 어쩔 수가 없는 모양이다. 일을 얼른얼른 끝내 버려야만 직성이 풀리니 원.

그나저나 벌써 시간이 이만큼 흘렀네. 조만간 귀족원 의회에 참석해야 하는 날이 다가오고 있으니……. 딱히 불안하거나 겁이 나지는 않는다. 그 많은 추기경과 귀족 중 누가 내게 가장 적대적이고 누가 가장 내게 도움이 될 만한 자인지 파악하고 있으니까. 우선적으로 과거 그들 중 가장 내게 호의적이었던 뉘른베르 공작님이 있다. 그를 다시 만나게 된다면…….

문제는 내 생각이 거기까지 미쳤을 때쯤부터 발생했다. 이젠 진짜 내가 무슨 약이라도 잘못 먹은 게 아닐까 싶어질 정도였다. 아름드리 계단과 복도를 지나쳐 걷는 내내 사방에서 느껴지는 시선에 온몸의 신경이 바짝 곤두섰다.

온 사방에 사용인과 기사가 깔린 이 웅장한 저택을 처음 온 것도 아니고 지난 9년간 잘만 돌아다녔는데, 왜 새삼 이런 예민한 기분이 이는 걸까? 정말로 내가 예민해진 것뿐일까? 공기 중에 떠도는 종잡을 길이 없는 이 찝찝한 분위기는 도대체 뭐란 말인가? 내가 아팠다가 쾌차한 시점에서 이러한 불온한 공기가 감도는 현상은 아무리 봐도 다들 내가 못 일어나길 바랐다는 증거 아닌가?

……설마 진짜로 그런 거야?!

아냐, 정신 차리자. 내가 쓸데없이 예민해진 게 맞을 거다. 암, 과거에는 한 번도 이런 적 없었잖아. 남편이 갑자기 쓰러졌을 때도, 그렇게 죽어버렸을 때도, 아이들이 아팠을 때도, 내가 아팠을 때도…… 심지어 내가 계약 고용한 애인을 끌고 왔을 때도 이만큼 저택 전체를 들쑤시는 동요는 없었는데.

"저어……."

"뭐야?"

뒤쪽에서 불쑥 들려온 음성에 나도 모르게 기겁하며 도끼눈을 떴다. 그러나 곧 상대가 가문 기사일 뿐이라는 사실을 깨닫고는 즉시 표정을 풀었다.

"무슨 일이지?"

웬만해선 기사가 내게 다가와 말을 거는 법이 없었다. 그들의 임무는 이 저택과 주인들을 철저히 지키는 것이었고, 모든 보고와 탄원 등은 기사단장을 통해, 그리고 다시 보고서를 통해 가주에게 들어오게 마련이었다. 종종 서면 보고를 받을 때도 있었으나 그건 기사단장 및 부단장들에 한해서였다. 기사들 스스로도 행여나 모를 스캔들에 철저히 몸을 사리는 편이기도 했고.

그런데 이 기껏해야 십 대 후반 정도로 보이는 젊은 기사가 대관절 무엇 때문에 저러한 망설이는 표정을 하고서 내 발길을 붙드는 걸까?

"손수건을…… 떨어뜨리셨습니다."

조심스레 팔을 뻗는 기사의 굵다란 손끝에는 과연 레이스가 주렁주렁 달린 앙증맞은 노란 손수건이 들려 있었다. 나는 그것을 건네받는 대신에 기사의 눈을 빤히 노려보기만 했다. 그도 그럴 게 이런 밥맛 떨어지는 디자인의 손수건은 절대 내 것이 아니었으니까. 만약 내가 여기서 웬 혈기 주체 못 하는 기사 하나가 내게 반한 나머지 수작을 거는 것이라고 착각한다 한들 날 탓하는 사람은 별로 없을 것이다.

하지만 그 순간 내 머릿속에 퍼뜩 떠오른 생각은 그러한 풋풋한 분홍빛 착각 따위가 아니었다.

"고마워."

살짝 미소를 지으며 손수건을 건네받으려 몸을 앞으로 기울였다. 몸을 다시 빼는 바로 그 순간에 아주 낮은 속삭임이 귓가를 스치고 지나갔다.

"단장님께서 알현을 청하십니다."

……이건 또 뭐람. 점점 미스터리해지는 기분일세.

기사단장이 날 보기를 원한다면 그 절차는 아주 간단하다. 집사에게 청을 넣은 뒤 내게 오면 된다. 한데 이 듣도 보도 못한 쓸데없이 은밀하며 철저하리만치 조심스러운 절차의 연유는 무어란 말인가? 대체 뭐가 어떻게 돌아가고 있기에 기사단장이 집사를 불신하는 기현상이 벌어지고 있는 거지? 어느덧 맥박이 빠르게 요동치기 시작하고 있었다. 나는 곧장 성큼성큼 걸음을 옮겨서 서재로 향했다.

"로베르트!"

"찾으셨습니까, 마님. 쾌차하셔서 다행입……."

"지금 바로 기사단장하고 하녀장을 불러 줘. 최대한 조용히 돌아와."

다른 사람이라면 몰라도 집사 로베르트와 하녀장 그웬만큼은 내가 확실하게 믿을 수 있는 이들이다. 기사단장 알베른 역시 마찬가지였다. 잔잔한 수면 밑에서 정확히 무슨 일이 벌어지고 있는 것인지 세 사람을 모아놓고 들어보면 알게 되리라. 내 음성에 실린 심상치 않은 기색을 느꼈는지 로베르트는 아무런 질문 없이 곧장 임무를 이행했다.

마호가니 책상을 손가락 마디로 톡톡 치며 기다린 지 몇 분이나 흘렀을까. 바짝 긴장한 얼굴을 한 세 사람이 차례차례 안으로 들어섰다. 나는 그들에게 앉으라고 지시하고는 문을 닫았다.

로베르트와 그웬이 초조함 반 의아함 반이 섞인 표정으로 시선을 교환하는 동안 알베른은 조용히 나를 주시하기만 했다. 침착하게 가라앉은 물빛 눈매에 가늠하는 듯한 빛이 번득이고 있었다. 예전에는 그의 험악만 외모만 보고 지레 겁먹었던 시기도 있었으나, 이제는 그가 그 누구보다도 명예를 중요시하는 기사라는 사실을 안다.

"알베른 경."

"예, 마님."

"손수건은 누구 취향이었지?"

"……."

과묵한 기사단장은 일순 말이 없었다. 나는 짧은 한숨을 내쉬며 나머지 두 사람을 돌아보았다.

"그웬, 로베르트. 그대들도 뭔가를 알고 있나?"

"예? 마님, 송구하오나 어떤 손수건에 대해 말씀하시는 건지……."

그웬과 로베르트의 얼굴에 떠오른 어리둥절하기 짝이 없는 표정은 진실했다. 알베른으로 말할 것 같으면 어째 망설이는 듯한 눈빛으로 두 사람을 흘긋거리고 있었다. 뭐 무리도 아니다. 지금은 아직 우리 사이에 신뢰가 쌓이기 전이니까.

"알베른 경, 경이 그 누구보다도 명예를 중요시하는 기사라는 사실은 잘 알고 있어. 진심으로 이 가문을 위한다는 것도. 만약 저 두 사람이 미심쩍다면 그냥 이 자리에서 나를 믿고 말해봐. 지금 경이 감추고 있는 이야기가 아이들과 관련된 일이라면 조금의 지체도 없어야 할 거야."

대대로 이 집안을 보필해 온 충직한 집사와 하녀장은 이제 아주 가관인 표정을 하고 기사단장을 노려보고 있었다. 그리고 마찬가지로 충직한 기사단장은 잠시 내 눈을 뚫어져라 응시하나 싶더니 마침내 예의 그 굵직한 음성으로 입을 열었다.

"마님께서 어느 정도 알고 계시는 것이 아닐까 생각했었습니다."

"뭐를?"

"제가 나설 문제가 아니기도 한 데다 마님께서 묵인하시는 것이 아닌가 싶어 계속 망설여 왔었습니다만……."

"그러니까 뭐를 말이지? 내가 뭘 묵인한다고?"

"……."

"혹 발렌티노 경이나 세바스티앙 백작 부인이 관련된 일인가? 내가 그 두 사람을 들인 건 아이들이 가급적 빨리 안정을 취하기 위함이었어. 하지만 지금 그대들의 분위기를 보아하니 그 반대로 간 것 같은데, 대체 무슨 일들이 벌어지고 있는 거야?"

오묘하기 짝이 없는 정적이 흐르는 와중에 세 사람이 잠시 시선을 교환했다. 이어 알베른이 아까와는 전혀 다른, 묘하게 당혹감이 서린 것 같은 투로 말을 이었다.

"그게…… 마님, 몇몇 기사의 보고가 있었습니다. 매일 오후마다 발렌티노 경께서 방문하여 엘리아스 도련님에게 검술을 가르친다는 사실은 마님께서도 알고 계시겠지요."

알고말고. 내가 승낙한 일 아닌가!

"외람된 말씀이오나 마님…… 발렌티노 경께서 엘리아스 도련님에게 행하는 훈육의 정도가 지나치다는 보고입니다. 물론 정말로 저희가 상관할 바가 아니라는 사실은 인지하고 있으나……."

"아무리 숙부와 조카 사이의 일이라 한들 가신으로서 우려를 표하는 건 당연한 일이지. 그래서?"

"송구합니다. 둘째 도련님께서 매일같이 꽤 심한 체벌에 시달리시는 듯합니다. 마님께서도 아시겠지만, 돌아가신 후작 각하께서도 생전 도련님들을 그런 식으로 대하진 않으셨기에 이리……."

피가 순식간에 발밑으로 빠져나가는 감각이 바로 이런 것일까? 나는 잠시 눈을 감고 심호흡을 했다. 침착하자. 후아, 후아, 일단 침착하자고. 머리를 가라앉히고 이성적으로 따져 보자.

"알베른 경."

"예, 마님."

"경에 대한 내 신뢰는 보증할 수 있지만, 그 이야기에 허점이 한두 가지가 아니라는 점은 지적해야겠는데. 엘리아스가 누구에게 순순히 얻어맞고 있을 아이는 결코 아니란 거 알잖아. 분명 어떤 식으로든 진작에 내 귀에 들려왔겠지."

"예, 저 또한 의아했습니다. 둘째 도련님께서 어째서 기사들에게 그리 신신당부를 하셨는지 말입니다."

"신신당부를 해?"

"예. 그 누구에게도 알리지 말라는 함구령을 내리셨습니다."

나는 아연실색할 수밖에 없었다. 엘리아스 그 녀석이 뭘 어쨌다고? 대체 왜 그런 어울리지도 않는 당부를 하고 앉았던 거지? ……설마 자존심 때문인가? 그깟 자존심이 다 뭐란 말인가? 하여간 애들이란!

나는 물론이고 남편도 생전 애들을 때린 적이 없다. ……예전에 한번 엘리아스의 따귀를 친 적은 있긴 하다만, 아무튼 저들 아버지한테도 맞은 적 없는 애들인데! 부글부글 들끓기 시작하는 머리를 부여잡고 있는 나를 예의주시하는 듯하던 알베른이 가라앉은 헛기침을 해 보였다.

"그리고, 마님. 이건 개인적으로 반드시 여쭤보고 싶었습니다만……."

"음?"

"마님께서 곧 떠나실지도 모른다는 소문을 들었습니다."

"……무슨 소리를 하는 거야?"

이번에야말로 내 눈이 접시만 하게 벌어졌다. 문자 그대로 얼이 빠진 나를 앞에 두고 세 사람이 다시금 시선을 교환했다. 다음으로 나선 건 다름 아닌 우리의 로베르트였다.

"마님, 그렇다면 역시 떠나실 작정이 아니셨던 겁니까?"

"지금 그대들이 무슨 말을 하는 건지 하나도 이해를 못 하겠는데."

"마, 마님. 그럼 계속 여기 있으실 거요?"

그웬까지 나서서 거드는 이 황당무계한 현상을 어찌 표현하면 좋을까? 물론 속으로야 떠나는 게 나을지도 모른다는 생각은 수십 번도 더 했다만, 한 번도 입 밖으로 내본 적은 없단 말이지! 진짜 떠난다 해도 내가 원하는 때에, 가장 적절하다 생각되는 순간에 떠날 것이다. 남들의 망할 기대에 맞춰주듯 떠나는 것이 아니라.

"대체 누가…… 가만, 가만. 좋아. 다들 내가 떠날 거라고 지레짐작해 왔다는 거지?"

끄덕끄덕. 얼씨구?

"그런 얘길 누구한테서 들었지?"

"그······ 도련님들하고 아가씨께서 그런 느낌의 질문을 시작하신 바람에······."

"대체 왜 여태까지 이 모든 일에 대해 나한테 단 한마디도 하지 않았을까? 로베르트? 그웬? 알베른 경?"

잠시 정적이 있었다. 살얼음판 같은 정적이 몇 초나 흘렀을까, 어딘가 멍한 눈으로 나를 보던 세 사람이 이윽고 앞다투어 외치기 시작했다.

"저는 분명히 몇 번이나 마님께 서면 보고를 해야겠다고 여기 집사에게 청을 넣었습니다. 그러나 지난 보름간 단 한 번도, 그래서 아무래도 사용인들이 매수된 듯하여 오늘 그러한······."

"뭐, 그게 정말입니까? 마님, 저는 기사단장께서 말씀하시는 요청서를 받은 바가 없습니다. 엘리아스 도련님에 대한 이야기조차 금시초문입니다. 이게 대체 어찌 된 일인지······."

"송구합니다, 마님. 저 역시 마찬가지입니다. 마님께서 떠날지도 모르신다는 생각에 초조하긴 했으나 섣불리 묻기도 그래서, 또 아프셨기도 하고······."

헛웃음이 나올 따름이었다. 화가 치미는데 되레 웃음이 나오다니 참 아이러니한 일이다. 그제야 그간의 모든 낌새가 이해가 갔다. 끊임없이 내 눈치를 살피는 듯하던 하녀장과 집사, 어딘가 석연치 않았던 기사들, 저택 안에 맴돌던 더없이 기이한 동요······.

"일단 세 사람 모두 모르는 척하고 있도록 해. 로베르트, 시에스타 시간에 맞춰서 사용인 전원 소집해 줘."

"엘리아스! 거기 너, 엘리아스 봤어?"

"아, 아니요, 마님……."

왜 하필이면 이런 때 엘리아스도 제레미도 제 처소에 없는 걸까? 한 순간이라도 얌전히 집안에 붙어 있으면 어디가 덧나는 걸까? 저택 안을 헤매다 말고 급기야 연무장까지 뛰쳐나온 내 채신머리 따위 개나 준 모습에 한가로이 검을 닦으며 잡담을 나누던 기사들이 혼절하기 일보 직전의 얼굴이 되었음은 두말할 것도 없었다.

"마, 마님? 왜 그러십……."

"엘리아스! 우리 엘리아스 봤어?"

"예? 아아, 둘째 도련님이라면 아마 뒤뜰 쪽에……."

혼비백산한 기사들을 뒤로 한 채 나는 곧장 뒤뜰 쪽으로 달려갔다. 지금 내 모습이 어찌 보일지는 그다지 중요하지 않다. 중요한 건……!

"엘리아스!"

엘리아스는 정말로 거기에 있었다. 있긴 있었는데, 제레미도 거기 있었다. 정확히 말해선 둘이 걸렁하게 분수대에 걸터앉아 퍽이나 심각해 보이는 낯짝들로 말을 주고받고 있었다. 그 꼴들을 보자 절로 어처구니가 없어졌다.

"엘리아스!"

그제야 내가 부르는 소리를 들었는지 흠칫하며 고개를 돌린 엘리아스가 몸을 벌떡 일으켰다. 그러더니만 이놈 새끼가 다짜고짜 도망을 치는 것이 아닌가?

"너 어디 가! 이리 안 와?"

"시, 싫어! 갑자기 왜 난리야?!"

"엘리아스 폰 노이반슈타인! 당장 멈추지 못해?"

"너 같으면 멈추겠냐! 오, 오지 마!"

우리의 나이 차를 감안하더라도 내 다리로 엘리아스의 타고난 다리를 따라잡을 수 있을 리가 없었다. 하지만 신이 나를 도우신 건지 뭔지 무작정 도주하던 녀석이 다음 순간 풀뿌리에 걸려 보기 좋게 넘어져 버렸고, 나는 날아들듯 뛰어가 놈을 붙들었다.

"으아악! 왜, 왜 이래?!"

"왜 이러냐고? 내가 왜 이럴까?! 나도 참 궁금하다!"

내 어디서 이런 힘이 나왔는지 나도 모르겠다. 비명을 꽥꽥 질러 대는 엘리아스의 어깨를 한 손으로 짓누른 채 다른 손으로 셔츠 자락을 홱 끌어 올리는 내 거침없는 행각을 죽은 남편이 보았더라면 틀림없이 성호를 그었으리라.

그리고 맙소사, 세상에, 증거는 바로 거기에 고스란히 있었다. 열세 살 남짓 소년의 아직 연약한 등에 새겨진 울긋불긋한 피멍들이.

"이것 놓······."

"이······ 덜떨어진 녀석아, 너 혼자 꽁꽁 감추고 있으면 아무도 모를 줄 알았니? 왜 말 안 했어? 왜 가만히 있었냐고? 평소엔 그렇게 강한 척 잘난 척은 다 하던 놈이 왜 내색도 안 하고 얻어터지고 있었느냔 말이야!"

치미는 열을 간신히 억누르며 화르륵 쏘아붙이자 내 밑에 깔린 채 허우적대고 있던 엘리아스가 눈을 휘둥그레 떴다. 그 꼴을 보고 있자니 더더욱 기가 막혔다. 이 자식이 진짜?

허리를 붙드는 손길이 느껴지나 싶더니 몸이 불쑥 들어 올려진 것은 그때였다.

"저기, 일단 진정하고······."

"이거 안 놔?!"

"아니, 일단 내 말부터 좀…… 어어억! 잠깐, 잠깐, 슈리! 진정 좀 하고 설명부터 들어 보란 말이야!"

"너도 똑같아, 이 바보 자식아! 이거 놓지 못해?!"

내 평생 처음으로 귀하디귀한 첫째 아들내미의 등짝을 마구 후려치는 광경 역시 죽은 남편이 보았더라면 성호를 수십 번은 긋고도 남았을 것이었다. 마찬가지로 전혀 상상도 못 해봤을 진귀한 경험을 체험 중인 당사자로 말할 것 같으면 너무 당황한 것인지 어쩐 것인지 나를 막지도 놓지도 못하는 채로 악악 악을 써 댔다.

"어억! 진정 좀 하라고! 어, 어딜 차는 거야! 진정해! 그런 게 아니라니까!"

"뭐가 그런 게 아니야! 이 구제불능의 머저리 자식들 같으니! 너네 아버지가 너넬 얼마나 생각했는지 알기나 하니? 평소에 나한테 하던 거 반만이라도 해보지 그랬……."

"안 그러면 떠날 거잖아!"

난데없이 빽 악을 쓰는 엘리아스의 만행에, 나는 일순 말을 멈추고는 눈을 깜박이게 되었다. 십 대 초반 소년의 잔뜩 일그러진 암녹색 눈동자에 어느덧 눈물이 그렁그렁 고인 꼴이 그제야 보였다.

"이게 지금 뭘 잘했다고……."

"나 다, 다 알아! 어차피 넌 좋아서 우리 아버지랑 결혼한 것도 아니잖아! 좋아서 여기 있는 것도 아니잖아!"

"……뭐?"

"우리가…… 우리 때문에 맨날 아프고, 그, 그런 것도 다 안다고! 네가, 네가 우리 싫어하고, 귀찮아한다는 것도! 그러니까…… 그러니까 우리가 나약하고 버릇없고 성가신 쓰레기들이라는 것도 알고, 그래서 변하지 않으면 너도, 너도 우리 부모님처럼 떠나 버릴 거잖아!"

피를 토하듯이 고래고래 소리친 엘리아스가 기어이 끅끅 울음을 쏟아 내기 시작했다. 이 꿈에도 상상 못 해본 끔찍한 광경에 나는 그저 멍한 눈이 되어 제레미 쪽을 쳐다보았다.

신나게 두들겨 맞은 등짝을 문지르고 있던 제레미가 헛기침을 하며 시선을 피했다. 전혀 그답지 않은 행위였음은 굳이 언급할 필요도 없으리라.

"……그게, 나도 확신이 없었단 말이야. 저 얼간이가 자꾸 그럴 거라면서 징징대는데 그냥 뒤집어엎어 버릴 수도 없고……."

"끄으흐으으윽…… 내가, 내가 왜 얼간이야! 그러는 형은! 흐엉엉……."

"아니, 그럼 동생님께서 빨리 부시든가? 나 붙들고 질질 늘어진 건 네놈이었잖아, 이 가문의 수치 같은 놈아!"

그 와중에도 으르렁대는 건 절대 포기 못 하는 두 사자 새끼의 아주 가관인 모양새를 보면서 나는 누군가 망치로 내 뒤통수를 세차게 후려갈긴 듯한 느낌에 사로잡혔다. 아닌 게 아니라 진짜로 두개골이 찌잉 하고 울렸다.

왜지……? 왜, 대체 왜 이제 와서……?

아니다, 이제 와서 변한 것이 아니다. 어쩌면 진작부터 이랬을 수도 있다. 과거의 어린 내가 미처 깨닫지 못했던 사실이 지금의 내 눈에는 바로 보이는 것일 수도 있다. 적어도 아직까지는 이 애들 모두 어머니에 이어 아버지까지 잃은 지 얼마 안 된 어린아이들일 뿐이라는 사실이 말이다.

아, 그랬다. 과거에는 알 턱이 없었다. 나 역시 어리긴 마찬가지였던 데다 이런 식으로나마 대화를 해본 적이 없으니까. 아이들이 어떤 생각을 하고 있을지, 어떤 자아를 이루어 가고 있을지에 대해 눈곱만큼도 몰랐던 게 당연했다.

분노와 안타까움, 연민의 감정이 뒤죽박죽 섞이면서 이유를 알 길 없이 가슴이 욱신거렸다. 동시에 나 자신에게도 화가 났다. 아직 벌어지지도 않은 미래의 사건에 사로잡혀서 대체 무슨 짓을 하고 만 걸까. 결과적으로 영원히 지울 수 없는 상처가 남게 생겼다.

하아, 과거의 내 선택이 옳았다는 사실을 이런 식으로 증명받길 결코 바라지 않았는데…… 내 실수였다.

"너네 숙부가 그런 소리를 하디?"

차분하게 묻자 혼자 끅끅 울음을 쏟아 내던 엘리아스가 어깨를 움찔거리며 머리를 주억거렸다. 한숨이 새어 나왔다. 동시에 그 온갖 말을 어린 소년의 귀에 대고 속삭인 작자를 향한 분노가 치솟아 올랐다.

"그런데 왜 나한테 직접 물어보지 않았어?"

"……나, 나는……."

"누가 너네 멋대로 생각하고 결정하랬니?"

엘리아스가 그저 가련하게 훌쩍이는 사이 제레미는 발로 애꿎은 잔디를 짓이기고만 있었다. 반짝이는 가을 햇살이 두 소년의 헝클어진 머리칼을 실로 아련하게 물들였다.

"잘 들어. 나는…… 너희가 몹시 제멋대로에 건방지고 안하무인인 녀석들이라고 생각하긴 하지만, 단 한 번도 성가신 쓰레기들이라고 여겨 본 적 없어. 알겠니? 우리가 아닌 다른 사람들이 떠드는 소리에는 전혀 신경 쓸 거 없단 말이야. 그리고 나는 너희를 떠나지 않을 거야. 언젠간 그렇게 될지도 모르지만, 아직은 아니라고."

여태껏 생각해 본 적 없는 말이 멋대로 잘도 튀어나오고 있었다. 나는 나를 황망하게 응시하는 암녹빛 시선들을 느끼며 숨을 가쁘게 몰아 쉬었다.

"그런 헛소리에 귀를 기울이게 된 걸 보면 너네가 나한테 찔리는 게 많기는 했나 보네."

"……히끅."

소매로 눈물을 훔치고 있던 엘리아스가 딸꾹질을 했다. 제레미는 머리를 긁적이며 헛기침을 하나 싶더니, 이윽고 희한하게 마음을 누그러뜨리는 미소를 지으며 내 눈을 바로 보았다.

"그럼 역시 진짜 헛소리에 불과했다는 거네? 진짜 떠날 마음 없는 거지? 우리끼리 쇼한 거 맞지?"

성부 성모시여! 지금의 제레미가 알기나 할까? 지금 내 눈앞에서 장난스레 웃고 있는 소년이, 언젠가 자라서 스물한 살이 되면 나를 떠나보내게 만들 장본인이라는 사실을.

물론 알 턱이 없다. 내가 믿기지가 않는 만큼이나. 그럼에도 아이러니하기 짝이 없는 기분이 이는 건 어쩔 수가 없었다. 아니면 거기에도 뭔가 내가 놓쳤던 것이 있는 걸까?

"왜, 못돼 먹은 계모가 어서 떠났으면 좋겠니, 큰아드님?"

허리에 손을 얹으며 일부러 빈정대는 투로 일갈하자 놈이 어깨를 으쓱하면서 킥킥 소년다운 웃음을 터뜨렸다.

"그런 건 아니고. 아, 괜히 어울리지도 않게 꽁꽁 싸매고 있었네……. 이게 다 너 때문이잖아, 머저리 자식아!"

"히끅……! 왜 다 우리 탓으로 돌리고 지랄이야! 그, 그러는 형 새끼는 뭐 얼마나 자신 있었다고! 흐엉엉!"

가만, '우리'라고?

"그게 다야?"

"어?"

"너네끼리 감추고 있던 게 그게 다냐고. 뭐 남은 거 없는 거 맞아?"

"내가 아는 건 그게 다인데."

제레미의 대꾸는 실로 신속했다. 반면에 엘리아스는 그렇지 못했다. 붉은 머리의 소년은 이제 말려 올라간 셔츠를 뭉그적뭉그적 끌어 내리며 시선을 떨구고 있었다. 과거의 언젠가, 엘리아스가 2황자에게 주먹을 날렸던 그 끔찍했던 사건의 당일에도 이토록 당당하지 못했던 태도는 아니었다.

"엘리아스?"

팔짱을 끼고 선 나를 비롯해 뭔가 심상치 않은 기색을 감지한 제레미까지 나란히 눈을 가늘게 뜨고 쳐다보는 가운데, 엘리아스는 순간 욱해서 뭐라고 소리치려는 기세로 고개를 쳐들었으나 이내 가련하게도 머뭇거렸다.

"……레이첼이…… 히끅, 그러니까 고모님이 데려온 그 마귀할멈 말이야."

귀족 중에서도 돈이라면 썩어 넘칠 만큼 부유한 귀족들이나 취미로 수집하는 화려한 동방풍 태피스트리가 장식된 호화로운 응접실.

본관의 응접실과는 달리 좀 더 개인적이거나 긴밀한 대면을 할 때 쓰이는 이 장소에 현재 나와 루크레치아, 더불어 발렌티노 경까지 나란히 마주 앉아 있었다.

내 갑작스런 부름에 쌍둥이와 술래잡기를 하고 있었다는 루크레치아도, 평소처럼 조카의 수련을 도와주러 방문한 발렌티노 경도 그저 멀끔히 웃는 낯짝들을 하고 있었다. 뭐가 대수겠냐는 듯한 태도. 그리고 그건 나 역시 마찬가지였다.

"거두절미하고 말씀드릴게요. 오늘 이 시간부로 두 분은 두 번 다시이 저택에 발 들이실 일 없을 겁니다. 형제분들에게도 그리 전해 주신다면 제 수고도 덜게 될 테니 한결 편하겠군요."

잠시 정적이 있었다. 루크레치아도 발렌티노도 내 말의 의미를 일순제대로 이해하지 못하는 것처럼 보였다. 아니, 그보다는 자기들이 이해한 바를 정말로 내가 입 밖으로 내뱉은 것이 맞는지 의심스럽다는 듯한표정이다.

지극히 오묘하기 짝이 없는 침묵이 잠깐 흐른 뒤, 먼저 입을 연 이는루크레치아였다. 우아한 백작 부인은 손가락으로 금빛 고수머리를 배배꼬며 청록색 눈동자를 크게 깜박여 보였다.

"다짜고짜 그게 무슨 말씀이세요, 부인? 혹 제가 여기 머물면서 어떤실수라도……?"

참으로 능청스럽기 짝이 없는 연기였다. 나는 그 연기에 박수를 보내는 의미로 나긋한 미소를 지어 보였다.

"사용인들을 매수하신 건 퍽 놀라왔다고 말씀드려야겠군요. 자각이있다고는 할 수 없지만요, 잘 아시겠지만."

"무슨……."

"아, 이해는 해요. 그 많은 남매 중 가장 어린 두 분이시니, 어지간히구박받으면서 자라셨겠죠. 가엾어라, 얼마나 비참했으면 그걸 다 자라고도 잊지 못해서 어린 조카들한테 풀까."

질질 끌고 싶지도 않았고 또 뻔한 허례허식을 빨리 물리치고 싶었기에 일부러 거침없는 투로 말했더니 아니나 다를까, 고상하기 짝이 없던 루크레치아의 얼굴이 순식간에 새하얗게 질렸다. 발렌티노 경으로 말할 것 같으면 한 팔로 제 누이동생의 어깨를 보호하듯 감싸더니만 순식간에 싸늘하게 굳은 녹색 눈으로 나를 노려보기 시작했다.

"말씀이 지나치십니다. 그러는 그쪽이야말로 교육을 제대로 받은 건지 의문스럽군요."

"의문스러운 건 제 쪽이랍니다. 안 그래도 지금 그쪽 이름을 계보에서 파내 버릴까 진지하게 고민하고 있는 중이거든요. 그러면 상당히 애석하실 텐데요."

지금 발렌티노의 얼굴에 떠오른 표정을 뭐라 표현하면 좋을지 모르겠다. 분노와 당황스러움이 뒤범벅된 동시에 자신의 귀를 의심하고 있는 것 같은 알쏭달쏭한 낯이랄까? 확실한 건 붉으락푸르락한 꼴이 실로 우스꽝스럽기 짝이 없다는 거다.

"대체 무슨 권리로……."

"제 말이 의심스러우신가 보군요. 누구 말마따나 지난 2년간 키운 자식들도 버리고 떠나려는 냉혈한인데 뭔들 못 하겠어요? 안 그런가요? 모쪼록 두 번 다시 뵈는 일 없기를 바랄게요. 순전히 그쪽의 안위를 위해서 말이죠."

"이…… 분수도 모르고 굴러 들어온 창녀 같은 계집이!"

행동을 개시한 쪽은 예상 외로 루크레치아였다. 평소의 고상한 가면을 벗어던지자마자 어찌나 순식간에 변색하던지, 새삼 노이반슈타인 핏줄이 맞구나 하는 감탄이 일 정도였다.

"레이디 세바스티앙, 난 당신의 코찔찔이 조카 중 하나가 아니에요. 입

조심하시는 편이 신상에 이로우실 터인데요."

미소를 유지하며 이죽거리는 내 태도에 곧장 자리를 박차고 몸을 일으킨 루크레치아의 길쭉한 손이 내 뺨을 내려친 건 그야말로 순식간이었다.

"대가리에 피도 안 마른 년이 어디서 감히 누구한테 거들먹거려?!"

……이 정도까지 자제력이 없을 줄은 예상치 못했다고 해야겠다. 하기야 그 핏줄이 어디 가겠냐마는. 누구한테 얻어맞는 일이 너무 오랜만이라 그런지 되레 신선하기마저 한 기분이다.

나는 잠시 눈을 깜박였다가, 마찬가지로 손을 들어 루크레치아의 뺨을 힘껏 후려쳤다. 그녀가 그랬던 것만큼이나 세차게.

자기가 맞을 거라곤 생각 못 했던 걸까? 청록색 눈이 튀어나올 지경이 된 꼴이 경이롭다. 기사들에게 어떤 소리가 들려와도 끼어들지 말라고 지시해 놓았기에 망정이지, 안 그랬으면 이런 추태를 아랫것들에게…….

"이 마귀할머어어엄아!"

바로 그 순간에 불쑥 들려온 전혀 예상도 못 했던 앙칼진 울부짖음에, 나도, 루크레치아도, 발렌티노도, 일순 약속이나 한 듯 똑같은 표정이 되어 동시에 문가를 돌아보게 되었음은 당연지사였다.

……이런 맙소사, 내 분명 아무도 들이지 말라고 엄명했거늘! 물론 기사들이 애들을 물리적으로 막는 일이란 불가능하다지만 그렇다 해도……!

뜻밖의 상황에 당황할 틈조차 없었다. 만류하려는 기사들을 뿌리치며 우르르 몰려 들어온 세 아이 중 선두의 레이첼이 곧장 루크레치아에게 덤벼들며 문자 그대로 새끼 암사자의 포효를 내뿜기 시작한 것이다.

마치 관중들이 기다리고 기다린 희곡의 결말을 위해 최고의 실력을 뽑아내는 음유시인처럼 울부짖으며 사정없이 주먹을 휘두르고 물어뜯고 발로 차기 시작했다!

"이 사악한 마귀할머어엄! 고모가 뭔데 가짜 엄마 괴롭혀?! 뭔데 가짜 엄마 화나게 하냔 말이야! 우리 아버지가 가짜 엄마 좋아했단 말이야! 우리보다 더 좋아했단 말이야! 고모가 뭔데 가짜 엄마한테 욕하고 때리고 난리야! 지옥에나 가 버려어어어어!"

루크레치아가 비명을 지르며 바닥에 고꾸라지고 만 것은 당연한 수순이었다. 신이시여!

레이첼은 울고불고하면서 마귀할멈 같은 고모와 그보다 더 마귀할멈 같은 루아젤 교사와 숙부가 얼마나 사악한지 아냐는 등 전부 지옥에나 떨어져 버리라는 등 차마 여기 다 나열하지도 못할 열변을 토해 내며 루크레치아를 때리고 물어뜯고 온갖 야단을 다 부렸다. 그러는 동안 제 쌍둥이 누이를 따라 저택이 떠나가라 포효하기 시작한 레온의 장엄한 울음소리가 마치 무도회의 변주곡처럼 흘러갔다.

이 예기치 못한 전개의 한복판에서 발렌티노 경은 눈앞에서 일어나고 있는 풍경에 잠시 얼이 빠져 버린 것처럼 보였다. 자신들의 유년기를 떠올리고 있기라도 한 건지 뭔지, 아무튼 그는 곧 빠르게 정신을 차렸다.

양아치 기사께서는 마치 이런 애새끼들 교육 좀 시킨 게 뭐가 잘못이었냐는 듯한 거들먹거리는 얼굴로 나를 쏘아보더니만 제 누이가 도살당하는 일을 막으러 나섰다. 아니, 나서려고 했다.

"손대지 마세요. 아가, 아가!"

흥분한 맹수 새끼와 다를 바 없는 레이첼을 먹잇감으로부터 떼어놓기란 결코 쉬운 일이 아니었다. 내가 간신히 레이첼을 붙들고 그녀의 눈물

홍건한 불그죽죽한 얼굴을 내 쪽으로 돌리는 사이 루크레치아는 비틀거리며 몸을 일으켰다. 그녀는 혼이 반쯤 빠져나간 듯한 얼굴을 하고 있었는데, 놀랍게도 신속하게 정신을 차렸다. 실로 경이로운 속도로 헝클어진 머리카락을 가다듬은 루크레치아가 다음으로 개시한 행동은 바로 어깨를 떨면서도 꿋꿋이 제 숙부를 노려보는 중인 엘리아스에게 매달리는 거였다.

"엘리아스! 내 사랑하는 조카, 미안해, 아가. 내가 의도치 않게 너희를 상처 입혔다면 제발 너그러이 용서해 주렴. 내가 너흴 얼마나 사랑하고 생각하는지 알잖니."

머리는 산발이 되고 뺨에 손톱자국까지 남은 루크레치아가 조카의 어벙벙한 얼굴에 키스를 퍼붓는 모습이란 실로 장관이었다. 그러면서 엘리아스의 머리를 자신의 풍만한 가슴 가까이 바짝 끌어당겨 안고는 끊임없이 호소했다.

"내가 어떻게 일부러 너희한테 상처를 줄 수 있겠어……. 다 너네 잘되라고 그랬다가 일이 어긋난 거야. 어른들도 종종 그런 실수를 한단다. 제발 이해해 주렴."

저택을 무너뜨릴 기세로 통곡하던 쌍둥이가 내 곁에 바짝 달라붙으며 내 얼굴을 뚫어져라 올려다보았다. 두 쌍의 커다란 에메랄드빛 눈동자에 뭐라 형언하기 어려운 혼란과 불안함이 아른거리고 있었다.

엘리아스는 일순 무장 해제라도 당한 것처럼 그 자리에 뻣뻣이 굳어 있었다. 눈물로 호소하며 키스와 포옹을 퍼부어 대는 고모와, 쌍둥이를 보듬고 서 있는 나를 번갈아 보는 엘리아스의 눈동자에 혼란과 불안함, 무력감의 빛이 빠르게 스쳐 지나갔다.

……그리고 다음 순간, 엘리아스가 몸을 빼며 후다닥 내 곁으로 물러

남과 동시에 또 다른 목소리가 이 한 편의 연극과도 같은 상황에 불쑥 끼어들었다.

"와, 너 뭐 하냐? 모자상인 줄 알았네."

저 녀석은 왜 또 나타난 거야. 아이고, 골치야…….

제레미가 어쩔 줄을 몰라 하고 있는 기사들을 뒤로한 채 위풍당당히 들어서고 있었다. 녀석은 아무래도 좀 전의 장면을 목도한 모양인지 곧장 엘리아스를 향해 지극히 통렬한 비웃음을 터뜨렸다. 그리고 엘리아스가 시뻘게진 얼굴로 외치려던 소리가 무엇이든 간에, 그것은 루크레치아의 더없이 애달픈 목소리에 끊겨 버렸다.

"제레미, 왔구나. 제발 너라도 이 고모 말 좀 들어주렴."

헛기침을 하며 제 누이에게 다가가 손수건을 건넨 발렌티노 경이 이제 만조카를 향해 더할 나위 없이 측은하다는 표정을 지어 보였다.

"뭔가 심각한 오해가 있었던 것 같은데, 네가 네 새어머니를 좀 다독여 줘야 할 것 같구나. 이게 무슨 소란인지 모르겠다."

"제레미, 우리가 너흴 얼마나 생각하는지 네가 아주 잘 알지 않니. 내 입으로 차마 말하기도 끔찍하지만, 네 새어머니가 참으로 말도 안 되는 오해를 하고 계시는 것 같구나. 사용인들을 매수했다느니 어쩐다느니, 그러고선 우리가 너네 얼굴도 못 보게 만들려 하신다. 부디 네가 좀 설득해 주렴……."

남들이 봤을 때 현재의 내가 위태롭기 짝이 없는 가주라면, 제레미는 만인이 인정하는 명실공히 마땅한 후계자였다. 엘리아스와 쌍둥이에게 가해졌던 비열한 공작이 제레미는 교묘하게 피해 간 것도 그 이유가 결정적이었을 터다.

그랬다. 저들은 어떻게든 나를 내치고 꼭두각시로 삼을 후계자를 잘

주물러야 할 필요가 있었다. 사용인을 다수 매수해서 중대한 보고가 내 귀에 들리는 일을 막은 것도, 차남 차녀에게 지독한 훈육을 가하며 내가 떠날 거라 세뇌시킨 것도 전부 치밀한 이간질 공작이었던 것이다.

……거의 성공할 뻔하긴 했다.

씩씩대는 엘리아스를 향해 낄낄 비웃음을 날리던 제레미가 눈을 깜박거렸다. 그러더니만 어깨를 으쓱하며 특유의 느물거리는 어조로 한다는 소리가 기껏 이거였다.

"제 어머니께서 두 분이 싫다고 하신다면 그런 줄 알아야죠. 아들로서 어머니의 권위에 도전하면 못쓰잖아요. 그러다 못 살겠다고 가출해 버리시면 저희만 고달파진다고요. 아비어미도 없는 후레자식 소리는 듣기 싫은걸요."

그 순간 내가 제레미의 머리가 어떻게 된 것이 아닐까 의심하게 되었음은 두말할 것도 없으리라. 저 자식이 방금 뭐라고 지껄인 것인가. 뭐, 어머니? 어머니라고?

물론 법적으로 엄연히 나는 요 녀석들의 어머니 맞다. 하나! 내 평생 요것들로부터 들어 본 적도 없고 들으리라 기대한 적도 없는 그 단어를 지금 이 순간 듣고 있자니 왜 이토록 어색하며 온몸이 근질거리는 느낌이 이는 것일까?

문자 그대로 전원이 뜨악해 버린 혼돈의 정적 속에서 먼저 정신을 차린 이는 단연 발렌티노 경이었다. 양아치 기사께선 실로 떨떠름하고도 우습기 짝이 없다고 주장하는 듯한 미소를 띠며 입을 열었다.

"부전자전이라더니…… 네가 혼란스러워하는 것도 이해한다. 큰형님을 그토록 홀린 분인데 너 하나 구워삶는 게 어려웠겠느냐. 하지만……"

"뭔 소리이신지 저는 골수 육체파라 이해가 잘 안 가지만 아무튼 숙부님이 하고픈 말은 제 어머니께서 실은 가출할 작정이면서 안 할 거라 며 거짓말을 하고 계신다 이건가요?"

"아니, 내 말은-"

"제 어머니는 거짓말하실 분이 못 됩니다. 그러시기엔 너무도 심성이 가냘픈 분이란 말입니다. 그리고 전 의외로 순종적인 아들이거든요. 이 참에 연말에 있을 효자상을 한번 노려 볼 작정이라서요."

엘리아스가 '형, 뭔 개소리야……'라고 중얼거리는 소리가 아련하게 울렸다. 나 역시 비슷하게 외치고 싶은 심정이었으나 한편으로는 저 사 람 속 박박 긁는 이죽거림을 저들이 당하는 꼴을 보고 있자니 웃음이 치솟았다. 나는 내 곁에 옹기종기 달라붙은 네 아이의 초록빛 시선을 느 끼며 열린 문밖에 각 잡고 서 있는 기사들을 향해 눈짓을 해 보였다. 그 러고는 마지막으로 차분하게 내뱉었다.

"마차는 빌려드릴 수 없으니 알아서 가시길. 만에 하나 또 한 번 제 아 이들 곁에 접근하신다면, 그때는 즉시 계보에서 파내 버릴 테니 잘 새겨 두세요."


루크레치아와 발렌티노 경을 쫓아낸 뒤 내가 한 일은 매수된 사용인 들을 추려서 쫓아내는 거였다. 과거에도 그러했듯, 순식간에 사용인들 절반 이상이 줄어버렸으나 딱히 걱정할 건 없었다. 노이반슈타인 후작 저에서 일하고 싶어 하는 인력은 언제나 차고 넘쳤다. 다른 곳에 비해 보수 하나는 두둑하니까.

마담 루아젤 역시 쫓겨난 건 당연지사였다. 레이첼이 하루가 멀다 하 고 여린 종아리를 두들겨 맞으면서도 내게 알리지 않았던 이유 역시 엘 리아스의 그것과 일치했다. 마담 루아젤은 뒤늦게 태세를 전환하여 전부 루크레치아 탓으로 돌리며 선처를 구했으나, 나는 그녀가 두 번 다시 어디 가서 예법 교사로 일할 수 없게끔 확실히 할 작정이었다.

그런 식으로 쥐새끼들을 몰아내고 난 뒤에야 저택 안에 비로소 평화로운 기운이 되돌아왔다.

······조용하다는 의미에서의 평화는 아니다, 당연히.

우당탕탕탕!

"이건 내 거다, 숏다리야!"

"가짜 엄마, 엄마아! 작은형아가 내 사탕 뺏어 먹어!"

"누- 가 내 검 손댔냐?! 너 내가 내 물건 건들지 말랬지!"

"내, 내가 안 그랬거든?!"

"아이고, 그러세요? 그럼 우리 집에서 내 검 갖고 장난칠 놈이 네놈 말고 누가 있어요!"

"아아악! 악! 때리지 좀 마! 그러면 형 새끼도 내 물건 손대지 말라고!"

"동생 새끼 물건 건들 것도 없거든요? 아오, 이 홍당무 새끼!"

"엄마, 큰오빠가 자꾸 작은오빠 때려어!"

······아침부터 소란스럽기 짝이 없구나. 하하. 노이반슈타인 후작저가 잠잠하고 조용한 시기가 온다면 그때야말로 제국 멸망이 임박한 날이리라. 그래도 다들 여전하다는 사실이 다행이라면 다행이려나. 못돼먹은 어른들이 한 짓 때문에 어두워지지 않아서 참 다행이다.

"그만들 하고 식사부터 해라!"

"이건 어떤가요, 마님?"

"음······ 좀 칙칙한 거 같아. 상복 벗을 때도 됐는데, 아무래도 밝은 게 낫지 않을까."

조만간 내 드레스 룸을 좀 갈아 엎어야겠다. 과거의 내 취향이 이 정도였단 말인가? 하나같이 나이에 안 맞게 지나치게 노숙해 보이는 옷들뿐이니.

……뭐 무리도 아니다. 그때의 나는 하루빨리 어른처럼 굴려고 안달이었으니까. 남편이 죽기 전이든 후든, 어떻게든 위엄 있는 귀부인처럼 보이고 싶어 애를 썼지. 뭐가 어울리고 뭐가 어울리지 않는지 고려하지도 않고…….

슬슬 사교계에 자리도 잡아놓고 하려면 옷과 장신구에도 신경 써야 할 터였다. 이점이 있다면 앞으로 7년간 뭐가 대유행을 할지 알고 있다는 것이다.

그웬과 함께 그런 식으로 한참 뒤적이다가 마침내 겨우 고른 옷은 크림색의 랑글레즈 드레스였다. 지난해 성탄절에 남편이 선물해 줬던 옷. 유행은 약간 지났지만 격식 있는 자리에서 입기엔 괜찮았다.

요헨, 내게 힘을 줘요. 잘해 낼 수 있도록. 예전과는 다른 방향으로 나아갈 수 있도록…….

준비를 다 마친 뒤 아래층으로 내려간 나는 곧장 정문으로 직행하려다가, 마음을 고쳐먹고 식당 쪽으로 발걸음을 돌렸다. 그리고 거기에는 아니나 다를까.

"나, 난 달걀 싫어! 닭이 유산한 거잖아!"

"듣자 하니 달걀이 미용에 좋다던데? 모르지, 네 돼지 털 같은 머릿결이 좀 나아질지도."

"뭐? 그러는 큰오빠는!"

"하여간 형은 자신을 돌아볼 줄 모른다니까."

"아니, 근데 이 홍당무 머리가 아까부터 계속 열 받게 만드네? 포크로 처맞아 볼래?"

"······얘들아."

탄식하듯 내뱉자 신성한 식탁에 둘러앉아 아웅다웅하던 네 녀석 모두 일제히 내 쪽을 돌아보았다. 제 쌍둥이 누이의 오믈렛 접시를 대신 가져가고 있던 레온이 눈을 휘둥그레 뜨며 외쳤다.

"엄마, 가출해?"

"······아니란다."

"레온, 쓸데없는 소리 좀 하지 마. 근데 너 그렇게 입으니까 그나마 덜 못생겨 보인다."

제레미가 엘리아스를 포크로 후려치려다 말고 나를 향해 느물거린 저 소리에 다들 킥킥 웃음을 터뜨렸다. 아니, 이것들이?

"하여간 말 참 예쁘게도 하는구나?"

"왜애? 아들이 어머니한테 하는 칭찬이 그 정도면 됐지 뭘 그래."

"큰오빠 못돼 처먹었어. 왜 자꾸 엄마 놀려? 엄마 가출하면 오빠 책임이야!"

"아니, 야, 뭔 말을 그렇게······."

크흑, 장하다! 과연 우리 딸내미뿐이로구나!

지난번의 사건 이후 쌍둥이에게 변화가 생겼다면, 그건 바로 나를 부르는 호칭에서 '가짜'가 빠졌다는 거다. 거기다 내가 이해할 수 없는 그들만의 이유로 태도 역시 좀 바뀌었다.

······고분고분해졌다는 의미는 결코 아니다. 못된 장난이 준 대신에 응석은 배로 늘었다는 거다.

"아무튼 그럼 난 다녀올 테니까 사고 치지 말고 있으렴."

"누가 애······ 아, 진짜 어디 가는데?"

"귀족원 의회."

"그럼 언제 오는데?"

"점심시간 지나서 올 거야. 왜, 과자 사다 주랴?"

'내가 레온인 줄 아냐'며 발끈하는 엘리아스를 비롯해 다들 정문까지 졸졸 나를 따라 나왔다. 마차를 대기시켜 놓은 수행 기사들이 우리를 보는 눈빛이 영 심상치가 않았다. 성호는 왜 긋는 것이람.

"그럼 다녀올게."

"빨리 와, 엄마! 올 때 사탕 사 와!"

"미적대지 말고 빨리빨리 귀가해라! 강도 만난다!"

"그러면 강도가 위험해지겠는데."

"오오, 일리 있는 말이다."

사탕 타령을 하며 나란히 손을 흔들어 대는 쌍둥이와 저런 식의 싹퉁머리 없는 소리나 주고받는 두 놈의 배웅을 받으며 나는 대망의 귀족원 의회로 향한 길에 올랐다.

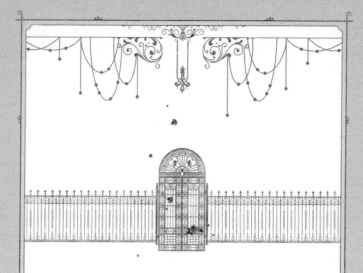

## Chapter 2
겨울의 꿈 (1)

카이저라이히의 수도 비텔스바흐 상주 귀족 중에서도 손에 꼽히는 명문가의 수장 여섯과 마찬가지로 손가락 안에 드는 저명한 추기경 일곱으로 구성된 의회는 각종 법안에 대한 토의 및 국가 중대사를 논하며 황실과 교황청에 청원, 탄원할 권한을 가진다.

 그냥 보기엔 양측이 각각 황권과 교권을 대표하는 것 같지만 실상은 각자의 잇속을 따진 이해관계로 거미줄처럼 촘촘하게 얽혀 굴러가고 있었다. 귀족석에 앉았다 해서 반드시 황권 편인 것도 아니고 추기경석에 앉았다 해서 무조건 교권을 내세우는 것도 아니라 이거다. 황실과 교황청이 서로 견제에 견제를 거듭하는 가운데 교묘하게 자신의 잇속을 챙기는 것이 의회원들의 궁극 목적이었다.

 어느덧 가을이 훌쩍 지나가고 초겨울에 접어들고 있었다. 상쾌하고도 싸늘한 오전 공기에 싸인 하얀 바벤베르크궁, 의회장에 하나둘 입장하는 저명인사들의 모습이 새삼 낯설게 느껴졌다. 내 최근 기억보다 훨씬 젊어 보이는 모습들이었다.

후우. 과거에 그랬던 것만큼 몸이 마비될 정도의 긴장감은 일지 않는다. 약간, 아주 약간은 두근거리긴 한다. 부디 계획대로 잘해 갈 수 있기를……

"아, 죄송……"

길게 늘어뜨린 머리 위에 쓴 모자를 벗어 들고 통로로 입장하려는 찰나, 빠른 걸음으로 지나치던 누군가와 어깨를 부딪쳤다. 간혹 일부러 그러고는 능청스레 사과를 건네며 들이대는 인사들이 종종 있었기에 부러 눈을 내리깔고 바닥에 떨어진 모자를 향해 손을 뻗는데, 그쪽에서 먼저 모자를 주워 들어 내게 건네는 것이었다.

"……고맙…… 습니다."

새까만 성직복 차림으로 서서 마찬가지로 암흑 같은 새까만 시선으로 내 얼굴을 뚫어져라 응시하는 이십 대 초반의 추기경을 마주한 채 잠시 눈을 깜박였다. 누구인지 헷갈려서가 아니었다. 지독히도 낯익은 사람이었다.

모를 수가 없었다. 백작가 출신의 전도유망한 젊은 성직자 리슐리외 추기경. 이 성직자로 말할 것 같으면 과거에도 툭하면 이런 식으로 날 뚫어져라 노려보곤 했는데, 내게 할 말이라도 있나 싶어 말을 걸어 봐도 늘 기도문 이외엔 두 마디 이상 안 하던 사람이었다. 어찌나 과묵한지 별명이 침묵의 종일 정도다. 심지어 내 청문회 때도 단 한 마디도 없이 그저 나를 노려보고만 있던 작자였다. 그런데…….

"좋은 아침입니다, 예하. 레이디 노이반슈타인? 와 주셨군요. 잘 오셨습니다."

뒤쪽에서 불쑥 들려온 낯익은 음성 덕에 나는 더없이 불편한 상대로 부터 벗어나게 되었다. 다음 순간 고개를 돌리자마자 즉시 견고하리만 치 깊은 파란 눈동자와 마주했다.

"뉘른베르 공작님. 오랜만이네요."

"장례식 때 뵀었지요. 안색이 좋아 보이셔서 다행입니다."

"걱정해 주셔서 감사합니다."

현 황후의 동생이자 '벽안의 늑대' 뉘른베르 가문의 가주 뉘른베르 공작. 과거의 그 빌어먹을 청문회 사건 당일, 어째서인지 황제 폐하와 함 께 공격적으로 나를 방어해 줬던 그분이었다.

지금 와서 돌이켜 봐도 참으로 희한하고도 얄궂은 일이긴 했다. 황제 야 그렇다 치자. 엘리자베트 황후는 늘 나를 못마땅해하다 못해 적대시 하는 기색이 완연했는데, 어째서 그녀의 동생인 이분은 그토록이나 내 게 호의적이었을까?

우리가 인사를 나누는 사이 침묵의 종께서는 어느덧 안으로 휑하니 들어가 버린 상태였다. 뭐라 형언하기 어려운 온기가 깃든 눈빛을 하고 서 나를 내려다보던 뉘른베른 공작이 이윽고 손을 내밀어 보였다.

"당연한 말씀을. 그럼 입장합시다."

그렇게 뉘른베르 공작의 에스코트를 받으며 의회장에 입장하고 보니 우리가 제일 마지막이었다. 거대한 직사각형 테이블 왼편에는 하인리히 공작, 슈바이크 후작, 바이에른 백작, 그리고 하텐슈타인 백작까지 모두 점잖게 앉아서 찔러 관통할 듯한 눈빛으로 나를 응시하고 있었다.

오른편으로 말할 것 같으면 리슐리외 추기경을 중심으로 한 검은 수 도복 차림의 일곱 추기경이 경건한 듯하면서 읽기 어려운 낯짝을 하고 앉아 있다.

"뉘른베르 공작, 레이디 노이반슈타인."

"레이디 노이반슈타인, 부군의 부고에 다시 한번 애도를 표합니다."

"레이디 노이반슈타인."

"성부와 성모께서 마음의 안식을 내리시길, 레이디 노이반슈타인."

다들 하나같이 점잖기 짝이 없는 낯들로 정중히 인사를 건네면서도 속으로는 내가 진짜로 나타난 것에 경악해하는 기색이 완연했다. 과거에는 미처 알아차리지 못했던 떨떠름하고 꺼림칙한 분위기.

……무리도 아니었다. 여기서 소수 추기경들을 제외한 대부분의 인사의 연령은 기껏해야 30대 초반에서 40대 후반, 내 현재의 정신연령과 비교하자면 예전만큼 크게 차이 나는 건 아니었다. 양대 공작가인 뉘른베르 공작과 하인리히 공작 역시 아직 마흔이 채 되지 않은 터였다.

일전의 아이들의 친척과 관련된 사건은 지금쯤 퍼질 대로 퍼졌을 것이었다. 그들이 어떤 식으로 나를 피도 눈물도 없는 냉혈한으로 매도했을지 안 봐도 뻔했다. 여기서 유일하다시피 내게 호의적인 사람이 뉘른베르 공작이라는 사실이 다행이라면 다행일까?

과거 나와 사돈지간이 되었던 하인리히 공작으로 말할 것 같으면, 그는 어디까지나 노이반슈타인과 혼약 관계를 맺고 싶어 하는 것뿐이었다. 청문회가 열렸던 당일에 그가 보였던 미적지근한 중립적 태도에도 불구하고 내가 그의 여식 오하라와 제레미의 약혼을 추진시켰던 이유는 오로지 아이들과 가문의 미래를 생각해서였다.

……물론 지금부터는 이야기가 다르겠지만 말이다.

휴, 차라리 뉘른베르 공작에게 여식이 있다면 좋았을 터인데. 하지만 내가 알기론 그에겐 제레미 또래의 아들 하나뿐이다. 가까운 미래에 제국 최강 기사의 자리를 놓고 제레미와 미친 듯이 아옹다옹할 뉘른베르의 늑대 말이다. 어쩌면 공작이 내게 그토록 너그러운 이유는 아마 비슷한 아들내미를 두고 있어서일지도 모르겠다.

속으로 무슨 생각을 하든 겉으로는 조용히 미소 지으며 인사를 주고받은 뒤 자리에 앉았다. 노이반슈타인 가주의 지정석, 즉 중앙에 앉은 뉘른베르 공작의 바로 옆자리였다. 남편이 생전 차지했던 자리 말이다.

"의회를 시작하기 전에 앞서, 얼마 전까지 여기 함께 계셨던 고인을 추모하는 의미로 기도를 올릴까 싶습니다. 리슐리외 예하?"

뉘른베르 공작이 묘하게 강압적인 어조로 선포한 저 발언에, 의미를 알 길이 없는 새까만 시선으로 내 쪽을 뚫어져라 응시 중이던 침묵의 추기경께서 성호를 그어 보였다. 그러고는 기도문을 외기 시작했다.

길고도 느릿한 기도문 낭송이 끝나고 다들 짧은 탄식과 함께 성호를 긋는 사이, 나는 이제 뉘른베르 공작 쪽으로 고개를 돌리며 옅은 미소와 함께 방금 막 기억났다는 투로 입을 열었다.

"참, 공작님. 제가 조만간 추도 연회를 열 작정이라서요. 초대장을 보낼 터이니 부인분과 함께 꼭 와 주시겠어요?"

이건 원래 과거에 이 공작님이 내게 했던 제안이었다. 후작을 기리는 추모 연회를 열까 하는데 어찌 생각하느냐고, 내게 그리 물었었다. 그때의 나는 온갖 일에 치여 제정신이 아니었던지라 나중에 생각해 보겠다며 어물어물 넘겼었고 말이다. 지금 생각해 보면 그거야말로 내 입지의 기초를 다질 기회였는데…….

내게 이상하리만치 친절한 대공작께선 잠시 손으로 턱 끝을 매만지나 싶더니 이어 느긋하게 미소를 지어 보였다.

"추모 연회 말입니까……? 그게, 참 뭐랄까, 신기한 일이로군요. 저 역시 부인에게 비슷한 제안을 하려던 참이라 말입니다."

"마음 써 주셔서 감사합니다. 하지만 그건 제 쪽에서 할 일이 맞다고 생각하는지라…… 당연히 와 주시겠지요?"

"물론입니다. 실은 황제 폐하께서도 고인을 꽤 그리워하고 계시는지라, 그 문제로 부인과 함께 논의하려던 참입니다."

"큼큼, 저어, 레이디 노이반슈타인? 어째 따돌림당하는 기분입니다만. 언제쯤이 적절한 시기라 여기십니까?"

하인리히 공작이 헛기침과 함께 친근하게 내뱉은 저 소리에 나는 피어오르는 회심의 웃음을 삼켜야 했다.

저들이 속으론 나에 대해 어떻게 벼르고 있든, 황실 금고 지분의 절반 이상을 차지하고 있는 노이반슈타인의 입지는 아무리 내가 풋내기 과부라 한들 쉬이 줄어들 만한 게 아니었다. 그런 가문의 임시 가주인 나와 황후의 동생이자 황자들의 숙부인 뉘른베르 공작이 황제 폐하의 충신을 기리는 추모 연회를 기획하려는 마당이니 거기에 얼굴을 비치지 못한다면 되레 체면이 상할 것이다.

"어머, 하인리히 공작께서도 와 주시려고요?"

"그것참, 당연한 것 아닙니까. 요헤너스는 제 친우였기도 합니다."

"암, 황제 폐하의 충신을 기리는 연회인데 다들 참석해야 마땅한 일입니다."

일단 첫발은 그럭저럭 디딘 것 같다. 그 빌어먹을 청문회를 방지하는 데에 이 연회가 핵심 열쇠가 될 것이었다.

문이 박살 난 채로 굴러떨어져 내리는 마차 안에서 이리저리 부딪히는 고통스러운 감각이 생생했다. 바깥에 널브러진 기사들의 피 냄새가 끔찍하게 코를 찔러 왔다. 이어 쿵 하고 문이 완전히 박살 나나 싶더니 선혈이 낭자한 검을 든 산적의 비릿한 미소가 덮쳐 왔다.

*"우리를 너무 탓하지 말라고. 네 팔자가 잘못 꼬인 거니까 말이야."*

나는 눈을 질끈 감으며 비명을 질렀다! 결혼한 이래 처음으로 어릴 때처럼 비명을 지르고 또 질렀다!

"……으, 으으으으, 끄으아아아아아악! 꺄아아아아악!"

내가 내지른 비명에 내가 놀라 화들짝 눈을 떴을 때는, 후작저 내 처소의 익숙한 천장이 시야를 뒤덮고 있었다. 숨을 헐떡였다. 단지 꿈을 꾸었던 것뿐일까? 등이 식은땀에 젖어 축축했다. 그런데 내 몸이 왜 이리 무거운 걸까? 마치 가위라도 눌린 것처럼 꼼짝도 할 수가 없는 느낌이다.

"그, 그웬! 그웨엔!"

공포에 질려 끙끙대다 마침내 겨우 고개만 간신히 든 내 눈에 들어온 것은, 다름 아닌 내 침대에 올라와 아무렇게나 뻗어서 쿨쿨 자고 있는 쌍둥이였다. 공황이 차츰차츰 물러가자마자 어리둥절하기 짝이 없는 탄식이 새어 나왔다.

"너희가 왜……."

사자 새끼도 잘 때는 귀엽다고 했나? 나를 압사 일보 직전까지 가도록 만들어놓고는 속 편히 자고 있는 두 아이는 실로 아기 천사가 따로 없어 보였다. 눈을 뜨고 있을 때도 이 상태를 유지해 준다면 얼마나 좋을까…….

우당탕탕탕!

"마, 마님? 괜찮으신가요?"

"뭐, 뭐야, 뭐야, 뭐야?!"

"뭐야, 뭔데?! 무슨 일이야?!"

……음, 아무래도 내 비명이 어지간히 크긴 했나 보다. 창백하게 질린 얼굴로 기사들을 끌고서 뛰어들어 오는 우리의 충직한 하녀장은 그렇다 치자. 머리는 온통 까치집에 잠이 덜 깬 눈을 하고서 무작정 들이닥치는 두 녀석은 어쩔 것인가. 이 저택에서 이른 아침부터 소란을 일으키는 범인이 내가 될 것이라곤 생각지 못했었는데.

"우웅…… 뭐야, 엄마?"

잠시 정적이 있었다. 눈을 비비적거리며 천천히 일어나는 쌍둥이를 우리 모두 그저 멍한 얼굴로 바라보는 가운데, 먼저 행동을 개시한 쪽은 단연 든든한 큰아들내미였다. 제레미는 헝클어진 금빛 머리칼을 손으로 긁적이며 하품을 하나 싶더니 이어 다짜고짜 통렬한 웃음을 터뜨렸다. 참으로 못돼 먹은 장난기가 가득한 비웃음이었다.

"푸하하하! 야, 레온, 레이첼은 그렇다 쳐도 넌 여기서 뭐 하냐?! 프하하하하!"

졸린 눈으로 두리번거리던 레온의 얼굴이 화르륵 달아올랐음은 두말할 것도 없었다. 레온은 아직 열 살이었다. 새벽에 잠 못 이루고 모친의 처소까지 들어왔다는 사실을 전혀 부끄러워할 나이가 아님에도 부끄럽게 느끼도록 만드는 몹쓸 재주가 제레미에겐 있었다.

"나, 나는 그냥……."

"큰오빠 조용히 해! 내 쌍둥이 놀리지 마, 바보 멍청이! 나가 죽어!"

"웃긴데 어쩌라고! 푸하하하! 그나저나 너 자다 일어난 모습 진짜 못

생겼다."

"그, 그러는 큰오빠는!"

"아 씨, 아침부터 돼지라도 잡는 줄 알았네……."

"작은형아, 엄마한테 그렇게 말하면 엄마 가출할지도 몰라."

"넌 조용히 해, 숏다리!"

"작은오빠도 숏다리야!"

"누가 숏다리야!"

"나만 빼고 너네 다 숏다리인데. 몰랐냐?"

"형 새끼가 제일 짧거든?!"

"아이고 그러세요? 키도 쪼만한 놈이 맞먹으려고 드시네?"

"아아악! 왜 자꾸 폭력 쓰고 난리야!"

……하아. 이래야 정상이겠지. 내 팔자야. 나는 지극히 어정쩡한 시선을 교환 중인 기사들과 그웬을 향해 괜찮다는 눈짓을 해 보였다. 그러고는 이 이른 아침부터 어김없이 푸닥거리 중인 제레미와 엘리아스를 외면한 채 씩씩대고 있는 쌍둥이를 양팔로 나란히 보듬었다.

"레온, 레이첼. 나랑 같이 외출할까?"

"어디 가?"

"예쁜 옷 보러. 같이 갈까?"

"레이첼이 입어서 예쁜 게 존재하는지나 모르겠지만 나도 간다."

"끄아악……! 나, 나도!"

"엄마는 형들한테 안 물어봤는데!"

마침내 보복할 기회를 잡은 레온이 외친 저 기세등등한 일침에, 죽는 시늉을 하는 엘리아스의 머리통을 팔로 조르던 제레미가 마침내 팔을 풀며 인상을 화악 찌푸렸다. 그러면서 외쳤다.

"와, 자식 차별하냐!"

"맞아! 와! 어떻게 사람이 그러냐?! 잡지사에 투고할 거야!"

……결과적으로 단출하고도 평화로운 무언가를 기대한 내 잘못이다.


여차저차해서 졸지에 온 가족이 아침 식사를 마치자마자 다 같이 외출하게 되는 말도 안 되는 일이 벌어지고야 말았다. 저명한 의상실과 살롱과 보석상과 찻집 등이 밀집한 귀족 전유 거리로 향하는 내내 마차 안에서 지옥도가 펼쳐졌음은 언급할 필요도 없으리라.

"근데 갑자기 웬 옷을 본다는 거야?"

"제레미, 창문 열지 말라니까. 연회 때문이라고 말했잖아."

"무슨 연회? 어디서 하는데? 누구누구 오는데?"

"추모 연회! 너희 아버지 추모 연회 말이야. 알 만한 사람들은 다 오겠…… 레온, 그거 사탕 아니니까 내려놓으렴."

"으에엑! 이거 써!"

"그건 향석이라는 거다, 숯대가리야. 푸하하하! 난 새 옷 같은 거 필요 없는데. 왜냐하면 나는……."

"뭘 입어도 거지 같은 꼬라지니까."

"그 입 닥치지 못해! 형 새끼보단 낫거든?!"

"지랄한다. 안 그래도 흉한 면상 더 찌부러뜨려 주랴?"

"엄마, 오빠들 그냥 버리고 가면 안 돼?"

충직한 수행 기사들의 고막의 안위가 심히 걱정스러워진다. 그냥 상인들을 저택으로 불렀어도 될 일이었으나, 이렇게 외출함으로써 남들에게 확실히 보이고 싶다는 나의 다소 유치한 과시욕이 오늘날 이 현상의 원인이었다. 크흑.

……그럼에도 마차에서 내리자마자 우리를 향해 사방팔방 쏟아지는 눈길에 조금 뿌듯한 기분이 일긴 했다. 휴, 그래. 나의 자식새끼들은 어릴 때부터 어딜 가든 선망 어린 시선의 대상이었다. 이 아름다운 외양들 뒤에 감춰진 본모습을 본다면 다들 기함하고 말겠지만.

남편이 살아 있을 때, 그러니까 그가 아직 병색이 완연하기 전에는 가끔 이렇게 다 같이 나와서 유명 레스토랑에 가곤 했었다. 생각해 보니 마지막으로 그랬던 게 벌써 1년도 전이다.

바깥나들이가 오랜만이라 그런지 레온도 레이첼도 약간 겁을 먹은 듯 에메랄드빛 눈을 크게 뜬 채 내 양손을 꼭 쥐고 있었다. 주위를 둘러싼 이색적인 건물들과 사람들의 시선에 답지 않게 어리둥절하는 모습이 꽤 귀여웠다. 반면에 첫째 아들놈과 둘째 아들놈은 대체 뭐가 대수냐는 듯한 태도로 이곳이 지들 안방인 양 굴고 있었다.

"아, 난 이런 데는 영 지루한데. 여기 무기상은 없나?"

"제레미, 엘리아스. 무기상에 가고 싶으면 기사들하고 같이 둘이 따로 다녀와. 우린 저기 빨간 지붕 건물에 가 있을 테니까."

어떻게든 나와 쌍둥이를 못 놀려 먹어 안달인 두 녀석을 잠시나마 떼어놓는 편이 의상실 주인과 우리의 평화를 위해서라도 이로울 것이다. 다행히 제레미와 엘리아스는 웬일로 고분고분히 내 말에 따랐고, 하여 나는 쌍둥이만 데리고 현재 수도 귀부인들의 입에 오르락내리락하는 양대 디자이너의 1인, 마담 멜리샤의 의상실로 입장했다. 오기 전에 미리 연통을 넣어 둔 바였다.

"그래서 말이죠, 글쎄 그이가…… 어머."

"부인, 부인. 저기 좀 봐요."

"어머, 세상에…… 그 후작 부인 아니에요?"

"맞네요. 저 아이들이…… 어머어머, 세상에."

"애가 애를 데려왔네요. 어쩜……."

마담 멜리샤의 의상실은 귀부인뿐만 아니라 어린 소년소녀를 위한 최신 유행 선구지로 유명한 장소다. 요즘 유행이라는 고래 뼈 코르셋과 챙 좁은 모자 등을 걸친 석고 마네킹과 온갖 크고 작은 장갑이 진열된 응접실 안, 창가 테이블에 앉아 옹기종기 차를 들며 수다를 떨던 귀부인들 다수가 대번에 목소리를 낮추며 수군거리기 시작했다. 하아, 실로 익숙한 기분이로세.

"어서 오세요, 레이디 노이반슈타인. 시간 맞춰 와 주셔서 감사합니다."

안쪽에서 뛰어나오며 나를 향해 환히 웃어 보이는 마담 멜리샤. 곱슬거리는 갈색 머리칼과 환한 밤색 눈망울이 따스한 인상을 주는 명디자이너의 모습에 나는 약간이나마 긴장이 풀리는 것을 느꼈다.

물론 마담 멜리샤든 여타 유명 의상실이든 우리 가문과 고정적인 관계가 된다면 더할 나위 없이 좋은 일이니 친절할 수밖에 없다. 그게 내가 노이반슈타인의 가주로서 가진 이점 중 하나였다. 위세와 돈이라면 차고 넘친다는 사실 말이다.

"만나서 반갑습니다. 바쁜 와중에 시간 내 주셔서 감사하군요."

"별말씀을, 저야말로 영광이죠. 부인하고 자녀분들 복장을 맞추시려는 거죠?"

"네. 다른 두 녀석도 곧 올 거랍니다. 어울릴 만한 걸 찾을 수 있을지 모르겠네요."

"일단 치수부터 재 보죠. 특별히 원하시는 디자인이 따로 있나요?"

의상실 직원들의 손길 아래 치수를 잰 뒤 나와서 마담 멜리샤가 보여주는 이런저런 카탈로그를 살펴보는 참이었다. 건너편 방에서 치수를 재던 레이첼이 갑자기 이 일대 전체를 제 영역이라 선포라도 하는 듯 우렁찬 포효를 내질렀다! 마담 멜리샤는 자리에서 반쯤 튀어 올랐고, 직원들은 혼비백산했으며, 차를 마시던 귀부인들은 찻잔을 엎질러 버렸다. 직원들이 준 쿠키를 깨작대며 호기심 어린 눈길로 마네킹을 살펴보던 레온은 비명을 지르며 마네킹을 걷어찼다. 신이시여!

"대체 또 무슨 일……."

"엄마, 나를 이 나아쁜 곳에서 데리고 나가! 난 이런 쥐구멍 같은 데서 혼자 가만히 서 있는 거 질색이란 말이야!"

고작 치수 재느라 잠깐 있는 것이 그리 힘들단 말인가? 이래서 애들은! 결국 내가 가서 레이첼이 치수 재는 일을 다 마칠 때까지 옆에서 지켜봐 줘야 했다. 마담 멜리샤가 묘하게 즐거워하는 것 같은 웃음을 짓는 건 못 본 척해 버렸다. 크흑.

그러는 사이 의상실에는 계속해서 손님이 들어서고 있었다. 아무래도 거대한 창밖에서 우리를 보고 그저 호기심에 기웃대는 사람이 더 많게 느껴지는 건 내 착각일 뿐일까?

여차여차 치수를 다 재고 추모 연회를 위한 내 의상과 쌍둥이의 의상을 그럭저럭 골랐을 때쯤 제레미와 엘리아스가 나타났다. 두 사자 새끼는 자신들을 향해 쏟아지는 사람들의 시선이나 수줍은 인사말 등은 귓등으로 흘리며 곧장 내게 다가왔다. 아니, 근데 제레미 쟤는 왜 저리 부루퉁해?

"제레미? 표정이 왜 그래?"

"아, 어떤 놈 때문에 짜증 났다고!"

"왜? 무슨 일인데?"

어지간히 열이 뻗친 모양인지 차마 말을 잇지 못하며 씩씩대는 제레미를 대신해서 엘리아스가 설명을 시작했다. 엘리아스는 제 형이 치를 떠는 꼴이 실로 고소하다고 주장하는 듯한 어투로 거침없이 말했다.

"그게, 형이 맘에 들어 한 검을 어떤 조무래기가 먼저 낚아챘거든? 그것도 모자라서 느림보라고 놀리고 도망갔어. 그래서 이 꼬라지인 거야."

"넌 닥쳐! 아오, 그 자식 다시 눈에 띄기만 해봐라! 그 자리에서 다리를 찢어 죽여 버리겠어!"

직원들과 손님들은 이제 일제히 혼절하기 일보 직전의 얼굴을 하고 있었다. 이곳이 공공장소라는 자각은 전혀 없는 모양새로 저러한 개성 어린 욕설을 한바탕 쏟아 낸 제레미가 이제 대뜸 씩 웃으며 나를 쳐다보았다.

"인형 놀이는 다 끝났냐?"

"……제레미. 너랑 엘리아스도 가서 치수 재."

"아, 왜애? 내 치수는 내가 아는데!"

"그새 컸을지도 모르니까 재라는 거잖아. 너네 아버지를 기리는 연회인데 좀 점잖게 입어야지."

"난 몰라도 이 녀석은 안 컸을걸. 아무튼 다른 사람 눈이 그리 중요하다는 거냐?"

"그래! 아주아주 중요해서 그런다!"

마침내 인내심을 잃은 내가 퉁명스레 쏘아붙이자, 제레미와 엘리아스는 일순 멍한 얼굴로 시선을 교환하나 싶더니 이어 머쓱하게 머리를 긁적이며 얌전히 직원들을 따라갔다. 하여간 좋게 말할 때 들으면 어디 덧나나?

"하여튼 오빠들 때문에 못 살아."

레이첼이 마치 아주 현숙한 꼬마 숙녀 같은 자태로 허리에 손을 얹으며 탄식하는 풍경이란 실로 장관이었다. 아까부터 의미를 알 길이 없는 웃음기 가득한 눈으로 나를 바라보던 마담 멜리샤가 헛기침 소리를 냈다.

"큼, 레이디 노이반슈타인. 기간은 어느 정도로 생각하고 계시나요?"

"보통 얼마나 걸리는데요?"

"다섯 분이시니까…… 빠르면 열흘에서 보름 안에 끝납니다. 만약 그 전에……."

"7일 안으로 보내 주시면 세 배로 쳐드릴게요. 직원분들 수고비도 따로 드리고요."

황금 만능주의라 했던가? 내 거침없는 제안에 마담 멜리샤는 자잘한 스케줄이 빽빽이 새겨진 달력 쪽으론 눈길도 주지 않으며 즉시 승낙했다. 분주히 왔다 갔다 하던 직원들의 얼굴이 매우 환해졌음은 두말할 것도 없었다.

"아, 슈리, 나 사냥복도 새로 사야 하는데."

망아지 같은 엘리아스와 제레미의 의상 디자인까지 최종으로 고른 뒤 다른 손님들이 앉은 테이블로부터 멀찍이 떨어진 소파에 앉아 숨을 돌리는 찰나였다. 맞은편 벽면을 거의 뒤덮다시피 한 거대한 창밖에 아른거리는 무언가의 인영에 나는 그만 그 자리에서 얼어붙고 말았다.

"슈리?"

쿵쿵 다가와서 사냥복 어쩌구 떠들던 제레미가 헛기침을 하며 슬그머니 내 눈치를 살피기 시작했다. 나는 미처 대꾸할 여력도 없이 순식간에 덮쳐 온 공황 속에 허우적대고만 있었다.

"슈리, 왜 그래? 삐졌냐?"

"……"

"아까 그건 그냥…… 큼, 너 발끈하는 거 보고 싶어서 그런 거야. 알잖아, 나 생각 없는 거."

……그걸 자각은 하고 있다니 참 다행이긴 하다만 아무튼 그런 게 아니란 말이다. 젠장 할, 분명 내가 잘못 본 게 아닌데. 왜 하필이면 이런 때…… 거의 잊고 있었는데……!

"엄마 가출하면 다 큰형아 때문이야!"

"큰오빠 멍청이야! 맨날 엄마 놀리고! 오빠 이제 큰일 났다!"

"형 새끼가 하는 일이 다 그렇지 뭐."

"아니, 근데 이 ㅅ…… 큼큼, 아, 슈리, 진짜 삐졌어?"

나는 간신히 정신을 차리며 천천히 머리를 흔들었다. 일단 침착하자. 애들이 같이 있다.

"제레미."

"어, 어?"

"잠깐 여기서 동생들 좀 보고 있을래? 나 금방 어디 좀 다녀올게."

"어디 가는데? 같이 가!"

"금방 다녀온다니까."

"그니까 어딜?"

집요하게 쏟아지는 질문에 나는 쿵쿵 뛰기 시작한 가슴을 한 손으로 지그시 눌렀다. 진정하자, 진정, 후아 후아. 제레미는 의외로 눈치가 비상하다. 내가 조금이라도 티를 내면 분명 뭔가 알아차릴 것이다. 하여 나는 한 손으로 제레미의 손목을 잡고는 낮게 속삭였다.

"……여성용 물품 사러 가는 거야. 그만 좀 물어봐."

"아……!"

그제야 얼빠진 소리를 내며 화르륵 얼굴을 붉히는 제레미의 모습은 참 오래 두고 볼 만한 장관이었으나 지금의 나는 그런 여유를 부리고 있을 틈이 없었다.

의상실을 빠져나와 뒤편의 조금 한적한 길목으로 걸어갔다. 잠시 멈춰 서서 주위를 두리번거리는데 아니나 다를까, 갑작스레 불쑥 튀어나온 손 하나가 내 어깨를 붙들더니만 좁다란 골목 안쪽으로 끌고 들어가는 것이었다.

"오랜만이네, 내 귀여운 누이. 거의 2년 만인가?"

내 체감으로는 대략 6년 만이다. 거의 6년 만에 마주하는 루카스 폰 이그회퍼, 나의 오라비의 족제비 같은 얼굴을 빤히 노려보고 있자니 새삼 감회가 새로웠다. 두 번 다시 볼 일 없으리라 생각해서일까, 내가 과거로 되돌아온 이상 필히 한 번쯤은 부딪히게 될 거라는 사실을 깜빡하고 있었다.

"별로 반갑지 않은 표정이네. 서운하다, 야. 하나뿐인 오빠한테⋯⋯."

"수도에는 왜 왔어?"

툭 내뱉은 내 목소리에 냉기가 뚝뚝 흘렀다. 루카스는 나와 똑같은 밝은 풀빛 눈동자를 크게 떠 보이나 싶더니 이내 피식피식 웃어 댔다.

"너 만나러 왔지, 당연히. 내가⋯⋯."

"왜, 아버지가 쓰러지셨어? 아님 어머니가 다쳤어? 거짓말인 거 이미 다 아니까 그냥 가. 난 줄 거 아무것도 없으니까."

심드렁한 투로 일갈하자 루카스가 일순 주춤했다. 그 꼴을 보고 있자니 실소가 새어 나왔다.

과거에도 이랬다. 남편이 죽고 난 뒤, 내 부모고 오빠고 친척들이고 앞다투어 찾아와서 한몫 챙기려 기를 썼던 것이다. 매번 쫓아내긴 했지만, 루카스는 유독 끈질겼다. 툭하면 부모님 안부를 들먹이며 어떤 식으로든 금전을 요구했다. 한 두세 번쯤 챙겨 준 걸로 기억한다. 그러다 결국엔 그가 아무리 저택 밖까지 찾아와서 애원해도 결코 만나 주지 않았다.

"너 왜 이렇게 사람이 변했어? 아무리 다들 수도에 오면 변한다지만, 원래 안 이랬잖아."

"……."

"아 좀, 들어 봐. 난 지금 사흘째 굶었단 말이야. 그게 말이 되냐? 엄연한 귀족 영식인데 꼴이 우습게 됐잖아. 돈도 썩어 넘치면서 좀 도와 줘. 아니면 당분간 너네 집에 좀 머물게 해주든가—"

"내가 머리에 칼 맞은 줄 알아, 그런 개수작을 받아주게? 사흘째 굶은 소리 하고 자빠졌네. 기사들 부르기 전에 꺼져. 상대해 줄 시간 없으니까 험한 꼴 당하기 싫으면 두 번 다시 찾아오지 말라고. 알아들어?"

지금 루카스의 얼굴에 떠오른 참으로 멍청해 보이는 표정을 어찌 표현하면 좋을지 모르겠다. 이랬어야 했어. 과거에도 처음부터 이랬어야 했어……. 오빠라는 작자의 한심한 모습을 뒤로하고 아이들에게 돌아가려는데 놈이 갑자기 내 어깨를 붙들더니 벽 쪽으로 세게 밀어붙였다. 등이 쿵 하고 부딪히며 고통스러운 감각이 밀려왔다.

"이게 무슨 짓……."

"보자 보자 하니까 이년이 꼴에 후작 부인 됐다고 오라비한테 말하는 꼬라지가 더럽다? 네가 지금 나 협박하냐? 네깟 년이 얼마나 잘났다고 그딴 눈빛으로 쳐다보는데? 네가 지금 앉아 있는 자리가 뭐 오래갈 것 같냐? 어차피 너 쫓겨나고 나면 돌아올 데라곤……."

"야!"

퍽!

루카스가 비열하게 타오르는 눈으로 날 잡아먹을 듯 밀어붙이며 으르렁대는 저 쓰레기 같은 말이 실로 어설프게 끊겨 버린 것은 그때였다. 정확히 표현하자면 우리가 서 있는 좁은 골목 안으로 다짜고짜 날아온, 아니, 날아들듯 뛰어온 누군가가 그대로 루카스를 걷어차 버린 것이다.

내 어깨를 으스러져라 쥐고 있던 힘이 빠져나가나 싶더니 다음 순간 루카스는 지극히 안쓰러운 비명을 토해 내며 바닥에 나뒹굴고 있었다.

"쳇, 새 부츠인데……. 아무튼 이런 무례한 새끼를 봤나?! 이 마차 바퀴에 깔린 족제비같이 생긴 새끼야, 저 여자애가 너 싫다잖아!"

……변성기가 잘못 오기라도 한 건지 묘하게 높고 끽끽대는 목소리다. 반쯤 넋이 나가 버린 내 멍한 시야에 다음으로 들어온 것은 다름 아닌 제 몸집만 한 검을 든 소년이었다.

키는 컸지만 아직 어린아이가 분명했는데, 기껏해야 제레미 또래 정도일까? 묘하게 낯익어 보이는 얼굴이었으나 정확히 어디서 봤는지 기억이 나지 않았다. 삐죽삐죽 헝클어진 검은 머리카락과 서늘하리만치 새파란 눈. 분명 낯이 익은데. 어디서 봤지……?

내가 어리둥절하는 사이 이 뜬금없는 소년은 잠시 뭐라 혀를 차며 머리를 벅벅 긁적이더니만, 이윽고 바닥에 널브러져 있는 루카스를 향해 거침없이 전진했다. 그러고는 한 손으로 루카스의 목덜미를 틀어쥐고 다른 한 손으로 아무래도 이 근방에서 새로 산 것이 분명해 보이는 검날을 들이대는 것이었다.

"이봐, 노땅."

"으아아아악!"

혼비백산한 루카스가 공포에 질린 비명을 지르기 시작했다. ……참고로 루카스는 스물한 살이었다. 이 얼마나 우스운 꼴인가?

"제기랄, 시끄러워 죽겠네. 입 닥쳐! 야, 입 닥치라고. 혓바닥 잘라 버리기 전에."

"으하아악! 사, 살려주……."

"입 닥치라고 했다? 야, 내 눈 봐봐. 내 눈 봐 보라고."

"흐으으…… 이, 이거 안 놔?! 어, 어린놈이 감히 내가 누구인지 알-"

"네가 황태자라 해도 X 까시고요. 이빨 다 뽑아주랴? 아주 잇몸째 들어내 줄까?"

"……왜, 왜 이러십니까?"

"됐고, 너 저 여자애 다시는 건드리지 마라. 알짱대지도 말고 길에서 마주치지도 말고 생각도 하지 말고 꿈에서 보지도 말라고. 아랫도리 잘리기 싫으면."

신이시여! 실로 등골이 오싹해질 법한 무시무시한 선포였다. 아니, 그보다 우리 집 애들만 입이 험한 줄 알았는데 요즘 남자애들은 다 저 모양인가 보다.

"알아들었냐고. 까딱거리지 말고, 대답 안 해?"

"아, 아, 아, 알겠습니다."

새파랗게 질린 루카스가 다급히 고개를 위아래로 끄덕이자 소년은 그제야 틀어쥐고 있던 목덜미를 뿌리치듯 놔주었다. 그러자마자 후다닥 줄행랑을 치는 내 오빠란 작자의 참으로 꼴사나운 뒷모습을 지켜보는 찰나, 혼자 뭐라 뭐라 혀를 차던 소년이 이제 검을 한쪽 어깨에 얹고 서서 나를 정면으로 응시했다.

"괜찮아? 어쩌다 저런 놈이랑 엮였대?"

"……그러게 말이구나."

"어?"

"내 오빠거든. 아무튼 도와줘서 고맙구나."

"네 오빠라고? 저딴 놈이?"

믿기지가 않는다는 듯 혀를 내둘러 보인 소년이 눈을 깜박깜박하며 나를 살폈다. 청량한 가을 하늘 같은 눈동자가 나를 빠르게 위아래로 훑었다가, 이어 내 얼굴과 머리카락을 뚫어져라 응시했다.

나로 말할 것 같으면 이 소년의 정체를 유추하느라 머리를 굴리고 있었다. 분명 낯이 익은데 왜 바로 떠오르지 않는 걸까?

"쳇, 오라비든 뭐든 저딴 놈은 당해 봐야 싸긴 한데, 혹시 괜히 나 때문에 네가 곤란해지는 거 아냐?"

조금 전까지의 험악한 기색은 온데간데없이 사라진 채 머리를 긁적이는 모양새가 새삼 신기했다. 묘하게 순수하게 느껴져서일까, 나도 모르게 미소가 지어졌다.

"그럴 일은 없을 거란다. 차라리 잘됐다고 봐야지."

"그렇다면 다행인데……. 근데 너 말투 되게 독특한 거 알아? 우리 어머니랑 얘기하는 기분이야."

……끄응, 뭐 무리도 아니다. 이 녀석이 보기엔 난 그저 비슷한 연배의 영애일 테니까. 나도 모르게 우리 집 사자 새끼들 대하듯 말해버렸어.

머리를 갸웃대며 나를 빤히 보던 소년이 대뜸 씨익 웃음을 지어 보인 건 그때였다. 이리 보니 꽤 곱상한 얼굴의 소유자인 어린 정의의 사도께선 제 몸집만 한 검을 한쪽 어깨에 얹은 그대로 빈 왼손을 내게 내밀며 인심 썼다는 투로 말했다.

"아무튼 너 일행 있는 데까지 데려다줄게. 너 근데 어느 집 영애야? 내 주변에 너같이 생긴 애 없는데."

"……너는 어느 집 자제니?"

"나? 귀한 집 자제."

할 말 없군. 들고 있는 검도 그렇고 복장이나 신발 역시 웬만한 귀족가 자제치고도 상당히 고가인 상품이 분명하긴 하다. 상대가 황태자라 한들 뭐 까라는 식으로 굴 정도이니…… 이 녀석 부모님도 상당히 골치 아프시겠어.

얼굴도 모르는 남의 집 부모님에게 치솟는 동질감을 느끼며 눈앞에 펼쳐진 투박한 손을 살며시 잡다. 의외로 따스한 온기가 돌고 있었다.

굳은살 박인 까칠한 감각이 아무래도 이 녀석 역시 우리 잘난 큰아들 내미 못지않게 꽤 검술광인 것 같은데…….

정체불명 소년의 에스코트를 받으며 의상실 앞까지 도달하자, 어째서인지 나와서 입구의 계단에 걸터앉아 있는 제레미의 금빛 머리카락이 가장 먼저 눈에 들어왔다. 다음 순간! 암녹색 눈동자가 우리 쪽으로 고정되나 싶더니, 이어 벌떡 일어선 제레미가 다짜고짜 고함을 치는 것이 아닌가?

"허어? 너 아까 그 망할……!"

아까 그? 어리둥절한 표정으로 고개를 돌리자 뭐가 그리 재미있는지 유유자적 웃기 시작하는 흑발 소년의 낯짝이 보였다.

"오호라, 넌 아까 그 느림보 녀석 아니냐? 그렇게 느려 터진 주제에 기사 될 수나 있겠냐?"

"이 야비한 자식이 남의 물건 낚아챈 주제에 실실 처웃고 있네? 입안에서 열나냐?"

"정확히 말해선 내 물건이지, 내가 돈을 주고 샀으니. 원망할 거면 네 굼뜬 속도를 원망하시라고? 아무튼 너랑 놀아줄 시간 없……."

"도련님, 도련님! 대체 언제 여기까지 나오셨습니까, 한참 찾았단 말입…… 어딜 도망가십니까?!"

수행 기사로 보이는 사내 하나가 문자 그대로 불쑥 나타나 통탄을 금치 못하는 기세로 외친 덕에 천만다행으로 두 소년이 여기서 드잡이질을 시작하는 일은 일어나지 않았다. 정확히 말하자면 혀 차는 소리를 내보인 흑발의 소년이 실로 경이로운 속도로 제 수행 기사를 따돌리며 휑하니 달아나 버렸던 것이다. 그 뒤를 냅다 쫓아가려는 제레미를 내가 겨우겨우 붙들고 말렸다.

"점잖게 좀 굴어, 검은 다른 걸로 사도 되잖아!"

"아오, 저 빌어먹을 뜨내기 자식이 도망을 쳐? 다시 걸리기만 해봐라!"

한참 그렇게 이를 박박 갈며 벼르던 제레미가 이제 뜬금없이 진지해진 눈으로 내 눈을 바라보았다.

"그런데 어쩌다 저놈이 너랑 같이 와?"

"……그러게. 아는 분 자제라서 인사하다 보니 어쩌다가 그렇게 됐어."

"그으래? 어느 집 똥강아지인지인진 모르겠다만 가정 교육 좀 똑바로 하라고 해라. 젠장 할."

……사돈 남 말 하고 있다.

나의 남편 요헤너스 폰 노이반슈타인을 기리는 추모 연회. 이 연회를 준비하느라 응접실을 비롯해서 본관 1층 전체의 인테리어를 손보다시피 했다.

초대장만 해도 몇 개인지 셀 수가 없었다. 예산부터가 웬만한 궁전 연회를 초과하는 초호화판이었으니. 수도의 난다 긴다 하는 가문 인사들과 추기경들은 물론이요, 황실 인사도 올 예정이었다. 일단 황태자와 우리 제레미가 어릴 때부터 가까웠던 데다 나와 함께 이 연회를 기획한 뉘른베르 공작이 황후의 동생이니까.

따라서 내가 이른 시간부터 부산을 떨며 연회장을 몇 번이나 재확인하고 사용인들을 들들 볶은 것도 무리가 아니었다. 하지만 뭐니 뭐니 해도 가장 힘들었던 것은……

"잠시라도 좀 얌전히 있으면 어디 덧나니?"

일찌감치 단장시킨 것이 무색하게도 그새 후원에 가서 뛰어노느라 온통 더러워진 쌍둥이를 다시 다독여 재단장시키랴, 옷 색깔이 맘에 안 든다며 불평하는 엘리아스를 달래랴, 부득부득 검을 차고 있겠다고 주장하는 제레미와 입씨름하랴, 진이 쏙 빠져 버렸다. 대체 연회에 검이 왜 필요하다는 거냐고!

"고집 좀 그만 부리라니까! 넌 아직 기사 서품 받지도 않았잖아!"

"받을 거거든?! 아마 내년이면 받을 거거든?!"

"아직은 아니니까 하루만이라도 제발 말 좀 들어!"

"내가 애냐!"

"이러는 거 보면 딱 애지 뭐니?!"

제레미는 아주 끈질겼으나 나 역시 그에 못지않았다. 어차피 훗날 다 알아줄 명성의 잠재자께서 왜 벌써부터 저리 안달이란 말인가.

결국 이번만큼은 내가 이겼다. 진이 쏙 빠져 버리긴 했으나 내 손수 마담 멜리샤의 의상실에서 고른 연회복을 다 갖춰 입은 아이들을 보고 있자니 절로 흡족한 미소가 지어졌다.

똑같은 색깔의 연둣빛 드레스와 정장을 입은 레이첼과 레온, 파란 연미복 차림의 엘리아스, 주홍색 소년용 제복 차림의 제레미. 하여간 외양 하나는 인정해 줘야 한다. 휴.

아이들이 준비를 다 마친 것을 확인한 뒤에야 나 역시 부랴부랴 단장을 했다. 깊숙이 파인 스퀘어 네크라인과 리본으로 뒤덮인 스토머커가 눈에 띄는 물빛 드레스는 과연 내년 후반부까지 유행을 탈 만한 디자인이었다. 분홍색 머리카락은 두껍게 땋아 내려 군데군데 핀으로 장식했다. 요즘 유행하는 화려한 올림머리를 함이 마땅했으나 나로서는 불가능한 일이었다. 어떤 고약한 녀석이 내 뒷덜미에 참으로 선명한 흉터를 만들어놨으니까 말이다. 크흑…….

"내 생각인데 우리는 오늘 아무래도 슈리로부터 손님들을 보호하는 역할을 맡아야 할 것 같다, 아우야."

"오오, 맞는 말이야. 정확히 말해선 시각을 보호해 줘야겠지."

……참자. 세 번만 참으면 살인도 면한다 했다. 하여간 저 화상들.


우리 가문에서 주최하는 추모 연회임에도 아이들의 혈육도 나의 혈육도 철저히 제외되었다는 사실은 좀 아이러니하게 보일 수도 있었다.

어쨌든 내 막연한 불안감이 무색하게도 연회 시간에 맞춰 화려하게 차려입은 손님들이 속속히 도착하기 시작했다. 내가 일일이 기나긴 인사말을 주고받으며 친절한 가주 노릇을 꽤 잘 해냈다면, 손님들 쪽은 속으론 무슨 생각을 하든 겉으로는 진실하게 느껴지는 미소로 화답하고 있었다. 장례식 때 대놓고 드러냈던 적의 어린 시선과 수군거림은 일단 보류 상태라고 해야 할까? 이 연회야말로 서로를 가늠하는 탐색전인 것이다.

"실로 굉장한 연회가 될 것 같군요, 부인."

"하인리히 공작님. 와 주셨군요."

"참, 이쪽은 제 여식입니다. 오하라?"

과거의 내 예비 며느리, 오하라 공녀의 풋풋한 열두 살 모습을 보고 있자니 새삼 감회가 새로웠다. 치맛자락을 살짝 잡고 흠잡을 데 없는 자세로 예를 갖추는 백금발의 소녀는 과연 장차 수도 제일 미녀로 자랄 만큼 어여뻤다.

……뭐 그래도 내 눈에는 레이첼이 훨씬 더 예쁜 것 같다만.

"만나서 반갑습니다, 레이디 노이반슈타인."

"반가워요, 영애. 마음 편히 즐기다 가시길 바라요."

수줍게 뺨을 붉힌 오하라가 보라색 눈망울을 반짝이며 내 곁에 서 있는 아이들을 쳐다보았다. 정확히 말해선 제레미 쪽을 보았다. 제레미로 말할 것 같으면 영 지루하다는 표정으로 서서 손가락으로 내 땋은 머리채를 툭툭 건들고 있었다.

이 녀석이 진짜……? 지금 네 미래의 정혼자가 될지도 모르는 소녀가 지켜보고 있단 말이다. 물론 그건 앞으로 네 마음에 달린 거겠지만…….

어쨌든 과거처럼 내 마음대로 아이들의 혼약을 추진하진 않을 작정이었다. 아직 다들 어리니까, 나중에 저들이 좋다는 사람이 생기면 그때 고려해 보리라.

"레이디 노이반슈타인."

"뉘른베르 공작님, 공작 부인. 어서 오세요. 잘 와 주셨습니다."

환하게 인사하는 내게 자애로운 미소로 화답하는 공작님과 달리 다소 연약한 안색의 공작 부인께선 그저 조용히 어딘가 슬퍼 보이는 눈빛으로 나를 바라보기만 할 뿐이었다. 애도의 의미에서가 아니었다. 과거에도 이 공작 부인께선 매번 저러한 알 수 없는 애수 띤 눈빛으로 나를 대하시곤 했던 것이다. 익숙해질 법도 하건만 괜스레 어색한 기분이었다.

"이쪽은 제 철없는 아들놈입니다. 부디 여기서 사고 치지 말아야 할 터인데 말입⋯⋯."

"아버지는 왜 툭하면 저만 가지고 그러십니까?"

친절한 뉘른베르 공작님의 독특한 소개말과 함께 불쑥 등장하여 투덜거리는 소년의 모습에, 나는 예기치 못하게 얼이 빠지고 충격에 사로잡히고 말았다.

그래, 맞다. 역시 그랬던 거다. 어째서 바로 눈치채지 못했을까?

"어라? 너는 그때 그⋯⋯."

그제야 일전의 정의의 사도의 정체를 깨달은 나는 한발 늦은 나의 감각을 원망하는 동시에 뉘른베르 공작 부부를 향한 크나큰 연민을 느끼기 시작해 버렸다. 아무리 생각해도 강철의 공작님이 내게 친절한 이유는 이것 때문인 것 같다.

"노라, 후작 부인께 너라니 그 무슨 무례이느냐?"

"예⋯⋯? 뭐요? 얘가 그 후작 부인이라고요?"

"이놈의 자식이!"

그랬다. 검은 소년용 제복 차림을 한 채 푸른 눈을 휘둥그레 치켜뜨고 나를 보는 삐죽삐죽한 검은 머리의 공자는 다름 아닌 일전에 루카스를 사정없이 몰아냈던 그 소년이었던 것이다! 어쩐지 낯이 익다 했다. 이 녀석이 바로 우리 제레미의 유일한 대적수로 자랄 그 노라 폰 뉘른베르라고?

"무례를 용서하십시오, 부인. 혹 제 아들놈과 만나신 적이 있습니까?"

"네? 아, 그것이⋯⋯."

당혹감이 밀려왔다. 여기서 저 철부지 공자가 나와 만난 경위를 줄줄이 불어버리면 큰 망신이 따로 없는데⋯⋯! 저 투명한 푸른 눈을 보고도 뉘른베르 가문을 연상하지 못한 나도 나다만⋯⋯.

내 눈에 깃든 애원의 빛을 읽은 건지 어쩐 건지 어린 공자가 오묘하기 짝이 없는 표정으로 침묵하는 가운데, 이 폭풍 전야의 수면에 힘껏 첫 손을 담근 이는 다름 아닌 엘리아스였다. 엘리아스는 레온과 꼭 같은 모양새로 거위 간을 바른 크래커를 깨작대다 말고 다짜고짜 경악에 가득 찬 표정을 지어 보였는데, 그러고서 기껏 한다는 소리가 바로 이거였다.

"형, 저놈 그때 그 날치기 아냐?"

"뭐……? 뭐야, 저놈이 왜 여기 있냐?! 야!"

실로 흉포하기 짝이 없는 제레미의 포효에 노라는 잠시 멈칫하나 싶더니, 곧 만만치 않게 능글거리는 기세로 돌아보며 이죽대기 시작했다.

"이게 누구야, 그때 그 느림보 아니시냐? 노이반슈타인 자제였냐, 너? 가문 이름이 아깝다, 가문 이름이."

"얻어터질까 봐 잽싸게 내뺀 주제에 주둥이는 잘도 살았구나. 네놈이야말로 네놈 가문의 수치다, 이 쥐새끼 같은 자식아!"

나는 기가 막혀서 두 녀석을 번갈아 보았다. 악연이란 바로 이런 걸두고 하는 말일까?

제레미가 노이반슈타인의 사자라면, 노라는 뉘른베르의 굶주린 늑대였다. 나이까지 같은 둘이 처음으로 검을 맞댔던 1118년 건국기념제의 검술 대회, 그토록 오래 끌다 결국 비겨 버렸던 결승전이 그 라이벌 구도의 시초라 할 수 있겠다. 다들 환호하고 비명 지르고 난리였지, 아마. 난 그때 행여나 큰아들놈이 어디 하나 잘려 나갈까 봐 마음 졸이느라 혼절할 뻔했는데…….

"우매한 종자일수록 저가 보고 싶은 대로만 보는 법이지. 대부분 자기 자신의 모습을 투영해서 말이야."

"뭔 개소리셔요? 내빼기만 잘하시는 줄 알았더니 대단한 철학가 납셨

네? 말로만 지껄이지 말고 한번 덤벼 보지 그러셔?"

"제레미!"

"노라!"

결국 뉘른베르 공작과 내가 나서서 이 한심한 드잡이질을 멈춰야 했다. 공작님은 아들내미의 머리를 쥐어박았으며 나는 제레미의 등짝을 후려쳤다.

"아아악!"

"아악! 아파아!"

"제레미, 손님한테 대체 그 무슨 무례니? 얼른 사과해!"

"내가 왜?! 저놈이 먼저 시작했다고!"

"노라, 속히 무례를 사과드리거라."

"제가 왜요? 남이 정당하게 구매한 물건 가지고 아직까지 꿍한 건 저녀서…… 아악! 왜 때린 데 또 때려요?!"

"고생이…… 많으시겠어요."

오죽하면 수줍은 공작 부인께서 내게 저리 말씀하시겠냔 말이다. 사돈 남 말이긴 하다만……. 그래도 내가 노라와 어찌 안면을 텄는지에 대해 유야무야 넘어가서 다행이라 해야 하나?

"황태자 전하께서 드십니다!"

누군가가 외친 우렁찬 알림에, 아들내미들 붙들고 아웅다웅하던 우리도, 삼삼오오 술잔을 홀짝이며 우리를 구경하던 손님들도 모두 약속이라도 한 듯 동시에 조용해지며 숙연히 예를 갖추었다.

"제국의 젊은 독수리를 뵙습니다."

"제국의 젊은 독수리를 뵙습니다, 태자 전하."

수행원을 주렁주렁 달고 행차하시는 이제 갓 열일곱 된 황태자, 테오발트 폰 바덴 비스마르크. 그의 등장에 여기저기서 숨을 들이켜는 소리와 공손한 인사말이 쏟아져 나왔다. 샹들리에 불빛을 받아 반짝이는 은백색 머리카락을 흩날리며 곧장 우리 쪽으로 다가온 황태자가 이윽고 금빛 눈매를 요요하게 휘며 입을 열었다.

"드디어 만나 뵙는군요, 사자들의 어머니. 듣던 대로 머리는 벚꽃 같으며 눈은 들풀 같으시군요."

……대체 뭐지, 이 듣도 보도 못한 부담스러운 인사는? 사자들의 어머니라고? 예전 생에도 이 황태자가 나를 저런 식으로 칭한 적은 없는데. 엘리아스 놈이 웃음을 억누르느라 꺽꺽대는 소리가 참 얄밉게 느껴졌다.

"이리 방문해 주시니 더없는 영광입니다, 태자 전하."

"그리 섭한 말씀을. 제가 오지 않으면 또 누가 오겠습니까? 하하."

"태자 전하."

"숙부님, 숙모님. 제가 올 거라 했잖습니까, 하하……. 오오, 우리 사촌 아우님, 오랜만이구나? 키 많이 컸네?"

방금 전까지 서로 물어뜯을 기세로 으르렁대던 맹수 새끼 같은 두 소년을 상대하다가 이토록 정중하며 점잖은 황태자를 보고 있자니 심신이 정화되는 기분이었다.

제 아버지한테 얻어맞은 머리를 문지르고 있던 노라가 푸른 눈으로 황태자를 힐끔 보나 싶더니 얼음장 같은 음성을 내뱉은 건 그때였다.

"왜, 부러우십니까?"

"노라……!"

"놔두세요, 숙모님. 하하, 퉁명스러운 건 여전하군요."

"저는 태어났을 때부터 지금까지 일관성을 유지해 왔고, 태자 전하께서는 제가 고분고분한 만큼 친절하시죠."

싸늘하다 못해 시건방지게 느껴지는 어조로 쏘아붙인 공자가 이제 몸을 홱 돌리고 총총 멀어져 가 버렸다. 그리고 뉘른베르 공작은 탄식을 내뱉었다.

"송구합니다, 태자 전하. 저놈이 요즘 따라 유독 더⋯⋯."

"아아, 신경 쓰지 마십시오. 괜찮습니다."

조금 멋쩍게 웃어 보인 다정한 황태자께선 그 부드러운 금빛 시선을 내게 잠깐 고정시키더니만 이내 등짝을 문지르고 있는 제레미에게 말을 걸었다.

"오랜만이네. 괜찮아 보여서 다행이구나."

"괜찮지 않을 게 뭐가 있겠습니까. 저 녀석이 하필이면 전하 사촌이었을 줄이야⋯⋯."

나지막이 투덜거린 제레미 역시 몸을 홱 돌리고는 총총 걸어가 버렸다.

성부 성모시여! 이 시대 소년들을 가호하소서! 어릴 때부터 가장 가깝게 지내 왔을 두 영식으로부터 나란히 퇴짜를 맞아버린 황태자는 이제 문자 그대로 아연실색한 얼굴이 되어 나를 멍하니 바라볼 따름이었다.

"쟤들 왜 저런답니까?"

물론 악연으로 엮인 숙적의 등장 탓도 있긴 하겠지만, 내 자식새끼들이 원래 이토록 다른 어른들 앞에서조차 멋대로였나? 분명 과거에도 이 정도는 아니었던 것 같은데, 어째서 과거보다 아이들과 더 가까워진 지금이 더더욱 소란스러워진 기분인지 모르겠다. 그나마 다행인 건 엘리아스와 쌍둥이는 아직 얌전하다는 것이다.

"엘리아스, 부탁인데 네가 네 동생들 좀 잘 지켜봐 주겠니?"

"내가 왜? 그건 형이 할 일⋯⋯."

"제레미보단 네가 쌍둥이랑 더 잘 놀잖니."

"아닌데? 안 노는데?"

……뭘 기대한 내가 잘못이다. 통탄의 눈물을 삼키고 있는데 그런 나를 묘하게 반짝거리는 눈으로 지켜보던 테오발트 황태자가 몹시 다정다감하게 말을 걸었다.

"고생이 많으시군요."

"아하하……."

"너무 걱정하지 않으셔도 될 것 같습니까. 또래 아이들도 많으니까 알아서 놀지 않을까요? 일단 저와 한잔하시죠."

점잖은 황태자의 말이라 그런지 묘하게 설득력이 있게 들렸다. 하여 나는 순순히 테오발트가 건네는 잔을 받아 들고 톡 쏘는 향취의 와인으로 입술을 축였다.

"그나저나 부인을 실제로 뵙는 건 처음입니다만, 꼭 전에 만난 것 같은 친숙한 기분이 드는군요. 진작에 인사드리러 올 것을……."

"오늘 이리 뵙게 되어 영광인걸요. 황제 폐하께선 강녕하신지요?"

"늘 건강하시답니다. 하하하. 아무튼 제레미가 오늘따라 왜 저리 부루퉁한지는 모르겠습니다만, 저와 어릴 때부터 친한 사이이니 앞으로 그 녀석과 노닥거릴 겸 종종 방문하겠습니다. 부디 환대해 주시길."

"당연한 일입니다. 태자 전하라면 언제든 환영이지요."

부드럽게 웃으며 대꾸하자 금빛 눈동자에 즉각 이채가 서렸다. 내가 잘못 본 게 아니라면 진심으로 자신의 말을 지키고 싶어 하는 기색이 역력했다 이거다. 흠, 이건 또 신기한걸. 아까의 그 이상한 인사말은 그렇다 쳐도, 이 황태자가 원래 이렇게 나한테 호의적이었나?

……하기야 그때랑 지금은 상황이 좀 다르구나.

현 황후 엘리자베트의 소생은 2황자 하나뿐이다. 테오발트 황태자는 산욕열로 일찍 돌아가신 전 황후의 소생이었다.

내가 이 후작저에 오기 전, 그러니까 아이들이 지금보다 더 어렸을 때부터 테오발트와 제레미는 교류를 유지해 왔다. 황태자에게 또래 동무를 만들어주려는 황제와 내 남편의 배려에서였다. 본디 그 역할은 엘리자베트 황후의 조카인 노라 공자에게 돌아가야 마땅했겠지만 내가 기억하는 것이 맞다면 공자와 황태자는 그다지 가까운 사이가 아니었다.

……아까 본 바로는 어째서인지 노라 쪽에서 일방적으로 테오발트를 싫어하는 것 같긴 하다만.

아무튼 제레미가 훗날 황태자의 검으로 불리게 된 데에도 테오발트와의 관계가 지대한 영향을 끼쳤다고 볼 수 있으나, 그렇다고 해서 이 점잖은 황태자가 딱히 내게 유난히 호의적이거나 이리 스스럼없이 군 적은 없었다. 당연히. 되레 피해야 마땅했을 것이었다. 남편이 죽은 지 얼마 되지도 않았을 때 계약 고용한 애인을 들어앉혀 사교계를 뒤집어 놨던 나니까. 그때 내가 떨쳤던 악명도 참 대단했지…….

"괜찮으십니까?"

"네? 아……."

"눈이 갑자기 슬퍼 보이셔서요. 고인을 떠올리고 계시는 모양이군요."

크흠, 선량한 황태자 전하, 그것 참 자애로운 말씀이십니다만 잘못 짚으셨…….

"마음껏 슬퍼하셔도 됩니다. 근 한 달 동안 많은 일을 겪으셨더군요. 이제 겨우 성년식을 치를 나이이신데……. 제가 느끼는 안타까움을 어찌 표현해야 좋을지 모르겠습니다."

놀라울 만큼이나 다정한 어조였다. 순간 이 사람이 나한테 왜 이러나 싶을 정도로. 누가 나한테 저런 말을 해주리라곤 생각도 못 해서일까, 가슴 한구석이 알싸하게 저려 왔다.

……내가 왜 이러지. 술 때문인가?

"태자 전하."

바로 곁에서 불쑥 들려온 목소리에 우리 두 사람 모두 나란히 고개를 돌렸다. 그러고는 생각지도 못했던 이와 마주했다.

"아아, 리슐리외 추기경님. 예하께서도 참석하셨군요. 좀 어떠십니까?"

바로 예의 그 검은 신관복 차림의 침묵의 종, 리슐리외 추기경이었다. 저분이 진짜로 올 줄은 나도 예상치 못했었다. 환한 불빛에 물든 다갈색 머리카락 아래 자리한 칠흑 같은 눈동자가 잔을 들고 서 있는 우리를 번갈아 훑나 싶더니 이어 어김없이 내 얼굴로 와 꽂혔다. 그러고는 눈은 나를 보면서, 말은 테오발트에게 내뱉는 것이었다.

"일전의 십일조 문제로 긴히 드릴 말씀이 있습니다."

"으헉, 여기 와서까지 일입니까? 좀 봐주면 안 될까요? 나 원 참……. 그럼 부인, 잠시 실례하겠습니다."

장난스레 투덜대면서도 순순히 걸음을 옮기는 선량한 황태자님을 보고 있자니 어째 엘리자베트 황후가 심히 부러워지는 기분이 일었다.

그에 반해 침묵의 종께서는 내게 인사말조차 건네지 않으며 마지막까지 그 괴상망측한 시선으로 뚫어져라 노려보고만 갔다. 심중을 간파하기 어려운 시선인 데다 워낙 어두인 인상이라 그런지 영 꺼림칙한 느낌이었다. 과거에는 딱히 신경 쓰지 않으나 지금은 괜스레 거슬린다…….

나는 잠시 빈 술잔을 내려놓고 서서 연회가 벌어지고 있는 거대한 홀을 죽 훑어보았다. 정확히 말하자면 특별 섭외한 악단의 변주곡이 흐르는 가운데 따로 무리 지어 산해진미를 맛보고, 술을 마시고, 대화를 나누는 중인 손님들을 살펴보았다.

대개 이런 자리에서 나라는 사람의 입장은 굉장히 애매했다. 제국 역사상 유례를 찾아볼 수 없는 어린 여성 임시 가주. 연식도 있고 죄 남자들뿐인 파벌에 끼기도 뭣했으며, 그렇다고 내 또래 영애들의 무리에 끼기도 뭣했다.

일반적인 귀족가 여식들의 결혼 적령기가 열여섯에서 스물셋 정도라지만 지금의 내 나이에 일찌감치 결혼한 영애라면 한창 신혼 중이거나 임신 등의 문제로 이런 자리를 기피하게 마련이었다.

미혼 영애들로 말할 것 같으면 쉬이 공감대를 형성하기 어려웠다. 과거 내게 친근하게 구는 영애들이 없던 건 아니었으나 대부분 그저 옆에서 콩고물이나 받아먹으려 접근하는 무리 일색이었다. 그때의 나 역시 딱히 편을 만들려 노력하지도 않았었고 말이다.

지금의 내가 노리고 있는 무리는 다름 아닌 귀부인들 쪽이었다. 어느 정도 연륜도 있으며 자녀도 있는 부인들 말이다. 이제 갓 사교계에 데뷔할 적령기의 영애들은 또래 영식들과 눈빛을 주고받으며 저들끼리 즐겁게 수다를 떨거나 속삭임을 주고받고 있었다. 나는 그들을 지나쳐 연회장 한쪽 자리를 차지하고 앉은 부인들 쪽으로 다가갔다.

"음식은 입에 맞으시나요? 혹 불편하신 점은 없는지요?"

프티 푸르와 술잔을 들며 한창 수다를 떨고 있던 부인들이 일제히 나를 쳐다보았다. 친근한 미소를 박은 얼굴들이었으나 고아한 눈매들에는 탐색의 빛이 반짝이고 있었다. 개중 일면식이 있는 바이에른 백작 부인이 선두로 입을 열었다. 과거의 내가 레이첼의 특훈 교사를 부탁드렸던 그 부인 말이다.

"취향이 훌륭하신 것 같네요, 레이디 노이반슈타인. 초대해 주셔서 감사합니다."

"부인들께서 제 초대에 응해 주셨으니 저야말로 감사하죠. 저어, 앞으로도 잘 부탁드릴게요. 와 주셔서 정말 기뻐요."

환히 웃으며 철부지 소녀 같은 허물없는 투로 대꾸하자 주도면밀히 가늠하는 기색이 서린 눈동자들이 슬쩍 시선을 교환했다. 내가 약간 흥분한 것 같은 기세로 바이에른 백작 부인의 옆자리에 앉는 동안 의미심장한 표정을 주고받던 부인 중 하나가 슬쩍 말을 던졌다.

"생각지도 못했던 따스한 환대로군요. 한데 부인, 저희가 좀 묘한 소문을 들어서 말이에요."

"묘한 소문이요? 저에 대해서요?"

눈을 순진하게 치켜뜨며 물으니 다시 한번 재빠른 시선들의 교환이 이뤄졌다. 다음으로 칼자루를 넘겨받은 이는 슈바이크 후작 부인과 하텐슈타인 백작 부인이었다.

"별건 아니에요. 일전에 우연히 살롱에서 세바스티앙 백작 부인과 마주쳤거든요. 그분이 한 말을 전부 믿는 건 아니지만……."

"맞아요, 섣불리 한쪽 말만 듣고 판단해선 안 되죠. 뭐든 양쪽 입장을 들어 봐야 하는 법이니까."

"아……. 그게, 무슨 이야기인지 알 것 같네요. 전부 제가 미숙했던 탓이에요."

조심스럽게 던지자 호기심 어린 눈길들이 일제히 내게 와 꽂혔다. 나는 회심의 미소를 삼키며 일부러 눈을 어색하게 내리깔았다. 그러고는 망설이는 목소리로 더듬더듬 말을 이어 갔다.

"사실…… 여러분도 아시겠지만, 제 남편은 다정한 사람이었거든요.

아이들한테도 늘 자상한 분이셨어요."

"그렇고말고요. 전 후작께서 좋은 분이었다는 사실은 우리 모두가 잘 알죠."

"감사합니다, 레이디 바이에른. 실은 제가 남편의 장례식을 치르고 나서, 세바스티앙 부인에게 여기 좀 머물면서 조카들을 봐주십사 부탁드렸거든요. 그렇게 하면 아이들도 좀 더 빨리 안정을 찾을 것 같아서요."

"어머, 무리한 부탁은 아니었던 것 같은데요."

"네. 그런데 알고 보니 그분의 훈육 방침은 저나 제 남편의 그것과는 맞지 않더군요. 지나치게 엄격하달까요……. 그분이 저를 썩 마음에 들어 하시지 않는다는 건 알고 있었지만, 그렇다고 해서 아이들까지 상처 입는 것은 참을 수가 없더라고요. 그래서 저도 모르게 무례를 저질러 버린 것 같아요."

이미 나는 일전에 아이들과 함께 유명 의상실을 방문함으로써 사람들에게 우리의 모습을 보인 뒤다. 오늘 이 연회에서도 마찬가지였다.

……좀 소란스럽긴 했지만, 아무튼 이 자리의 부인들 모두 사교계에서 녹을 먹을 대로 먹은 능구렁이들인 동시에 어머니들이기도 했다. 이들을 포섭하기 위한 가장 확실한 방법은 일단 자녀와 관련된 공감대를 형성하는 것이리라. 고개를 수그리고 있는 나를 특유의 서글픈 눈빛으로 물끄러미 주시하던 뉘른베르 공작 부인이 불쑥 머리를 끄덕여 보였다.

"이해해요. 아이들 일이니까요."

"레이디 뉘른베르 말씀이 맞아요. 세상에, 그런 사정이 있었군요. 저라도 가만히 안 있었을 거예요. 다들 그렇지 않나요?"

"당연한 말씀이에요. 저도 우리 훈트를 차라리 제가 혼내고 말지 남이 건드리는 건 못 참아요. 바깥양반들은 이해 못 하는 것 같지만…….

아유, 얼마 전에 남편이 데려온 검술 교사라는 작자가 글쎄 우리 훈트를 제멋대로 때리는 거 아니겠어요?"

"어머, 세상에. 그게 사실인가요, 레이디 바이에른?"

"그렇다니까요. 그래서 제가 따졌죠. 그랬더니 그 뻔뻔한 무뢰배가 한다는 소리가 글쎄 남편이 마음대로 해도 좋다고 허락했다나 어쨌다나. 제가 남편한테 한 번만 더 멋대로 그런 무뢰배 데려오면 눈알을 할퀴어 주겠다고 협박해서 망정이지, 안 그랬으면 우리 아들은 지금쯤 가출했을지도 모른다고요."

깔깔거리는 웃음이 한바탕 터져 나왔다. 우아한 귀부인들이 부채로 입을 가리고는 눈물까지 찔끔거리며 웃는 풍경에 건너편 자리에 모여 담배를 피우며 점잔 빼던 남편분들이 흠칫 이쪽을 돌아봤다.

"아무튼 노이반슈타인 부인은 잘못하신 거 없네요. 좀 더 융통성 있게 대처했으면 좋았을 테지만……."

"네, 저도 약간 후회하고 있어요. 아시다시피 제가 경험도 지식도 별로 없다 보니……. 저어, 앞으로 그런 일이 생기면 부인들께 보다 현명한 조언을 구해도 될까요?"

"물론이죠. 에휴, 아직 나이도 어리신데 전처 아이들 돌보는 게 어디 쉬운 일이겠어요. 언제든 상담하세요."

귀엽다는 듯 쏟아지는 동질감과 우월감이 뒤섞인 반응들. 딱 내가 바라던 바였다. 세상 물정 모르고 속없는 동시에 겸손하면서 뭐든 배우려 드는 어린 과부를 연기한 것이 먹힌 것이다. 이들의 남편들과 같은 가주의 자리에 앉아 있는 데다 새파랗게 젊기까지 한 내가 먼저 스스럼없이 다가와 조언을 구하고 아양을 떠는데 어찌 우월감을 안 느낄 수 있으랴.

뭣도 몰랐던 과거에는 그저 만만하게 보이기 싫은 어린 치기에 한껏 콧대를 세우고 발톱 세운 고양이처럼 굴곤 했었다. 만만하게 보인다는 것이 꼭 나쁘지만은 않다는 사실, 사람들을 구슬리고 내 편으로 만드는 데에는 자존심이 다가 아니라는 사실을 몰랐으니까 말이다.

사교계의 가장 윗물을 이루는 주류는 귀부인들이다. 아무리 유행이 빠르게 돌고 파릇파릇한 어린 영애들이 치고 올라온다 한들 이미 연륜과 경험 면에서 능구렁이나 다를 바 없는 귀부인들을 끌어내릴 순 없는 것이다. 더군다나 전 세계를 통틀어 전해져 내려오는 유구한 전통, 가장 치명적이며 은밀한 무기야말로 그녀들의 전유물 아닌가. 내 말은 베갯머리송사 말이다. 큼큼. 그럭저럭 오늘의 내 목적은 대강이나마 성공한 것 같다. 이 기세를 몰아서…….

"꺄아아악!"

"세, 세상에……!"

"누, 누가 좀 말려 줘요!"

활기차고도 점잖은 분위기를 유지하고 있던 연회장이 순식간에 소란스러워진 것은 그때였다. 정확히 말하자면 2층 발코니로 이어지는 계단으로부터 곱게 차려입은 영애 다수가 어쩔 줄을 모르고 뛰어 내려오며 경악에 찬 비명을 질러 댔다. 어머니들 쪽은 기겁해서 몸을 일으켰고, 아버지들은 당황한 시선을 교환했으며, 자제들은 호기심에 가득 찬 얼굴을 하고서 신나게 계단을 뛰어 올라갔다.

신이시여, 이번엔 또 무슨 일입니까? 나는 행여나 제레미가 여기서 미래의 라이벌과 치고받기 시작한 게 아닐까 확인하려 다급히 뛰어 올라갔다. 그리고 마침내 도달한 2층의 발코니에는 오, 세상에!

우당탕탕쾅!

"제레미!"

새 난초들과 화등잔으로 화려하게 꾸민 발코니는 난파선이 된 지 오래였다.

미친 듯이 치고받으며 패싸움을 벌이는 중인 총 네 명의 영식 중엔 확실히 제레미가 끼어 있긴 했다. 내 예상과 어긋난 점은 싸우는 상대가 뉘른베르 공자가 아닌 것 같다는 거다. 그러기는커녕 둘이서 다른 두 영식을 상대하고 있는 것 같았다. 대체 어쩌다 둘이 한패가 된 건진 모르겠지만……!

보통 이런 유의 싸움에 휘말리는 쪽은 엘리아스인데 어째서 제레미가 이러한 짓을 하고 있는가? 아무리 비슷한 다혈질이라 해도 제레미는 무작정 주먹부터 날리고 보는 스타일은 아니었다. 하물며 상대가 숙명의 라이벌도 아니고…….

"형, 그만 좀 해! 진정 좀 하라고!"

"그만해, 큰오빠! 엄마한테 혼나!"

우리의 뿔난 망아지 같은 엘리아스와 꼬꼬마 쌍둥이가 웬일로 거들기는커녕 장남을 말리느라 애를 먹고 있는 장면이란 참 기특한 모습이긴 했으나 그다지 효과가 있지는 않았다. 당연히.

제레미도 노라도 겨우 열네 살이었다. 그리고 상대는 십 대 후반으로 보이는 영식 둘이었다. 나이 차를 감안하면 비교가 되지 않아야 마땅했으나 선천적 무골 소년들과 평생 책만 봐 왔을 것 같이 생긴 청년들은 굉장히 치열하게 막상막하를 이루고 있었다.

잘 차려입은 귀한 집 자제들이 야시장 투견들처럼 뒤엉켜 살벌하게 물어뜯는 한 편의 극 같은 풍경에 다급히 뛰어 올라온 손님들 모두 너나 할 것 없이 넋이 나가 버린 얼굴이 되었음은 두말할 것도 없었다. 경건하신 추기경분들로 말할 것 같으면 무슨 기도 같은 말을 웅얼거리면서 성호를 그었다.

내가 다급히 끼어들려는 찰나, 어느샌가 다가온 테오발트가 내 어깨를 붙들며 한발 앞서 나갔다. 신분으로는 따를 자가 없는 황태자께선 이 모든 소란을 끊어버리는 커다랗고 단호한 목소리로 딱 잘라 외쳤다.

"황명이다, 다들 멈춰라!"

뉘른베르 공작님이 말씀하시고 계셨다. 귀족 사회의 양대 기둥 중 한 축을 담당하고 계시는 강철의 대공작께서는 나로서는 처음 보는 무시무시하게 냉엄한 얼굴을 하고서 아들을 향해 질문했다.

"대체 무슨 이유 때문에 그러한 소란을 일으킨 것이냐"

테오발트의 황명에 순식간에 소동이 가라앉고 언제 그랬냐는 듯 연회가 이어지고 있는 1층의 드로잉 룸, 나의 큰아들내미와 뉘른베르 공작님의 아들내미가 맞싸운 상대는 하인리히 공작의 조카 되는 백작가 자제들이었다.

제가 대신 사죄하겠다며 머리를 숙여 보이는 하인리히 공작에게 심심한 사과를 건넨 뒤 우리 가족과 뉘른베르 가족은 이쪽으로 따로 모여 있었다.

팔짱을 낀 채 그저 속 좋게 웃고만 있는 테오발트와 대조적으로 뉘른베르 공작 부부 쪽은 심각하기 짝이 없었다. 공작님은 냉기를 풀풀 날리고 있었으며 공작 부인께선 안절부절못하는 표정으로 양손을 끊임없이 쥐었다 폈다 하고 있었다.

"노라! 어서 대답하지 못하겠느냐! 아무리 철이 없어도 그렇지 어찌 태자 전하께서 계신 자리에서까지 소란을 일으켰단 말이냐!"

오오! 실로 천장의 샹들리에가 떨리는 것만 같은 불호령이었다. 우리 집 안에서 남자 어른의 고함이 울려 퍼지기는 실로 오랜만인 것 같다. 그럼에도 철부지 공자는 인상을 찡그린 채 서서 내 쪽을 한 번 힐긋 보나 싶더니만 여전히 묵묵부답으로 일관할 뿐이었다. 대체 무슨 이유로 그리 치열한 패싸움을 벌였는지 묵묵부답인 건 제레미 역시 마찬가지였다.

"세상에, 입술 터진 것 좀 봐……! 제레미, 너 대체 왜 그런 거야? 왜 싸웠어?"

"……아, 몰라. 그 덜떨어진 샌님 같은 놈들이 열 받게 하잖아!"

"그러니까 뭐가? 뭐가 그렇게 열 받았는데?"

"……."

"엘리아스, 넌 네 형이 왜 그랬는지 아는 거 있어?"

참으로 고소하다는 표정으로 제 형을 향해 혀를 날름거리던 엘리아스가 빠르게 고개를 좌우로 가로저어 보였다.

"아니. 형이랑 저 공자가 발코니에서 얘기하고 있는 것만 봤는데. 둘이 그새 화해했나 싶어서 네 말대로 쌍둥이나 보러 갔지. 그러다 나중에 영애들이 꺅꺅대길래 가보니까 그 비실이들하고 싸우고 있던 거야."

그다지 도움이 될 만한 정보는 아니었다. 나는 의기양양하게 맏형제를 쏘아보고 있는 쌍둥이 쪽을 쳐다보았으나 쌍둥이 역시 뭘 알고 있는 것 같진 않았다.

"제레미, 대체 이유가 뭐냐니까!"

"아, 진짜 별거 아니…… 에취! 콜록, 콜록! 슈리, 나 아파."

"이 녀석이 어디서 아픈 척하면서 넘어가려고!"

"아냐, 에, 에취! 나 진짜로 갑자기 어지럽단 말이야."

머리를 힘없이 싸쥐며 내 어깨에 고개를 묻는 제레미의 가관인 행태를 보고 있자니 절로 어처구니가 없어졌다. 씨알도 안 먹힐 개수작 그만

두라고 일갈하는 것이 응당 마땅했으나 하필이면 그 순간에 퍼뜩 이 시점쯤 요 녀석이 홍역을 앓지 않았던가 하는 생각이 떠오르면서 대번에 마음이 약해져 버렸다. 크흑, 아무래도 난 어쩔 수가 없나 봐.

"아까까지만 해도 멀쩡하던 녀석이 갑자기 왜 이래? 어디 보……."

짜악!

공기를 날카롭게 가르는 거친 파공음에 나도 자식새끼들도 일순 약속이라도 한 듯 똑같은 표정이 되어 동시에 시선을 돌렸다. 반쯤 멍해져 버린 내 시야에 들어온 것은 다름 아닌 고개가 한쪽으로 홱 돌아간 공자와, 분노의 화신 같은 모습을 한 공작님이었다. 세상에.

쌍둥이가 내 치맛자락을 꼭 붙드는 것이 느껴졌다. 방 안의 공기가 순식간에 얼어붙었음은 두말할 것도 없었다. 뉘른베르 공작은 잠시 치미는 열을 가라앉히려는 듯 손으로 이마를 누르더니만 이내 착 가라앉은 목소리로 명령했다.

"노이반슈타인 부인과 태자 전하께 무례를 사죄드리거라."

"……."

"노라!"

피가 흐르는 입술을 지그시 깨문 노라가 제 아버지 못지않게 싸늘하게 얼어붙은 푸른 눈으로 테오발트 쪽을 힐끔 곁눈질했다. 옆구리에 꼭 붙인 주먹이 하얗게 질려 있는 모양새가 심상치가 않았다. 그때 공작님이 다시 손을 들어 올렸다.

"이놈 자식이 그래도……!"

"저기, 공작님!"

떨떠름한 표정으로 굳어 있던 황태자가 어째 멍한 눈빛으로 나를 쳐다보았다. 그러거나 말거나 나는 공작님의 팔을 붙들고는 반쯤 애원하는 투로 말을 이었다.

"공작님, 일단 진정하세요. 아직 애들이잖아요. 나름대로 그럴 만한 이유가 있지 않았겠어요."

뉘른베르 공작은 남의 집안일에 끼어들지 말라고 일갈하는 대신에 간곡한 표정을 짓고 있는 나와, 창백하게 질린 채 어깨를 바르르 떨고 있는 아내 쪽을 번갈아 보더니만 다행스럽게도 손을 거두긴 하셨다.

"레이디 노이반슈타인. 태자 전하. 오늘 제 아들놈이 저지른 무례를 너그러이 용서해 주시길 바랍니다. 저희는 아무래도 이만 돌아가 봐야 할 것 같습니다."

"하지만 공작님……."

"송구합니다. 다음에 뵙겠습니다, 부인. 넌 이리 와!"

"아니, 그, 숙부님, 좀 진정하시고……."

아들내미의 목덜미를 붙들고 거칠게 밀치는 뉘른베르 공작과 입술을 잘근잘근 깨물며 따라 나가는 공작 부인, 그리고 당황한 기색으로 그 뒤를 쫓는 황태자의 모습을 지켜보면서 나는 괜스레 철부지 공자를 향한 알 수 없는 연민을 느꼈다.

휴, 남자애들이란. 내 남편도 예전에 나와 관련한 문제로 엘리아스를 한 대 때린 적이 있긴 했지만 그때와 지금은 차원이 좀 달랐다. 다른 또래 아이들까지 보는 앞에서 저렇게 호되게 혼나다니, 틀림없이 엄청 수치스러울 텐데…….

"슈리, 너도 나 저렇게 때릴 거냐?"

"왜, 맞고 싶니?"

"그건 아니고. 아무튼 저 공작님 화나니까 진짜 무섭…… 에취! 콜록 콜록! 어흐, 진짜 죽겠네."

불길한 예감은 언제나 들어맞는다고 했다. 예감이라기보다는 기시감이겠지만, 아무튼 그날부로 제레미는 정말로 아프기 시작해 버렸다. 병명은 역시 홍역이었다.

전염병의 최고 존엄이라는 홍역. 나 역시 어릴 적 걸려 본 적이 있었기에 얼마나 괴로운 것인지 잘 알고 있었다. 우리 저택에서 홍역을 이미 앓아 본 이는 나와 집사 로베르트뿐이었기에 다른 사용인들도 아이들도 철저히 접근을 금지시켜야 했다.

"이게 대체 뭔 꼴…… 콜록콜록! 젠장 할, 기분 진짜 더럽네."

아픈 와중에도 끊임없이 불평하는 꼴이 새삼 신기하다. 물론 그렇게 떠들어 댈 수 있는 것도 얼마 가지 않았다. 목덜미 부근에서부터 그 아래 온몸으로 붉은 반점이 퍼진 채 고열로 끙끙 앓는 제레미를 지켜보는 것은 쉬운 일이 아니었다. 언제 그랬냐는 듯 말끔히 나을 거라는 사실을 알고 있었음에도 불구하고 덜컥 겁이 나는 건 어쩔 수가 없었다. 미래의 최강 기사 재목이라 한들 병마 앞에선 어쩔 수가 없다니 얼마나 얄궂은 일인가.

내가 온종일 제레미의 곁에 붙어 있는 동안 엘리아스와 쌍둥이 역시 겁에 질린 듯 완전히 풀이 죽어버린 것처럼 보였다. 그토록 바라던 고요가 후작저에 찾아왔으나 공기는 더없이 불안하기 짝이 없었다. 나는 어째서 아이들이 제발 좀 점잖아지기를 바랐을까? 이른 아침부터 저택을 들쑤시곤 했던 활기를 되찾고 싶었다.

"……슈리. 거기 있어……?"

"응. 나 여기 있어."

"나 죽나……? 죽으려나 봐."

"바보 같은 소리 하지 마. 네가 죽긴 왜 죽어."

"하긴. 네가 속시원해하는 꼴은 볼 수 없지……."

몸이 아프면 정신이 어려지는 법이라던가. 제레미는 지독한 고열에 사로잡혀 온종일 잠이 들었다 깼다를 반복하며 중간중간 저런 소리를 중얼댔다. 종국에는 열에 들뜬 몽롱한 에메랄드색 눈동자에 묘하게 필사적인 표정을 담은 채 평소라면 절대 안 할 소리, 남편이 죽기 전에 있었던 일에 대한 말까지 해댔다.

"네가 진심으로 싫었던 건 아니야…… 아버지가 우리보다 널 더 좋아하는 것 같아서 질투 났던 거뿐이라고."

"이젠 괜찮아. 싫어했다 해도 상관없어."

"네가 우리 어머니 방을 쓰는 게 괜히 얄미웠어. ……근데 나, 실은 어머니 얼굴도 제대로 기억나지 않아. 우리 어머니가 어떻게 생겼더라……? 슈리, 넌 알아……?"

나는 침대 곁에 꿇어앉아 이불 속에 팔을 넣고 불덩이 같은 소년의 손을 꼭 그러쥐었다. 불쌍한 녀석, 진짜 부모가 절실히 필요할 나이의 소년……. 하지만 여기 있는 건 오로지 나뿐이었다. 나는 과거에도 그리했듯 손으로 식은땀에 젖은 금빛 머리카락을 넘겨주고 창백한 이마에 입을 맞추어 주었다.

"이젠 내가 네 엄마잖아. 대신에 내 얼굴을 기억해 주면 안 될까……?"

제레미는 초점을 잃은 암녹색 눈동자로 내 얼굴을 물끄러미 바라보나 싶더니, 이윽고 내 목에 팔을 감으며 잔뜩 잠긴 음성으로 속삭였다.

"열 좀 가버리게 해줘, 슈리. 나 그만 좀 괴롭히라고 성모님한테 잔소리 좀 해줘."

내게 그럴 능력이 있다면 얼마나 좋을까. 하지만 내가 아무리 시간을 뛰어넘어 왔다 해도 신을 찾아가 따지는 일까진 불가능했다.

현실에선 신보다 사람들이 더 친절했다. 제레미가 앓아누운 동안 여러 곳에서부터 염려 어린 편지와 이런저런 조언이 담긴 추천서, 생소한 약 등이 보내져 왔다. 개중 뉘른베르 공작 부인이 짧은 메모와 함께 보내준 특제 양귀비 캔디는 고열에 몸부림치는 소년의 고통을 덜어주기에 아주 요긴했다.

고마운 사람은 한 명 더 있었다. 그칠 줄을 모르던 기침과 새빨갛게 올라오던 반점이 마침내 좀 잦아들었을 때쯤 테오발트 황태자가 방문해 왔다. 그는 좀 더 빨리 찾아오지 못해서 미안하다는 말을 하며 미소를 지었다.

"저 역시 홍역을 앓은 적이 있는지라 괜찮을 겁니다. 그 혈기 넘치는 녀석이 꼼짝도 못 하고 끙끙대는 모습을 좀 보고 싶군요."

마다할 이유가 없었다. 결과적으로 테오발트의 방문은 천천히 시작된 회복에 박차를 가하는 효과를 불러왔다. 정확히 말하자면 며칠 내리 앓느라 영 기운을 잃은 제레미에게 평소 같은 면모를 되돌려 놓았다.

"뭐야……. 전하께서 대체 여기서 뭐 하십니까? 황태자란 아주 한가한 자리인가 보군요."

"왜, 부러우냐? 부러우면 너도 다음 생애에 황태자로 태어나라, 짜식아."

"신분 남용이십니다. 노블리스 오블리제도 모르시나."

……평소처럼 이죽대는 꼴이 회복의 기미가 아주 확실했다 이거다. 그 밉살스런 변죽이 어딜 가겠나.

"얼른 떨치고 일어나라고. 여우 사냥하러 가야지. 네 어머니 눈 밑 퀭한 것 좀 봐라, 불효자 녀석."

"어떤 어머니라 해도 저만큼 잘난 아들을 둔 것에 감사해야겠죠."

"거참, 넌 언제쯤 좀 겸손해질래?"

"태자 전하께서 검술로 절 이기시는 날이 온다면 한번 고려해 보겠습니다. 슈리, 나 배고파."

저런 식으로 종일 말을 주고받는 것뿐이었지만, 테오발트는 제레미가 완전히 다 나을 때까지 매일같이 방문해서 말동무를 해주었다. 덕분에 나는 며칠 사이 완전히 불안에 빠진 세 아이에게 눈길을 돌리고 달래줄 여유가 좀 생겼다. 이렇게까지 좋은 사람인 줄 과거에는 몰랐던 것이 새삼 미안해질 정도의 호의였다.

"너 그런데 그때 왜 그렇게 치고받고 한 거냐? 진짜로 궁금해서 그래."

홍역이 시작된 지 열흘째 되는 저녁, 내가 다른 세 아이가 식사를 마친 것을 확인한 뒤 제레미가 닭고기 수프를 먹는 것을 지켜보는 동안 테오발트가 불쑥 던진 질문이었다. 나조차 반쯤 잊고 있던 사건이었다.

며칠간 제대로 먹지도 못하고 앓았던 것에 대한 분풀이라도 하는 듯 수프 접시를 긁어 대던 제레미가 인상을 화악 찌푸리며 황태자를 노려보았는데 그러고서 기껏 한다는 소리가 이거였다.

"사촌 녀석한테 물어보시지 그래요?"

"제레미……"

아픈 놈한테 잔소리하기도 뭣하다만 한숨이 나오는 건 어쩔 수가 없다. 그간 마음이 약해졌던 것이 괜한 바보짓처럼 느껴질 정도다! 통탄의 눈물을 금치 못하고 있는 나를 향해 선량한 황태자께서 실로 익숙하다는 듯 싱긋 미소를 지어 보였다.

"괜찮습니다, 부인. 하하. 너나 그 녀석이나 입 꾹 다물고 있는데 내가 어느 쪽을 보채야겠냐?"

"어지간히 사촌한테 미움받고 계시나 봅니다. 근데 그놈은 왜 그렇게 전하를 싫어한대요?"

"그렇게 직설적으로 물어보면 슬프단다. 꼭 싫어한다고 볼 순 없어. 아마 사춘기라 그렇겠지."

"의외로 현실 도피 성향이 짙으시군요."

"큭! 비겁하게 사실로 공격하기냐!"

"아아악! 비겁하게 환자한테 이 무슨 짓입니까?!"

나는 두 사람이 침대 위에서 엎치락뒤치락 드잡이질하도록 내버려 두고 쟁반을 들고 나왔다.

하녀들에게 빈 접시와 식기를 건넨 뒤 서재에 들러 그간 들여다보지 못한 서류를 대강 처리한 다음 마침내 다시 돌아왔을 땐 어째서인지 두 녀석 모두 아무렇게나 널브러져서 쿨쿨 자고 있었다.

문득 서랍장 위에 놓여 있는 뚜껑 열린 양귀비 캔디 병이 눈에 띄었다. 가루로 부수어서 아주 약간씩만 우유에 타 줬던 것인데, 아무래도 그냥 사탕인 줄 알았나 보다. 의약제 사탕을 사이좋게 씹어 삼키고 곯아떨어져 버린 미래의 인재들을 보고 있자니 절로 한숨이 새어 나왔다. 둘 다 사탕 드실 나이는 지나지 않았나?

나는 황태자를 깨우려는 시도를 해봐야 하나 잠깐 망설였다가, 이내 마음을 고쳐먹고는 팔다리를 아무렇게나 뻗은 채 세상모르고 자는 청년과 소년의 자세를 바로 해준 다음 담요를 덮어주었다.

살다 살다 우리 큰아들내미와 황태자가 사이좋게 붙어 자는 꼴을 보게 될 줄이야. 내 두고두고 놀려 주리라. 속으로는 그리 벼르며, 겉으로는 곤히 잠든 두 녀석을 지켜보고 있자니 새삼 이들의 공통적인 면모가 머릿속을 스쳐 갔다. 그러고 보니 테오발트도 제레미도 둘 다 어린 나이에 생모를 잃은 데다 각각 제국과 명문가의 후계자이기도 했다. 둘이 그리 가까워진 것도 무리가 아니었다. 비록 테오발트에게는 생부가 살아 계신다지만 내가 아는 황제 폐하는 자식들에게 그다지 다정한 분이 아니었다.

……아, 그나저나 뉘른베르 공자는 그러고 어떻게 됐으려나. 괜찮을까. 공작님 의외로 엄격한 분 같던데…….

예전에는 미처 제대로 알지 못했던 소년들에 대한 생각이 머릿속에서 흘러가는 동안 나는 어느덧 부드러운 실크 담요 위를 손으로 토닥이며 콧노래를 흥얼대고 있었다. 과거의 언젠가 쌍둥이에게 가끔 불러 주곤 했던 자장가였다.

……하아, 누가 보면 웃겠군.

"꽃들은 이미 침대를 둘러싸고
양들도 우리 안에 들어갔네요.
밤의 올빼미는 부드럽게 노래하죠, 이제 주무세요.
잘 자요, 내 아가 내 귀여운 아가.
꿈속에서 천사의 보호를 받으며,
낙원의 단꿈을 꾸며 잘 자요, 내 아가……."

"……무탈히 회복했다니 정말 다행이군요. 그간 마음고생 심하셨겠어요."

"걱정해 주셔서 감사합니다. 보내주신 물건 정말 잘 사용했답니다."

우리 큰아들내미를 징그럽게도 괴롭혔던 빌어먹을 병마가 마침내 물러간 상쾌한 초겨울의 오전.

나는 현재 이른 시각부터 뉘른베르 공작저에 방문해서 우리 저택과는 또 다른 고풍스러운 멋이 있는 응접실에 앉아 공작 부인과 마주하고 있었다. 안 그래도 한 번쯤 방문해서 감사 인사를 드리려고 하던 차에 공작 부인 쪽에서 먼저 내게 차 마시러 오라며 초대했던 것이다.

……솔직히 조금 놀랐다. 비스마르크 황가의 상징은 맹수의 주둥이를 움켜쥔 하얀 독수리. 그 독수리를 받드는 여섯 맹수 중 으뜸은 단연 황족의 피가 가장 많이 섞인 외척 가문, 벽안의 늑대다.

우리 노이반슈타인 가문이 황실의 물질적 지원을 책임져 왔다면 뉘른베르 가문은 황권의 안정과 정치 싸움을 책임져 왔다. 결국에는 가문의 우위로 계급이 나눠지게 마련인 사교계의 으뜸은 단연 현 황후의 올케 되는 하이데 폰 뉘른베르 공작 부인이 되어야 마땅했으나, 내가 기억하는 그녀는 그다지 사교 모임을 즐기는 스타일이 아니었다. 병약하기도 했고 다소 내성적이랄까, 그 어떤 파벌에도 끼지 않으며 늘 철저한 중립만을 고수했다.

어째서 볼 때마다 이토록 슬픈 눈빛인지는 아직도 모르겠지만, 아무튼 그러한 공작 부인께서 왜 오늘날 이 시점에 나를 초대한 채 할 말을 망설이는 듯한 초조한 표정으로 앉아 계시는 것인가?

가늘고 힘없는 하늘색 머리카락에 하얗고 여린 체구의 소유자인 하이데는 이리 보니 꼭 부서지기 쉬운 밀랍 인형처럼 보였다. 이리 가냘파 보이는 분이 두 늑대 부자의 등쌀에 오죽 노고가 심하랴 하는 생각에 동정심이 일 지경이다. 마침내 머뭇대는 투로 운을 떼는 목소리도 외양과

들어맞게 조용하기 짝이 없었다.

"저어, 레이디 노이반슈타인…… 실은 제가 부탁드리고 싶은 것이 있어서요."

"부탁이요? 제가 가능한 선에서 뭐든 들어드릴게요."

뭐가 됐든 그녀가 먼저 내미는 손을 잡는 편이 내게도 유리할 터였다. 좀처럼 편을 만들지 않는 중립 지대 공작 부인을 포섭할 기회가 이리 빨리 찾아올 줄이야.

"그것이…… 제 아들과 관련된 문제예요."

파리한 손을 끊임없이 꼼지락거리며 속삭이는 공작 부인의 말에 나는 일순 눈을 크게 떠 보였다. 공자와 관련된 문제로 나에게 부탁할 것이 대체 뭐가 있을까?

"공자님과 관련된 문제라 하시면……?"

"……이미 눈치채셨겠지만, 우리 노라는 외로운 아이거든요. 형제도 없는 데다 그나마 있는 사촌들하고도 가깝지가 않아요. 왜 그러는지 그 아이 속을 제가 다 알 수는 없으나 이대로 가다간 점점 더 삐뚤어지기만 할 것 같아서……."

탄식하듯 내뱉은 공작 부인이 깊은 애수가 서린 물빛 눈동자로 나를 바투 응시했다. 나는 그저 어리둥절해서 듣고만 있었다.

"그래서 우리 아들이 부인분의 자제들하고 어울리다 보면 좀 나아지지 않을까 싶기도 하고…… 부인께서 어린 나이에도 불구하고 그토록 아이들을 잘 다루시는 모습이 경이로웠거든요. 틀림없이 타고나신 거겠죠. 어미인 제게도 마음을 닫은 지 오래인 아이지만, 부인 같은 분인데다 또래이기까지 하면 아마 마음을 좀 열지도 모르겠다는 생각이 들더군요."

전혀 생각지도 못한 소리였다. 내가 애들을 잘 다루는 것처럼 보였던 가? 물론 과거보다는 훨씬 낫기야 하다만 종일 지지고 볶는 건 여전한데.

"어…… 음, 그래서 제가 정확히 어떻게 해드리길 바라시나요? 아이들 끼리 친해지는 문제는 제가 어찌할 만한 일이 아닌 것 같은걸요. 자기들 끼리 알아서 가까워질 만한 계기가 있어야……."

"그러니까 저는, 제가 드리고 싶은 말씀은…… 무리한 부탁이 아니라 면 혹 부인께서 우리 노라와 대화를 좀 해주실 수 있을까요?"

"……네?"

"성가신 부탁이란 거 알아요. 거절하셔도 탓하지 않습니다. 남편은 쓸 데없는 짓 하지 말라고 했지만…… 어미의 마음과 아비의 마음은 다를 수밖에 없겠죠. 일단 부인과 좀 가까워지다 보면 자연스레 자제분들과 도 친해질 듯한데……."

내게 이렇게까지 속내를 털어놓는 공작 부인의 심정이 이해가 안 가 는 건 아니었다. 그럼에도 의아스럽기 짝이 없는 일이었다. 아직 두 번 만나 봤을 뿐이긴 하지만, 그 정도로 구제 불능의 녀석은 아닌 것 같았 는데.

거기다 자기 부모 말도 안 듣는 녀석을 안면 튼 지 얼마 되지도 않은 풋내기인(적어도 남들 눈에는) 내가 뭘 어쩔 수 있을 거라고 믿는 걸까? 아 무리 생각해도 그 믿음에 뭔가 심상찮은 이유가 있는 것 같은 느낌인 데…….

그럼에도 공작 부인을 향한 동질감 탓일까, 아니면 제레미와 쌍벽을 이루는 라이벌이 될 소년을 향한 연민 탓일까. 우리 집 사자 새끼들만 으로도 충분하다고 거절하는 편이 응당 옳았으나 어째서인지 나는 망 설이고 있었다.

쿵, 하는 요란한 발소리와 함께 이 집 집사의 목소리가 울려 퍼진 것은 그때였다. 나도 하이데도 동시에 고개를 돌렸다.

"도련님? 말도 없이 또 어딜 다녀오셨습니까?"

"신경 꺼!"

……정말로 오묘하군. 뭔가 처음 만났을 때완 이미지가 판이해진 것 같다. 그때는 그래도 좀 거칠긴 하지만 나름 상냥한 녀석으로 보였는데……?

"노라, 어딜 다녀오는 거니? 손님께 인사는 드려야지."

"반가워요, 공자."

제 어머니가 부르든 말든 고개도 돌리지 않고 곧장 위층으로 향하는 계단을 쿵쿵 오르던 공자가 문득 발걸음을 멈추나 싶더니 그제야 우리 쪽을 돌아보았다.

크흠, 대단히 어색한 기분이 이는구나. 그리 차마 못 볼 것을 본 사람처럼 해괴망측한 표정 짓지 말아주거라. 네가 바로 그 정의의 사도이실 줄은 나도 몰랐단 말이다, 이 녀석아!

"하…… 갈수록 가관이군요."

저 녀석 말하는 것 좀 보게. 뭐가 그리 가관이라는 것이냐! 공작 부인의 얼굴이 시체처럼 창백해지는 모양새가 영 안쓰러웠다. 내가 얼른 그녀의 손을 잡으며 괜찮다는 미소를 지어 보이는 동안 싹퉁바가지 공자는 뭐라 뭐라 혀 차는 소리를 내더니만 휑하니 계단을 뛰어 올라가 버렸다. 얼씨구. 엘리아스의 열다섯 살 시절을 보는 듯하구먼.

파란 나비 날개 같은 손수건을 꺼내 든 공작 부인이 차마 무어라 입을 열지도 못하며 눈물을 훔치는 모습은 꽤 안쓰러웠다. 결국 나는 악마에게 영혼을 파는 자의 심정이 되어 이리 내뱉고야 말았다.

"일단 한번…… 시도는 해볼게요."

아니나 다를까 눈물이 그렁그렁한 공작 부인의 눈동자에 즉각 환한 이채가 서리는 것이었다. 이젠 어쩔 수 없다. 난 아무래도 예나 지금이나 남의 자식들 뒤치닥거리 담당할 운명인가 보다……!

그렇게 어쩌다 보니 공작 부인의 요청을 들어주게 된 나는 당분간 친히 공작저를 방문해서 반항스러운 늑대 새끼와 하루 한 시간씩 상대하마 약조했다. 공작 부인은 공자를 우리 저택으로 보냄이 마땅하지 않겠느냐고 주장했지만 첫만남부터 영 좋지 않았던 숙명의 라이벌들을 무작정 맞대 놓으면 무슨 사달이 일지 누가 알랴.

"부탁 들어주시는 것만으로도 감사한데 어찌 그런 번거로운……."

"일단은 제가 이곳으로 찾아오는 편이 나을 것 같아서 그럽니다. 그러고 두고 보죠."

"그래도……. 그렇다면 제가 첫날만 노라를 그쪽으로 보내서 부인을 모셔 오라 할게요."

아무래도 이 심약한 부인께선 내가 그러마 해놓고는 적절한 핑계를 대고 빠져나갈지도 모른다는 생각에 전전긍긍해하시는 것 같다. 끄응, 꿈도 꾸지 말아야겠군.

"넌 따라오지 말라고! 방해만 될 놈이 어디서 주제 파악도 못 하고 낄 데 안 낄 데 분간을 못 하냐?"

"누가 방해야?! 내가 형보다 훨씬 더 많이 잡을 거거든? 형이야말로 걸리적대지 마시지!"

"날아가던 새가 쳐웃다가 성탑에 부딪혀 기절할 소리 하고 앉았네. 네놈이 한 마리라도 잡으면 내가 네 동생이다!"

"그럼 큰형아가 작은형아 되는 거야?"

"얜 또 뭐라는 거야. 아오……."

"엄마, 오빠들 빨리 가라고 하면 안 돼?"

아이고, 정신없어라. 이 소란스러움을 새삼 반가워하고 있는 나도 나다마는.

비교적 따스한 날 좋은 초거울의 오후, 언제 홍역으로 다 죽어 갔냐 싶을 정도로 멀쩡해진 제레미와 엘리아스는 새로 맞춘 사냥복을 빼입고 나와서 테오발트 황태자가 초대한 여우 사냥에 갈 채비를 하고 있었다. 하기야 과거에도 이맘때쯤 한창 사냥에 맛 들이기 시작했었지.

친절하신 테오발트 황태자로 말할 것 같으면 제레미가 완전히 다 회복한 뒤에도 툭하면 우리 저택을 찾아오곤 했다. 오늘처럼 밖에서 만나거나 제레미를 황궁으로 부르면 될 것을 굳이 친히 발걸음 하시는 것이 과연 소탈한 황태자다우시다.

……원래부터 그리 소탈한 분이었던가? 갈수록 과거와는 판이한 현상이 잦아지는 것 같다.

"자자, 너네 그렇게 씨름하는 사이에 여우들 다 도망가겠다. 얼른 출발해! 조심하고 무리하지 말고."

"여우 따위가 도망쳐 봤자 사자를 피할 수 있겠냐?"

겸손 같은 미덕 따위와는 영 거리가 먼 인재답게 위풍당당히 우쭐거린 제레미가 킥킥 웃음을 터뜨렸다. 그러고는 보란 듯이 화살통을 둘러메며 건강하고도 짓궂게 반짝이는 에메랄드빛 눈으로 나를 바라보았다.

"내게 행운을 빌어주라고. 처음 잡은 놈으로 여우 목도리 만들어줄게."

"그래그래, 아주 기대되는구나."

"잘 갔다 와, 형아들! 나 키우게 아기 여우 하나 데려와!"

"내 것도! 두 마리 데려와!"

"하! 형이 새끼 한 마리라도 잡는다면 내 맹세코 형님이라고 부른다!"

"아니, 근데 이게 자꾸……."

마지막까지 투닥대며 말에 오른 두 녀석과 뒤따르는 수행 기사들이 마침내 우르르 정문을 빠져나갔다. 저 흉포한 사자 새끼들과 젊은 독수리의 추격까지 감당해야 할 가여운 숲속 친구들을 위해 미리부터 애도를 해둬야겠다.

제레미와 엘리아스가 사냥하러 떠난 덕에 모처럼 한가로워진 낮 시간 동안 나는 뉘른베르 공자가 올 예정인 시에스타 시간 전까지 쌍둥이와 실컷 놀아주었다. 함께 조랑말로 승마를 하고 술래잡기와 숨바꼭질까지 하고 나니 어느덧 시간이 훌쩍 지나 있었다.

쌍둥이에게 간식을 먹이고 낮잠을 재우도록 하녀들한테 지시한 다음 나 역시 공작저를 방문할 채비를 했다. 하필이면 오늘 딱 맞춰서 두 아들내미가 일찌감치 외출한 것이 다행이라면 다행이리라.

"크흠, 마님?"

"응?"

그웬을 시켜 머리를 빗다 말고 돌아보는데 거기에는 근래에는 좀처럼 보기 드문 곤혹스러운 눈빛을 한 로베르트가 와 있었다. 순간적으로 심장이 덜컥했음은 두말할 것도 없었다.

"무슨 일이야? 혹시 사고라도……."

"아닙니다, 마님. 그런 것이 아니오라…… 지금 저택 밖에 이그회퍼 자작 부인과 소자작이라고 주장하는 자들이 와 있습니다. 어찌할까요?"

일순 머릿속이 새하얗게 물들어 갔다. 내 어머니와 오빠가 찾아왔다고……?

아아, 그래…… 거의 잊고 있었다. 그간 로베르트에게 노이반슈타인 방계 쪽에서 오는 모든 연락뿐만 아니라 내 친정 쪽에서 날아오는 것까지 전부 알아서 분류해 버리라고 지시해 놓은 터였던 것이다. 오빠를 물리쳤던 것이 고작 얼마 전인데, 어머니가 이토록 빨리 행동을 취할 줄은 몰랐다.

내 표정이 영 심상치가 않아 보였는지 은브러쉬로 머리를 빗어주던 그웬이 로베르트를 향해 질책하는 듯한 눈빛을 쏘아 보냈다. 로베르트가 헛기침을 했다.

"굳이 만나실 필요는 없을 것 같습니다, 마님. 저희가 알아서 돌려 보내겠……."

"아니야."

"예?"

"별관 쪽 응접실로 들여보내. 어차피 한 번은 만나야 했으니까."

과거 어머니와 마지막으로 대면했던 순간이 떠올랐다. 은혜도 모르는 미친년이라며 악다구니를 퍼붓는 어머니와 마주한 내 곁에는 계약 고용한 애인이 앉아 있었다.

그때의 그 계약 용병 씨는 지나치게 연기에 심취한 탓인지, 아니면 내게 동정을 느낀 탓인지 시키지도 않았는데 알아서 쓰레기 양아치처럼 굴며 어머니가 치를 떨면서 뛰쳐나가도록 만들어 주었다. 그게 내가 기억하는 어머니의 마지막 모습이었다.

차라리 그냥 쫓아내는 편이 나을 수도 있었으나 이번만큼은 직접 확실히 해두고 싶었다. 앞으로 두 번 다시 내게도, 이 저택에도, 아이들에게도 접근을 시도하지 못하게끔 말이다. 나는 내 친정 식구들이 내 아이들 주위에 알짱대도록 내버려 둘 생각이 결코 없었다.

나아가 시간을 거슬러 온 이래 많은 것이 달라진 이 시점에서 예전엔 미처 몰랐던 뭔가를 또 알아낼 수 있지 않을까 하는 막연한 예감이 든 것도 한몫했다. 물론 순전히 정보적인 측면에서 말이다.

천만다행스럽게도 두 아들내미는 외출했으며 쌍둥이는 잠든 상태다. 아직 공자가 도착하려면 멀었다. 그리고 여기는 충직한 기사들이 깔린 내 저택 안이었다. 내 친정 식구들을 적절히 상대하다 완전히 내치기까지 그다지 오래 걸리지 않으리라.

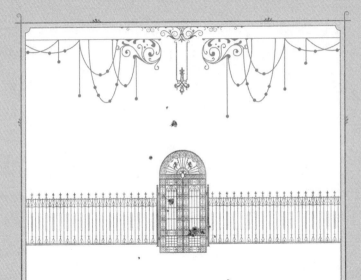

**비하인드 스토리**

# 어떤 동화의 결말 (1)

"네가 제정신이야? 진짜 미친 거 아니니? 대체 무슨 생각으로 그런 짓을 벌여?!"

"아, 진짜, 그러니까 그게, 그럴 만한 이유가 있었다고!"

"그럴 만한 이유가 도대체 뭔데?! 뭐였길래 감히 황자 전하께 주먹을 날리냐고! 잘못됐으면 넌 지금쯤 오른손이 잘려 나갔을 거란 말이야!"

"안 잘려 나갔으면 됐잖아! 네 손 잘리는 것도 아닌데 뭔 상관이야?!"

"뭐야?!"

위층에서부터 들려오는 소리는 매우 시끄러워 그가 서 있는 뒤뜰 입구까지 아주 잘 들렸다. 제레미는 잠시 그대로 서서 귀를 기울였다가, 무겁게 가라앉은 표정을 하고 있는 기사들에게 눈짓을 해 보인 뒤 천천히 걸음을 옮겼다.

비가 내리고 있는 뒤뜰의 후원 한구석엔 레이첼이 홀로 쪼그리고 앉아 있었다. 조그만 얼굴에 줄줄 흘러내리고 있는 것이 빗물인지 눈물인지 분간을 할 수가 없었으나 우는 게 맞을 거라고 제레미는 내심 짐작했다. 그가 다가오자 그녀가 고개를 들었다. 이러고 있으니 물에 빠진 병아리가 따로 없었다.

"감기 걸리려고 작정했냐?"

"……흐, 흐윽."

"사고 친 건 엘리아스인데 왜 네가 이러고 있어? 너도 같이 때리기라도 했냐?"

레이첼은 훌쩍이기만 할 뿐 아무 말도 하지 않았다. 이제 그만 들어가자, 진짜 감기 걸려, 라는 말 따위를 하는 대신에 제레미는 머리를 적시고 흘러내리는 빗물을 손등으로 훔치며 누이동생의 모습을 바라보기만 했다.

"……우흐, 훌쩍. 큰오빠."

"왜?"

"흐윽, 오빠가 제국에서 제일 센 기사 맞지? 오빠가 황자 전하나 황태자 전하보다도 더 센 거 맞지?"

"그걸 말이라고 해? 넌 나를 너무 무시해서 탈이라고."

일순 머릿속을 스쳐 가는 어느 짜증 나는 공자 놈의 존재를 무시하며 대꾸하자 레이첼이 젖은 눈을 크게 치켜떴다. 드물게 간절하고도 필사적으로 보이는 눈빛이었다.

"으흑흑, 그럼, 있지, 있지 오빠아-"

"……."

"앞으로 누가 가짜 엄마한테 나쁜 짓 하려고 하면 오빠가 없애 버려."

눈 속으로 흘러들어 오는 빗물 때문에 제레미는 잠시 눈을 질끈 감았다 떴다. 순간 번쩍, 하고 사방이 환해지나 싶더니 이어 우르릉 하는 천

둥소리가 천지를 울렸다.

"그럴게."

"진짜 없애 버려야 돼. 기사로서 맹세하는 거야."

"그래. 맹세하마."

그때 제레미는 열일곱, 레이첼은 열세 살이었다. 그들의 법적 어머니는 고작 열아홉 살이던 어느 해였다.

노이반슈타인 후작저의 분위기는 처참하기 이를 데 없었다. 이 가문의 가주 되시는 여인께서 몇 해 전 웬 길거리 건달 같은 뜨내기 애인들을 끌고 와 소동을 일으켰을 때도 이만큼의 어수선하며 불온한 공기가 잠식하지는 않았다. 그리고 이렇게 된 원인은 바로 자신들에게 있음을 엘리아스 폰 노이반슈타인은 아주 잘 인지하고 있었다.

"어떻게 됐어?"

"직접 가셔서 확인하시는 것이 어떻습니까?"

"아, 쫌……."

"울다 지쳐 잠드셨습니다. 속 시원하십니까?"

연로한 하녀장의 매정하기 그지없는 쏘아붙임에 길고 붉은 머리카락을 하나로 묶은 청년은 끄응 하고 신음을 삼켰다. 예상하지 못한 바는 아니었으나 그 역시 당사자 못지않게 당황스러웠다는 사실을 무슨 수로 표현하면 좋단 말인가?

아까 낮에 있었던 하인리히 공녀의 방문이 이 모든 사달의 발단이었다. 둘이서 대체 무슨 이야기를 나눈 것인지, 공녀가 돌아간 뒤 문자 그대로 시체 같은 낯빛이 된 슈리가 그들을 호출해서 따져 물었을 때 엘리아스는 그저 어리둥절했으나 평소처럼 대충 퉁명스레 대꾸했다. 그래, 아마 그것이 문제였을 거다.

그 역시 듣도 보도 못한 소리이기도 했고 반쯤 놀리고픈 생각도 들어서 평소처럼 대꾸했을 뿐인데, 그렇게 심각하게 받아들일 줄은 몰랐다.

"내가 뇌가 없다는 사실은 나도 안다고……."

자조적으로 중얼대며 머리를 싸쥐는 엘리아스의 옆에 앉아 더없이 진지한 표정을 지어 보이고 있던 레온이 슬그머니 입을 열었다.

"형…… 큰형이 정말로 가짜 엄마더러 결혼식 오지 말라고 한 걸까?"

아직까지도 꿋꿋이 가짜 엄마라고 불러 대는 이것들도 웃기다고 엘리아스는 잠시 생각했다. 그런 면에 있어 그 역시 그다지 떳떳한 편은 아니었지만 말이다.

"그걸 내가 어떻게 아냐! 아, 진짜 환장하겠네……."

"난 그렇게 생각하지 않아. 큰오빠가 아무리 작은오빠 못지않은 바보라 해도 그 정도로 엄청난 바보는 아니잖아? 설령 그렇다 가정해도 찌질하게 약혼녀를 통해서 통보할 인간도 아니고."

이의를 제기한 쪽은 레이첼이었다. 지난봄에 열일곱이 된 노이반슈타인 영애는 곱슬거리는 금빛 머리카락을 짜증스럽게 한쪽 어깨로 넘기며 자신의 두 형제를 번갈아 쏘아보고 있었다.

"말이 좀 심하다, 너."

"심한 건 작은오빠겠지. 대체 거기서 그딴 소리는 왜 한 거야?"

"맞아, 형은 아무래도 웃기려고 한 소리 같았지만 전혀 웃기지 않았어."

아까까지만 해도 아무 소리 없던 주제에 제 쌍둥이 누이가 말하자마자 기다렸다는 듯 거들고 나서는 레온의 횡포에 엘리아스의 입에서는 실로 통렬하게 혀 차는 소리가 흘러나왔다.

"아, 그럼 너네가 좀 나서서 말하지 그랬냐? 제기랄, 정작 원흉은 튀고 괜히 나만 불똥을 다 맞네."

"아무튼 그럼 어떡할 건데? 다들 이렇게 그냥 가만히 있는 거야?"

"뭘 어쩌고 싶은데, 레이첼 넌?"

"큰오빠한테 가서 족쳐 보든 따져 보든 해야 할 거 아니야. 그 바보가 지금 무슨 생각을 하고 있는지 알아봐야지."

"네가 언제부터 그리 행동력이 좋았는지 실로 의문이구나."

투덜대면서도 엘리아스는 내심 누이동생의 의견에 동의하고 있는 자신을 발견했다. 아닌 게 아니라 그가 아는 형이라는 작자는 문제를 회피하려는 성격과는 거리가 멀어도 한참 멀었다. 그런 통보를 하고 싶었다면 틀림없이 본인이 직접 토해 냈을 것이다.

"알았다, 사랑스러운 누이여. 그럼 그 겉만 번지르르한 얼간이를 족치러 가보자꾸나."

제레미는 그 시각 황궁에서 근무를 서고 있었다. 황태자가 친히 휴가를 내줬음에도 불구하고 혼례 전날 밤까지 꿋꿋이 일에 매진하는 꼴이 참 융통성 없다고 엘리아스는 생각했다. 하여간 멍청하면 몸이 고생한다더니, 형도 참……

"어라, 노이반슈타인 영윤들 아니십니까? 좋은 저녁입니다. 제레미 경을 만나러 오신 겁니까?"

빠른 걸음으로 본궁의 홀을 지나쳐 가던 행정부 관료가 반갑게 인사를 건네며 던진 질문에 엘리아스는 잠시 고민에 빠져들었다. 일단 무작정 오긴 왔는데, 만일 그 흉포한 인간이 하필이면 기분 더러운 상태면 어쩌지?

……에라, 모르겠다.

"자, 잘 듣거라, 동생들아. 일단 내가 먼저 들어가서 분위기 좀 파악할 테니까 너넨 밖에서 대기하고 있거라."

아무래도 비슷한 걱정을 하고 있던 모양인지 순순히 머리를 끄덕여 보이는 쌍둥이였다. 뒷감당은 생각도 안 하는 주제에 일단 무작정 지르고 보는 성정이 과연 우린 한 핏줄이다, 라고 생각하며 엘리아스는 비장하게 집무실 안으로 들어섰다.


"여, 잘나신 근위 부대장님! 많이 바쁘시나?"

책상 위에 부대장 일지를 아무렇게나 던져 놓은 채 등을 돌리고 앉아 창밖을 응시하던 청년이 천천히 고개를 돌렸다.

곱슬거리며 귀를 덮는 화려한 금발, 타오르는 듯한 암녹색 눈동자와 조각 같은 외모를 소유한 장신의 젊은 기사.

바로 세기의 결혼식을 하루 앞두고 있는 제국 최강의 기사, 노이반슈타인의 사자이자 황태자의 검 제레미 폰 노이반슈타인이었다.

일순 방문자를 알아보지 못하는 듯 어둡게 가라앉은 눈동자가 몇 번인가 깜박이더니 서서히 초점을 되찾았다.

"뭐냐? 여긴 왜 왔어?"

"나의 하나뿐인 형님이 괜찮은지 살펴보러 왔는데."

"괜찮지 않을 건 또 뭐 있냐?"

퉁명스레 내뱉은 제레미가 다시 시선을 창밖으로 돌렸다. 역시 기분이 좋지 않은 모양이다. 하기야 기분이 좋을 리가 없지……. 쓴웃음을 삼키며 엘리아스는 근처에 있는 의자 하나를 끌어다가 제멋대로 앉았다.

"내일 드디어 결혼하네, 형. 4년 내내 질질 끌더니만 마침내 마음을 정하셨구면?"

"······."

뭐라 말로 표현하기도 어려운 정적이 흐르는 가운데 엘리아스는 형의 멱살을 잡고 거칠게 흔들고픈 충동을 간신히 내리눌렀다. 참자, 저놈도 속 시끄러울 테니 배려하는 차원에서 좀 참자. 난 절대 무서워서 참는 게 아니다······.

"뭐, 형 심정을 내가 아예 모르는 건 아니야."

"······."

"가끔은 만일 그 애가 그냥 떠나 버렸으면 어떻게 됐을까 하는 생각이 들곤 해."

"일어나지도 않은 일을 쓸데없이 왜 상상하냐?"

"형은 그런 생각 안 해?"

"예전에 가끔 했지. 그러니까, 화가 치밀 때마다 자제하기 위한 방도로."

"형이 그 정도로 자제력이 뛰어난 사람인 줄은 몰랐는데."

평소라면 이쯤에서 뭔가가 날아다녀야 마땅했으나 놀랍게도 제레미는 별 반응이 없었다. 이 답지 않은 모습에 엘리아스는 다시금 쓴웃음을 삼키며 긴 다리를 꼬고 등을 편하게 기대앉았다.

"걔 처음 만났을 때 기억해? 우리 전부 뒤집어졌었잖아. 친척들은 만약 걔가 애라도 낳으면 우리는 찬밥 신세 될 거라고 속삭이지, 아버지는 매일 걔 옆에만 찰싹 달라붙어 있지, 참 난리도 아니었지. 뭐가 그렇게 불안했던 건지 지금은 기억도 안 난다."

"우리 모두 어렸었다, 멍청아."

"······참 어렸었지."

걔도 포함해서 말이야, 뒷말을 웅얼거리며 엘리아스는 형의 시선을 따라 창밖을 바라보았다. 어느덧 눈이 내리고 있었다. 어둠에 싸인 울퉁불퉁한 황궁의 돔 지붕들이 눈을 맞아 하얗게 빛나는 풍경이 더없이 이색적으로 느껴졌다.

그녀 역시 그들과 다를 바 없는 어린아이였다는 사실을 깨달았을 때는 이미 늦은 뒤였다. 그들을 둘러싼 환경은 급변해 있었고, 소녀의 어깨에 얹힌 책임은 무거웠으며, 마찬가지로 너무도 견고한 장벽이 소녀와 그들 사이에 세워져 있었다.

"형이 왜 그렇게 미적거렸는지 내가 아예 모르는 건 아니라고."

동생이 주절주절 떠드는 소리를 한 귀로 흘리며 제레미는 눈을 씁쓸하게 내리깔았다. 엘리아스라면 당연히 알 것이었다. 슈리가 아는지는 모르겠지만.

만일 누가 슈리가 그들에게 있어 어떤 존재냐고 묻는다면 할 말이 없었다. 그런 질문에 대체 어떻게 대답해 줘야 할까? 누이라고 하기에는 감정의 깊이가 지나치리만치 깊었고 그렇다고 해서 어머니라고 하기에는 훨씬 복잡했다. 그만큼 그들의 관계에는 기형적인 구석이 있었다.

7년이었다. 그들의 부친이 죽기 전의 세월까지 합하면 총 9년. 거의 십 년에 가까운 세월, 십 대 초반부터 시작해서 지금까지 그들 인생의 반평생을 그녀와 함께 자랐다. 남매 중 가장 나이가 많은 그보다 고작 두 살 위인 주제에 보호자라는 타이틀을 단 소녀와 말이다.

결코 쉬운 일은 아니었다. 때때론 원망스럽기도 했다. 엄연한 후계자인 데다 남자인 그가 있는데, 어째서 그녀는 늘 그리 가시를 잔뜩 세우고 모든 것을 떠안으려고만 했을까. 왜 그토록 온갖 욕을 먹으면서까지 혼자 책임지려고 했을까.

물론 그렇게 된 데에는 그와 동생들의 책임도 있다는 건 알고 있었다.

처음부터 웃으며 다가오던 소녀의 손을 쳐낸 것은 그들 쪽이었으니까. 넌 우리 어머니가 아니라고, 결코 그렇게 될 일 없을 거라고 상처 주는 소리나 던지며 몹쓸 장난으로 그녀를 괴롭혔던 건 그들이었다. 변명거리가 있다면 그저 그들 모두 철부지였다는 사실뿐이다.

그러는 동시에 아버지가 죽고 난 뒤 그녀마저 그들을 떠나 버릴까 봐 두려워했다면 모순적인 심보일까. 사람의 마음이라는 게 그렇게 조절하기 쉽고 단순한 것일까⋯⋯?

철모르던 소년 시절의 한때에는 늘 한 지붕 아래, 언제나 손을 뻗으면 닿는 거리에 있는 소녀를 볼 때마다 더없이 묘한 기분에 빠져들기도 했었다. 어떨 때는 스스로를 짐승 새끼가 따로 없다고 자책했다가 어떨 때는 제발 그녀가 그토록 짜증 날 정도로 예쁘지 않았으면 좋겠다고 신에게 빌기도 했었다.

그러다 또 어느 순간부터는 다른 이들이 그녀를 계모라 칭할 때마다 거슬리기 시작했다. 뭣도 모르는 작자들이 왜 남의 집 모친을 두고 계모, 계모 거리느냐 말이다.

무슨 말로도 표현하기 어려운 복잡다단한 감정의 덩어리는 세월이 흘러갈수록 풀리기는커녕 더더욱 단단하게 얽힌 기형적인 실타래가 되었다. 이젠 그녀가 대체 어떤 존재인지 한 단어로 정의할 수가 없을 지경이었다. 다만 확실한 건 그녀가 그들을 떠나는 일은 상상도 할 수가 없다는 것, 그리고 누군가 그녀를 욕보이는 건 참을 수가 없다는 거였다.

그건 아마 엘리아스도 마찬가지일 터였다. 그러지 않았다면 그때 2황자에게 무작정 주먹부터 날리고 보지 않았겠지⋯⋯.

7년의 세월 동안 그녀가 그들의 어머니로서 해왔던 그 모든 일. 그녀는 과연 그들이 아무것도 모를 거라고 생각했을까? 그 모든 내막을 정말로 그들이 조금도 모르며, 알아보려 하지도 않았을 거라고 생각했을까?

또 언젠가 제레미가 홍역에 걸려 셀 수 없는 밤을 괴로움 속에서 몸부림쳤을 때, 그녀가 곁에서 흘렸던 눈물이 얼마나 그의 가슴을 짓눌렀는지 그녀는 알기나 할까……?

"근데 어차피 이럴 거였잖아. 그럴 거면 왜 그렇게 미적댔어? 차라리그냥 빨리-"

"넌 생각이라는 게 있기나 한 거냐?"

"모르지, 우리 두뇌는 쌍둥이가 전부 가져갔으니까."

"내가 그때 바로 결혼했다면 난 사람들이 바라는 대로 가주가 되었겠지. 다들 신나 하는 꼴을 어떻게 두고 보냐?"

어떻게 그런 기본적인 소양조차 모자라냐는 투로 말을 뱉는 제레미의 행각에 엘리아스의 턱이 힘없이 아래로 떨어져 버렸음은 두말할 것도 없었다.

"형…… 그럼 그냥 순전히 남들이 좋아하는 꼴 보기 눈꼴셔서 그랬다는 거야? 형 대체 뭐야……? 뭐 하는 인간이야?!"

"어렸을 때처럼 밟아주랴? 너도 알다시피 난 쓸데없는 눈치싸움도 싫어하고 정치도 질색이라고. 그런 내가, 그것도 열일곱 나이에 덜컥 결혼해 버렸으면 슈리는?"

"어……."

"슈리라고 해서 모든 걸 다 알고 있는 것 같아? 얼마나 많은 작자가 걔한테 이를 갈아 대는지 알면서도 모르는 척하는 거냐, 아니면 진짜 몰랐던 거냐? 넌 작위를 물려받기만 하면 모든 게 해피엔딩으로 끝나는 줄 아냐? 그때부터가 진짜 시작이라는 거 몰라?"

"아니, 나는……."

"물론 이 이상 미룰 순 없겠지. 내가 미적댈수록 힘들어지는 건 그 애니까. 난 그냥…… 제기랄, 내가 모든 것을 물려받고 나서도 그 앨 완벽하게 지켜줄 수 있게 될 능력이 쌓일 때까지 보류하고 싶었던 것뿐이다."

엘리아스는 이제 아주 가관인 표정을 하고서 앉아 있었다. 쯧 하는 혀 차는 소리를 내보인 제레미는 이제 장갑을 벗어 들고 무릎 위에 얹어 놓은 검 손잡이를 박박 문질러 닦기 시작했다. 머리가 복잡할 때마다 튀어나오는 버릇이었다.

"아무튼 나는 결혼하고 싶지도 않고 그놈의 가주 노릇도 영 성미에 맞지 않다만, 우리 어머니 되시는 분께서 좀 쉬고 싶으시다잖냐! 그러니 이쯤이면 순순히 따라야지 별수 있겠냐?"

"……형."

"또 왜?"

"그럼 대체 왜 걔더러 결혼식에 오지 말라고 한 거야?"

두 형제가 시선을 교환하는 동안 잠시 정적이 있었다. 제레미는 마치 들어주기도 한심한 질문을 들은 사람처럼 무시무시한 눈빛을 하고서 엘리아스를 한참이나 뚫어져라 노려보았는데 그러고서 마침내 한다는 소리가 바로 이거였다.

"뭔 개소리야?"

굳게 닫힌 집무실 문이 예고도 없이 벌컥 열린 것은 그때였다. 이런 짓을 저지를 만한 사람은 단연 쌍둥이밖에 없었다. 아무래도 문밖에서 다 엿들은 모양인지 심상치 않은 기세로 표표히 들어선 쌍둥이가 곧장 제레미를 향해 앞다투어 포효를 내지르기 시작했다.

"오빠, 그럼 역시 오빠가 그렇게 말한 거 아니었다는 거야? 가짜 엄마한테 결혼식 오지 말라고 한 적 없다는 거야?"

"큰형, 대체 어떻게 된 건지 논리적으로 해명을 좀 해봐. 형 약혼녀분이 뭘 잘못 곡해한 거야, 아니면 형이 지금 모르는 척하는 거야?"

"……야, 너네 지금 전부 대체 뭔 소리를 하는 거야? 누가 결혼식에 오지 말라고 했다고?"

문자 그대로 아연실색해 버린 제레미를 보면서 엘리아스는 문득 심장이 쿵 하고 아래로 떨어지는 듯한 감각을 느꼈다. 이런 제기랄! 역시 그런 게 아니었어! 이제 이를 어쩌면 좋-

"큰형이 가짜 엄마더러 결혼식에 오지 말라고 했다고 형의 약혼녀가 그랬다는데? 사실이 아니라는 거야?"

요즘 한창 추리 소설에 빠진 탓인지 취조하는 투로 툭 던진 레온의 발언 덕에 다시 한번 정적이 흘렀다. 엘리아스가 차마 뭐라 형언하기 어려운 표정으로 얼어붙어 있는 가운데, 제레미는 잠시 눈을 깜박깜박하나 싶더니 천천히 몸을 일으켰다. 그리고…….

"뭐가 어쩌고 어째애?!"

"오, 오빠, 잠깐만, 잠깐만!"

검을 움켜쥔 채 그대로 뛰쳐나가려는 제레미를 붙들고 늘어진 이는 레이첼이었다. 레이첼은 큰오빠의 팔에 거의 매달리다시피 하며 고래고래 고함을 쳤다.

"진정해! 대체 어쩌다 이런 결과가 나왔는지 논의를 좀 해보자고! 상대는 오빠 약혼녀야!"

"네가 뭘 걱정하는 건진 모르겠다만 아무튼 난 여자는 때리지 않는다! 왜냐하면 그것은 기사도에 어긋나는……."

"지금 오빠 기세 보면 패 죽이고도 남을 것 같거든? 일단 머리 식히고 앉아!"

레이첼은 요즘 들어 자주 슈리와 비슷한 말투로 외쳤고, 다행히도 그 것은 효과가 있었다. 당장 뛰쳐나가서 누구 하나 베고도 남을 흉흉한 살기를 내뿜던 제레미가 길게 심호흡을 하며 자리에 도로 앉는 동안 엘리아스와 레온은 넋이 나간 시선을 교환했다.

"형, 그러니까 형이 걔더러 결혼식에 오지 말라는 소리 비슷한 것도 하지 않았다는 거지?"

"그걸 말이라고 하냐, 지금! 내가 누구 때문에 결혼하는데!"

"그럼 오빠 약혼녀가 대체 왜 그딴 소리를 했는지 짐작 가는 거 있어?"

"없다고! 진짜 미치겠네!"

분통이 터진다는 투로 대꾸한 제레미가 이제 치미는 열을 억누른 탄식을 내뱉으며 손으로 핏대 오른 관자놀이를 지그시 눌렀다. 레이첼이 하 하고 실소를 내뱉었다.

"내가 언젠가 이런 일 생길 줄 알았다니까. 그러게 내가 그 여자 마음에 안 든다고 했잖아!"

"어, 사랑스러운 누이여, 지금 그런 소리나 하고 있을 때가 아닌 것 같은데……."

"작은오빠가 뭘 알아? 헛소리 지껄여서 일 더 키운 주제에!"

"저놈이 뭔 헛소리를 했는데?"

제레미가 한결 착 가라앉은 톤으로 물은 질문에, 엘리아스는 필사적으로 머리를 가로젓기 시작했으나 레이첼은 그것을 깔끔히 무시하고는 곧장 고분고분히 털어놓았다.

"가짜 엄마가 우리한테 오빠가 대체 왜 그러냐고, 뭐라고 좀 해주면 안 되겠냐고 했는데 작은오빠가 거기다 대고 오지 말라고 했는데 왔다가 망신당하면 더 웃기지 않느냐고 했어. 그래서 가짜 엄마가 펑펑 울었"

"엘리아스으으!"

"아, 왜 나만 갖고 그래애?! 나도 순간 당황해서 뭔 말을 어떻게 해야 할지 몰랐던 상태라고!"

그런 식으로 한바탕 소동이 지나간 뒤, 네 남매는 이제 나란히 심각하기 짝이 없는 표정을 한 채 머리를 맞대고 앉아 있었다.

먼저 입을 연 이는 남매 중 가장 두뇌파로 통하는 레온이었다. 제레미의 열일곱 시절과 꼭 닮았으나 좀 더 마르고 학구적인 느낌을 주는 청년은 안경을 콧대 위로 밀어 올리며 예의 그 취조하는 듯한 어조로 운을 떼었다.

"큰형, 그냥 결혼하지 마. 그게 제일 나은 방법 같다."

"그래, 오빠. 그런 여자랑은 차라리 그냥 파혼해 버려!"

누가 쌍둥이 아니랄까 봐 똑같이 이를 부득부득 갈아 대는 레온과 레이첼과는 달리 엘리아스 쪽은 보다 현실적으로 문제를 직시함으로써 남매들에게 충격과 공포를 선사하고 있었다.

"만약 형이 마땅한 이유 없이, 그러니까 누구나 납득할 만한, 예를 들어 신부 측의 스캔들 문제라든가 하는 이유도 없이 혼례를 하루 앞두고 파투 내버린다면 하인리히 공녀는 망신도 그런 망신이 따로 없게 되겠지. 굉장히 꼴좋게 되겠지만 결과적으로 그 문제로 들볶이게 되는 건 슈리겠지, 형이 아니라."

"아니, 그럼 작은오빠는 큰오빠더러 그런 음흉한 여자랑 그냥 결혼하라는 거야?"

"그런 음흉한 여자라는 사실을 이제라도 파악했으면 된 거 아냐? 어차피 진짜 좋아서 하려던 결혼도 아니잖아. 내 말은, 우리 귀족 중에 진

짜 사랑해서 결혼하는 사람이 얼마나 되냐? 젠장 할, 그 빌어먹을 여자
가 대체 무슨 심보로 그딴 소리를 지껄였는지는 나도 모르겠다만 죽이
든 살리든 이혼을 하든 결혼한 다음에 하라고. 형이 아까 나한테 했던
말들이 진심이라면!"

마지막 문단에서 엘리아스의 목소리가 폭발하듯 높아졌다. 쌍둥이가
눈을 휘둥그레 치켜뜬 채 얼어붙은 사이 제레미는 무표정하게 막냇동생을
응시했다가 무뚝뚝한 투로 말했다.

"너 지금 나한테 화내냐?"

"……아니. 그 여자한테 화내는 거야."

"아무튼 네놈 말에 일리가 있다. 내가 갑작스레 파혼을 요구한다면 결
국 모든 뒤치다꺼리는 슈리가 떠맡게 되겠지. 안 그래도 물어뜯기 좋아
하는 작자들이 또 뭐라고 떠들어 댈지 안 봐도 뻔하군."

"그럼 오빠, 이대로 그냥 결혼할 작정이야?"

레이첼이 어째 조심스러워진 어조로 던진 질문에 제레미는 그저 복
잡한 표정을 지어 보일 따름이었다. 그때 레온이 다시 탄식하듯 입을
열었다.

"큰형, 나한테 좋은 생각이 있어."

"뭔데, 우리 학자 씨."

"형이 정말로 그냥 결혼할 작정이라면 일단 아무것도 모르는 척하고
내일 결혼식장에 가. 그리고 우리 중 하나가 식이 진행되기 전에 집으로
돌아가서 가짜 엄마를 데리고 오는 거야. 왜 그, 아 뭐냐, 요즘 영애들
사이에서 유행하는 그……."

"서프라이즈 이벤트?"

"그래! 맞아, 레이첼. 그거. 서프라이즈. 서프라이즈 이벤트를 꾸민 것

처럼 하는 거야. 그럼 가짜 엄마도 기뻐하고 그 여자도 콧대가 좀 꺾이지 않을까?"

우당탕탕!

엘리아스가 갑작스레 의자에서 떨어져 나뒹구는 바람에 의기양양하게 말을 잇던 레온도, 눈을 반짝반짝 빛내기 시작하던 레이첼도, 동시에 짧은 비명을 내질렀다. 그러거나 말거나 씩씩하게 벌떡 몸을 일으킨 엘리아스는 이제 높이 올려 묶은 붉은 머리칼을 맹렬하게 흩날리며 하나뿐인 남동생에게 달려들었다.

"이 기특한 짜아식! 과연 우리 꼬마 학자로세! 그런 훌륭한 아이디어가 다 있나!"

"끄아아악! 숨 막혀어어!"

묵묵히 귀를 기울이고만 있던 제레미가 난데없이 손바닥으로 무릎을 힘껏 친 것은 그때였다. 세 동생이 동시에 흠칫하며 돌아보는 가운데, 노이반슈타인의 사자께서는 암녹색 눈동자를 섬뜩하게 번득이며 천천히, 아주 천천히 입술을 떼었다. 으르렁, 하는 소름 끼치는 울림이 목울대를 타고 올라왔다.

"슈리가 진짜 좋아할까?"

"……아마 그러지 않을까? 서프라이즈 이벤트 싫어하는 사람은 없잖아."

"제기랄, 알았다. 그럼 나를 제물 삼아 그놈의 서프라이즌지 서프러트인지 이벤트를 기획해 보도록 하지."

"저, 저기 큰오빠, 나한테 추가 아이디어가 있는데……."

흥분에 젖은 듯 눈을 별처럼 반짝반짝 빛내는 중인 레이첼이 제대로 말을 잇기까지는 시간이 좀 걸렸다. 세 노이반슈타인 사나이가 인내심을 가지고 기다리는 동안 레이첼은 마침내 숨을 헐떡이며 제안했다.

"가짜 엄마가 오면, 그때 우리 전부 다 같이 어머니라고 불러주는 거야. 어때?"

"너랑 레온은 또 가짜 엄마라고 부를 거잖냐."

"아니야! 그냥 엄마라고 부를 거야! 그러니까 오빠들도 어머니라고 해! 평소처럼 틱틱 이죽대지 말고! 진심을 담아서 그동안 잘 키워 주셔서 감사하다고 해!"

그런 식으로 여차저차 이벤트가 기획되었다. 중간에 슈리를 데리러 가는 역할은 레이첼이 맡기로 결론이 내려졌다. 그리고 그 특별 기획 이벤트는 끝내 빛을 보지 못했다.

이미 몇 달 전부터 사람들의 입에서 오르내리던 세기의 결혼식이 열리는 장소는 비텔스바흐 중앙 성당이었다. 건국 초기에 세워졌다는 유서 깊은 역사를 자랑하는 거대한 대성당에 모여든 인파만 해도 수를 셀수가 없었다.

수도 제일의 미녀로 정평이 나 있는 하인리히 공녀와, 마찬가지로 모든 영애의 선망의 대상인 노이반슈타인 후계자의 결혼식.

하객들의 신분만 해도 황궁 연회를 호가했으며 황자들까지 참석한 초호화판이었다.

"레이디 노이반슈타인이 아직까지 안 보이는군요."

"정말이네요. 혹시……."

"어머, 에이. 설마요……."

제발 다들 좀 그냥 닥쳤으면 좋겠다, 라고 생각하며 엘리아스는 초조하게 시간을 확인했다. 식이 시작까지 이제 고작 몇 분 남았다. 레이첼 그 녀석은 대체 왜 이렇게 오래 걸리는 것인가. 여기서 집까지 얼마나 걸린다고……!

"아직도 안 왔어?"

"아직도."

화려한 하얀 예복 차림을 한 제레미 역시 그답지 않게 초조한 눈빛을 하고 있었다. 레온으로 말할 것 같으면 역시 자신이 같이 가야 했다며 한숨을 푹푹 내쉬었다.

"이러다 식 중간에나 오겠는걸. 피로연 시작할 때나 오는 거 아냐?"

"뭐 그렇다면 어쩔 수 없겠지만, 사람들이 좀 닥쳤으면 좋겠는데 말이야."

"자기 결혼식에 온 하객들이 닥쳤으면 좋겠다고 생각하는 신랑은 아마 큰형밖에 없을 거야."

결국 식이 진행되기까지도 레이첼은 돌아오지 않았다.

거미줄로 짜 만든 것 같은 눈부신 새하얀 드레스 차림의 하인리히 공녀의 모습은 하객석에 앉은 남성들이 통탄에 젖은 한숨을 내쉬게끔 만들기 충분했으나 제레미는 아직도 나타날 기미를 안 보이는 두 여인 생각에만 골몰해 있었다.

그의 생각일 뿐일지도 몰랐으나 슈리는 이만큼 사람들의 시선을 받는 데에 웨딩드레스까지 필요하지도 않았다. 심지어 미소조차 필요 없었다. 그녀는 찡그리고 있는 얼굴만으로도 주위의 모든 남성이 넋 빠지게 만들 수 있었다.

……본인이 그걸 알려나 모르겠지만.

어쨌든 그것이 제레미의 장점이자 단점 중 하나였다. 한 가지 생각에 빠져들면 주변에서 무슨 일이 나건 아무런 신경도 쓰지 않을 수 있다는 점 말이다.

그는 이 순간이 어떻게 보면 그의 인생에서 가장 중요한 순간이라는 것, 마침내 비운의 후계자에서 벗어나 어엿한 후작이 되는 순간이라는 사실에는 정말이지 조금도 관심을 기울이지 않고 있었다.

그의 무표정한 눈동자에서 흘러나오는 냉기를 느낀 탓일까, 환한 미소를 띠고 제단 앞에 선 오하라가 맞잡은 손에 힘을 약간 주었다.

제레미는 그녀를 한 번 힐긋 보고는 칼로 벤 듯한 미소를 지어 보였다. 딱히 별생각 없이 한 행동이었으나 어떻게 보인 건지 일순 신부의 어깨가 움찔거렸다.

"제레미 폰 노이반슈타인. 그대는 성부와 성모 신 앞에서 오하라 폰 하인리히를 아내로 맞으며……."

쿵!

식장의 문이 통보도 없이 거칠게 열어젖혀지는 바람에 주례를 서던 교주의 음성이 느닷없이 끊겨 버렸다. 제레미는 뒤를 돌아보았다. 하객석에 초조하게 앉아 있던 엘리아스와 레온 역시 몸을 벌떡 일으키며 일제히 뒤를 돌아보았다. 마침내, 드디어……!

"오, 오빠!"

일순 제레미는 레이첼의 막무가내인 입장이 흥분했기 때문이라고 생각했다. 창백하게 질린 얼굴에서 유독 생생하게 빛나는 에메랄드색 눈동자가 그를 애타게 부르고 있었다.

그러나 어째서인지 스트라이페(비밀 경찰대) 제복 차림으로 누이 곁에 서 있는 뉘른베르 공자를 보았을 때, 그는 즉시 뭔가가 끔찍하게 잘못되었음을 본능적으로 깨달아 버렸다.

"오, 오빠! 오빠!"

바닥에 털썩 꿇어앉아 오열하며 몸부림치기 시작하는 레이첼에게 엘리아스와 레온이 달려가고 있었다. 대체 뭐라고 떠드는 건지 제대로 들리지가 않았다.

순식간에 소란스러워진 인파를 헤치고 성큼성큼 다가온 공자가 얼음 조각상처럼 무표정한 얼굴을 하고서 그를 향해 한쪽 손을 내밀어 보였다. 검은 장갑이 끼워진 투박한 손바닥 위에 놓여 있는 페리도트 브로치를 제레미는 즉시 알아보았다. 못 알아볼 수가 없었다. 사 년 전 건국 기념제 때 그가 장터를 돌아다니다가 그녀에게 사다 준 것이었으니까. 그러니까 그녀에게, 슈리에게, 그들의 어머니에게 말이다.

"오빠아!"

그는 눈앞의 그늘진 푸른 눈을 물끄러미 응시하다 말고 천천히 고개를 돌렸다. 그의 누이동생이 바닥에 주저앉아 울고 있었다. 후원 한구석에 혼자 주저앉아 비를 맞던 열세 살의 누이가 울면서 그를 향해 외쳤다.

*"앞으로 누가 가짜 엄마한테 나쁜 짓 하려고 하면 오빠가 없애 버려."*

제레미는 잠시 눈을 질끈 감았다 떴다. 대답을 하려고 하는데 목소리가 나오지 않았다. 그보다 숨이 잘 쉬어지지 않았다.

*"그렇게."*

*"진짜 없애 버려야 돼. 기사로서 맹세하는 거야."*

*"그래. 맹세하마."*

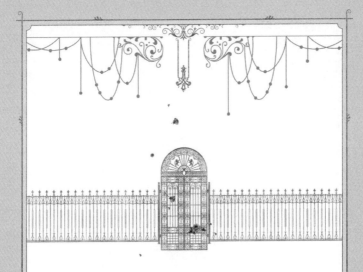

## Chapter 3
# 겨울의 꿈 (2)

내가 남편과 결혼한 이후 2년간 내 친정 식구 중 누구도 나를 찾아오지 않았다. 연락조차 없었다. 하고 싶어도 못했을 것이었다. 문자 그대로 팔아넘긴 딸에게 뭐 떨어질 거 또 없을까 기웃대지 않으면 되레 이상할 터였으나, 그러지 못한 것에는 원인이 있었다. 남편이 엄중히 접근을 차단했던 것이 결정적이었다.

　그랬던 남편이 죽었으니 그들이 기다렸다는 듯 달려온 것도 희한한 일은 아니었다.

　도박과 투견에 미쳐 있던 아버지가 딸을 팔아넘긴 대가로 빚을 청산했다 한들 그 버릇이 어디 갈 리가 없었다. 내 어머니와 오빠로 말하자면 한번 맛본 일확천금의 달콤함을 잊지 못했다.

　남편 쪽 방계들이 그러했듯, 나의 친정 식구들 역시 나나 아이들의 안위 따위에는 안중에도 없었다. 내 어머니는 사상 유례없는 초유의 과부가 된 딸을 그녀가 원하는 사람과 재혼시키고 싶어 했다. 그게 실패하자 대신에 온갖 물질적인 요구를 해대며 구질구질하게 매달렸고 말이다.

과거처럼 계약 고용한 애인들을 끌고 오는 무리수를 두지 않은 현재, 나는 스스로 알아서 나의 피붙이들을 잘라 내야 했다.

"지난번엔 미안했다, 야. 내가 좀 흥분해 버려서…… 너도 말이 좀 지나치긴 했잖아."

내가 말없이 무표정하게 앉아 있는 동안 끊임없이 떠들며 싱글대는 루카스와는 달리 어머니 쪽은 뭐 씹은 것처럼 굳은 얼굴을 하고서 나를 찌르듯 노려보고만 있었다. 정확히 말해선 호화로운 외출용 드레스와 장신구를 주렁주렁 단 나의 모습을 뜯어보고 있었다. 나와 똑같은 밝은 풀색 눈동자에 번득거리는 음험한 빛에 새삼 씁쓸함이 밀려왔다. 이런 사람이 나를 낳아준 어머니라니…….

"넌 네 오빠가 이렇게까지 사과하는데 어떻게 대꾸 하나 안 하니?"

아니나 다를까, 못마땅해하는 기운이 그득하다 못해 부글부글 끓는 듯한 어머니의 목소리에 절로 실소가 새어 나왔다.

"아, 어머니, 전 괜찮……."

"괜찮긴 뭐가 괜찮아! 하여간 싸가지 없는 것. 지금 그 자리가 온전히 네 것 같니? 그 자리를 만들어준 게 누군데 주제도 모르는 계집이 그따위 시건방진 낯짝으로 콧대를 세워?"

"아이, 어머니. 그러지 마시라니까. 진정하세요. 자자, 힘 좀 빼시고……."

한 편의 연극을 연기 중인 배우 같은 모자의 모습을 지켜보면서 나는 어째서 과거에는 이토록 어설프고도 어수선한 분위기를 감지하지 못했을까 하는 생각을 했다. 그때는 이만큼 무심하고도 냉랭한 기분이 일진 않았다. 단 한 번도 내게 따스하게 대해 준 적 없는 부모였지만 저런 식으로 악다구니를 내지르다가도 또 눈물로 호소할 때면 마음이 약해지곤 했던 것이다.

제 자식을 상대로 한 부모님의 게임에 마음이 움직이지 않았다면 거짓말이었다. 그리고 불신에서 벗어나고 싶은 마음도 간절했었다.

부모 자식 관계라는 것은 어째서 그토록 복잡한 것일까? 모순적인 감정의 충돌에 괴로워하면서 내 손으로 잘라 내려 버둥대다 못해 결국은 남의 도움을 빌리면서까지 쳐 냈던 가족들.

……하지만 이제는 내게 있어 가족이란 오로지 아이들뿐이었다.

내가 계속해서 말없이 심드렁한 표정을 유지하고 있자 어머니는 씩씩대다 말고 슬쩍 내 눈치를 살피나 싶더니, 금세 구슬리는 투로 돌변했다.

"서운해서 그런다, 서운해서! 2년 만에 겨우 본 딸내미가 제 초라한 어미 따위 안중에도 없는 것 같아서! 미우나 고우나 내 자식인 것을 어찌 그간 편지 한 장……."

"나가세요."

잠시 정적이 있었다. 어머니도 루카스도 일순 자신들의 귀를 의심하는 표정으로 나를 빤히 노려보는 가운데, 나는 한쪽 입꼬리를 약간 올리며 내 귀로 듣기에도 제레미와 몹시 비슷하게 느껴지는 투로 내뱉었다.

"무슨 말씀을 하시려나 한번 들어나 보자 싶었는데 역시 괜한 시간 낭비였군요. 이그회퍼 부인, 출가외인이라는 말은 당신 쪽에서 먼저 하셨습니다. 당신들은 더는 나와 아무런 상관도 없는 사람들이라고요. 뭘 바라고 오신 게 분명한데 안타깝지만 나는 임시 가주일 뿐이라 전부 잘 보관했다가 아이들에게 돌려줘야 합니다. 그러니 힘들게 돈 들여서 여기까지 올라오지 마시고 원래 계신 자리에서 편히 지내세요. 그토록 사랑하는 아드님과 함께 말이에요."

내가 저리 말하는 동안 루카스는 얼굴이 붉으락푸르락 변모했으나 밖에 있는 기사들의 존재를 의식한 탓인지 간신히 스스로를 자제하는 것처럼 보였다. 하지만 어머니는 그러지 못했다. 테이블에 놓인 찻잔들이 와르르 엎어지나 싶더니 다음 순간 그녀의 억센 손아귀가 나의 머리채를 붙들고 있었다!

"이 낳아주고 길러준 은혜도 모르는, 짐승 새끼만도 못한 계집이! 반반한 낯짝 하나로 운 좋게 굴러 들어간 창녀 같은 년이 제 어미도 못 알아보고……."

쿵!

어머니가 다음으로 뱉어 내리던 욕설이 무엇이든 간에, 그것은 기척도 없이 안으로 뛰어 들어와 아무런 예고도 없이 그녀의 상체를 테이블 위에 거칠게 짓눌러 버리는 기사들에 의해 끊겼다. 새된 비명이 울렸다.

"마님, 괜찮으십니까?"

나는 흩어진 머리카락을 손으로 정돈하며 고개를 끄덕여 보였다. 비명을 질러 대는 자작 부인이나 얼어붙은 루카스 쪽에는 눈길도 주지 않으며 나를 살피던 기사들이 서늘하게 가라앉은 음성으로 재차 물었다.

"어찌 처분할까요?"

"그, 그게 무슨! 아니, 저기, 기사 양반들, 이게 무슨 무례예요?! 난 당신들 주인 어머니라고요! 이 집 자제들 할머니라고요!"

"닥치십시오."

모랫빛 머리의 기사 하나가 검을 빼 들며 으르렁댄 소리에 어머니는 고래고래 악을 쓰다 말고 순식간에 잠잠해졌다.

나는 기사들을 향해 그만 놔주라는 눈짓을 해 보이고는 몸을 일으켰다.

"아시겠습니까, 자작 부인. 두 번 다시 찾아오지 마세요. 한 번만 더 나나 내 아이들 주변에 얼씬거린다면 그때는 지금보다 더한 곤혹을 겪으실 겁니다."

어릴 적의 한때는 그토록 그녀를 사랑하고 애정을 갈구했건만. 이제는 피가 물보다 진하다는 옛말이 우습기만 하다. 무얼 바라고 그녀를 안으로 들였던가. 어차피 이리될 것을 뻔히 알고 있었는데…….

무쇠 같은 기사들의 손길에서 마침내 풀려난 어머니가 바닥에 주저앉아 숨을 헐떡였다. 그러더니만 다짜고짜 목을 놓아 대성통곡을 하기 시작했다. 그녀가 온갖 신세 한탄을 늘어놓으며 흐느끼는 동안 잽싸게 움직인 루카스가 바닥에 무릎을 꿇으며 내 드레스 자락을 붙들었다. 나는 그를 떼어 내려 다가오는 기사들을 향해 손을 들어 보인 뒤 고개를 약간 기울였다.

"슈리, 내 귀여운 누이여, 우리의 어린 시절을 생각해서라도 어머니를 내치진 말아줘. 그냥 서운하셔서 그랬던 거야. 내가 그러지 말라고 했는데도 막상 널 보니까 감정 조절이, 그, 우리 어머니가 어떤 분인지 너도 잘 알잖아. 안 그래도 힘든데 너까지 외면하는 것 같으니까 서운하셔서 그런 것……."

"야!"

그야말로 느닷없이 불쑥 울려 퍼진, 예상도 못 했던 인물의 엄청난 고함이 들려온 것은 그때였다. 냉랭한 표정으로 서 있던 나나 그런 내 옷자락을 붙들고 애원하던 루카스나 세상이 끝난 것처럼 울어 젖히던 어머니나 동시에 움찔하며 고개를 돌리게 되었음은 두말할 것도 없었다. 기사들로 말할 것 같으면 묘하게 당황한 것 같은 눈빛을 지어 보이며 시선을 교환하기 시작했다.

"아니, 저, 공자님! 마님께서 이곳에 아무도 들이지 말라고 명하셨……!"

허둥지둥 쫓아오며 외치는 우리의 충직한 로베르트의 목소리가 실로 아련하게 흐려졌다. 연로한 집사는 이제 더없이 구슬프고 애걸하는 듯한 표정을 지어 보임으로써 내 질책 어린 시선을 피하려 애쓰고 있었다.

……물론 상대가 상대이니만큼 로베르트가 저지하는 데도 한계가 존재했겠지만, 아니, 대체 저 녀석이 왜 거기서 나오냐고?!

어째서 예정된 시간보다 훨씬 앞서 온 건지 알 도리가 없는 꼬마 늑대 공자께서는 한 손에는 주스 잔을 들고 입에는 하녀들이 내준 것이 분명한 거대한 쿠키를 물고 있었는데, 그러면서도 잘도 외쳐 댔다.

"너 내가 분명히 경고했…… 제기랄, 잠깐, 이것 좀 먹고."

경이롭게도 그 거대한 쿠키를 한입에 털어넣고 으드득으드득 씹어 삼킨 노라가 곧장 우리 쪽으로 성큼성큼 다가왔다. 그러고는 실로 등골이 오싹해지는 무시무시한 기세로 으르렁거렸다.

"너 내가 다.시.는. 이 여자애…… 아니, 이분 건드리지 말라고 했지!"

내가 당황해 있는 동안 루카스는 정신을 차린 모양이었다. 그는 곧 튕기듯 벌떡 일어서서 공자와 위풍당당히 마주 섰다. ……그 나이 차에도 불구하고 둘은 체격이 비슷한지라 딱히 위풍당당하다 할 건 없었지만.

"머, 머리에 피도 안 마른 풋내기는 어른 일에 빠져라! 앤 내 누이거든?!"

"어어른? 요즘엔 똥자루도 이렇게 높게 쌓나 보지? 생각도 하지 말고 꿈에서 보지도 말라는 경고 잊었냐?!"

"이, 이 어린놈의 자식이 감히 내 누이 곁에 알짱대면서……."

"네놈은 태어날 때부터 머저리였냐, 아니면 그렇게 되려고 용쓴 거냐?"

들도 보도 못한 소리를 내뱉은 공자가 찻잔이 어지럽게 흩어진 테이블 위에 주스 잔을 조심스레 내려놓았다. 그러더니만 여상한 동작과 좀체 어울리지 않는 갑작스럽고 거친 기세로 다짜고짜 다리를 들어 루카스의 복부를 걷어차는 바람에, 루카스는 참으로 안쓰러운 신음을 토해 내며 바닥에 허물어져야 했다.

"맞으니까 좋냐? 아찔해? 목소리가 작다, 개자식아!"

"흐아아아악!"

"루카스!"

신나게 걷어차이며 비명을 질러 대는 아들에게 달려간 어머니가 곧장 나를 노려보았다. 나와 같은 눈임에도 불구하고 내 눈 역시 저리 흉하게 번득일 수 있으리라곤 상상이 잘 가지 않았다.

"네가 그럼 그렇지, 이젠 저런 어린 종자까지 끌어들인 거니? 꼴에 후작가에 들어앉았다고 기사들 부리는 것도 모자라서 그런⋯⋯."

"뭐야, 이 아줌마는 또. 낯짝이 아주 형이상학적으로 끔찍한데? 이 집 기사들은 일 안 하나?"

충직한 기사들은 이제 아주 가관인 표정을 하고서 어린 공자를 노려보고 있었다. 남의 집에 와서 멋대로 행패 부리는 주제에 당당하기 짝이 없는 공자의 팔을 내 손이 덥석 붙든 것은 그때였다.

"뉘른베르 공자?"

뉘른베르 공자는 잠시 대꾸 없이 그 새파란 눈으로 내 얼굴을 빤히 바라보기만 했는데, 그러고서 마침내 한다는 소리가 바로 이거였다.

"그냥 노라입니다."

⋯⋯할 말이 없군. 아무튼 지난번 일만으로도 충분히 창피한데 또 이런 모습을 보이다니, 이게 웬 망신이냐고!

내가 통탄의 눈물을 금치 못하며 한숨을 내쉬는 사이 로베르트가 나서서 기사들을 향해 재빠른 손짓을 해 보였다. 기사들이 기다렸다는 듯 움직여 내 어머니와 오빠를 끌고 나가는 동안 두 사람은 더는 아무런 소리도 내지 못했다. 아니, 하고 싶어도 못 했을 거다.

"야, 너 진짜 한 번만 더 걸리면 그때는 진짜 가죽을 벗겨 내버린다. 그 못생긴 머리통에 잘 넣어 둬라!"

마지막까지 위협적으로 으르렁대는 어린 공자를 향해 우리의 기사님들의 더없이 사나운 시선이 쏟아졌다. 어째서인지 마음에 안 든다는 듯한 눈빛들이었다.

"쳇, 하여간 요즘 어른들은 한 번 말하면 못 알아듣는다니까……."

"……."

"큼, 저기, 그러니까, 부인……? 괜찮으십니까?"

"……괜찮아요. 예정보다 빨리 도착하셨네요. 이런 꼴을 보이게 되어 미안하-"

"왜 부인께서 제게 사과하시는 겁니까? 예를 차리는 데에도 정도가 있다고요."

요즘 애들은 대체 뭘 먹고 이리 남이 할 말을 잃게 만드는 재주를 키우는 걸까?

화끈거리는 뺨을 가라앉히려 애쓰며 고개를 들자, 거기에는 예의 그 청량한 가을 하늘 같은 푸른 눈이 내 얼굴을 물끄러미 살피고 있었다. 이럴 때는 또 첫인상하고 다를 바 없는데…….

"방금 그 사람들 정말 가족 맞아요?"

백만 더컷짜리 질문이 따로 없었다. 나는 쓴웃음을 지으며 머리를 가로저어 보였다.

"이젠 더는 아니에요."

"뭐 그렇게 마음먹으셨다면 다행이긴 한데……."

"저어, 공자. 지난번 일도 그렇지만 오늘 일 역시 그냥 모르는 척해 주시겠어요?"

"노라라니까요. 그리고 걱정 마세요. 제가 누구한테 말하겠습니까?"

머리를 긁적이며 시원스레 대꾸하는 공자의 모습은 아무리 봐도 일전에 공작저에서 보았던 그 반항적인 모습과는 차원이 달랐다. 대체 이 소년은 어느 쪽이 진면목이려나?

"아, 근데 왜 제 어머니가 저더러 부인하고 만나라는 겁니까? 무슨 화법 수업 어쩌고 하시던데."

……음, 아무래도 심약한 공작 부인께서 아들을 구슬리려 생각해 낸 핑계가 저것인가 보다. 오히려 내 쪽에서 어휘와 표현력이 경이로운 소년한테 한 수 배워야 할 것 같은데 말이지?

"뭐 우리 어머니 생각이 어떻게 굴러가는지 아주 뻔하기는 한데……전 그런 식으로 얽매이는 거 질색입니다. 그러니까 부인께서 제 어머니 부탁을 듣고 저랑 친해지시려는 거라면 사양이라고요."

아유, 그러세요? 참 삐딱한 심보이긴 했으나 이해가 안 가는 건 아니었다. 그래, 뭐 저쪽 입장에서야 당연히 그럴 수도 있다. 한창 그럴 때지…….

"글쎄요, 꼭 공작 부인의 부탁 때문에 그렇다고 볼 순 없어요. 전 그분과 가까워진 지 얼마 되지도 않았고…… 무엇보다 공자에게 지난번 일에 대해, 또 그 일에 대해 침묵을 지켜주신 것에 감사드리려고 했으니까요."

미소를 지으며 말하자 푸른 눈이 내 눈을 빤히 응시했다. 어지간히도 의심스러운 모양이었다. 하지만 내 말은 어느 정도 진심이기도 했기에 나는 전혀 거리낄 게 없었다.

"노라라고 몇 번을 말해요?"

"……알았어요. 그럼 노라, 노라가 나와 대화하기 싫다면 어쩔 수 없겠죠. 그냥…… 가끔 심심할 때 연통 주세요. 아무나 붙들고 얘기하고 싶을 때라든가."

잠시 침묵이 흘렀다. 속을 종잡을 수 없는 소년이 날카로워진 푸른 눈으로 나를 뚫어져라 바라보는 동안 나는 내가 아는 이 소년의 미래에 대한 생각을 하고 있었다.

어디 보자, 제레미랑 같은 날에 기사 서품을 받았으니까 딱 내년이면 기사가 되겠구나……. 그리고 나중에 제레미는 황궁 근위대에 들어갔는데, 이 녀석은 어디로 들어갔더라……?

"저한테 군이 존대 안 하셔도 되는데. 불편합니다."

"……."

"아무튼 그럼 생각 좀 해보고 결정하지요. 오늘은 영 그른 것 같으니 그냥 쉬시는 편이 나을 것 같습니다만. 혹시라도 아까 그것들이 또 성가시게 굴면 언제든 연락하십……."

"초콜릿 좋아하니?"

"어, 있어요?"

그렇게 노라는 우리 집에서 남부산 특제 초콜릿을 초토화시키고 돌아갔다. 애들한테 줄 다른 간식거리가 잔뜩 남아 있기에 망정이었다.

어린 공자가 의기양양한 기세로 저택을 나서는 동안 그를 노려보는 우리의 기사님들의 표정이 영 심상치 않았다. 마치 주인 없는 사자 굴에 멋대로 기어들어 와 휘저어 대는 늑대 새끼를 노려보는 듯한 눈빛이었다.

제레미와 엘리아스는 저녁 늦게야 돌아왔다. 쌍둥이가 아기 여우를 외쳐 대며 앞다투어 달려드는 가운데 말에서 훌쩍 뛰어내린 제레미가 개선장군과도 같은 위풍당당한 기세로 우렁차게 포효했다.

"봐라, 슈리! 네 여우 목도리 가져왔다!"

그러니까 정말로 사냥에 성공한 거였다. 그것도 한 마리가 아니라 세 마리나 잡았다! 과연 미래의 최강 기사다운 행보였다. 어이구, 기특해라!

"한 마리는 내가 잡은 거라고!"

"하! 씨알도 안 먹힐 개수작 집어치워라, 아우야."

"아, 내가 잡은 거 맞잖아! 그러니까 내가 아까 거기서……."

"아기 여우는 왜 없어?! 내가 나랑 레온 거 데려오라고 했잖아!"

"이 계절에 아기 여우가 어디 있냐, 멍청아!"

"엄마! 형들이 약속 안 지켰어! 아버지가 남자는 한 번 한 말은 반드시 지키는 거랬는데!"

"지켰거든?! 여우 목도리 만들어준다고 한 말은 지켰거든?!"

아이들이 저들끼리 아웅다웅하며 옷을 갈아입으러 안쪽으로 우다다 뛰어가는 동안 나는 예의 그 선량한 미소를 지으며 말에서 내리는 테오발트 황태자에게 인사를 건네고 있었다.

"피곤하실 텐데 바로 황궁으로 가시지 않고……."

"하하, 귀한 아드님들을 빌려주셨으니 감사 인사는 하고 가야죠."

"시장하시죠? 같이 저녁 식사 하시겠어요?"

"그것참 반가운 초대로군요."

나긋하게 머리를 끄덕여 보인 테오발트가 문득 부드러운 금빛 눈을 약간 찡그린 채 서서 나를 가만히 내려다보았다. 뭔가 할 말이 있는 것 같은 기세라 그저 의아한 표정으로 마주 보고 있는 찰나, 다음 순간 전혀 상상도 못 해본 해괴망측한 소리가 그야말로 뜬금없이 들려왔다.

"부인. 아무래도 전 역시 부인한테 반한 것 같습니다."

……예?

내가 차마 반문할 생각도 못 하는 채 형언하기도 어려울 얼빠진 얼굴이 되어 있는 가운데, 뜬금없는 황태자께선 제풀에 얼굴을 화르륵 붉히더니만 금빛 눈을 당혹스레 깜박거리며 버벅대기 시작했다.

"아니, 그 그러니까 송구합니다, 저도 모르게 그만, 이런 실례를 다……."

"……."

"그, 그것이, 무례를 용서하십시오. 부인을 두고 장난칠 의도는 결코…… 그게 그러니까, 저는 완벽하게 진심입니다만, 어, 그, 저는 아무래도 이만 가봐야 할 것 같습니다."

혼자 횡설수설하다가 대뜸 이만 가봐야겠다며 후다닥 돌아서는 테오발트의 아련한 뒷모습을 나는 차마 붙들 생각도 하지 못하고 바라보기만 했다. 방금 도대체 무슨 일이 일어난 거지?

"슈리, 나 배고파!"

우당탕 계단을 뛰어 내려온 큰아들내미가 내가 무슨 요리사라도 되는 것처럼 외치지 않았더라면 나는 아마 완전히 얼빠진 그 자세 그대로 밤새 서 있었을 터였다.

나는 빠르게 정신을 차리며 고개를 휘휘 흔들었다. 진정하자, 진정! 틀림없이 내가 뭔가를 잘못 들었거나, 아니면 저 황당한 황태자께서 단지 실언한 것뿐이리라. 암, 반했다는 말은 수많은 의미로 해석할 수 있으니까 말이지…….

"어라, 테오 형 왜 그냥 갔대? 배고파 죽겠다고 죽는시늉하더니만."

"내가 쫓아냈어."

내가 잠깐의 망설임도 없이 대꾸하자 제레미의 반짝이는 에메랄드빛 눈동자가 즉시 휘둥그레졌다.

"왜?"

"그게, 전하께서 여우 고기 요리를 먹고 싶다고 하셨는데 내가 한번 정한 메뉴는 바꿀 수 없다고 했거든."

"뭐? 뭐야, 그 형, 저 혼자 하나도 못 잡은 주제에 이제 보니까 탐욕스럽기 짝이 없구먼!"

졸지에 혼자 한 마리도 못 잡은 주제에 남의 사냥감 먹어 치우려는 탐욕스러운 황태자가 되어버린 젊은 독수리에게 마음 깊이 애도를 전하며, 나는 두 아들내미를 이끌고 식당으로 향했다.

쌍둥이는 이미 저녁을 먹은 뒤였기에 나를 포함해서 셋만 식탁에 앉았다. 좀 전의 일 탓인지 영 입맛이 떨어져 버린 나와는 달리 두 아들내미는 무슨 지역 가축 품평회에 나간 짐승들처럼 음식을 초토화시켜 댔다.

"아, 그러니까 한 마리는 내가 잡은 거 맞다니까!"

"개수작하고 있네! 내가 다 잡은 거 마지막에 낚아챈 주제에! 슈리, 이 녀석 말에 귀 기울일 필요 없어……."

"왜 형 새끼는 맨날 혼자 모든 공로를 독차지하지 못해서 안달이야?! 이 야비한 인간아!"

"……매우 재미있었나 보구나."

내가 한숨을 삼키며 끼어들자 돼지고기 요리를 흡입하는 동시에 시끄럽게 악을 지르는 기행을 펼치고 있던 두 녀석 모두 녹보석 같은 눈을 번쩍번쩍 빛내며 자신들의 공로를 과시하기 시작했다.

"말도 마, 엄청 재밌었다고! 이 녀석이랑 테오 형이 빌빌대지만 않았어도 좀 좋았⋯⋯."

"웃기고 있네, 사자 어쩌구 하면서 소리 꽥꽥 질러 대서 처음부터 다 도망가게 만든 게 누군데!"

"아 씨, 내가 언제 그랬냐?!"

으음, 상상이 간다. 자부심에 터질 지경이 되어 가여운 숲속 친구들을 향해 사자의 포효를 질러 댔을 제레미의 모습이. 참으로 볼만했겠군. 결국 제 형한테 나이프로 머리통을 한 대 얻어맞은 엘리아스가 씩씩대며 머리를 문지르다 말고 문득 나를 향해 눈을 번쩍 빛냈다.

"아무튼 슈리, 다음에는 너도 한번 같이 가⋯⋯."

"절대 안 돼애애애!"

제레미가 속을 가득 채운 파이를 해부하다 말고 느닷없이 포효를 우렁차게 내지르는 바람에, 엘리아스는 말을 하다 말고 포크를 요란하게 떨어뜨렸다. 우유를 따르던 하녀들은 하마터면 우유병을 테이블보 위에 엎지를 뻔했다.

"아, 깜짝아. 형은 왜 갑자기 소리를 지르고 난리야?!"

"네가 자꾸 개소리하니까 그러잖아, 멍청아! 아무튼 절대 안 돼. 위험해."

"아 씨, 요즘 영애들도 사냥 참가하는 게 유행이라잖아, 이 느려 터진 인간아!"

"그건 그거고! 이건 이거지!"

"뭐가 그건 그거고 이건 이거냐고! 형은 좀 빠지시지! 내가 지켜주면 되거든?!"

"아이고 그러십니까? 활 쏘려다가 지 면상에 화살 꽂을 놈이 지키긴 누굴 지켜?!"

제레미의 막무가내인 반응과는 달리 엘리아스의 말에는 일리가 있었다. 정확히 말하자면 영애들보다는 귀부인들 사이에서 유행을 타기 시작했으며, 진짜 사냥에 참가한다기보다는 같이 가서 사내놈들이 사냥하는 것을 구경하고 만찬을 즐기는 것이었지만.

……다만 아직 완전히 유행을 타려면 좀 멀었다. 더군다나 나는 현재 남편과 사별한 지 얼마 안 된 여인이었다.

"글쎄, 너네가 좀 더 자라면 그때 같이 가자."

씨익 웃으며 말하자 식사용 나이프를 들고 용감무쌍한 결전을 벌이던 두 녀석 모두 즉시 아주 가관인 표정으로 변모해 버렸음은 두말할 것도 없었다. 하하핫, 맛이 어떠냐, 이것들아. 너네가 날 지키고 자시고 하려면 아직 한참 멀었단다.

틀림없이 내가 과민 반응한 것이라고 넘기려 했으나, 내 생각과는 달리 테오발트 황태자는 아무래도 그날 실언을 한 것이 아닌 모양이었다. 그러지 않고서야 이 날 좋은 오후에 나를 찾아와 이토록 잔뜩 긴장한 얼굴을 하고 앉아 있을 리가 없지 않은가?

꼭 닫힌 응접실의 창문에는 하얗게 김이 서려 있었다. 살아 있는 달력이라는 아마릴리스가 활짝 만개하는 시기, 곧 다가올 성탄절이 슬슬 기대될 시기였다.

따스한 차와 다과를 내온 하녀들이 완전히 물러간 뒤에야 마침내 테오발트가 머뭇대는 투로 입을 열었다.

"레이디 노이반슈타인. 일전의 제 무례를 용서해 주시길 바랍니다. 그러니까 부인께서 현재 얼마나 무수한 노모…… 분들로부터 시달리고 계실지 아주 잘 압니다. 결코 그중 하나가 되려는 의도는 없었습니다."

이런 말에는 대체 어떻게 대답해 줘야 하는가.

그의 말처럼 노이반슈타인 가문의 임시 가주인 내게 접근하는 자는 아주 많았다. 신분 고하와 연령을 막론하고 문자 그대로 대놓고 치근대며 들이대는 작자들도 있었다. 오죽하면 내가 과거에 애인들을 계약 고용하는 무리수까지 뒀겠는가.

물론 지금이야 그런 인간들쯤은 알아서 적당히 물리칠 내공이 쌓여 있지만……. 속속히 날아 들어오는 러브레터 비슷해 보이는 것들은 전부 불태워 버리라고 로베르트에게 지시해 놓은 뒤였다. 그리고 로베르트는 그 임무를 매우 열중해서 수행하고 있는 듯했다. 아니, 그런데…….

고개를 반쯤 수그린 채 횡설수설하던 황태자께서 마침내 얼굴을 들었다. 황가의 상징인 부드러운 금색 눈동자가 더없이 묘한 감정을 담고서 내 얼굴을 응시했다. 애틋해 보이는, 무언가를 그리는 듯하면서도 어딘가 멀리 가 있는 표정이었다.

"저도 이런 적은 정말이지 처음이라 당황스러울 지경입니다만…… 부인을 보고 있으면 돌아가신 제 어머니가 떠오릅니다."

"……예?"

"진심입니다. 부인께선…… 이젠 얼굴조차 제대로 기억나지 않는 제 어머니를 떠올리게 만드는 분입니다. 그래서 부인과 함께 있으면 그립고도 따뜻한 기분이 듭니다."

내가 지엄하신 황태자로 하여금 돌아가신 전 황후를 떠올리도록 만든다니, 가문의 영광이라고 해야 하나……? 전 황후가 어떻게 생기셨는지는 모르겠다만 아무튼 현 황후 엘리자베트는 친아들보다 의붓아들 쪽을 더 아낀다고 알고 있는데. 물론 그렇다고 해서 친어머니를 완전히 잊을 수 있는 것은 아니겠지. 내 아이들이 그러했듯. 휴, 남의 자식 키우는 건 정말 쉬운 일이 아니야…….

어쨌든 당혹스럽기 짝이 없는 상황이었다. 장차 제국의 미래를 책임질 중심구, 황좌의 후계자 되시는 젊은 독수리께서 오늘날 이 시점에 나를 앞에 두고 첫사랑에 빠져든 소년 같은 눈동자를 하고 계시니 말이다. 황태자의 반려가 될 작정으로 어릴 때부터 이를 악물어 왔을 그 무수한 영애들 놔두고 왜 하필 나한테……?

당황스럽고 어리둥절한 한편으로는 이토록 순수한 감정과 대면하는 것이 너무 오랜만이라 그런지 가슴 한구석이 묘하게 들썩여 왔다.

"전하의 모친 되시는 분을 닮았다니 영광입니다. 하오나 전하, 아시다시피 저는 지금……."

"예, 말씀 안 하셔도 압니다. 제가 섣불리 행동했다간 부인께서 곤혹을 겪으실 거란 사실 역시 잘 인지하고 있습니다. 다만 저는…… 그러니까, 부인께 뭔가를 강요하려는 생각은 추호도 없습니다. 단지 제가 지금 이 순간 죽을 만큼 진지하며 진심이라는 사실을 알아주시면 좋겠습니다."

과연 죽을 만큼 진지해 보이기는 했다. 그가 진심이냐 아니냐가 문제가 아니라는 것이 문제였지만.

"전하, 제가 보기엔 전하께선 지금…… 외람된 말씀이오나 일시적인 착각을 하고 계시는 것 같습니다. 제가 돌아가신 전 황후마마와 어느 부분이 닮았는지는 모르겠으나 모친에 대한 그리움과 남녀 간의 애정은 엄연히 차원을 달리하……"

"저는 절대 착각하고 있는 것이 아닙니다!"

깜짝이야. 늘 점잖은 모습만 보다가 이리 발끈하는 모습을 보고 있자니 새삼 신기했다. 내가 눈을 크게 떠 보이는 동안 테오발트는 제 목소리에 제가 놀랐는지 언제 버럭 했냐는 듯 어색하게 입가를 매만지기 시작했다.

"아, 이런, 소리 질러서 죄송합니다."

"괜찮습니다만……."

"단순히 부인께서 제 어머니를 떠올리게 만들어서 이러는 것이 아닙니다. 누군가를 생각하며 가슴이 이만큼 뛰어 본 적은 정말이지 처음이란 말입니다. 그런 제 감정을 착각이라 곡해하신다면 서글프기 짝이 없습니다."

도무지 어울리지 않는 열띤 어조로 말하는 테오발트였다. 내가 또 한번 착각이라고 지적했다간 사달 날 기세였다.

하기야 내가 아무리 보이는 것보다 정신연령이 높다 한들 남녀 간의 사랑 문제에 대해 뭘 얼마나 알겠는가. 스물세 살까지 사는 동안 연애한 번 제대로 못 해봤는데…… 크흑.

"그게…… 일단 알겠습니다. 함부로 말해서 죄송합니다."

"아닙니다. 부인께서 그리 보시는 것도 당연한 일…… 그러니까 제가진심이 아니라는 것이 아니라, 당황스럽고도 떨떠름한 기분이실 거란거 이해합니다. 제가 부인께 바라는 건 그저……."

길게 심호흡을 해 보인 테오발트가 이제 매우 비장한 얼굴을 하고서한쪽 손을 꽉 움켜쥐었다. 결전을 앞둔 사령관처럼 느껴지는 비장함이었다.

"그저, 앞으로 혹시라도 누군가를 받아들일 마음이 생기신다면, 저를 우선순위로 고려해 주셨으면 좋겠습니다."

"……."

"다시 한번 말씀드리지만 강요하는 것은 절대 아닙니다! 단지 그랬으면 좋겠다는 것뿐입니다."

단지 그랬으면 좋겠다고 말하는 것만으로도 상대에겐 얼마나 큰 부담이 되는지 이 지엄하신 황태자는 알기나 하시려나? 상식적으로 일반 귀족가 영식도 아니고, 장차 제국의 황제로 거듭날 황태자께서 아무리 명문가라 한들 엄연한 과부인 내게 구애하는 것이 말이나 되는가?

물론 황실에서 신분을 뛰어넘은 결혼 사례가 아예 없던 것은 아니었다. 당장 이 철딱서니 없는 황태자의 모친 되시는 전 황후만 해도 현 황제와 결혼했을 당시 남작가 출신의 고만고만한 영애였으니. 당시 상당한 반발을 일으켰으나 종국에는 다들 그녀를 두고 '왜 황제께서 빠졌는지 알 것 같다'고 떠들어 댔다지. 그러나 그녀는 영애 출신이었다. 나 같은 과부가 아니라.

"전하, 전하께서 지금 제게 품고 계시는 마음은 정말 감사하고 영광스러운 것입니다만, 머지않아 사그러들 것입니다. 다른 영애분들도 만나보고 하시다 보면 틀림없이……."

"그럴 일 없습니다. 제 마음은 그토록 가벼운 것이 아닙니다."

"……열 길 물속은 알아도 자기 감정은 어찌 될지 알 수 없는 것이 사람이라죠. 만약 전하께서 오늘 제게 털어놓으신 말씀이 정말로 진심이라면, 간청드리건대 부디 잊도록 노력해 주세요. 저는 태자 전하를 감당할 그릇이 못 됩니다."

황태자의 반려가 될 필수 조건 중 으뜸은 단연 흠 하나 없는 순수한 처녀성이다. 오죽하면 예비 황태자비나 황후의 순결을 확인하는 순백의 신녀라는 존재가 따로 있을 정도일까. 그런 자리에 속사정이 어찌 됐든 한 번 혼인한 경험이 있는 여인을 들인다는 건 상상도 할 수 없는 일이었다. 그러니 확실히 해둬야 했다.

내 단호한 말에 테오발트는 일순 풀이 죽어버린 것처럼 보였다. 선량한 금빛 눈매가 축 처진 꼴이 영 안쓰럽긴 했으나 어쩔 도리가 없었다. 나와 황태자라니 그게 말이나 되냐고! 대체 왜 과거에는 일어나지도 않았던 복잡한 일들이 자꾸 벌어지는 거지?

"……노력은 해보겠습니다. 하지만 부인 역시 아까 제가 드린 부탁을 잊지 말아주십시오."

"부탁이요?"

"앞으로 혹시라도 누군가를 받아들일 마음이 생기신다면 저를 우선순위로 고려해 달라는 부탁 말입니다. 그렇게 될 수 있도록 모든 면으로 노력하겠습니다. 그러니 부디……."

전혀 그렇게 보이지 않았는데 끈질겼다. 다른 사람도 아닌 황태자가 이토록 애절한 눈망울을 하고서 내게 애원하는 모습이라니. 대체 내가 뭐라고 이렇게까지…….

"고려는 해보겠습니다. 어디까지나 고려일 뿐이지만요."

탄식하듯 대답하자 테오발트의 얼굴이 즉시 환해졌다. 마치 천국의 문이 열리고 영광의 빛이 쏟아져 들어오기라도 한 것 같은 장면이었다. 진짜 고려만 해보겠다는 소리인데 뭘 새삼 그리 기뻐하는가? 신이시여, 미래의 인재들을 굽어살피시옵소서!

나로선 이해할 수 없는 뭔가 희한한 이유로 왔을 때보다 한층 밝아진 얼굴이 된 테오발트가 저택을 나설 채비를 했다. 나는 그를 배웅하러 따라 나선 참이었다. 입구에서 대기 중인 황궁 마차에 쳐진 하얀 독수리의 휘장을 보고 있자니 우리 사이의 거리가 재차 실감되었으나 첫사랑에 눈이 먼 은발의 청년께서는 그리 생각하지 않는 모양이었다.

"오늘 실례가 많았습니다. 앞으로도 자주 뵀었으면 좋겠습니다. 신중에 신중을 더할 테니 행여나 괜한 부담감에 피하지 말아주십시오."

"……알겠습니다. 몸조심히 돌아가세요."

"하핫, 여기서 황궁까지 가는 길에 위험할 일이 뭐가 있겠습니까?"

시원스레 대꾸한 테오발트가 어서 가지 않고 미적대며 더 할 말이 있다는 듯한 기세로 나를 힐끔거리는 찰나였다. 늘 있는 듯 없는 듯 과묵하게 저택 입구를 경비하는 우리 기사님들의 따지는 것 같은 음성이 불쑥 울려 퍼졌다.

"또 오셨군요. 여긴 어쩐 일이십니까?"

"그쪽 보러 온 거 아니니까 신경 끄시지."

……이 시건방진 목소리의 주인공은 누구신가. 내가 아는 사람 같은데?

기가 막혀 버린 내 눈에 이제 멋대로 성큼성큼 계단을 밟고 올라오는 삐죽삐죽한 검은 머리의 소년이 들어왔다. 연통도 없었을뿐더러 꼴을 보아하니 마차를 타고 온 것 같지도 않았다. 더군다나 분위기도 전에 없이 어두웠는데, 어딘가 아픈 것인지 아니면 무슨 안 좋은 일이라도 있었는지 표정이 영 심상치가 않았다.

"노라?"

나 못지않게 당황한 표정을 짓고 있던 테오발트가 머리를 갸웃대며 사촌 동생의 이름을 불렀다. 그러자마자 계단을 반쯤 올라오던 노라가 고개를 들어 나란히 서 있는 우리 쪽을 쳐다보았다. 푸른 눈이 의아하게 깜박이나 싶더니 다음 순간 대번에 사납게 번득였다!

"이건 또 웬…… 전하께서 대체 여기서 뭐 하십니까? 황태자란 참 빌어먹게도 한가한 자리인가 보군요."

"나야…… 아니, 그보다 너는 대체 여기엔 무슨 일이야?"

"제가 제 개인적인 용무까지 전부 전하께 고해바쳐야 합니까?"

"그런 의미가 아니잖냐, 삐딱한 사촌 아우여. 네가 대체 여기엔 왜……."

"슈리, 뭐 해? 나 배고파! 어라, 전하는 언제 오셨답니까?"

검을 든 채 땀범벅 상태로 우다다 달려온 제레미의 등장에, 테오발트는 자신을 매우 싫어하는 사촌 아우를 향해 말을 하다가 말고 어색하게 눈을 깜박이기 시작했다. 그런 황태자를 모호한 눈으로 훑던 제레미가 시선을 돌렸다. 정확히 말하자면 정원까지 이어지는 하얀 화강암 계단 중앙에 서 있는 숙명의 라이벌을 보았다.

"뭐냐? 넌 왜 따라와 있냐?"

"……."

잠시 침묵이 흘렀다. 테오발트가 사실은 이제 온 게 아니라 이제 가는 거라고 털어놓을 타이밍을 놓친 가운데, 의아한 눈길로 황태자와 숙명의 라이벌을 번갈아 훑은 제레미가 한 손에 들린 검을 휘휘 돌리며 재차 물었다.

"왜 네놈까지 여기 와 있냐고. 전하, 저놈이랑 안 친한 거 아니었습니까? 어쩌다 둘이 사이좋게 왔대요?"

"아니, 그게, 설명하자면 좀 복잡한데……."

지엄하신 젊은 독수리께서 참으로 곤혹스러운 표정으로 내놓으려던 해명이 무엇이든 간에, 그것은 묵묵히 우리 셋을 번갈아 쏘아보다 말고 꼬마 사자를 향해 대뜸 툭 내뱉는 꼬마 늑대의 만행에 어설프게 끊겨 버렸다.

"배 처부른 놈 주제에……."

"뭐야? 아니, 근데 이 자식이 남의 집에 와서 다짜고짜 시비를 터시네? 부모 관심 못 받고 자랐냐?"

"제레미!"

나도 모르게 언성이 대폭 올라갔다. 수련용 검으로 숙명의 라이벌을 신나게 두들겨 팰 험악한 기세로 으르렁대던 제레미가 일순 눈을 동그랗게 뜨며 나를 쳐다보았다. 그러고는 이어 기가 막힌다는 표정을 지어 보였다.

"와……! 야 이 자식아, 네놈 때문에 내 어머니가 나한테 화내잖냐, 이 가정 파탄자 놈아! 이거 어떻게 책임질 거냐?!"

차마 들어주기도 뭣한 제레미의 일갈에 노라는 더는 아무런 대꾸도 하지 않았다. 제멋대로인 공자께서는 몸을 홱 돌리더니만 뒤도 돌아보지 않고 그대로 정문을 빠져나가 버렸다. 그 뒷모습이 어째 심상치가 않아 물끄러미 바라보고 있는데 큰아들내미께서 오만상을 찌푸리며 혀를 내둘렀다.

"뭐야, 저거? 또 도망가네? 저 자식은 사람이 왜 저렇게 일관적이래?"

"……."

"크헴, 슈리, 화났어?"

"……아니야."

한숨을 삼키며 대꾸하자 제레미는 금빛 머리를 긁적이며 내 표정을 슬슬 살피다 말고 기다렸다는 듯 씨익 미소를 지었다.

얼씨구? 하여간 약아빠진 놈 같으니.

"나 근데 배고파."

배가 고프면 가서 조리장이나 시종들을 닦달할 것이지, 왜 나를 붙들고 늘어지냔 말이다. 하여간 잠시라도 날 괴롭히지 않으면 좀이 쑤시는 모양이었다.

"다과나 들자꾸나. 전하, 전하께서도 참석하시렵니까?"

"예? 아아, 좋지요. 하하하!"

"근데 전하께선 진짜 어인 일이시랍니까? 오늘 오실 줄은 몰랐는데요."

"아하하, 그야 당연히…… 네 녀석이랑 노닥거리러 왔지."

"지겹지도 않으십니까? 누가 보면 전하께서 우리 집의 누구한테 반해서 뻔질나게 들락거리는 줄 알겠는데요."

"……켁켁!"

하마터면 깜빡할 뻔했다. 요 철딱서니 없는 큰아들내미께선 의외로 눈치가 비상하다는 사실을 말이다. 아까 이미 몇 잔이나 비운 차를 또다시 입에 머금고 있던 테오발트가 곧장 사레가 들려 버렸음은 두말할 것도 없었다. 아무래도 거짓말은 영 못하시는 스타일인가 보다.

"제레미, 그 무슨 말도 안 되는……."

"말도 안 되는 소리이이이!"

그토록 격렬히 부정하는 모양새가 더더욱 어색하다는 사실을 선량하신 황태자는 영 모르고 계시는 것 같았다. 과자를 입 안에 밀어 넣다 말고 미심쩍다는 듯 눈을 가늘게 떠 보이던 제레미가 다음 순간 버럭 하며 몸을 일으켰다. 사사건건 나를 놀려 먹지 못해 안달인 녀석치곤 퍽 의외의 반응이었다.

"뭐요?! 아니, 슈리가 어때서요?!"

"쿨럭, 아니, 그러니까 내 말은 그런 의미가 아니라, 네 질문이 너무 황당해서 그러잖냐!"

"아니면 아닌 거지 뭘 그렇게 발끈하십니까?! 나 원 참, 어이가 없어서! 하여간 본인 주제 파악을 못 하는 사람이 많아서 문제라고요!"

명실공히 제국 서열 2인자에게 저따위로 말할 수 있는 녀석은 아마 제레미밖에 없을 거다.

……제레미하고 노라밖에.

그나저나 노라는 대체 무슨 일로 왔다가 그리 가버린 걸까? 분명 무슨 안 좋은 일이라도 있는 것처럼 보였는데, 그리 보내 버리게 되어서 마음이 편치가 않았다.

"……성탄 연회 예산 삭감이라니 그 무슨 말도 안 되는 소리입니까?"

"교황청 공식 입장입니다. 사치스러운 연회 예산을 줄이고 차라리 평민들을 구호하는 편이 보다……."

"아무리 성하시라 한들 어찌 황제 폐하께서 친히 주최하시는 연회의 예산을 절감하신단 말씀입니까?"

"다들 아시다시피 올해 때아닌 기근으로 꽤 골머리를 썩지 않았습니까. 안 그래도 민심이 흉흉한 시기에 지난해처럼 호화로운 축제를 벌인다면 농민들의 반발이 이만저만이 아닐 겁니다."

"그 말인즉슨 악역은 황실과 귀족들에게 떠넘기고 교단 혼자 백성을 위하는 것처럼 굴겠다 이거 아닙니까?"

"말씀이 지나치십니다, 하인리히 공작."

"자자, 정숙합시다. 이 문제에 대해 아무런 의견 없으십니까, 레이디 노이반슈타인?"

　온화한 듯하면서도 고압적인 어조로 끼어든 뉘른베르 공작이 불쑥 말하며 내게 발언권을 넘기는 바람에, 열렬히 불만을 토로하고 있던 귀족들도, 사무적인 어조로 맞받아치던 추기경들도 일제히 내 쪽을 돌아보았다. 도합 열두 쌍의 눈동자 대다수에 깃든 명백한 경시의 빛에 나는 속으로는 한숨을 삼키며, 겉으로는 미소를 지으며 입을 떼었다.

　"교단 측 입장에 명분이 없다고 할 수는 없습니다. 신분 고하를 막론한 만백성의 신앙의 주축이 되어야 할 곳이니 말입니다. 행여나 불만이 터져 나온다 해도 교단까지 분노를 입는 일만큼은 방지해야겠지요."

　"아니, 부인, 그러면……."

　"이번 성탄 연회 예산은 노이반슈타인 가문에서 대겠습니다. 교단 측에서 남은 기금을 구호 활동에 사용하신다는 조건하에 말입니다."

　과거에는 이 문제를 두고 갈등이 불거지다 끝내는 작년과 같은 예산을 충당하는 것으로 결론이 내려졌었다.

　그로 인해 쌓이고 쌓인 불만이 터진 것이 1116년 초에 일어난 민중의 소리 사건이다. 폭동은 비교적 빠르게 진압되었으나 수도권 내의 거의 모든 귀족은 한동안 자택 밖으로 한 발짝도 나갈 엄두를 내지 못했었다. 기사들을 동반한다 한들 사방에서 쏟아지는 돌팔매질과 욕설, 날계란 세례 등을 감당할 귀족은 없었다. 그때 예산 삭감안에 다수결이 일치했다 하더라도 폭동은 여전히 일어났을 거라는 것이 내 짐작이었다.

　구호 활동은 무슨! 연말까지 이어지는 성탄 축제 시기에 가장 사치스럽고 지저분하게 노는 이들이 바로 성직자들이었다. 의회장이 뜨겁게 달아오른 오늘날 이 시점에조차 변함없는 침묵을 유지하며 나를 주시하고만 있는 저 리슐리외 추기경님도 거기에 한몫 껴 있을지는 의문이다만.

어쨌든 내가 건넨 제안은 다소 파격적인 측에 속했다. 아무리 노이반 슈타인 가문이라 한들 이만한 추가 예산을 단독으로 기꺼이 내놓은 적은 없었으니까.

황실 측도 교단 측도 뜻밖의 지출을 방지하게 되는 대신에 그만큼의 심적 부담을 안게 될 것이었다. 실리를 살리느냐, 체면을 살리느냐, 그것이 문제이리라.

온전히 내 입장만 말하자면 전혀 손해 볼 것이 없었다. 이 정도의 지출쯤은 하등 손해랄 것도 없었으니. 더군다나 구호 활동 운운하는 교단 측 손을 들어준 셈이니 체면도 살렸다고 볼 수 있겠다. 황금만능주의라 했나? 과거에는 어째서 이런 부분에 그 막대한 자산을 이용해 볼 엄두를 내지 못했을까?

영 못마땅하다는 눈초리를 지어 보이던 슈바이크 후작이 넌지시 웃으며 입을 연 것은 그때였다.

"실로 전례 없는 파격적인 제안이로군요, 부인. 돌아가신 전 후작이라면 상상도 못 했을 제안입니다."

"슈바이크 후작께서는 제가 제 남편과 달리 지출에 있어 상당히 거리낌 없다는 감상을 표하고 싶으신 모양이군요."

여기저기서 헛기침 소리가 울리기 시작했다. 온갖 미사여구를 빙빙 돌리며 슬쩍 찔러 대는 완곡 어법의 공방에는 넌더리가 난 지 오래라 그냥 직설적인 투로 응답하자 아니나 다를까, 슈바이크 후작의 얼굴에 씌워진 점잖은 가면이 미세하게 흔들리기 시작했다. 어릴 때부터 철저히 가꾸어 왔을 사교용 가면이 그리 쉽게 허물어질 리 만무했으나 상대가 나 같은 어린 여성이라는 점 때문에 이토록 빠른 반응을 볼 수 있는 것이다. 그들이 가장 중요하게 생각하는 특권이 나라는 존재로 인해 침범당했기에, 내가 그들과 함께 앉아 있다는 사실만으로도 충분히 모욕이라 느꼈을 것이다.

"천만의 말씀입니다. 전 그저 염려를 표했을 뿐, 지나친 비약은 자제해 주십시오. 아무래도 예민하실 시기라······."

"진정 그리 염려되신다면 슈바이크 가문 쪽에서도 예산을 충당하는 것으로 친절을 표하실 수 있겠네요. 그럼 노이반슈타인이 팔 할을 맡을 테니 나머지는 슈바이크에서 보충 부탁드릴게요."

슈바이크 후작은 할 말이 매우 많다는 듯한 떨떠름한 헛기침을 해 보였다. 졸지에 막대한 예산의 이 할을 떠안게 되었으니 골치가 아픈 것은 둘째 치고 이쪽에서 팔 할을 대겠다며 먼저 나선 만큼 이의를 제기했다간 체면이 말이 아니게 될 것이었다.

대체 무슨 생각인지 알쏭달쏭하기 짝이 없는 미소를 띤 채 나를 지켜보기만 하던 뉘른베르 공작이 마침내 머리를 끄덕이며 중재에 나섰다. 노라와 꼭 같은 숱 많은 검은 머리칼에 깊은 푸른 눈을 한 공작님께선 교묘하게 편을 드는 기색을 내비치며 말씀하셨다.

"좋습니다. 슈바이크 후작, 되로 주고 말로 받는 건 그쯤 하시고, 그렇다면 이번 성탄 연회 예산의 팔 할은 노이반슈타인 측에서 책임지는 걸로 알겠습니다. 황금 사자가 그 정도쯤으로 아이들 선물 사기 곤란해질 리는 만무하지요. 교단 측에서는 앞서 언급한 구호 활동 관련 내역을 새해 첫 일까지 공개해 주시기 바랍니다. 이 논안은 여기서 파하겠습니다."

땅땅땅!

의사봉 두드리는 소리가 실로 경쾌하게 울렸다. 내가 이유를 알 길이 없이 친절한 공작님을 향해 미소를 지어 보이는 동안 침묵의 종께서는 예의 그 뜻 모를 시선을 내게서 뗄 줄 모르고 계셨다. 예전에는 마냥 나를 못마땅해하는 것이라 치부하고 신경 쓰지 않았는데, 지금 와서 다시 겪자니 꽤 부담스럽기 짝이 없다. 저분은 대체 언제쯤 내게 불만을 털어놓으실 예정이란 말인가. 하여간 다들 날 못 잡아먹어 안달이라니까…….

의회가 파하고, 다들 인사를 주고받으며 하나둘 자리를 떴다. 나는 혼자 남아 있다가 마지막으로 나섰다. 일부러 그랬다기보다는 생각을 좀 하느라 머뭇거린 것뿐이었다. 일전의 테오발트 황태자의 뜬금없는 고백 하며, 이번 성탄절을 어떻게 하면 보다 뜻깊게 보낼 수 있을까 등등에 대해 고민하느라 말이다.

애들 선물은 뭐로 해야 하나. 제레미는 틀림없이 검이 제일일 거고, 엘리아스도 검을 장만해 줘야 하나? 둘이 똑같은 걸 줬다간 난리 날 터인데. 그나마 쌍둥이는 벌써부터 자기들이 알아서 선물 목록을 주르륵 적어놨기에 망정이었다. 과거로 돌아온 이래 아이들과 함께 맞는 첫 기념일이니 뭔가 특별한 이벤트가 좀 있으면 좋겠는데…….

애들 생각을 하느라 테오발트의 고백 건은 까마득하게 잊어버린 상태로 고요한 복도를 가로지르던 나를 뜻밖의 인물이 가로막았다.

내가 나오길 기다렸던 건지 불쑥 튀어나와 마주 서는 젊은 추기경의 모습에 나는 하마터면 비명을 다 내지를 뻔했다.

"추기경님……?"

"……."

"놀랐습니다. 무슨 일이시죠?"

어둑하고 꺼림칙하게 느껴지는 침묵이 잠시 흘렀다. 말없이 그 칠흑 같은 시선으로 내 얼굴을 물끄러미 훑던 침묵의 종께서 마침내 입을 엶과 동시에 왠지 생소하게 느껴지는 낮은 음성이 요요히 울려 퍼졌다.

"근래 들어 태자 전하의 방문이 잦다고 들었습니다."

"……우리 장남과 가까우시니까요. 혹 무슨 문제라도……?"

이번엔 또 어떤 식의 시비가 걸려 올까 싶어 일부러 담담하게 대꾸하는데 다갈색 눈썹이 일순 꿈틀한 것 같았다. 대체 뭐가 그리 불만인지속 시원하게 털어놓으면 좀 좋으련만, 과연 침묵의 종이라는 별명의 소유자답게 리슐리외 추기경은 그대로 몸을 돌리더니 내게서 멀어져 가버렸다.

그 꼴을 보고 있자니 어이가 없었다. 아니, 대체 이 나라 사내놈들은 연령을 막론하고 다 왜 이리 제멋대로야? 나한테만 그러는 건가? 다들왜 이렇게 정서적으로 문제가 많은 거냐고?

침묵의 종께서 풍기신 어둑어둑하고 음침한 분위기에 나까지 물들어버린 듯한 기분이었다. 이대로 집으로 돌아갔다간 가정교사들을 들볶고있을 아이들에게까지 전염시켜 버리게 될 것만 같았다. 그래서 나는 곧장 마차가 대기 중인 바벤베르크궁 입구로 향하는 대신에 의회장과 비교적 가까이 붙어 있는 예배당으로 향했다. 그래, 이왕 이리된 거 앞으로나와 아이들의 앞길을 좀 잘 보살펴 주십사 하고 기도나 올리고 가자.

까마득한 스테인드글라스 천장과 위엄 있게 세워진 성부 성모상이 예배석을 굽어보고 있는 예배당은 고요하기 짝이 없었다. 하기야 이 시간에 여길 드나드는 사람은 없을 것이었다.

……아닌가?

처음에 나는 누군가 아무도 안 보는 틈을 타 열렬히 기도 중이라 생각하고 조용히 나가려 했다. 하지만 계단에 무릎을 꿇고 앉아서 제단 위에 상체를 아무렇게나 엎드린 자세를 하고 있는 소년은 분명 기도를 하는 중이 아니었다.

"공…… 노라?"

어째서 노라가 여기에 와 있는 건지는 문자 그대로 신만이 아실 일이었다. 아, 혹 뉘른베르 공작을 찾아온 것일까?

"아버지 만나러 왔니?"

머리를 갸웃대며 묻자 그제야 천천히 고개를 든 소년이 내 쪽을 얼핏 바라보았다. 스테인드글라스를 뚫고 들어온 환한 햇살이 아직 솜털이 보송보송한 소년의 얼굴을 물들였고, 검은 머리카락을 환한 갈색으로 보이게 만들었다.

"……그 인간 만나러 온 거 아니거든요."

꽉 잠긴 음성으로 쏘아붙이는 소년의 어둡게 가라앉은 푸른 눈에 물기가 반짝거린 것처럼 보였다면 내 착각일까? 나는 나도 모르게 잰걸음으로 그 곁으로 다가갔다. 얼마 전의 심상치 않았던 모습이 떠오르면서 걱정스러운 마음이 피어올랐다.

"노라, 대체 무슨…… 일이야? 왜 혼자 이러고 있어? 어디 아프니?"

노라는 대꾸가 없었다. 짧고도 어색한 정적이 얼마나 흘렀을까, 고개를 수그리고 앉아서 피로에 전 한숨만 내쉬던 소년의 어깨가 문득 격렬하게 떨리기 시작했다. 성모 성부시여! 내가 일순 심장이 다 철렁하는 감각에 사로잡히게 되어버렸음은 두말할 것도 없었다.

예전이었다면 상상도 못 해봤을 일이었다. 제국 최강의 검, 제레미의 유일한 호적수이자 굶주린 늑대이신 뉘른베르의 공자께서 이러한 풋풋한 소년의 모습으로 내 앞에서 오열하는 꼴을 보게 되다니.

"노라…… 왜 그러니? 대체 무슨 일이야?"

남자애들이 우는 모습은 언제나 곤혹스럽다. 이젠 어렴풋한 과거의 어느 날엔가 제레미가 혼자 숨어서 오열하는 모습을 보았을 때처럼, 치미는 연민과 더불어 대체 뭘 어떻게 해줘야 할지 갈피를 잡을 수가 없는 기분이었다.

그토록 강한 소년들이 우는 모습이라니! 대체 무슨 일 때문에 이러는 걸까? 조심스레 묻는데 소년은 대꾸가 없었다. 그나마 다행인 점은 내 손을 뿌리치지는 않는다는 거다.

나는 제단 앞에 주저앉아 끅끅 흐느끼는 소년의 곁에 살며시 무릎을 꿇고 앉았다. 그러고는 조심조심 손으로 그의 어깨와 등을 토닥여 주었다. 무슨 일 때문에 이러는지 몰라도 달래주고 싶은 마음뿐이었다.

"괜…… 찮아, 노라. 다 괜찮아질 거라고……."

훅 하고 숨을 가쁘게 들이켜는 소리가 들려왔다. 마침내 설핏 고개를 든 소년이 물기 가득한 푸른 눈으로 나를 응시하더니, 이어 꼭 잠긴 음성으로 짓씹듯이 내뱉었다.

"누나…… 철이 든다는 게 도대체 뭐죠?"

이런 질문에는 대체 어떻게 대답해 줘야 하는가. 더군다나 다짜고짜 누나라니. 다른 사람도 아닌 공자한테서 이런 쌩뚱맞은 호칭을 다 듣게 될 줄은 몰랐다. 하나 나는 그 점을 지적하는 대신에 어설프게 미소를 지어 보였다.

"글쎄. 나도 잘 모르겠어."

그런 분야에 내가 무슨 조언을 할 수 있으랴. 다시 돌아온 이 삶에서조차 새로운 면모를 발견하게 되는 놀라움의 연속인 것을…….

나는 뒷말을 삼키며 손수건을 꺼내서 소년의 열에 들뜬 뺨에 살며시 갖다 대었다. 일순 멈칫하며 내 눈을 빤히 들여다보던 그가 다시금 고개를 떨구었다. 그러고는 손등으로 젖은 눈가를 문지르면서 지친 듯한 탄식을 내뱉었다.

"차라리…… 그 태자 녀석이 우리 아버지 아들이었으면 모두한테 더 좋았을 텐데요."

"전하가? 하지만 너는……."

"누나도 그렇게 생각하세요……? 제가 구제 불능의 철부지에다, 입만 열면 거짓말만 늘어놓는다고 생각해요?"

"아니. 절대로."

나도 모르게 잠깐의 망설임도 없이 단호하게 대답했다. 마치 모든 사람 중 나만은 완전무결하다고 믿기라도 한 건지, 노라는 묘하게 필사적으로 느껴지는 표정을 파란 눈에 담고서 내 얼굴을 뚫어져라 바라보았다.

"왜 그런 질문을……."

"……다들 그렇게 말하니까요."

"누가 그런 주장을 한다는 거야?"

노라는 대답하지 않았다. 그저 시선을 바닥으로 돌리며 꺼끌꺼끌한 탄식을 뱉을 뿐이었다. 대체 무슨 일이 있었는지 자세한 속사정은 나로 서는 알 턱이 없었다. 다만 어렴풋이 짐작만 해볼 뿐이었다.

일전의 추모 연회 때 보았던 장면, 그때의 뉘른베르 일가의 모습이 떠오르면서 틀림없이 노라와 공작님 사이에 또 뭔가 일이 있었구나 하는 짐작이 들었다. 뉘른베르 공작님은 내겐 희한할 만큼 친절하고 다정한 분이긴 했지만, 현 황후의 동생이자 귀족 사회의 한 축을 담당하고 계시는 분인 만큼 마냥 온화하고 다정다감한 성정과는 거리가 멀었다. 거기다 병약하고 내성적인 아내에 자식이라곤 노라 하나뿐이었다. 그런 상황에서 외아들을 지나치리만치 엄격하게 대하는 것도 무리가 아닐 터였다. 하지만…….

"누가 뭐라고 해도 나는 네가 그런 사람이라고 생각하지 않아."

"……어떻게 그렇게 확신하세요. 저에 대해 잘 알지도 못하시면서."

끙. 벽에 부딪히는 기분이로군. 이런 삐딱한 말투야 누구누구 덕에 질리도록 익숙하긴 하다만.

"너도 나에 대해 잘 알지도 못하면서 도와줬잖니? 내가 어떤 사람인 줄 알고."

"……."

"그러니까 나도 네가 틀림없이 좋은 녀석이라고 믿어."

"……됐어요, 그럼."

뭐가 됐다는 건지 알 수 없는 소리를 중얼대며 눈가를 벅벅 문지르는 소년을 지켜보면서 나는 내가 아는 그의 미래를 보다 자세히 떠올리려 애썼다. 이 소공자는 분명 내년쯤에 기사 서품을 받은 뒤 다음다음 해 건국기념제 검술 시합에서 제레미와 호각을 겨룰 것이었다. 그리고……. 그래, 내 기억이 맞다면, 분명 제국의 비밀 경찰대 스트라이페에 들어갔던 것 같다. 일개 가문 영식도 아닌 뉘른베르 대공작의 후계자가 어째서 험하다는 스트라이페에 들어갔는지에 대해 다들 말이 많았던 걸로 기억한다.

"후우…… 이러려던 건 아닌데 우스운 꼴을 보이고 말았군요."

아직 울음기가 채 가시지 않아 잠긴 목소리로 투덜대는 모양새가 우스운 한편으론 안쓰럽기 그지없었다. 그래도 생각보다 금방 기운을 차린 것 같아 다행이라고 해야 하나?

"누구나 그럴 수 있는데 뭐. 나만 해도 너한테 우스운 꼴을 두 번이나 보였잖니."

"그거하곤 차원이 다르잖아요. 사내자식이 창피한 줄도 모르고 엉엉 우는 꼴이라니, 제 아버지가 아시면 틀림없이 기함하실 겁니다."

"그렇게 울 수 있을 때가 좋은 거야. 나중엔 진짜 울고 싶어도 눈물조차 안 나올 때가 더 많을걸?"

부드럽게 어르자 물기가 채 마르지 않은 푸른 눈이 깜박깜박하며 내 얼굴을 다시금 빤히 훑었다. 아직 소년다운 순수함이 담긴 맑은 눈동자. 어둡고도 위험한 사내의 그림자는 아직 흔적을 찾아볼 수 없었다. 내가 너무 노인네처럼 말했나 싶어 좀 멋쩍어하고 있는데 다음으로 들려온 소리는 바로 이거였다.

"근데 누나는 어째 볼 때마다 슬퍼 보이는 것 같아요."

"……응?"

"뭐, 질질 짠 제가 할 소리는 아닌 데다 누나 같은 분이 왜 그렇게 슬픈 눈을 하고 있는지는 신만이 아시겠지만, 좀 더 콧대 세우고 다니셔도 될 것 같은데요. 누나라면 그렇게 해도 그다지 밥맛은 아닐 것 같은데……."

도대체 칭찬하려는 것인가, 빈정대려는 것인가? 어린애처럼 엉엉 울 때는 언제고, 하여간 요즘 애들은 왜 이렇게 뜬금없는 걸까?

"나름 뻔뻔하게 보인다고 생각했는데 아닌가 보구나."

"뻔뻔하려면 저 정도쯤은 돼야죠."

어깨를 으쓱해 보인 그가 이제 언제 서럽게 오열했냐는 듯 경쾌하게 몸을 일으키며 한 손을 내밀었다. 나는 잠깐 망설였다가 그 손을 잡고 일어섰다.

"오늘 만나주셔서 감사합니다. 제게 행운을 좀 빌어주세요."

"행운?"

"지금부터 집에 가서 아버지랑 한판 해야 하거든요. 제가 살아 돌아온다면 누나한테 그 영광을 돌리겠습니다."

"대체 무슨 일이길래……."

"별건 아니고요. 늘 비슷한 거긴 한데 아무튼 그건 제 문제겠죠, 누나의 문제가 아니라."

대수롭지 않다는 듯한 어조였음에도 걱정스러운 마음이 이는 건 어쩔 수가 없었다. 남의 가정사에 참견하는 데에도 적정선이 있겠지만…….

"저어, 노라. 지난번에 내가 한 말 기억하지? 아무나 붙들고 얘기하고 싶으면 언제든 연락하라고 말이야."

그게 내가 할 수 있는 참견의 다였다. 그리고 어린 공자는 그저 씨익 웃어 보이는 것으로 대꾸할 뿐이었다.

첫눈이 내리기 시작한 지 며칠 지나지 않아 성탄 연회가 코앞으로 다가왔다.

성부 신과 성모 신이 이 세상에 처음으로 강림하셨다는 날을 기념하는 성탄 축일, 이른 아침부터 졸린 눈을 비비며 나왔다가 홀을 가득 채운 산더미 같은 선물 상자를 보고 눈을 휘둥그레 치켜뜨는 쌍둥이의 모습을 보는 건 정말이지 굉장한 묘미였다. 성탄절 전날 밤마다 착한 아이들에게 선물을 가져다준다는 클라라 성녀님의 기분이 바로 이런 것일까?

물론 나야 당연히 클라라 성녀의 존재를 안 믿게 된 지 오래였다. 그건 제레미와 엘리아스도 마찬가지였다. 저 아침부터 동생들 기분 망치려 작정한 꼬라지를 좀 보라. 성탄절 정신이라고는 눈곱만큼도 없어 보였다.

"우와아, 형아, 이것 봐! 성녀님이 내가 착한 아이라는 거 알았나 봐!"

"누가 착하다고? 그런 고리타분한 이야기를 아직도 믿냐?"

"뭐가 고리타분해? 오빠들은 안 착해서 선물 못 받고 질투하는 거잖아!"

"질투는 누가 질투를 해! 그리고 나도 선물 있거든요? 저기 계신 가짜 성녀님이 주시겠지."

"엄마, 오빠들이 자꾸 신성 모독해!"

나는 허리에 손을 얹고는 두 싹퉁바가지 아들내미를 노려보았다. 하여간 이것들이 진짜.

"제레미, 엘리아스. 성녀님이 없긴 왜 없어. 성탄절 선물 못 받고 싶지 않으면 둘 다 좀 착하게 굴라고."

"난 그저 우매한 동생들한테 매정한 현실을 하루라도 빨리 알려주려는 것뿐이거든요? 애들이 평생 바보로 살아도 좋다는 거냐?"

"그래! 너네랑 꼭 같은 바보가 된다면 더할 나위 없이 좋겠네!"

급기야 버럭 하며 쏘아붙이자 실실 웃으며 느물대던 제레미도, 쌍둥이에게 핀잔을 던지던 엘리아스도 나란히 멍한 표정이 되어 시선을 교환했다. 그러더니만 실로 어색하게 머리를 긁적대며 동생들이 선물 포장 벗기는 일을 도와주기 시작했다. 어이구, 저 화상들.

"큰형아, 이거 큰형아 거 아니야?"

"뭐……? 어라, 이게 뭐야?!"

뭐긴 뭐겠나. 미래의 전설이 되실 검술광 큰아드님을 위한 특제 제작

검이지. 그 귀하다는 랑엔네스의 드워프작 롱소드다. 새하얀 검신에 손잡이가 황금과 루비로 되어 있으며 검집 역시 번쩍이는 에메랄드와 루비가 촘촘히 박힌 명품이었다. 저걸 구하느라 얼마만큼의 예산이 들었던지, 우리의 충직한 로베르트가 입을 떡 벌렸을 정도였다.

곧장 능숙한 몸짓으로 검을 빼 들고 눈부신 새하얀 검신을 주의 깊게 살피던 제레미가 이어 반쯤 넋이 나간 얼굴을 하고서 나를 보았다. 전혀 그답지 않게 우물쭈물하는 모습에 절로 웃음이 새어 나올 지경이었다.

"이래도 성녀님이 없어?"

"어어…… 그게, 그러니까…… 고마…….'"

"우와아, 형한테 지인짜 안 어울리는데? 성녀님의 정체는 모르겠다만 보는 눈 좀 키우셔야 할 것 같은…… 어어억!"

괜히 깐죽대다가 제 형한테 한 대 얻어맞은 엘리아스를 위한 선물도 따로 있었다. 확실히 같은 무골이긴 했으나 망아지 차남님께선 검보다는 다른 쪽에 더 재능이 있었다는 사실을 기억해 낸 내가 준비한 것은 바로 특제 석궁이었다. 옵션으로 은제 화살들까지 딸려 왔다. 그게 있다면 앞으로 여우 사냥을 나가서도 능히 제 형을 따라잡고 말리라.

"와하하핫! 덤벼 보시지, 어리석은 형 새끼여! 자고로 결투는 장거리 공격이 으뜸이라고!"

"들떠서 설치다가 네 면상에 쏘지나 마라, 덜떨어진 아우 놈아. 모름지기 사내라면 검으로 승부를 봐야 하는 법이다! 슈리, 나 이거 연회에 가져가도 돼?"

"나도!"

두 아들내미가 저런 식의 추태를 부리는 동안 나는 그저 못 본 척 외면해 버리며 쌍둥이의 아기자기한 모습으로 시선을 돌렸다.

뇌까지 근육인 제 형들과 달리 일찍부터 지식인의 면모를 갖춘 꼬꼬마 레온께서는 그토록 바라던 신상 망원경과 백과사전을 안고서 좋아 어쩔 줄을 모르고 있었다. 레이첼로 말할 것 같으면 내가 그녀를 위해서 고르고 고른 신발들을 가지고 거울 앞에서 패션쇼를 진행 중이었다. 레이첼은 항상 신발을 제일 좋아했다. 유행 지난 드레스를 입을지언정 새 신발이 없다면 절대 외출하지 않았다.

어쨌든 애들은 좋을지 몰라도 성탄절이란 참 여러모로 돈 드는 행사였다. 애들뿐만 아니라 사용인들과 우리의 기사님들을 위한 선물을 비롯해서 교단과 황궁에 보낼 선물까지 준비해야 했으니까. 나아가 오늘 열릴 성탄 연회에 들어간 예산 하며, 연회에 입고 갈 옷과 장신구 준비는 또 어떠한가. 돈이라면 썩어 넘치는 가문이기에 망정이었다. 역시 황금만능주의가 최고다.

놀라운 일이 벌어진 것은 그때였다. 앙증맞은 실크 구두들을 번갈아 신어 보며 이리저리 뽐내던 딸내미가 대뜸 내게 쪼르르 다가오더니 로브 주머니 안쪽에서 뭔가를 주섬주섬 꺼내 든 것이었다.

"오빠들이 엄마는 어른이니까 성녀님이 선물 안 줄 거랬어."

내가 순간 말문이 막혀 버렸음은 두말할 것도 없었다. 나는 눈을 크게 뜨고서 다른 녀석들까지 이 계획에 동참했는지 확인하려 쳐다보았다. 놀랍게도 아들내미들 모두 그렇다고 주장하는 어색한 얼굴을 하고 있었다! 이거야말로 진짜 놀라운 일인데.

레이첼의 자그마한 손에 들린 것은 다름 아닌 삐뚤삐뚤한 수가 놓인 손수건이었다. 밝은 연두색 수건에는 네 마리의 새끼 사자와 토끼 한 마리가 사이좋게 수놓여 있었다.

……다 좋은데, 어째서 내가 토끼란 말인가?

"고마…… 워, 레이첼. 정말 예쁜 손수건이구나."

"오빠들이 뭘 놓을지 말해줬고 레온이 실 색깔 골라 줬어. 내가 한 건 수놓은 것밖에 없어."

그 말인즉슨 결국 자기가 다 했다는 거였다. 내가 알 만하다는 미소를 지어 보이는 동안 레이첼은 몹시 뻐기는 표정을 지어 보이며 지극히 쓸모없는 세 형제를 번갈아 보았다. 죽은 남편이 이 장면을 보았더라면 아주 볼만한 얼굴이 되었으리라.

노이반슈타인 가문과 슈바이크 가문이 각각 팔 대 이로 예산을 충당한 황궁 연회는 내가 기억하는 것보다 훨씬 더 호화롭게 차려졌다. 자발적으로 예산을 대준 가문들에 대한 성의를 보이고 싶었던 건지 어떤 건지, 5단 샹들리에가 무수히 달린 천장을 찌를 듯이 솟은 전나무에 주렁주렁 달린 보석 하나만 떼어 내도 빈민들을 위한 1년 치 구호 기금은 될 것 같았다.

연회가 열리는 크리스털 궁전의 입구에는 간이 다트 게임대가 설치되어 있었다. 소용돌이가 그려진 고무 과녁 중앙에 나무로 깎은 다트를 맞추면 화려한 포장지에 싸인 경품을 하나씩 주는 게임이었다.

연회가 본격적으로 진행되기 전에 일찌감치 도착한 사람들이 다트 게임을 하거나 담소를 나누는 가운데, 막 아이들과 도착한 내게 가장 먼저 인사를 건넨 이는 다름 아닌 뮐러 백작이었다.

……내 남편의 맏아우인 그 작자 말이다.

"오랜만입니다, 레이디 노이반슈타인."

그러게 말이다. 하기야 수도권의 웬만한 귀족은 다 참석하는 성탄 연회인 만큼 방계 인사들과 안 마주칠 리가 없었다. 하여 나는 일부러 생글 웃으며 대꾸했다.

"네, 오랜만이네요."

"커흠, 저어, 잠시 얘기 좀 할 수 있겠습니까? 잠깐이면 됩니다."

나는 음료수가 뿜어져 나오는 석상 근처로 우르르 몰려간 아이들 쪽을 어깨너머로 잠깐 힐긋거렸다가, 이어 고개를 끄덕여 보였다. 뮐러 백작은 젊은 남녀들이 키득대며 놀이를 즐기고 있는 다트 게임대 근처로 나를 이끌고는 낮고도 은근한 어조로 운을 떼었다.

"부인, 일전의 그 불미스러운 사건에 대해선 들었습니다. 좀 더 일찍이 찾아가서 사과하려 했는데 경황이 없다 보니……."

"글쎄요, 사과라면 당사자들께서 직접 하셔야겠지요."

내 목소리에 섞인 신랄함을 느꼈는지 능구렁이 백작의 녹색 눈매가 일순 가늘어졌다. 왜 이들은 이토록 내 아이들과 똑같은 눈을 하고 있는가. 아무리 혈통이라 한들 영 마음에 들지 않았다.

"부인이 원하신다면 그 녀석들에게 사죄하라 이르겠습니다."

"자발적이지도 않은 사과는 딱히 바라지도 않는답니다."

"부인, 부인께서 우리를 어찌 생각하는지 내 모르는 바가 아니나……."

"틀렸습니다, 백작님. 저는 당신들에 대한 생각 자체를 하지 않거든요. 그러니 어찌 생각하고 말고 할 것도 없지요. 원하시는 게 뭐죠?"

다른 사람들의 눈에 비친 우리는 그저 사정 복잡한 형수와 시동생이 인사를 나누는 것으로 보일 터였다. 실상은 전혀 달랐지만.

나는 뮐러 백작이 여기서 자기 동생들처럼 가문 특유의 성질머리를 고스란히 드러내지 않을까 내심 기대했으나 그는 의외로 자제력이 깊었다.

그러니까 노이반슈타인치고는 말이다. 요헨과 꼭 비슷한 암녹색 눈동자가 일순 번쩍하고 타오르나 싶더니 빠르게 사무적인 냉정을 되찾았다.

"좋습니다, 부인. 이왕 이리된 거 허심탄회하게 털어놓자면……."

푸슉-!

"꺄악!"

다수의 사람이 동시에 짧은 비명을 내질렀다. 나 역시 반쯤 비명을 내지를 뻔했으니 말 다 했다.

그도 그럴 것이 과녁용 나무 다트도 아닌 웬 은제 화살 하나가 빠르게 우리 쪽을, 정확히 말해선 뮐러 백작의 귓가를 아슬아슬하게 스치고 지나가 그대로 다마스크 벽에 박힌 것이다!

"아이쿠 이런, 실수. 자랑도 할 겸 과녁을 맞춘다는 것이 그만……."

잠깐의 소동에 불과했다. 누군가 유쾌하게 웃음을 터뜨린 것을 시작으로 장내는 금방 다시 소란스러워졌다. 나는 눈을 깜박이며 고개를 돌렸다. 일순 얼어붙어 버린 듯했던 뮐러 백작 역시 고개를 돌렸다. 하도 들고 오겠다고 고집을 부리길래 그냥 놔둬 버린 것이 실수였을까? 아연실색한 내 시야에 들어온 것은 다름 아닌 동생의 석궁을 들고 서 있는 제레미였다.

"오랜만입니다, 숙부님. 못 본 사이에 더 늙으셨군요. 한데 표정이 왜 그 모양이십니까?"

뮐러 백작은 말문이 막혀 버린 듯 조카를 빤히 노려보았다. 그에 반해 제레미는 여유롭기 짝이 없는 미소를 짓고 있었는데, 나로서는 묘하게 낯설게 느껴지는 미소였다.

"이런, 꽤 놀라셨나 봅니다. 기분 푸시지요. 설마 제가 경애하는 숙부님을 진짜로 맞추려 그랬겠습니까?"

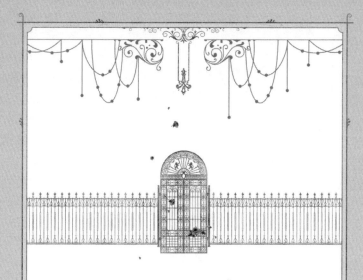

# Chapter 4
어미

"형의 개차반 같은 처세술에는 가끔 존경심이 치밀 정도야."

엘리아스가 내뱉은 감상이었다. 그에 제레미는 어깨를 으쓱하며 몹시 잘난 척하는 어조로 대꾸했다.

"잘 배워 둬라, 아우야. 이게 바로 사자 가문의 정신이라는 거다."

"웃기고 자빠졌네! 어째서 내 물건 가지고 형이 폼을 잡냐고?!"

"그야 네놈이라면 틀림없이 네 면상에다 맞췄을 거 아니냐!"

사자 가문의 정신 어쩌구는 잘 모르겠다만 아무튼 제레미가 좀 전에 저지른 무례하면서도 막무가내인 행동은 음흉한 뮐러 백작이 이를 갈며 물러가도록 만들기에 충분했다.

능구렁이 백작님은 어지간히 분했는지 '내가 네놈이 어릴 때 목마를 태워 줬'느니 어쩐다느니 하는 구시렁거림을 내뱉었으나 제레미는 웬 꼰대질이냐는 실소를 지어 보였다. 같은 다혈질 혈통이라 한들 한참 어린 쪽의 반사회적인 패기에는 연륜이고 뭐고 아무 소용이 없나 보다.

"좋아, 좋아, 너희 둘. 쇼는 이제 그만해도 돼. 이제 그 석궁 얌전히 보관실에 갖다 놔. 화살도 갖다놓고!"

내 가차 없는 일침에 제레미와 엘리아스는 뭐라고 투덜대더니만 의외로 순순히 석궁을 들고 걸음을 돌렸다. 나의 두 아들내미가 걸음을 옮기는 동안 근처에 있는 모든 십 대 초반 영애들의 시선이 그쪽으로 가 박혔다.

"꽤 인상 깊은 장면이었습니다."

아무래도 좀 전의 일을 다 지켜본 모양인지 어느 틈엔가 이쪽으로 다가온 뉘른베르 공작이 표한 소감이었다. 강철의 공작님은 오묘하기 짝이 없는 웃음기를 푸른 눈에 담은 채 늘 그렇듯 나를 부드럽게 응시하고 계셨다.

"소동을 일으켜서 송구스러울 따름입니다."

"아닙니다. 제법 기특한 모습이더군요. 우리 철부지 아들놈도 그런 면모를 보인다면 좀 좋을 텐데 말입니다."

"아하하……."

"참, 제 아들놈에게 선물을 보내주셨더군요. 그런 놈이 뭐가 예쁘다고 그런 수고를 다 하셨는지, 어떻게 감사드려야 할지 모르겠습니다."

……딱히 대단한 감사 인사 듣겠다고 한 일은 아닌데 말이다. 왠지 멋쩍은 기분이었다.

내가 노라를 위해 공작저에 보낸 선물은 다름 아닌 제레미의 선물과 같은 곳에서 제작한 츠바이헨더 검이었다. 노라로부터 의도치 않게 두 번이나 도움을 받기도 한 데다 지난번에 그리 서럽게 울던 모습이 걸려서 조금이나마 위로가 됐으면 좋겠다는 마음에 한 일이었다. 선물이 너무 과한 거 아닐까 싶어 좀 걱정스럽기도 했다만, 공작님의 반응이 생각보다 무난해서 다행이었다.

"공자가 좋아했다면 다행이네요."

생긋 웃으며 말하자 친절한 공작님은 대뜸 땅이 꺼져라 한숨을 내쉬더니 고개를 절레절레 흔들어 보였다.

"글쎄 말입니다……. 클라라 성녀님으로부터 선물을 받았으니 한 해의 죄가 다 사해졌다며 거들먹거리더군요. 대체 누굴 닮아 그 지경인지 원……."

그게 바로 사춘기 소년들의 성탄절 정신이라는 거겠지요.

라고 차마 말하지 못하고 그저 어설프게 웃는 찰나, 때마침 제국의 최고 존엄들의 행차를 알리는 웅장한 나팔 소리가 울렸다.

"황제 폐하께서 드십니다!"

제국의 수호자 되시는 황제 폐하와 엘리자베트 황후, 우리의 테오발트 황태자와 2황자까지 나란히 행차하는 가운데, 여기저기 모여 떠들던 사람들도 유유자적 과녁 게임을 즐기던 사람들도 일제히 말을 멈추고 정중히 예를 갖추었다.

"제국의 수호 독수리에게 성탄의 축복을."

"제국의 수호 독수리에게 성탄의 축복을, 황제 폐하."

황가의 상징인 새하얀 은발 아래 자리한 근엄한 금빛 눈동자가 연회장에 모인 귀빈들의 모습을 빠르게 훑고 지나갔다. 사냥감을 감시하는 독수리의 그것과 같은 금빛 시선이 일순 내게 와 꽂히나 싶더니 이윽고 부드럽게 허물어졌다.

"한 해 동안 실로 많은 일이 벌어졌군. 슬픔을 극복하고 올해도 이리 축복이 넘치는 성탄절을 맞이할 수 있도록 기꺼이 나서 준 제국의 사자에게 감사를 표하는 바이니라."

"황은이 망극하옵니다, 폐하."

테오발트가 저런 식으로 웃으며 나를 쳐다보지 좀 말았으면 좋겠다고 생각하면서 하례하는 동안, 엘리자베트 황후는 예의 그 차가운 눈으로 나를 빤히 주시하고 있었다. 노려보는 것이 아니라 그냥 쳐다보는 거였으나 그녀가 날 못마땅하고 있다는 사실은 이미 잘 인지하고 있었으니 새삼 꺼림칙할 것도 없었다. 황후의 곁에는 우리 엘리아스와 동갑내기인 레트란 황자가 앉아 있었는데, 축농증을 앓는 모양인지 코를 훌쩍대며 인상을 찌푸리고 있는 모양새가 우아함의 표본 같은 황태자와는 극명한 대조를 이루고 있었다. 다들 그럭저럭 기억하는 그대로랄 수 있겠다.

"Adeste fideles, laeti triumphantes, venite,

venite in wittelsbach

Natum videte, Regem angelorum……."

"레이디 노이반슈타인."

성가대의 청아한 노랫소리가 은은하게 울려 퍼지며 성탄 연회가 본격적으로 시작되었다. 무수히 인사를 건네는 사람들을 헤치고 곧장 내게 다가온 테오발트를 향해 나는 어색하게 미소를 지어 보였다. 안 그러마 다짐했긴 했으나 절로 어색해지는 걸 어쩌란 말인가.

"태자 전하."

"멋진 드레스로군요. 과연 오늘따라 유독 눈이 부시다 했습니다."

……의외로 로맨스 소설을 즐겨 읽으시는 거 아닐까 싶을 정도였다.

그럼에도 딱히 기분이 나쁘지는 않았다. 암, 칭찬은 코끼리도 춤추게 한다지 않나.

"감사합니다. 전하께서도 멋지신걸요."

과연 화려한 은빛 예복 차림의 황태자께선 뭇 영애의 가슴을 충분히 설레게 할 만한 자태를 갖추고 계시긴 했다. 내 진심 어린 칭찬에 테오발트는 해사한 얼굴을 약간 붉히더니만 뜬금없이 우물거렸다.

"부인…… 혹시 책 좋아하십니까?"

"좋아하는 편이랄 수 있겠지요."

"아아, 다행입니다. 실은 제가 부인께 제 개인 도서관을 보여 드리고 싶어서 말입니다."

아하, 그러십니까……? 속 뻔하게 구는 것이 우스운 한편, 그 순수함이 가슴 한구석을 간질이는 보드라운 깃털처럼 느껴졌다. 누군가가 내게 이토록 순진한 감정을 드러내 보이는 것이 너무 오랜만이라 그런 걸까.

"태자 전하. 레이디 노이반슈타인."

"아, 레이디 뉘른베르, 오랜만입니다."

내가 뉘른베르 공작 부인에게 인사를 건네는 동안 테오발트는 양해를 구하고는 자리를 빠져나갔다. 그러면서 나를 향해 더없이 의미심장한 눈빛을 지어 보였는데, 아무래도 이따 만나자는 의미인 듯했다. *끄응.*

"보내주신 선물 감사합니다."

예의 그 서글픈 눈빛으로 말씀하시는 공작 부인이었다. 나는 그때 했던 약속에 대해 뭐라고 설명해야 할까 잠시 고민하다가 결국 다른 소리를 했다.

"잘 받으셨다니 좋습니다. 한데 공자가 아직 안 보이는군요."

"……예, 그것이……."

그저 늦어지나 싶어 별생각 없이 한 질문인데 병약하신 공작 부인의 반응이 영 심상치가 않았다. 이 뜬금없이 입술을 잘근잘근 씹으며 양손을 꼭 맞잡는 안타까운 작태를 좀 보라. 누가 보면 내가 성탄절 선물로 영지전 선포서라도 보낸 줄 알겠다.

"부인……?"

"아, 미안합니다. 노라는 일이 좀 있어서 오늘 못 오게 되었습니다."

대체 무슨 일이길래 그 뉘른베르 가문의 외아들이자 황후의 조카께서 성탄 연회에 불참한단 말인가? 과거에도 이랬었나 싶어 기억을 더듬어 봐도 좀체 떠오르지가 않았다. 하기야 그때는 내 일들에 신경 쓰느라 남 사정 살필 겨를도 없었다만…….

"어디 아프기라도 한 건가요?"

"아니요, 그런 것은…… 그러니까 비슷합니다. 물어봐 주셔서 감사해요. 그리고 저어, 부인."

"네?"

"일전에 제가 부탁드렸던 일은 부디 잊어주세요. 제가 생각이 짧았습니다."

나는 잠시 하이데의 창백하게 질린 얼굴을 물끄러미 응시했다. 그랬다가 나도 모르게 불쑥 물었다.

"공작님께서 나무라시던가요?"

"아뇨, 그런 것은…… 그저, 아직 어린 나이의 부인께서 안 그래도 정신없으실 텐데 제가 괜한 부담을 드린 것 같아서요."

음, 역시 강철의 공작님이 한 소리 하신 것이 맞는 모양이었다. 쥐어 짜내는 듯한 목소리로 더듬더듬 말을 잇는 가녀린 부인의 모습을 보고 있자니 마음이 영 편치가 않았다.

그러게 그냥 우리끼리의 비밀로 하시지 왜 굳이 남편한테 털어놓으셨담? 더군다나 아까 공작님이 하신 말씀으로 미루어 보건대 노라가 병이라도 난 것 같지는 않던데……. 설마 그 철근도 씹어 삼킬 녀석이 제 아버지한테 두들겨 맞고 앓아누운 건 아니겠지? 에이, 설마 공작님이 그렇게까지…….

"어머?"

"어머, 저것 좀 봐요."

"귀엽기도 해라……."

사람들 사이에서 느닷없이 번진 작은 웅성거림에 나도 공작 부인도 나란히 시선을 돌렸다. 다음 순간 내 입에서 절로 웃음이 터져 나왔음은 두말할 것도 없었다.

성가대가 부르는 성탄절 성악은 어느덧 끝이 나고 발랄한 왈츠곡이 흐르고 있었다. 아직 한적한 댄스 플로어 중앙에서는 우리의 쌍둥이, 레온과 레이첼이 사이좋게 손을 마주 잡고 서서 춤을 추고 있었다. 아직 서툴긴 했지만 나이를 감안하면 참으로 완벽한 꼬꼬마 한 쌍, 딱 그거였다.

"레온, 조심해라! 레이첼이 네 발등을 노리고 있…… 악! 왜 때려?!"

몹시 깜직한 모습을 연출 중인 동생들 기분을 망치려 작정한 엘리아스의 등짝을 내 손이 거침없이 후려쳤다.

"하여간 너는 남 좋은 분위기 안 망치면 입에서 가시가 돋지?"

"저게 뭐가 얼마나 좋은 분위기라고? 어설프기 짝이 없구먼."

"그럼 네가 가서 한 수 가르쳐 주지 그러니."

"내가 왜? 그건 우리 장남 되시는 분께서 하셔야지!"

슬쩍 화살을 돌리는 엘리아스의 영악스러운 행각에 제레미는 잠시 잠간의 망설임도 없이 대꾸했다.

"난 기사가 될 거다. 춤 따위에는 영 소질도 흥미도 없단 말이지. 그런 의미에서 슈리 네가 나가는 건 어때? 물론 파트너가 있다는 가정……."

"레이디 노이반슈타인, 이 성탄 연회의 춤을 함께해 주시는 영광을 주시겠습니까?"

제레미가 다음으로 하려던 헛소리가 무엇이든 간에, 그것은 불쑥 다가와 내게 손을 내미는 테오발트에 의해 무참히 끊겨 버렸다. 나는 순식간에 우거지상이 되어버린 두 화상을 향해 조소를 지어 보인 뒤 순순히 황태자의 손을 잡고 댄스 플로어로 향했다. 어느덧 많은 남녀가 춤 대열에 합류하고 있었다.

"의외로 굉장히 능숙하시군요."

"칭찬인가요? 태자 전하께서도 만만치 않으신데요."

"아하하, 놀리지 마십시오. 오늘을 위해 얼마나 연습했는데요."

짧고도 흥겨운 왈츠 한 곡이 끝나고, 나는 목이 말라 음료수를 마시러 물러나려 했으나 테오발트는 무슨 생각인지 그대로 내 손을 잡고 이끌었다. 연회장 바깥으로 이어지는 통로였다. 보는 눈이 워낙 많았기에 나는 쓰다 달다 말도 못 하고 그대로 조용히 따라 나갔다.

"어디로 가시는……."

"아까 말씀드린 거 말입니다. 그거 보여 드리려고요."

그놈의 개인 도서관 말씀이신가. 하여간 이분도 참 즉흥적이시다. 아니, 포기를 모른다고 해야 하나?

어쨌든 책 구경일 뿐인 데다 우리 꼬마 지식인 레온에게 갖다 줄 만한 서적이 있을지도 모른다는 생각에 나는 고분고분히 테오발트를 따라 그의 개인 도서관으로 향했다. 딱히 거부할 방도가 없기도 했고. 그러니까 상대는 무려 황태자가 아니신가. 크흑, 신분제 세상이란⋯⋯!

"와⋯⋯!"

하나 막상 황태자의 개인 도서관에 다다르고 나니 여태까지의 심드렁한 마음이 싹 가셔 버렸다.

세상에, 천장까지 유리로 된 온통 투명한 방에 천장을 찌를 듯이 솟은 이 많은 책장 하며, 테라스를 갈아 엎어 만든 온실 정원은 또 어떤가. 이 계절에는 볼 수 없는 봄철 풀꽃이 가득한 정원을 감상하는 동시에 한가로이 독서를 즐길 수 있는 장소였다. 이 철부지 황태자께서 어째서 그토록 이 장소를 보여주고 싶어 안달이었는지 좀 알 것 같아졌다.

"마음에 드십니까?"

내가 감탄하고 있는 사이 멋쩍은 듯 웃음을 흘리고 있던 테오발트가 조심스레 물어왔다. 거참, 풋풋한 분 같으니.

"아름다운 장소네요. 여기에서라면 하루 종일 독서만 하게 될지도 모르겠는데요."

"바로 맞추셨습니다. 제가 종종 저지르는 실수랍니다. 야외보다 실내가 더 좋아져 버렸죠."

"전하께서는 보통 어떤 종류의 책을 즐겨 읽으시나요?"

"그게, 주로 역사와 정치학 부문 서적입니다만 가끔은-"

열띤 어조로 말을 이으며 거대한 책장 앞으로 다가서던 테오발트의 목소리가 문득 덜컹, 하는 소음에 의해 뚝 끊겼다. 이건 또 뭐람. 우리 말고 또 누가 여기에 있는 건가⋯⋯?

"아, 이런, 예하. 놀랐습니다. 또 그 고서를 찾으러 오신 겁니까?"

소음을 낸 주범의 정체는 전혀 예상도 못 한 인물, 바로 리슐리외 추기경이었다. 아무래도 둘 사이에 모종의 협의가 있던 건지 아무렇지도 않게 웃어 보이는 테오발트와는 달리, 침묵의 종께서는 예의 그 어둑한 검은 시선으로 우리의 모습을 빤히 응시하더니 천천히 머리를 끄덕여 보였다.

"그렇습니다만…… 아무래도 나중에 찾는 것이 나을 것 같군요."

"그러십시오, 그럼. 성탄 연회인 만큼 오늘 같은 날은 추기경님도 좀 즐기셔야죠."

테오발트의 유쾌한 발언에도 침묵의 종께서는 뭐가 그리 못마땅한지 내 쪽으로 쏘는 듯한 눈빛을 보내더니만 유유히 도서관을 빠져나갔다. 수도 없이 겪었던 일임에도 불구하고 오늘따라 영 꺼림칙한 기분이 일었다. 지난번의 그 생뚱맞은 질문도 그렇고, 혹 저분 지금 내가 황태자를 구워삶으려 하는 중이라고 오해하는 것인가?

"하마터면 방해꾼이 생길 뻔했군요."

"……전하께서는 저분과 꽤 가까우신가 봅니다."

"글쎄요, 가깝다기보다는…… 유능한 분이긴 한데 좀체 속을 알 수가 있어야지요. 워낙 말씀이 없으시니."

그건 나도 동의하는 바였다. 그러니까 뭐라고 말을 하든가 해야 불만이 뭔지 알 거 아닌가?

"한데 부인."

"예?"

"그…… 제 사촌 아우 말입니다. 뉘른베르 공자. 그 녀석이 지난번에 어째서 후작저까지 찾아왔던 겁니까? 제레미나 엘리아스를 만나러 온 건 아니었던 듯한데."

……테오발트가 내게 이런 질문을 다 할 줄은 몰랐다. 내가 잠시 할 말을 잃고 빤히 쳐다보는 사이, 테오발트는 시선을 내게 고정한 채 팔을

뻗어 책꽂이 위쪽을 뒤적거리는 자세 그대로 후다닥 말을 덧붙였다.

"아, 물론, 정말이지 제가 상관할 바가 아니라는 거 압니다만, 사실 그 녀석과 가까이 하셔 봤자 좋을 건…… 아얏!"

"꺅!"

일이 일어난 건 순식간이었다. 정확히 말해선 한쪽 발을 탁상에 올린 채 아슬아슬하게 서적을 뒤적이던 테오발트가 일순 휘청하나 싶더니 곧장 우당탕 아래로 떨어졌다! 정확히 말해선 나를 덮치다시피 하며 넘어져 버렸고, 따라서 나 역시 자연스레 바닥에 세차게 쓰러져 버렸다. 순간 눈물이 핑 돌 지경이었다.

"마, 맙소사, 부인, 괜찮으십니까?"

"괘, 괜찮……."

"물이라도 갖다 드릴까요?"

바닥에 넘어졌는데 물이 왜 필요하단 말인가. 내가 세게 부딪힌 팔꿈치를 싸쥐고 끙끙대는 동안 테오발트는 후다닥 내게서 몸을 떼며 미안해 어쩔 줄을 모르고 허둥지둥했다. 그런데 그때였다.

"둘이 여기서 뭐 하……."

실로 낯익기 짝이 없는 목소리가 울리나 싶더니 어째 미묘하게 흐려져 갔다. 그리고 내 눈이 절로 휘둥그레졌다. 대체 제레미가 어떻게 여기 와 있는 거지? 우리가 여기 있는 줄 대체 어떻게 알고?

하나 그가 어떻게 알고 왔는지가 중요한 게 아니었다. 말을 하다가 말고 의아한 표정으로 우리를 번갈아 보던 제레미의 암녹색 눈동자가 어둡게 얼어붙은 것은 그야말로 순식간이었다.

눈물이 그렁그렁한 채 바닥에 깔려 있는 내 모습과 어정쩡한 자세로 내게서 몸을 떼고 있는 황태자의 모양새를 노려보는 시선이 못내 생소했다. 무슨 오해를 하는 걸까, 순간 차가운 손가락이 등골을 매만지는 감각이 덮쳐 왔다.

"아, 제레미, 이게 그러니까……."

테오발트나 나나 미처 상황을 설명할 틈도 없었다. 그 자리에 서서 못 박힌 듯 얼어붙어 있던 제레미가 다음으로 취한 행동은 바로 황태자를 향해 주먹을 날리는 거였다!

퍽!

"제레미!"

내가 곧장 뛰어들어 저지하려 해봤자 아무 소용 없었다는 사실은 굳이 언급할 필요도 없으리라. 세상에, 고작 열네 살짜리 남자아이의 힘이 어찌나 센지, 내가 아무리 뜯어말리려 애를 써도 제레미는 일말의 지체 없는 살벌한 기세로 테오발트에게 주먹을 날릴 뿐이었다. 그리고 테오발트는 너무 당황해서인지 어째서인지 그냥 얻어맞고 있기만 했다. 결국 소란을 듣고 몰려온 근위병들이 그를 만신창이가 된 황태자로부터 떼어 놓을 때까지 말이다.

실로 심각했다. 과거에 엘리아스가 2황자에게 주먹을 날렸던 그 끔찍 했던 날보다 상황은 더 심각했다.

그때는 적어도 단 한 대였으며, 상대는 생모인 황후조차 대외적으로 내놓은 거나 다름없는 2황자였다. 내가 황제와 황후 앞에 무릎을 꿇고 애원하는 것과 더불어 3년 치 궁중 연회 예산을 대는 것으로 어떻게든 겨우 무마가 됐던 그 사건과 이번 사건은 차원이 달랐다.

엘리아스라면 몰라도 제레미가 이런 대형 사고를 칠 줄은 정말이지 상상도 못 했다.

"재판을 막을 수는 없을 것 같습니다."

황태자와 함께 친히 방문하신 뉘른베르 공작님이 머리를 싸쥐고 앉아 있는 나를 향해 하신 말씀이었다. 제레미한테 신나게 얻어터진 흔적이 안면에 만연한 테오발트 역시 어쩔 줄을 몰라 하는 표정으로 입을 열었다.

"송구합니다, 부인. 숙부님과 제가 어떻게든 어마마마를 설득하려 애써 봤으나 워낙 강경하셔서 도무지 재판을 거두실 것 같지 않습니다."

"……아닙니다, 전하. 제 쪽에서 면목 없을 뿐입니다."

당연히 테오발트가 내게 미안할 건 아무것도 없었다. 그는 어디까지나 오해 때문에 벌어진 폭행의 피해자였으니. 그가 어금니가 하나 나가 버린 끔찍한 일을 겪고도 여전히 이토록 친절하다는 사실에 내가 무릎 꿇고 감사를 올려야 할 판이었다.

엘리자베트 황후의 반응은 생각보다 훨씬 더 격렬하고 파격적이었다. 귀족가 영식이 황족에게 손을 댔다는 사실은 자칫 황족시해시도죄 및 반역죄로 연루되어 즉결 처형을 당할 수도 있는 일이었다. 그나마 우리 가문의 입지를 고려해서 내려진 처분이란 게 바로 오른팔을 자른다는 거였다.

내일 열릴 재판이 바로 그 내용이었다. 황후는 어떻게든 자신의 의붓아들에게 손을 댄 나의 의붓아들의 오른손을 잘라 내고 말겠다는 의지를 불태우는 중이었다. 거기에는 나를 향한 그녀의 개인적인 적개심도 어느 정도 섞여 있다는 것이 내 예감이었다. 만약 요헨이 살아 있었다면 일이 이 지경까지 꼬이지는 않았을 텐데…….

"일단 의회에서는 반대 성명을 내도록 애쓸 작정입니다만, 다수결로 결판이 나는 만큼 저쪽 역시 기세가 만만치 않은지라 어찌 될지 감히 장담할 순 없을 것 같습니다."

뉘른베르 공작의 심각하게 가라앉은 음성이 귓가를 윙윙 맴도는 듯했다. 이 기회에 황후 쪽 편에 달라붙는 인사들이 누구일지 아주 훤한 것은 당연한 일이었다.

제레미는 벌써부터 만인이 인정하는 뛰어난 인재이자 정당한 후계자다. 그런 그의 미래를 이번 기회에 박살 내버린다면, 노이반슈타인 가문은 어린 풋내기 여성 임시 가주와 더불어 불구가 된 후계자까지 합해져 순식간에 입지가 바닥으로 떨어지는 것도 모자라 온갖 이의 먹잇감으로 전락할 것이었다.

특히나 나에 대한 적의는 둘째 치고 어떻게든 본가를 독차지하려 호시탐탐 기회를 노리는 방계 인사들에게 더할 나위 없이 좋은 기회였다.

이제 와서야 차라리 내가 남편의 유언을 착실히 따르려 들지 않았더라면, 차라리 어린 제레미에게 죽이 되든 밥이 되든 가주권을 넘겨줬더라면 나았을지도 모른다는 생각이 들 지경이었다. 제레미가 일개 영식이 아닌 대가문의 가주의 위치에 있었다면 가주 명예권 조례법에 따라 명예의 결투 심판이라도 신청할 수 있었을 테니.

그렇다고 해서 내가 이제 와서 가주권을 내려놓는 것 역시 해결책은 아니었다. 전 가주였던 남편의 유언장이 존재하는 만큼 그 절차를 밟는 데도 오래 걸릴 터였다. 황제와 황후, 의회원 전원과 방계 가문들 및 교황청의 승인까지 필요했으며 무엇보다 예전이었다면 기다렸다는 듯 승인해 줬을 테지만 지금 이 상황에서 순순히 그리해 줄 리 만무했다.

결코 그들이 바라는 대로 일이 흘러가도록 내버려 둘 생각은 없었다. 내가 할 수 있는 일이 있다면 그건 오로지…….

"공작님, 태자 전하. 불미스러운 일에도 이리 몸소 찾아와 주셔서 감사합니다. 이 고마움을 어찌 표현해야 할지 모르겠고 또 면목도 없으나…… 기어이 재판을 막을 수 없다면 제가 두 분께 한 가지 부탁을 드리고 싶습니다. 오직 두 분만이 하실 수 있는 일입니다."

내 목소리에 서린 심상치 않은 기운을 느꼈는지, 푸른 눈을 안타깝게 빛내고 있던 중년의 공작도, 안절부절못하며 내 안색을 살피던 젊은 황태자도 나란히 긴장한 눈초리가 되어 나를 응시했다.

"부인……?"

"재판이 진행되기에 앞서 제가 증인을 한 명 소환하려고 해요. 그 증인을 부르는 데에 두 분의 힘이 필요합니다."

"오빠…… 큰오빠 정말 손 잘리는 거야? 그럼 기사 못 되는 거야?"

"바보 같은 소리 하지 마. 그런 일이 일어날 리가 없잖냐."

"하지만 큰오빠가 태자 전하를……."

"뭘 걱정하는 거야? 괜찮아. 슈리가 어떻게든 할 거야."

제레미가 재판 당일까지 비텐베르크 탑에 갇혀 있는 동안 엘리아스와 쌍둥이는 저들끼리 불안하게 속닥거리며 전에 없이 얌전하게 굴었다. 심지어 식사할 때조차 얌전하기 짝이 없었다.

나름 의젓하게 동생들을 안심시키려 드는 엘리아스였으나 그 역시 불안해하기는 마찬가지였다. 그는 대체 왜 그런 일이 일어났는지에 대해 꼬치꼬치 묻는 대신 내 눈치를 슬슬 살피며 안절부절못하고 있었다.

사용인들과 기사들 역시 잔뜩 긴장한 모습으로 돌아다니며 숨소리 하나 내지 않는, 문자 그대로 폭풍 전야와 같은 고요가 후작저를 잠식하는 중이었다.

"마님…… 저어, 손님이 와 계십니다."

뉘른베르 공작과 테오발트 황태자가 떠난 뒤, 내가 외출복으로 갈아입는 사이 로베르트가 와서 이른 말이었다.

벌써 해가 저무는 저녁 시간이었다. 이 시간에 방문할 사람이 또 누가 있나 싶었으나 나는 캐묻는 대신에 반쯤 멍한 상태로 충직한 집사를 따라 방문객이 기다리고 있다는 앞뜰로 나갔다.

밤사이 내린 눈 덕에 정원은 온통 새하얗게 물들어 있었다. 여느 때 같으면 아이들이 눈사람을 만들고 눈싸움을 하느라 정신이 없었을 뜰은 쓸쓸하리만치 한적했다.

이런 상황만 아니었더라면 세 금발의 아이들과 한 적발의 아이가 사이좋게 휘젓고 있었을 눈밭의 한복판, 예기치 않게 눈에 띤 한 흑발 소년의 모습에 나도 모르게 숨이 턱 막혀 왔다. 얼마나 거기서 그러고 있던 건지 삐죽삐죽한 검은 머리칼이 덮인 귓불이 빨갛게 상기되어 있었다.

"노라?"

동백꽃 나무 곁 바위에 걸터앉아 있던 소년이 고개를 들고 나를 보았다. 한 손을 흔들어 보이며 파란 눈을 반짝거리는 모습이 상황이 상황임에도 불구하고 유쾌하게 느껴졌다.

"대체 어떻게……."

"성탄절 선물 감사드리려고 왔는데요. 누나가 어쩌고 있는지도 걱정되기도 했고……."

새삼 가슴 한구석이 저릿해 왔다. 실질적인 도움이 되진 못할지언정 타인의 친절이란 항상 고마웠다. 특히 이런 상황이라면…….

나는 한숨을 삼키며 그의 곁에 다가가 바위 위에 조심스레 걸터앉

왔다.

"성탄 연회에 안 보여서 걱정했어."

"뭐어, 이 꼴로 그런 숭고한 자리에 나가기는 좀 그렇죠."

이 꼴……? 그제야 나는 그의 얼굴을 똑바로 보았다. 눈을 내리깔며 미간을 살짝 찡그려 보이는 소년의 왼편 뺨에는 울긋불긋한 꽃이 희미하게 피어 있었다. 막 생긴 것이라기보다는 피멍 같은 것이 며칠에 걸쳐 서서히 아물어 가는 듯한 모양새였다. 누가 감히 뉘른베르 공자의 얼굴에 이만한 상흔을 남길 수 있었을까?

"맙소사, 이게 대체……."

"큼, 신경 쓰지 마세요. 별거 아닙니다. 아무튼 누나네 느림보 사자 녀석이 그 여우 같은 태자 놈을 실컷 두들겨 줬다면서요? 제가 그 자리에 있었다면 대신 나서 줬을 텐데 안타깝네요."

대수롭지 않다는 듯 느긋하게 떠드는 모양새가 새삼 신기했다. 나는 잠시 그의 얼굴을 멍하니 응시했다가, 이내 겨우 따라 미소를 지었다.

"그것도 참 볼만한 광경이었겠네. 그보다 얼굴은 대체 어쩌다 그랬어? 너도 태자 전하랑 한판 한 거니?"

"차라리 그랬으면 영광의 상처라고 할 수도 있겠지만, 아버지랑 푸닥거리하는 건 워낙 일상다반사라 그다지 자랑할 만한 건 못 되는군요."

"노라……."

내가 무슨 말을 해야 할지 몰라 그저 안타까운 눈길로 바라보기만 하는 사이, 노라는 머리 위에 핀 하얀 동백꽃을 투박한 손가락으로 툭툭 건드리며 장난을 쳤다. 그러다 대뜸 내 눈을 똑바로 마주 보았다.

"누나, 저랑 같이 도망칠래요?"

"……뭐?"

그 순간 내 표정이 정확히 어땠는진 몰라도 매우 볼만하긴 한 모양이었다. 퍽 진지한 표정을 짓고 있던 녀석이 기다렸다는 듯 킥킥 웃기 시작했으니까 말이다.

"파하하, 표정 봐. 그냥 농담인데요."

……이 녀석 보게? 지금 이 상황에서 그런 장난이 나오나? 도끼눈을 치켜뜨며 어른 놀리는 거 아니라고 말하는 것이 마땅했으나 그랬다간 되레 더 웃겨 보일 거 같았다. 하여 나는 그만 그를 따라 피식 웃고 말았다.

"낭만적인 기사도의 전형이구나. 어디로 도망치고 싶니?"

"뭐 누구나 한 번쯤 그런 생각 하지 않아요? 누나라면 뭐가 됐든 도망치는 스타일은 아니겠지만."

노라가 나의 어떤 면을 보고 이리 확신하는지 몰라도 응당 옳은 말이긴 했다. 곤경으로부터 등을 돌리고 도망칠 수 있었다면 진작에 그러했을 것이었다. 나도 그도.

잠깐의 웃음이 지나간 뒤, 이제 돌아가려는 듯 몸을 벌떡 일으킨 소년이 모자를 쓰다 말고 일순 머뭇거리며 나를 돌아보았다. 유쾌함으로 반짝거리던 파란 눈동자에 일순 낯선 그늘이 스쳐 간 것 같아서 나도 모르게 마음이 철렁했다.

"벌써 가니……?"

"누나도 바쁘신 것 같은데 이만 가봐야죠. 제가 나이가 좀 더 많았더라면 이런 때 해드릴 만한 적절한 격려를 떠올릴 수 있었을 텐데. 아시다시피 제가 아직 서툰지라."

"그렇지 않아. 마음만으로도 충분히 고마운걸."

원래대로라면 내가 이 녀석을 위로해 주고 있어야 할 판인데. 어째 반대가 되어버린 것 같다. 이 모든 게 끝나고 나면…….

"시간 내주셔서 감사합니다. 누나에게 행운을 빌게요. 그 덜떨어진 녀석의 팔에도요."

순간 목구멍을 뭔가가 틀어막은 듯 아무런 말이 나오지 않았다. 내가 할 수 있는 일이라곤 그저 쥐어 짜낸 미소와 함께 머리를 끄덕여 보이는 것뿐이었다.

어째서 그 순간 말문이 막혀 버린 걸까. 어쩌면 그건 이 사태가 벌어진 이래 무수한 사람으로부터 쏟아진 위로 중 오로지 그만이 완벽하게 진심이라는 사실을 깨달아서일지도 몰랐다.

※

비텐베르크 탑은 재판을 앞둔 귀족이나 황족이 주로 수감되는 임시 감옥이었다. 일반 죄수가 투옥되는 지하 감옥과는 달리 시설도 훨씬 쾌적했으며 보안도 느슨한 편이었다.

그러나 어쨌든 감옥은 감옥이다. 나는 나를 향해 짧게 경례를 해 보이는 보초병에게 머리를 끄덕여 보인 뒤 안으로 들어섰다.

"왜 왔어……?"

감옥 안은 온통 투박한 돌벽이었다. 창살이 쳐진 창가에 긴 다리를 뻗고 걸터앉아 밖을 노려보고 있던 금발의 소년이 다소 퉁명스러운 투로 인사를 건네었다.

어둑하고도 쾌쾌한 감옥 안의 공기 속에서 암녹색 눈동자가 깜박깜박하며 나를 봤다.

"왜 거기 그러고 앉아 있어. 춥지도 않니?"

"찬바람 좀 쐰다고 죽지는 않겠지. 아무튼 뭐 하러 왔어? 이게 뭐 좋은 구경거리라고."

나는 가져온 등불을 바닥에 내려놓고는 어깨에 걸친 숄을 벗어 소년의 어깨에 얹어주었다. 잠시 어색한 침묵이 흘렀다. 주먹을 꽉 움켜쥔 제 오른팔만 죽어라 노려보던 제레미가 마침내 탄식하듯 입을 열었다.

"네가 그렇게 걱정할 것도 없어. 오른손이 없어도 왼손으로 검 쓰는 게 뭐 대수겠냐. 그 빌어먹을 자식 숨통을 못 끊어 놓은 게 천추의 한이다만. 제기랄, 어쩐지 그 자식이 널 보는 눈빛이 심상치 않더라니-"

"제레미……."

"내 말 틀렸냐? 내가 그 순간 오해했다 하더라도 어쨌든 그 자식이 너한테 음흉한 마음을 품은 건 사실 아니냐고. 젠장 할, 뭐 그딴 천하의 개-"

"제레미, 그런 거 아니야. 그건 그냥……."

어둡게 가라앉은 암녹색 눈동자가 내 입을 물끄러미 응시했다. 나는 일순 망설였다가 천천히 말을 이었다.

"그냥…… 너무 오랜만이라서, 그런 느낌은 너무 오랜만이라서 나도 모르게 휩쓸렸던 것뿐이야. 결과적으로 내가 제대로 처신하지 못했던 거지."

"왜, 그 개자식이 이제 와서 네 탓이라도 해? 그런 거면 바로 말해. 지금이라도 가서 확실히 없애 버릴 테니까."

바로 내일이면 그 찬란한 미래가 박살 나버릴 상황에 처한 주제에 기세등등하리만치 흉포한 건 여전했다.

그럼에도 제레미가 지금 하는 말이, 그가 했던 행동이 기뻤다면 나는 이기적인 여자일까. 눈물이 날 만큼 기뻤다면 나는 이기적인 계모일까.

"제레미…… 나 실은 말이야, 네 아버지의 장례식 전날…… 이상한 꿈을 꾸었어."

"이상한 꿈……?"

"응. 이상한 꿈. 아주 길고도…… 서글픈 꿈이었어."

담담히 내뱉는 와중에도 숨이 가파르게 떨려 왔다. 어째서 이 순간 이 이야기를 털어놓는 것인가. 나 자신도 잘 알 수가 없다. 단지 아마…… 아마 그럼으로써 내가 앞으로 할 일에 대한 이해를 구하려는 것일지도 몰랐다.

"처음엔 그게 예지몽일지도 모른다고 생각했어. 너무 생생했거든."

"무슨 꿈이었길래……."

"글쎄, 우리의 미래에 관한 거랄까? 꿈에서 나는 지금처럼 가주가 되고, 넌 바라던 대로 기사가 됐지. 너희 모두 어디에 내놓아도 아쉬울 것 하나 없는 청년들과 아가씨로 자랐어……. 난 자랑스러웠는데, 정말 자랑스러웠는데, 그러는 동시에 내가 아무런 내색을 하지 않아도 너희가 내 심정을 알아주리라 착각하고 있었지 뭐니. 사람들이 나에 대해 떠드는 소리를 너희가 어떻게 받아들일지, 어떤 식으로 상처를 받을지 전혀 생각지 못했거든……."

"무……."

"그러니까, 지금하고는 너무 달랐다 이 얘기야. 결국 네가 다 자라서 결혼하게 된 날, 너는 내가 네 결혼식에 오지 않기를 바랐고, 나는 나대로 상처받아 떠나려고 마음먹었지. 그런 꿈이었어."

제레미는 이제 아주 가관인 표정을 하고서 앉아 있었다. 가늘어진 에메랄드빛 눈동자가, 제 아버지와 꼭 닮은 그 눈동자가 더없이 모호한 표정을 담고서 내 눈을 뚫어져라 응시했다.

한참 후에 그가 마침내 가느다란 떨림을 실은 음성으로 내뱉었다.

"슈리, 꿈은 그냥 꿈일 뿐이야. 네가 나한테 무슨 말을 하든 안 하든, 그런 일이 일어날 리가 없잖아."

"그래. 꿈은 그냥 꿈일 뿐이겠지. 난 단지…… 그 꿈에서 깨어났을 때, 그리고 너희가 꿈하고는 전혀 다르게 나에게 마음을 열어주었을 때 정말 기뻤다는 말을 하고 싶었어. 생의 두 번째 기회로 느껴져서 정말 기뻤다고……."

나는 손을 들어 소년의 곱슬거리는 금빛 머리에 붙은 지푸라기를 떼어주었다. 그러고는 낮게 가라앉은 목소리로 속삭였다.

"그러니까 제레미…… 네 손은 걱정하지 마. 난 반드시 네가 꿈에서처럼 잘난척쟁이 기사가 되는 꼴을 보고야 말 테니까."

제레미는 꼼짝도 하지 않았다. 거의 숨도 내쉬지 않았다. 내가 마침내 몸을 일으키고 물러날 때까지도 그는 여전히 그 자리에서 굳어버린 듯 앉아 바닥만 쏘아보고 있었다.

결전의 날의 아침이 밝았다. 나는 일찌감치 목욕을 마치고 재판에 참석하기 위해 준비한 검은 드레스를 입었다. 내가 없는 동안 아이들이 평소대로 식사를 하고 가정교사의 수업을 받게끔 그웬에게 지시해 두었다.

"슈리…… 정말 혼자 가려고? 너 진짜 괜찮은 거야?"

부득부득 같이 가겠다고 고집을 부리다가 결국 내 만만치 않은 고집에 한 수 접은 엘리아스가 한 말이었다. 늘 뿔난 망아지 같던 녀석이 이토록 불안한 눈빛을 하고서 내 안색을 살피는 모습이 영 생소하기 짝이 없었다. 뭔가를 느끼기라도 한 걸까? 어린아이들의 직감은 어른의 그것보다 더 빠르다는 말이 퍼뜩 생각났다.

"당연히 괜찮지. 아무 걱정 말고 동생들이랑 집 잘 보고 있어."

일부러 힘주어 웃으며 말하는데 괜스레 코끝이 찡해 왔다. 여전히 불안이 가득한 눈을 하고서 나를 바라보는 엘리아스와, 전에 없이 둘째 오라비의 곁에 꼭 달라붙어서 불안과 혼란에 가득 찬 얼굴을 하고 있는 쌍둥이를 보고 있자니 새삼 마음이 약해져 왔다.

"알겠지? 제레미가 올 때까지 얌전히 있으렴."

"엄마는? 엄마도 큰오빠랑 같이 오는 거지?"

맙소사, 레이첼까지. 계속 이런 식이면 안 되는데.

"……당연하지. 그러니까 아무 걱정 말고 착하게 있기다?"

끄덕끄덕. 세 녀석 모두 답지 않게 고분고분히 머리를 끄덕이는 모습이 안쓰러웠다.

나는 아이들의 생소한 모습을 한참이나 더 눈에 담았다가, 마침내 발걸음을 돌리고 마차에 올랐다.


재판이 열리는 장소는 비트두엔궁이었다. 의회장이 있는 바벤베르크궁의 바로 동편에 위치한 곳. 수백 명을 수용할 수 있을 만큼 넓은 법정에는 문자 그대로 셀 수 없을 만큼 많은 귀족이 좌우로 나뉜 방청석에 앉아 있었다.

개중에는 그저 호기심으로 나온 사람도 있을 것이다. 과거의 청문회가 생각나는 풍경이었다.

언뜻 보기에는 찬성파 반, 반대파 반이 고루 섞인 것 같았지만 실상은 그렇지 않았다. 이날만 기다렸다는 듯 하이에나처럼 눈을 번득이고 있는 방계 인사들은 둘째 치고 대부분의 귀족 역시 그저 이 재판에서 내려질 결정에 따른 자신들의 이득을 셈하고 있었다. 황금 사자가 추락하고 나면 자연스레 자신들의 위상을 올리기 쉬워질 것이었으니.

맹수의 주둥이를 움켜쥔 하얀 독수리의 휘장이 그 많은 이를 내려다보고 있었다. 휘장 바로 아래 단상에는 황제와 황후가 앉아 있었다. 테오발트도 그쪽에 있었다, 당연히. 그는 입장한 이래 내내 제 의붓어머니를 향해 참으로 간절한 눈빛을 보내고 있었으나 황후는 철저한 무시로 일관 중이었다. 살기등등하게 나를 쏘아보고 있는 황후와는 달리 황제는 속을 알 수 없는 눈빛을 한 채 미간을 찡그리고 있었는데, 황태자가 당한 일에 분노했다기보다는 이 상황 자체가 마음에 안 든다는 듯한 기색이었다.

황후가 이 재판을 거두어들이기만 하면 그럭저럭 무마할 수 있게 되는 일이었다. 하지만 내가 아는 엘리자베트 황후는 결코 그럴 만한 사람이 아니었다. 그녀는 의붓아들이 얻어맞은 것, 혹은 황실의 존엄이 무너진 것에 대해 분노했다기보다는 나에 대한 개인적인 적개심을 이 기회에 활활 불태우고 있는 것 같았다.

"죄인을 대령하라."

황제의 근엄한 음성이 울리자마자 나의 큰아들내미가 은빛 제복 차림의 근위병들에 의해 끌려왔다. 이 많은 사람의 냉엄한 시선 앞에서 주눅 드는 기색조차 없이 그저 찡그린 얼굴로 피고인석에 앉는 모습에 새삼 실소가 새어 나올 지경이었다.

"제레미 폰 노이반슈타인. 제국력 1101년생, 노이반슈타인 후작가의 장남이자 차기 후계자. 그대는 제국의 황태자 테오발트 폰 바덴 비스마르크에 대한 폭행 혐의 및 시해 시도 혐의를 받고 있노라. 이에 대한 혐의를 인정하는가?"

제레미는 일순 나를 찾는 듯 암녹색 눈을 내리깔며 방청석을 한 번 훑더니, 이윽고 놀라우리만치 차분한 어조로 대답했다.

"존경하는 황제 폐하. 아니오. 인정하지 않습니다."

"그렇다면 그대는 지금 혐의를 부정하는 것인가?"

"제가 한 일은 제 어머니의 명예를 지키고자 행한 일일 뿐입니다. 아무리 황족이라 한들 모친의 명예를 더럽히는 꼴을 어찌 두고 보겠습니까. 황태자 전하께 고의적으로 상해를 입히려는 의도는 눈곱만큼도 없었습니다."

아이고……. 내가 나도 모르게 손으로 얼굴을 가리는 동안 빼곡히 들어찬 귀족들 틈에서 한바탕 술렁임이 퍼져 갔다.

테오발트가 퍽 볼만한 표정이 된 채 유년기의 동무를 쳐다보게 되었음은 두말할 것도 없었다. 그에 반해 황제께서는 지극히 평이한 낯빛을 유지함으로써 위압감을 한층 더하고 계셨다.

"제레미 폰 노이반슈타인. 태자의 주장에 따르면 사건 당시 태자와 그대의 모친은 함께 서적을 관찰하며 담소를 나누고 있었다고 한다. 그것이 어찌 그대의 모친의 명예를 더럽히는 일이 되는가?"

"그렇게 여기게 될 만한 일이 있었습니다."

"무슨 일 말인가?"

"제가 어머니를 찾으려 돌아다니던 중에 한 추기경님과 마주쳤습니다. 그분께서 하신 말씀에 따르면 태자 전하께서 제 어머니를 개인 서재로 강제로 끌고 가 희롱 중이라더군요. 혹시나 싶어 곧장 달려갔을 때 제 어머니는 태자 전하에게 깔려 쓰러져 계셨습니다. 그런데 제가 어찌 오해를 안 할 수가 있겠습니까?"

실로 다른 사람으로 느껴질 만큼이나 침착한 어조인 건 둘째 치고 그 내용에 내 눈이 절로 휘둥그레졌다.

추기경? 어떤 추기경이 그리 말했다고?

확실히 그날 제레미가 우리가 있는 곳으로 불쑥 들이닥쳤던 것에는 심상치 않은 구석이 있긴 했다. 더군다나 아무리 오해했다 한들 그리 확신한 듯한 태도로 테오발트에게 주먹을 날린 것 하며……

하지만 대체 어떤 추기경이 그런 소리를 했단 말인가! 당장 떠오르는 사람은 단 한 사람밖에 없었다.

어수선한 술렁임은 점점 더 커지고 있었다. 지휘봉을 한 번 세게 내려친 황제가 이제 노기가 표표하게 번득이는 금빛 눈으로 내 아들을 응시했다.

"그 추기경이 누구인지 기억할 수 있는가?"

"후드를 뒤집어쓰고 계셔서 잘 기억하진 못합니다. 어쨌든 추기경님이신 만큼 거짓을 고할 리는 없다고 생각했습니다. ……나아가 제 아버지가 돌아가신 이래 전부터 알던 그 누구도 믿기 어려워졌고 말입니다."

나는 시선을 돌려서 추기경단 측에 앉은 리슐리외 추기경을 바라보았다. 침묵의 종은 늘 그렇듯 속을 알 수 없는 무표정한 얼굴을 하고서 피고인석을 주시하고 있었다.

설마 저분이? 하지만 그렇다면 대체 왜……?

그때 황후가 입을 열었다.

"피고인은 참으로 뻔뻔하기 짝이 없는 태도로도 모자라 헛소리를 지어내기까지 하는군. 아무리 어리다 한들 적정선이 있는 법이오. 그간 후작 부인이 자식 교육을 어찌 시켰을지 안 봐도 뻔하군. 하기야……"

"누님!"

사납게 일침을 날린 이는 다름 아닌 배심원 측에 앉아 있던 뉘른베르 공작이었다. 황후의 붉은 입술이 즉시 가소롭다는 듯 일그러졌다.

"왜, 내가 틀린 말 했소이까, 공작?"

나로서는 이해하기 어려울 만큼 냉소가 뚝뚝 떨어지는 일갈이었다. 그에 뉘른베르 공작은 누가 남매 아니랄까 봐 똑같이 얼음 송곳 같은 음성으로 대꾸했다.

"재판과 상관없는 발언은 삼가 주시길 바랍니다, 황후마마. 황제 폐하? 변호인 측의 발언 허가를 요청합니다."

황후가 코웃음을 치는 동안 황제는 말없이 머리를 끄덕여 보였다. 하여 나는 자리에서 일어나 증인석으로 다가갔다. 내가 걸어가는 동안 내게 꽂힌 그 무수한 시선에 담긴 표정들을 일일이 거론하자면 서기관이 죽어 나갈 것이다. 비웃음, 가소로움, 혐오, 적의…… 또는 연민과 안타까움까지 다양하게 뒤섞인 시선들을 느끼며 나는 자세를 꼿꼿이 했다. 속으로는 심장이 팔딱거리다 못해 터져 나갈 지경이었다. 뉘른베르 공작이 제발 내 부탁을 들어줬기를 바랄 뿐이었다.

"존경하는 황제 폐하, 황후마마. 저 슈리 폰 노이반슈타인, 노이반슈타인 가문의 임시 가주이자 피고인 제레미 폰 노이반슈타인의 모친으로서 재판을 시작하기 앞서 증인 출석 및 추가 증거 제출을 요청합니다."

"허락하노라."

"감사합니다, 폐하."

다행이다. 내가 황제에게 머리를 숙여 보이는 동안 다시 한번 웅성거림이 퍼져 가고 있었다. 죄인과 죄질이 명백한 이 상황에서 뜬금없이 증인 출석이라니 황당할 법도 할 것이었다. 나직한 비웃음과 더불어 혀 차는 소리들이 법정을 가득 메우는 가운데, 내가 공작과 황태자에게 간곡히 부탁한 증인이 마침내 모습을 드러내며 입장했다.

"강녕하십니까, 황제 폐하. 황후마마. 성모의 축복이 함께하시길."

잠시 정적이 있었다.

황제가 다른 귀족들 못지않게 황당한 표정을 지어 보이는 동안 나와의 약조를 지켜 준 장본인인 강철의 공작님은 영 찝찝하다는 표정을 짓고 있었다. 마찬가지로 기가 막힌다는 조소를 짓고 있던 황후가 신랄한 어조로 입을 열었다.

"순백의 신녀 아니오? 대관절 왜 순백의 신녀를 증인으로 소환한 것이오, 레디 노이반슈타인? 이 자리에서 내 순결을 확인하기라도 할 작정인가?"

"황후마마. 저는 이 자리에 마마를 상대로 장난치려 나온 것이 아닙니다."

갓 결혼한 황후나 황태자비의 순결을 확인하는 비밀스러운 임무를 맡고 있는 순백의 신녀들. 그중 하나라도 이 자리에 소환하는 일은 내 힘 밖이었다. 황실과 밀접하게 관련된 자, 예를 들어 황후의 동생이라든가 황자 정도가 아니라면 엄두도 못 낼 일이었다.

"대체 어찌 이런 황당한 짓을 벌인단 말입니까?! 이 재판이 애들 장난으로 보이는 것입니까?!"

방청석으로부터 터져 나온 분노에 찬 고함에 나는 미소를 지으며 황제 쪽으로 고개를 돌렸다.

"황제 폐하. 저 슈리 폰 노이반슈타인, 이 자리에서 결혼 취소를 요구합니다."

소란스럽게 술렁이던 법정 안에 다시 한번 정적이 찾아왔다. 심상치 않은 표정으로 나를 지켜보던 뉘른베르 공작의 얼굴에 경악의 빛이 서렸다. 마찬가지로 황제의 근엄한 눈동자 역시 설마 하는 빛을 머금기 시작하고 있었다.

"대체 무슨 소리를 하는 것인가. 그대는 제국법을⋯⋯."

"물론, 제국법상 여인이 이혼을 요구할 수 없다는 사실은 저도 잘 알고 있습니다. 마찬가지로 제국법상 부부가 500일 이상 관계를 가지지 않았다는 사실이 증명되면 배우자 중 누구라도 결혼 취소를 주장할 수 있다는 사실 역시 잘 알고 있습니다."

"지금 그대는⋯⋯."

"그렇습니다, 폐하. 돌아가신 요헤너스 폰 노이반슈타인 후작님과 저는 800일가량에 걸친 결혼 생활 동안 단 한 번도 잠자리를 같이하지 않았습니다. 폐하께서 조금 전 증인 소환 및 추가 증거 제출을 허락하셨으니, 저는 증인 되시는 순백의 신녀님께서 지금부터 보여주실 증명에 따라 즉시 결혼을 취소하겠습니다."

차마 말로 표현하기도 어려운 황망한 정적이 흐르는 가운데 나는 피고인석을 보지 않으려 안간힘을 쓰고 있었다. 지금 이 순간 제레미가 무슨 표정을 짓고 있을지 도저히 확인할 자신이 없어서였다. 그 모습을 확인한다면 내 가슴은 아마 더는 견디지 못하고 산산이 무너질 것 같았다.

일순 찬물을 끼얹은 듯 고요해졌던 방청석에서 앙칼진 외침이 터져 나온 것은 그때였다.

"그 무슨 말도 안 되는⋯⋯! 폐하, 저 여자가 지금 말도 안 되는 헛소리로 신성한 법정을 농락하고 있습니다!"

"제 발언이 어째서 헛소리로 들리는지 논리적으로 이유를 대주시겠습니까, 레이디 세바스티앙?"

몸을 벌떡 일으키고 선 루크레치아의 청록색 눈동자가 흉포하게 번득이며 나를 노려보았다. 그 아름다운 눈이 저토록 흉하게 일그러질 수가 있다니…….

"오라버니께선, 돌아가신 오라버니께선 그런 부당한 모욕을 당할 만한 분이 아닙니다! 전처와의 사이에 네 명의 자식까지 보지 않았습니까! 오라버니께선 틀림없이 그 누구보다도 정력이 넘치셨어……."

"오라버니의 침실에 기웃거리는 취미라도 있던 겁니까, 레이디 세바스티앙? 내 남편이 정력이 넘쳤는지 어쨌는지 당신이 무슨 수로 아나요?"

여기저기서 헛기침 소리와 킥킥 하는 웃음소리가 터져 나오는 가운데 루크레치아의 하얀 조각 같은 얼굴이 즉시 벌겋게 달아올랐다. 그 꼴을 보고 있자니 새삼 신기한 마음이 다 일었다. 그토록 자애로운 고모를 연기할 땐 언제고, 이제 와서 만조카의 팔을 못 잘라 안달일까?

아무리 같은 혈육끼리라도 목덜미를 물어뜯을 수 있다는 것이 귀족 사회의 실상이라 한들 씁쓸한 기분이 이는 건 어쩔 수가 없었다.

"어, 어쨌든 저런 여자와 한집에 살면서 한 번도 잠자리를 하지 않았다는 것이 말이 됩니까?!"

"칭찬으로 듣겠습니다, 레이디 세바스티앙. 그 문제에 관해선 여기 계신 제 증인께서 증명해 주실 겁니다."

나는 다시 황제 쪽으로 시선을 돌렸다. 지금 나를 보는 황제의 표정을 뭐라고 표현하면 좋을지 모르겠다. 마치 나를 꿰뚫고 지나가 내 뒤에 있는 다른 누군가를 바라보는 듯한 시선이었다.

"레이디 노이반슈타인……. 지금 그대의 행위를 고인이 기꺼이 여기리라 생각하는가?"

미안해요, 요헨. 하지만 당신이라면 이해해 주겠지요……. 이제는 당신에 대한 따스한 기억보다 당신이 남겨준 아이들이 더 소중하다는 사실을 말이에요.

하아, 이런 식으로 물러나게 되리라고는 상상도 안 해봤는데. 내가 지금 서 있는 자리에서 내려오게 된다면 무슨 일이 생기려나. 내게 이를 갈고 있는 작자가 어디 한둘인가. 살아남기나 할까.

"순백의 신녀님의 증명이라면 그 누구도 의심치 못할 것입니다. 하오니 폐하, 증명이 끝나는 즉시 저는 더는 슈리 폰 노이반슈타인 후작 부인이 아니라, 슈리 폰 이그회퍼 영애로 돌아갈 것입니다. 따라서 노이반슈타인 가문의 가주권은 저 피고석에 앉아 있는 제레미 폰 노이반슈타인에게 돌아갈 것이며, 피고인은 가주 명예권 조례의 보호 아래 명예의 결투 심판을 요청할 수 있게 됩니다."

노이반슈타인 소속 기사 중 누구라도 기꺼이 결투 심판에 나서줄 것이다. 내가 10년에 가까운 세월 동안 지켜본 그들이라면 틀림없이 그들의 어린 가주를 위해 목숨을 바칠 것이었다.

나는 내 곁에 묵묵히 서 있는 순백의 신녀 쪽을 곁눈질했다가, 이제 완전히 침묵의 소용돌이에 빠져 버린 방청석 쪽으로 눈길을 돌렸다.

이 자리는 더는 한 가문의 추락을 지켜보기 위한 희극 관람석이 아니었다.

가주 명예권 조례법은 모든 귀족에게 있어 중대한 조항이다. 황권과 교권의 횡포로부터 귀족 수장을 지키기 위해 만들어진 대비책인 만큼, 누구도 그 명분에 반대 의사를 내비치지 못할 것은 물론이요, 결국 귀족 대 황실로 분파가 갈리기 시작할 것이었다.

제레미가 무슨 이유로 황태자를 폭행했든 그것은 철저히 자신들의 이득을 위해 움직이는 귀족들에게 있어 더는 중요한 사실이 아니었다. 황태자를 폭행할 만큼 막무가내이며 거리낌 없는 저 소년이 노이반슈타인 후작이 된다는 사실이 중요했다. 다들 재빠르고도 얍삽하게 움직여야 하리라…….

"아시겠습니까, 여러분. 축제는 끝났습니다."

그리고 나는 마지막으로 엘리자베트 황후 쪽을 바라보았다. 루크레치아와 마찬가지로 나를 찢어 죽일 기세로 노려보고 있을 줄 알았는데, 황후는 의외로 전혀 예상도 못 한 이상야릇한 눈빛으로 나를 물끄러미 보고 있었다. 반쯤 멍한 듯하면서도 새삼 낯선 것을 보는 듯한 눈빛이었다.

우습게도 불현듯 그녀를 향한 연민이 치밀어 올랐다. 그녀가 그토록 강경하게 나온 것도 무리가 아니었다. 전 황후, 황제께서 그토록 사랑하셨다는 여인의 그림자 속에서 살면서 친자식보다 의붓자식을 더 아끼며 살아온 그녀였다. 난잡하다는 황제의 사생활을 다 견디면서 말이다.

이 많은 사람이 한자리에 모였다고 믿기 이러울 만큼 길고도 견고한 정적이 얼마나 흘렀을까. 마침내 이 침묵의 장벽에 힘껏 창을 찔러 넣은 이는 다름 아닌 엘리자베트 황후였다. 그녀는 높게 틀어 올린 검붉은 머리칼과 같은 검붉은 드레스 자락을 위엄 있게 흩날리며 몸을 일으켰다. 그러고는 여전히 그 자리에 얼어붙은 듯 앉아서 나를 응시 중인 황제를 향해 말했다.

"폐하."

"……또 뭐요."

"재판 철회를 요청합니다."

문자 그대로 뜬금없는 황후의 재판 철회 요구에도 법정은 여전히 쥐 죽은 듯 고요하기 짝이 없었다.

……이 상황에서 섣불리 말을 꺼내기도 뭣하겠지만. 아무튼 내가 눈을 크게 뜨고 바라보는 가운데 엘리자베트 황후는 몸을 홱 돌리다 말고

마지막으로 나를 향해 내뱉었다.

"레이디 노이반슈타인. 그대가 결혼 취소를 감행할 필요는 없을 것 같군. 이미 가장 적절한 자리에 앉아 있는 것 같으니."

"……."

나는 그저 반쯤 넋이 나가 있을 따름이었다. 그러는 사이 황후의 말을 제대로 듣기나 한 건지 영 의심스러운 묵묵한 자태로 나를 주시하기만 하던 황제가 마침내 시선을 돌리고 자신의 장남 쪽을 노려보았다. 정확히 말해선 테오발트와 피고석 쪽을 번갈아 보나 싶더니 혀를 차는 투로 내뱉었다.

"저런 풋내기 철부지에게 얻어맞은 것이 자랑이더냐?"

"……."

가여운 황태자가 일순 떨떠름하게 질려 버린 얼굴로 하려던 말이 무엇이든 간에, 그것은 지휘봉을 세차게 두드리며 일갈하는 지엄하신 황제의 발언에 끊겨 버렸다.

"재판 철회를 명하노라. 축제는 끝났으니 다들 돌아가서 연말 휴가나 즐기도록!"

……어째 내가 좀 전에 한 발언과 상당히 비슷하게 들리는데. 그보다 그 와중에 연말 휴가 운운하시는 면모가 과연 황제다우시다 해야겠다.

정작 판을 벌인 건 황실 쪽인데 이제 와서 뜬금없이 철회라니, 이걸 기회 삼아 '우리가 물로 보이십니까아!' 식으로 빗발치듯 항의하는 귀족들이 한둘이 아닐 터였다. 그 골치 아픈 문제를 새해까지 미뤄 두겠다 선포하시고는 곧장 퇴장해 버리시는 황제의 모습이 왠지 안쓰럽게 느껴졌다.

"레이디 노이반슈타인."

"레이디 노이반슈타인……."

차례차례 스쳐 지나가는 인사말과 더불어 의자 밀쳐지는 소리, 퇴장하는 발걸음 소리 등이 뒤섞여 들려오는 가운데 나는 문득 추기경단 쪽을 바라보았다.

거기에는 예의 그 적막하고도 어두운 시선이, 여전히 내게서 떨어질 줄을 모르는 시선이 낮게 움츠린 맹수의 그것처럼 조용히 빛나고 있었다.

"제가 한 가지 간곡히 부탁드릴 것이 있는데 말입니다…… 부인, 다음부터는 그러한 계획을 품고 계시거들랑 제발 미리 귀띔이라도 좀 해주시겠습니까? 얼마나 조마조마했는지 알기나 하십니까?!"

아이쿠야. 그 침착한 뉘른베르 공작께서 이리 폭발하듯 외치는 모양새를 보아하니 어지간히 놀라시긴 하셨나 보다.

"죄송합니다. 하지만 미리 말씀드렸다가는……."

"후우, 됐습니다. 그런 사정을 제게 일일이 털어놓기도 뭣하셨겠지요. 뜬금없이 순백의 신녀님을 데려와 달라 하실 때부터 영 수상쩍기는 했습니다만……. 어찌 됐든 제 누님이 이렇게까지 부인을 몰아간 것에 대신 사죄드려야겠군요."

굳이 공작님이 대신 사과하실 필요는 없는데 말이다. 그것보다 황후가 막판에 그리 순식간에 판을 뒤집어버릴 줄은 나조차 예상치 못했었다. 그럼으로써 황실 쪽의 명분이 박살 나버리라는 사실을 그녀가 모를 리가 없을 터인데. 물론 내 결혼 취소와 동시에 가주 계승이 일어나는 상황보다야 덜 위험하겠지만…….

진짜 내막이 어찌 됐든 황실의 입지는 당분간 상당한 곤혹을 겪을 것이었다. 노이반슈타인의 임시 가주에게 추근댄 황태자와 더불어 귀부인으로서 가장 개인적인 사생활을 만천하에 드러내게끔 몰아간 황후. 더군다나 거기서 무작정 재판 철회까지 감행해 버렸으니 되레 이쪽에 명분을 떠넘겨 준 거나 다름없다. 노이반슈타인을 위시한 대귀족들이 똘똘 뭉쳐서 으르렁대기 시작해도 할 말이 없는 처지였다.

의도치 않게 귀족들을 한편으로 만들어 버리게 되었다니, 이 얼마나 얄궂은 일인가. 시간을 거슬러 왔음에도 과거와는 전혀 다른 방향으로 뻗어 가는 이 현실은 한 치 앞도 예상할 수가 없구나…….

"황제 폐하께서 상당히 골머리를 앓으시겠어요."

"당연히 앓으시겠죠. 앓아도 싸지만. 어쨌든 부인께서 두 번 다시 결혼 취소 같은 무시무시한 요청을 하시는 일은 없기를 바랍니다. 정말이지 누구 좋으라고……!"

마른세수를 하며 푸념하듯 뇌까리는 공작님을 올려다보면서 나는 미소를 지었다. 정녕 이분의 도움이 아니었더라면 오늘 같은 수를 쓰지도 못했을 것이다. 이분이 이유를 알 길이 없이 내게 호의적이라는 사실에 과거 청문회 때보다 더한 감사가 일 지경이었다. 물론 황제에게도.

그렇다고 해서 내가 내게 호의적인 이들만 믿고 될 대로 되라는 막무가내의 심정으로 일을 감행한 것은 당연히 아니었다. 제국법상 여인이 이혼을 요구할 수는 없지만, 500일 이상 부부 관계가 없었다는 사실을 증명한다면 즉각 혼약 무효화를 요구할 수 있다는 그 법에는 전적으로 함정이 있었다. 그 함정이란 바로 혼인 당사자 외의 사람은 황제나 교황이라 한들 선택을 강요할 수 없다는 점이다. 누구를 위해 그런 식으로 만들어진 법인지는 몰라도 내게는 더없이 쓸 만한 카드였고, 그래서 내가 그런 무리수를 강행한 것이었다.

"저와의 약조를 지켜주셨던 점 감사드립니다. 그런데 저어, 공작님."

"예?"

나는 나를 의아하게 내려다보는 푸른 눈을 마주 보며 잠깐 망설였다가, 이내 마음을 고쳐먹고는 머리를 가로저어 보였다.

"……아닙니다. 뜻깊은 연말 되시길 바랄게요."

황후와 나 사이에 존재하는 이유 모를 앙금에 대해선 일단 의문을 미뤄 둬야겠다. 이 이상 공작님을 붙들고 늘어지기에는 너무 미안했다. 무엇보다…….

"마님……!"

마차가 있는 곳까지 겨우 다다르자마자 긴장이 한꺼번에 풀린 탓인지 몸이 절로 휘청했다. 황급히 나를 부축하는 수행 기사들이 현재 짓고 있는 표정을 어떻게 해석하면 좋을지 모르겠다.

제레미는 먼저 집으로 보낸 뒤였고, 법정 안에서 무슨 일이 벌어졌던 건지 이미 말이 퍼질 대로 퍼졌을 터였다. 뭔가 어색한 기분이었다. 아까까지만 해도 이 마차에 다시 올라타게 될 것이라곤 생각지 못했는데. 생소한 눈빛으로 나를 바라보는 기사들의 시선을 느끼며 나는 겨우 단한마디만 했다.

"집으로."

'집'으로 돌아오자마자 나는 정문 앞에 나와서 나를 반기는 우리의 충직한 집사 씨와 하녀장, 기사단장 등과 대화를 나눌 틈도 없이 곧장 내 처소로 향했다. 그러고는 그대로 정신을 놓고 잠들어 버렸다.

간만에 아무런 꿈도 꾸지 않고 정말이지 푹 자 버렸다. 마침내 눈을 떴을 때는 시간이 흐를 대로 흘러 어둑한 한밤중이었다. 나는 행여나 그 웬이 내 기척을 듣고 깰까 슈미즈 위에 로브와 숄을 걸치고 발소리를 죽여 가며 조심조심 아래층으로 향했다.

완전한 어둠에 싸인 저택의 모습은 평소라면 유령이 튀어나와도 이상하지 않겠다고 느꼈을 터였지만 지금 이 순간에는 괜스레 편안하게 느껴졌다.

……가끔 이렇게 모두가 잠든 시간에 나와서 돌아다니는 것도 나쁘지 않지 않은가.

뒤뜰로 걸음을 옮겨 보니, 눈 쌓인 후원 한복판에 옹기종기 세워진 크고 작은 눈사람과 어설픈 눈 성 등의 아기자기한 풍경이 보였다. 내가 잠든 사이에 나와서 놀았던 걸까? 아이들이 평소와 다를 바 없는 모습을 유지했다면 그것만으로도 족했다.

하마터면 영영 못 볼 줄 알았지. 난 내 생각보다 더 운이 좋은 편인 모양이었다. 하기야, 세상에 한 번 죽었다가 생의 두 번째 기회를 얻은 사람이 얼마나 될까…….

콧속으로 흘러 들어오는 냉기에 나는 멋없게 킁킁거리며 쏟아질 듯 무수한 별이 박힌 하늘을 올려다보았다.

죽은 남편이 저기서 날 바라보고 있다면 지금쯤 무슨 생각을 하고 있을까? 그러면 크게 화를 내진 않을 것 같았지만, 아무리 성인 같은 남자라 해도 이런 식으로 능욕을 당하면 약간은 마음이 상할 것이었다. 크흑, 미안하군요, 요헨. 하지만 당신이 내게…….

파스락.

두텁게 쌓인 눈 위를 밟는 발걸음 소리가 들려온 것은 그때였다. 나는 후원 한복판에 서서 하늘을 올려다보며 고인을 향해 사죄하는 청승을 떨다 말고 퍼뜩 고개를 돌렸다.

"제레미……? 아직 안 잤니?"

잠옷 차림으로 나타나서 차가운 밤공기를 맞으며 이쪽으로 자박자박 다가오던 소년이 문득 5피트쯤 떨어진 곳에서 걸음을 멈추고는 나를 빤히 응시했다. 늘 소년다운 장난기로 반짝거리던 암녹색 눈동자가 기이하게 일렁이는 것처럼 보였다.

"가운을 걸쳐야지. 그러고 나오면 감기 걸려."

그러고서 누굴 고생시키려고. 뒷말을 삼키며 내 어깨에 걸쳐진 숄을 벗어 드는 찰나였다. 의미를 알 길이 없는 이상야릇한 표정을 눈에 담고서 나를 지그시 바라보던 소년이 불쑥 입을 열더니만 웬 듣도 보도 못한 소리를 내뱉었다.

"테오 형이랑 만나고 싶으면 만나."

"……응?"

"그러니까 황태자든 누구든, 너 좋다는 사람 있으면…… 그리고 너도 좋다면 만나. 설령 재혼한다 해도 상관없어."

대체 왜 갑자기 이런 소리를 하는 걸까? 혹 나한테 화가 난 걸까? 내가 테오발트의 구애에 제대로 처신하지 못하고 휘둘린 것 때문에? 혹은 아까 내가 법정에서 했던 말들 때문에? 아무래도 둘 다인 것 같았다. 끄응, 하기야 저 녀석 입장에서는 충분히 마음 상할 법도 하지…….

"제레미…… 그런 거 아니라고 했잖아. 난 그냥…… 너무 오랜만이라서, 그런 느낌이 너무 오랜만이라서 잠깐 휩쓸렸던 것뿐이야. 난 아직 누구한테도 마음을 줄 만한 상태가 아닌걸."

"그런 뜻이 아니야."

머리를 거칠게 흔들어 보인 그가 내 쪽으로 가까이 다가왔다. 어둠 속에서 희미하게 빛나는 에메랄드빛 눈동자가 일순 이글이글 타오르고 있는 것처럼 보여서 나도 모르게 움찔할 정도였다.

"그런 뜻이 아니라…… 네가 이제 와서 우리를 외면한다 해도 말리지 않겠다고."

"무슨……"

"너 좋다는 사람, 네가 받아야 할 마땅한 대우를 해줄 좋은 사람은 충분히 있겠지. 앞으로는 더더욱. 그러니까…… 그러니까 내 말은, 슈리……"

그가 다시 말을 잇기까지는 한참이 걸렸다. 복잡다단한 감정으로 들 끓는 암녹색 눈동자에 언뜻 희미한 물기가 비친 것 같았다.

"우리 아버지가 너한테 얹은 책임은 부당한 거였어."

"너……"

"우리 가문은…… 우리 가문은 우리가 책임지는 게 맞아. 죽이 되든 밥이 되든, 네가 그렇게 고통받을 이유는…… 네가 꾼 그 꿈에서처럼, 그렇게 혼자 아파하면서 고마워할 줄도 모르는 남의 철부지 자식들 때문에 상처받을 이유 따위 조금도 없지."

……지금 내 표정이 어떤 상태인지는 잘 모르겠다만 아마 아까 법정에서의 황후의 표정과 상당히 비슷하지 않을까. 이 녀석이 지금 도대체 무슨 소리를 하고 있는 걸까. 지금 내 눈앞에 있는 녀석이 제레미 맞나?

"도대체 지금 무슨 말을……"

"네가 제일 잘 알잖아. 너랑 나이 차이 얼마 안 나는 남의 애들 뒤치 다꺼리하느라 마음 고생할 이유도…… 아까처럼 그렇게, 나 같은 거 지키겠답시고 사람들 앞에서 네 개인적인 기억을 모욕하는 위험을 감행할 이유도…… 죽은 사람 유언 지키겠다고 네 인생을 우리한테 모조리 낭비할 이유도 없다는 거."

"……제레미."

"네가 아주 생생하게 겪었다는 그 꿈에서처럼…… 우리 같은 녀석들한테 네 아까운 삶을 낭비하지 마. 차라리 그게 예지몽이었다고 믿고 지금부터라도 네가 살고 싶은 대로, 하고 싶은 대로 하란 말이야. 네가 네 이득만 취하고 우릴 외면한다 해도 우린 죽지 않을 거고, 또 널 원망하지도 않을 테니까……."

"……."

"넌 이미 할 만큼 했으니까, 이제부터라도 너 자신만 생각할 자격 충분히 있으니까, 우리 기분이나 눈치 같은 거 신경 쓰지 말고 전부 네가 하고 싶은 대로 해. 챙기고 싶은 대로 챙겨서 떠나 버려도 상관없고 재혼을 해도 상관없어. 그러니까 제발…… 아직 손 놓을 수 있을 때 놓아줘."

"……."

"듣고 있어? 뒤돌아보지 말고, 망설이지도 말고, 중간에 멈추지도 말고…… 그냥 너 자신만 생각하라고……!"

숨이 턱 막혀 왔다. 내가 문자 그대로 얼어붙어 있는 가운데 제레미는 숨을 가쁘게 들썩이며 나로서는 가늠하기조차 어려운 애절한 눈빛을 지어 보였다.

녹색 파도처럼 일렁이는 눈동자에 어른거리는 물기가 내 눈으로 옮겨 온 듯했다. 나는 흐릿해지는 눈을 힘주어 깜빡이며 한 손을 뻗어 소년의 창백한 뺨에 흐르는 물기를 닦아주었다. 그러고는 다른 손에 쥐고 있던 숄을 그의 어깨에 얹었다.

"정말 그랬으면 좋겠니? 난 아직 너한테 못 해준 게 더 많은데. 너희한테 해주고 싶었던 것도, 같이 하고 싶었던 것도 하나도 못 했는데."

"……슈리."

"바보 같은 우리 아들, 나는 몇 번이고 꿈속을 헤매도, 몇 번이고 다시 이 생을 살아도, 지금까지 그래 왔던 것처럼 똑같이 너희 곁에 남아 있을 거야. 그게 내가 바라는 내 삶이자, 내가 너희 엄마로 살 수 있는 유일한 방법이니까."

서늘한 바람 한 줄기가 불어와 우리의 머리카락을 흩날리며 지나갔다. 어느덧 암흑 같은 밤이 끝나고 서서히 푸르스름한 새벽이 찾아오고 있었다. 우리의 방황 많던 유년기 역시 끝나 가고 있었다.

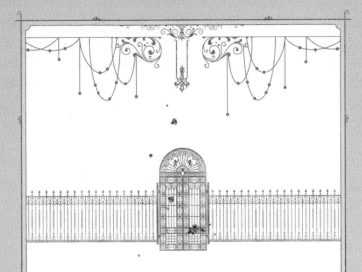

## Chapter 5

# 첫 가족 여행

"그러니까 이게……."

짧고도 다사다난했던 한 해의 마지막 날 아침, 나는 아침 식사를 채 하기도 전의 이른 시각부터 내 앞에 서서 실로 부담스럽게, 아니, 위험스럽게 눈을 번득이고 있는 우리의 집사 씨와 하녀장을 상대하고 있었다. 정확히 말해선 그들이 사이좋게 들이밀고 있는 웬 빽빽한 종잇장을 상대하고 있다고 해야겠다.

"……이게 대체 뭐라고?"

내가 턱을 반쯤 떨어뜨린, 바보같이 보일 얼굴을 하고서 웅얼거린 질문에, 우리의 충직한 그웬과 로베르트는 달려드는 듯한 기세로 앞다투어 외쳤다.

"여행지 목록입니다, 마님! 이번 기회에 부디 그간의 노고를 다 푸시지요!"

"맞습니다, 마님. 이 여편네…… 아니, 하녀장과 제가 밤새 고심하며 머리를 맞대고 짠 목록입니다!"

"어서 마음에 드는 데로 골라 보시지요!"

"……저기, 두 사람 모두 일단 잠깐 진정하고, 그러니까 이게…… 뭐라고?"

"여행 코스 목록이요! 요즘 유행한다는 유명 관광지는 죄다 넣었습니다!"

"그러니까, 오늘 이 시점에 나더러 여행을 가라 이 소리인가?"

나름 근엄하게 말하려고 애썼는데 실패한 모양이었다. 기다렸다는 듯 머리를 끄덕이는 두 사람의 모양새를 보아하니.

"안 될 게 뭐가 있습니까? 이 시즌이라면 다른 가문도 다 비슷하게 놀텐데요. 마님께서도 좀 즐기시고 도련님들과 아가씨하고 같이 이 기회에 보다 돈독해진 가족의 시간을 보내셔야죠."

"그웬, 아무리 요즘 유행이라 한들 행여나 사고라도 난다면……."

"걱정 마십시오, 마님! 저희가 지켜드리겠습니다!"

아, 깜짝이야. 있는 듯 없는 듯 석상처럼 묵묵히 그 자리를 지키고 있어야 할 기사들이 대뜸 우렁차게 외치는 바람에 나는 채신머리 없게도 움찔하고 말았다.

아니, 잠깐만, 근데 이것들이……?

"어째 전부 한통속인 것 같은 의심이 들기 시작하는데……."

"착각이십니다, 마님."

"착각이 아닌 것 같은데."

"착각이십니다."

실로 완고하게 대답하는 충직한 사용인들을 바라보며 나는 신음을 삼켜야 했다. 다들 사이좋게 뭘 잘못 먹기라도 한 건가? 웬 뜬금없는 여행 타령이냐고!

"지금이 때가 어느 땐데……!"

"연말 휴가 시즌입니다, 마님."

"그렇다 해도……!"

"도련님들과 아가씨도 좋아하실 겁니다. 틀림없이요. 제 머리털을 걸고 장담합니다."

"……로베르트, 그대의 머리털은 얼마 남지도 않았잖아."

"크헉! 마님, 어찌 그런 무자비한 말씀을……!"

대를 걸쳐 이 가문을 보필해 온 충직한 집사님께서 아침부터 눈물을 흩뿌리기 시작한 바람에, 나는 더는 쓰다 달다 타박도 못 하고 그대로 그놈의 여행지 목록을 쥔 채 식당으로 향해야 했다. 어째 일부러 그런 것 같긴 하다만…….

"오호라, 우리 마마! 그건 뭐야?"

우당탕!

아침부터 왕성한 식욕을 발휘하며 칠면조 고기를 썰던 엘리아스가 갑작스레 의자에서 떨어지는 바람에, 나는 자리에 앉으려다 말고 흠칫했으며 서로 껍질 부위를 먹겠다고 아웅다웅하던 쌍둥이는 동시에 비명을 내질렀다. 그러거나 말거나 곧장 씩씩하게 벌떡 두 발로 일어선 엘리아스가 이제 두 눈을 흉포하게 번득이며 제 형을 노려보았다.

"뭐야, 형? 아침부터 미쳤어? 그 괴상하기 짝이 없고 센스라곤 조금도 없는 호칭은 대체 뭐야?"

"국어 공부를 다시 해야겠구나, 우매한 아우여. 아들이 어머니를 마마라고 부르는 게 잘못된 거냐?"

엘리아스가 봐주기도 뭣한 표정이 된 채 턱을 떨어뜨리고 있는 사이, 나는 묵묵히 자리에 앉았다. 언제 기겁했냐는 듯 칠면조 껍질을 제 접시로 바짝 끌어모으던 레이첼이 한 소리를 툭 던졌다.

"작은오빠 얼굴 진짜 못생겨 보여."

딱!

곧장 턱을 소리 나게 닫은 엘리아스가 이제 팔짱을 끼고서 수상쩍다는 눈빛으로 나를 쏘아보았다. 정확히 말해선 손에 쥔 메모지를 접시 곁에 내려놓는 나와, 뭐가 대수냐는 듯 킬킬 웃으며 호박 파이를 분해 중인 제레미를 번갈아 노려보았다. 그러고는 외쳤다.

"대체 둘 사이에 무슨 모종의 거래가 오간 거야?"

"자리에 앉거라, 멍청한 아우야. 어른이 식사할 때는 얌전히 앉아 기다리는 법이다."

"……."

'대체 또 뭘 받은 거야' 따위의 소리를 중얼대며 자리에 앉는 엘리아스의 안쓰러운 모습을 무시하려 애쓰며 나는 슬쩍 입을 열었다.

"이봐, 우리 듬직한 큰아들."

"왜, 어머니."

그 큰 파이 조각을 한입에 무지막지하게 베어 물던 제레미가 쩝쩝 입맛을 다시며 나를 쳐다보았다. 나는 잠깐 망설였다가 손에 쥔 메모지를 흔들어 보였다.

"다 같이 잠깐 여행을 다녀올까 싶은데 우리 큰아드님의 생각은 어떠신지요?"

"여행? 갑자기 웬 여행? 어디로 가게? 가서 볼 게 뭐 있는데?"

"목록은 상당히 많은데…… 일단 유명 온천지랑, 검투사 쇼 구경 같은 거. 너라면 좋아할……."

"아니, 잠깐, 그런 중요한 문제를 왜 둘이서만 얘기해?! 나도 있다고, 나도! 자식 차별하냐!"

"작은형아, 아버지가 식탁에서 소리 지르는 거 아니랬는데……."

"네가 할 소리냐, 숫다리야!"

"엘리아스, 동생한테 숫다리가 뭐니? 그만하고 너도 좀 봐봐. 어디가 좋을지."

내가 탄식하듯 뱉은 일침에 레온은 의기양양한 표정으로 엘리아스에게 혀를 내밀어 보였으며 엘리아스는 구시렁대면서 여행지 목록을 들여다보았다. 아니, 들여다보려고 했다.

"어디 보자…… 와, 이거 다 누가 적었대?"

"아, 나도 좀 보자고! 형만 보지 말고, 이 탐욕스러운 인간아!"

"어이쿠야, 어디서 개가 자꾸 짖네."

한 손으로는 엘리아스의 붉은 머리통을 내리누르며, 다른 한 손으론 메모지를 높게 치켜든 채 한동안 곰곰이 훑어보는 듯하던 제레미가 마침내 바람 빠지는 소리 비슷한 한숨 소리를 내었다.

"검투사 쇼 구경 말고 딱히 끌리는 건 없네. 전부 귀부인들이나 여자애들이 좋아할 만한 장소잖아?"

"아하, 역시 그러셔? 그럼 이 문제는 이대로 끝……."

"아냐, 가자."

"딱히 끌리는 거 없다며?"

"소자가 잠시 실언하였습니다. 하해와 같은 마음으로 너그러이 용서해 주시길. 아, 근데 온천은 뭐야? 가본 적이 있어야 알지."

"온천은 뜨거운 물에 몸 담그고 헤엄치면서 노는 거래. 엄마가 사 준

백과사전에 나왔어."

우리의 꼬마 지식인 레온이 내놓은 대답이었다. 맞는 정의이긴 한데 어째 좀 변형된 것 같았다. 어쨌든 제레미가 '아하~'거리며 성의 없게 머리를 끄덕거리는 동안 따돌림당하는 기분이라고 주장하는 표정을 짓고 있던 엘리아스가 불쑥 외쳤다.

"옷 입고?"

"아니, 옷 다 벗고 들어간대."

"에엑? 그게 대체 뭐야?! 남녀가 유별한데 무슨 그런 괴악한 유행이……."

"성별끼리 따로따로라고 적혀 있었어. 작은형은 이상해."

"내버려 둬. 작은오빠는 원래 저렇잖아. 엄마, 그럼 나 내 구두 가져가도 돼?"

"그럼, 당연하지. 가서 새로 사기도 할 거……."

"아, 왜 다 나만 따돌리냐고오오! 대체 이 분위기 뭔데에에!"

붉은 꼬마 사자의 쩌렁쩌렁한 포효에 일순 정적이 찾아왔음은 두말할 것도 없었다. 나와 쌍둥이가 나란히 눈을 크게 뜨고서 바라보는 가운데, 엘리아스는 제가 소리쳐 놓고도 좀 멋쩍었는지 눈을 어색하게 깜박이며 이 이상한 분위기의 원흉 되시는 분을, 즉 제레미를 쳐다보았다.

그리고 그건 그다지 현명한 선택이 아니었다. 조용히 나이프를 내려놓은 큰아드님께서 이제 냅킨으로 입을 닦으며 무뚝뚝하게 말했다.

"너 지금 나한테 소리 질렀냐?"

"……아니. 경애하는 우리의 보호자님한테 질문한 것뿐인데."

"아니, 근데 이 새끼가 보자 보자 하니까 식사 예절도 모르냐? 너 이리 좀 와 봐. 간만에 나랑 몸 좀 풀자."

"시, 시시, 싫어어! 오지 마! 다가오지 말라고, 이 끔찍한 인간아!"

제레미가 엘리아스를 붙들고 관절 꺾기를 시행하는 동안 나는 두 녀석을 못 본 척 외면하며 쌍둥이와 함께 식사를 마치고 우유를 마셨다.

우리가 식당에서 물러날 때쯤 두 녀석은 이미 한데 뒤엉켜서 위층으로 우다다 뛰어 올라가 기나긴 복도를 내달리고 있었다. 이어 쿵, 하고 문이 거칠게 닫히는 소리와 함께 안전지대를 확보한 둘째 아드님의 의기양양한 목소리가 들려왔다.

"젠장 할, 형은 나중에 커서 절대 결혼 못 할 거다! 어떤 여자가 형 같은 가정 폭력배랑 결혼하려 들겠……."

"너 방금 문 세게 닫았냐?! 문 열어. 문 안 열어?!"

"아니거든?! 저절로 세게 닫힌 거거든?! 그리고 여긴 내 방이거든?!"

쿵쿵쿵쿵!

자고로 자식은 강하게 키워야 한다던가? 결국 그날 엘리아스의 방문을 새로 교체해 줘야 했다. 대체 어떻게 하면 그 견고한 문을 깨 부숴 놓을 수가 있는지 그저 경이로울 따름이었다.


여차저차 사흘에 걸친 여행 계획을 짜는 동안 나는 미리부터 산더미 같은 서류를 정리하고 여기저기서 날아온 연하장을 일일이 확인했다. 내가 기억하는 것보다 훨씬 많아서 조금 놀랐다. 한참 살펴본 결과 아무래도 지난번 재판 사건 이후 귀족파와 황제파를 가르는 움직임이 움트기 시작한 모양이었다. 교황청의 견제만으로도 충분히 골치 아플 황실에 미리부터 애도라도 해둬야겠다. 나 자신에게도. 에휴.

"이게 대체……?"

나도 모르게 불쑥 혼잣말을 중얼거렸다. 그도 그럴 것이 그 무수한 연하장 중에 황실로부터 날아온 편지가 섞여 있었던 것이다. 정확히 말하자면 황제를 상징하는 독수리 인장이 아니라 황후의 상징인 백조의 인장이 찍혀 있었다. 다른 사람도 아닌 엘리자베트 황후가 나에게 연하장을 보내다니……?

의심스럽고 꺼림칙한 기분에 사로잡힌 채 나는 곧장 반짝이는 하얀 봉투를 뜯고 내용을 살펴보았다. 그러고는 기가 막혀 버렸다.

**언제 한번 차라도 같이 들지. 착각하지는 말게, 난 아직도 그대를 싫어하니까.**

……네네, 그러십니까, 황후마마. 진작부터 알고 있긴 했지만 참 일관적이시군요. 혀를 끌끌 차며 나는 다음으로 뉘른베르 공작가에서 날아온 연하장을 펼쳐 들었다. 공작 부인께서 보낸 편지였다. 검은 봉투에 담긴 새파란 편지지가 시원한 느낌을 줬다.

**용기 있는 모습에 감탄했습니다. 저 역시 용기를 내보려고 합니다. 한 해 잘 마무리하세요.**

……무슨 용기인지는 모르겠다만 아무튼 그 연약하신 부인께서 기운을 좀 내셨다면 잘된 거겠지?

그런 식으로 무수한 편지를 빠르게 읽고 답신까지 다 보낸 뒤에야 비로소 제대로 마무리가 된 기분이었다. 물론 이제부터 진짜 시작이겠지만, 짧고도 다사다난했던 이번 겨울을 드디어 마무리 지은 기분이랄까?

참 여러 가지 사건이 있었다. 내가 언젠가 죽어서, 그러니까 진짜로 죽어서 저 세상에 가 남편을 만나게 된다면, 올겨울의 사건을 이야기하는 것으로 충분히 날을 새고도 남을 것 같다. 에헴, 실컷 자랑해 줘야겠군. 나 이래 봬도 황태자가 잠깐이나마 반했던 여자라고 말이지!

"경애하는 어머니시여. 내가 진짜 진심으로 하는 말인데, 넌 걱정이 너무 많아서 탈이라고."

아, 깜짝이야. 흠칫하며 돌아본 내 눈에 반쯤 열린 서재 문 사이로 고개를 들이밀고 유유자적 웃고 있는 큰아들내미의 모습이 들어왔다. 얼씨구. 내가 걱정에 잠긴 것처럼 보였나?

"그러는 너는 걱정이 너무 없어서 탈이겠지."

"우리 중 하나쯤은 비율을 좀 맞춰야 하지 않겠어? 뭐 보고 있는 거야?"

"글쎄, 굳이 설명하자면 겉치레뿐인 안부 인사들에 나름 진심을 담아 대응하려고 노력하고 있었지."

"와우, 많기도 하네. 이 많은 안부 인사 중에 러브레터도 분명 있을 것 같은 건 내 착각일 뿐인가?"

"왜, 있으면 좋겠니?"

눈을 가늘게 뜨고 바라보자 암녹색 눈동자가 짓궂게 반짝였다.

"그건 아니고요. 네가 너무너무 좋아서 미치겠다는 상대라도 생긴다면 모를까……."

"그런 상대가 생긴다면 누구든 괜찮다는 거지?"

"글쎄, 내가 맘에 들고 안 들고를 떠나서 그 인간이 너한테 어떻게 하느냐에 따라 다르겠지."

어떻게 하느냐에? 나는 머리를 약간 기울였다가, 문득 장난기가 발동하는 느낌에 그를 따라 씨익 미소를 지었다.

"나한테 나쁘게 하는 인간이라면 수용 못 하겠다는 거네? 좀 기특한 말인데?"

"새삼 기특할 건 또 뭐 있냐. 그런 인간이 있다면……."

나직하게 혀를 차 보인 큰아들내미가 이제 손으로 금빛 머리를 긁적이며 재차 씨익 웃었다.

"바로 다리를 찢어 죽여 버려야지."

나는 그 꼬라지를 물끄러미 응시했다가, 이어 한 손을 들어 그의 등짝을 후려쳤다. 엄살기 가득한 비명이 꽥 하고 울렸다.

"몸 조심히 다녀오십시오."

"몸 조심히 다녀오십시오, 마님."

"조심히 다녀오십시오, 마님. 이곳은 저희가 잘 지키고 있겠습니다."

충직한 집사와 하녀장과 기사단장님의 배웅을 받으며 나는 전생 현생 다 합쳐서 처음으로 아이들과 함께하는 여행길에 올랐다. 생전 안 하던 짓을 참 많이도 해보는 것 같았다. 그래도 아이들이 좋아하는 것 같으니 다행…….

"내가 창가 자리에 앉을 거야! 다 비켜!"

"먼저 앉은 사람이 임자다, 깨물어 죽여 버리고 싶을 만큼 사랑스러운 누이여."

"엄마! 작은오빠가 나 살해 협박해!"

"엄마, 엄마 나 갑자기 토할 거 같아."

"파하하하! 그러게 마차 안에서 왜 책을 읽냐, 덜떨어진 숫다리야. 자고로 여행이라면……."

"작은오빠 비키라니까! 거긴 내 자리라고!"

"아 씨, 레이첼 넌 왜 나한테만 난리냐?! 내가 그렇게 만만하……."

"누- 가 지엄하신 어머니 앞에서 버릇없게 울부짖고 난리냐?! 잠 좀 자게 다 닥쳐!"

"……엄마, 큰형아 무서워."

……순탄한 여행길이 될 것 같진 않았다. 에고, 내 팔자야.

누가 그랬던가. 황금만능주의의 묘미는 바로 돈과 인력만 있다면 땅 위에 천국을 만들어 낼 수 있다는 것이라고.

하루하고도 반나절에 꼬박 걸쳐서 마침내 도달한, 최근 귀족들 사이에서 유명 휴양지로 떠오르고 있는 베르히테스가덴의 웅장한 산맥 지대에는 우후죽순으로 세워진 휴가용 별장들과 사냥터, 웅장한 온천하우스 등이 아찔한 산등성이 한가운데 자리 잡고 절경을 뽐내고 있었다.

기나긴 마차 여행에 지쳐 아웅다웅하는 것도 멈춘 채 꾸벅꾸벅 졸던 아이들이 일제히 눈을 크게 뜨고 창밖을 바라보는 모습 역시 상당한 묘미랄 수 있겠다.

"이, 이건 미친 짓이야. 나, 난 여기서 빠져나가야겠어!"

……아닌가?

"엘리아스, 왜 그러……."

"우, 우리 모두 죽을 거야! 떨어져서 죽을 거라고! 난 여기서 나갈래애애! 집으로 돌려보내 줘어어!"

……누가 상상이나 했을까, 저 뿔난 망아지 같은 둘째 아드님께서 고산 지대에서는 쪽도 못 쓴다는 사실을……! 10년 가까이 놈을 지켜본

나조차 이제야 알았는데 오죽하랴.

"엄마, 작은오빠 왜 저러는 거야?"

"나 다시 돌아갈래애! 돌아갈 거야아! 우리 모두 죽을 거라고오!"

"난 돌아가기 싫어! 난 여기 좋단 말이야! 엄마, 작은형아 혼자 집으로 가라고 해!"

"흐어어어아아으으으, 살려 줘! 여기 있다간 우리 다 죽는다고! 빨리 마차를 돌려어! 슈리, 우리 다 죽는다니까안!"

우리 모두 떨어져 죽을 거라는 둥 바람에 휩쓸려 날아갈 거라는 둥 듣도 보도 못한 소리를 외쳐 대며 난동을 피우는 엘리어스 덕에 잠깐 소란이 좀 있었다. 내가 여기까지 와서 마차를 돌려야 하나 심각하게 고민하게 되었음은 두말할 것도 없었다. 어울리지 않게 공포에 질려 야단인 둘째 아드님을 진정시켜 준 이는 다름 아닌 듬직한 큰아드님이었다.

딱!

"아아악! 왜 때리고 지랄이야?!"

"지 뭐? 그게 우리의 경애하는 보호자 앞에서 할 소리냐? 입 닥치고 좀 사나이답게 굴어라, 가문의 수치 같은 아우놈아. 그놈의 다 죽는다는 소리 한 번만 더 지껄이면 진짜 주둥이 찢어버린다."

오호라! 실로 등골이 오싹해질 만한 무시무시한 선포였다. 그러고선 한쪽 소매를 팔꿈치까지 걷어 올리며 태연히 창밖을 내다보는 제레미의 기품 넘치는 모습에 행여나 마차를 돌릴까 불안해하던 레온이 냉큼 엄지를 치켜세웠다.

예기치 못한 공포와 대면하게 된 것도 모자라 한 대 얻어맞기까지 한 가여운 엘리어스로 말할 것 같으면 아무래도 더한 공포심이 기존의 공포심을 눌러 주었는지 더는 입도 뻥긋하지 않았다. 대신에 마차에서 내릴 때까지 바짝 긴장한 얼굴을 한 채 뻣뻣하게 굳은 자세로 일관했다. 불쌍한 녀석. 그럼에도 경비소를 통과한 뒤 예약해 둔 별장에 다다르고 나니 다들 좋아라 하기 시작했다.

귀족들만의 전유 구역인 만큼 황도의 저택들 못지않게 화려한 멋을 갖춘 별장에는 사용인들을 대신하는 종업원들과 더불어 수행 기사들용 숙소까지 따로 갖추어져 있었다. 무엇보다 전망 하나는 끝내준다고 해야겠다. 황도와는 다른 야성적인 미가 넘치는 풍경이라고 해야 하나. 이만큼 높은 고산지대는 나로서도 처음 와 보는 것이라 그런지, 붉은색과 보라색으로 한데 어우러진 산맥의 풍경이 그토록 아름답게 느껴질 수가 없었다.

"여긴 커튼이 분홍색이니까 내 방이야! 들어오지 마!"

"이런 탐욕스러운 누이가 다 있나. 너 혼자 이만한 데를 다 차지하겠다고? 나중에 유령 나온다고 질질 짜지나……."

"그럼 작은오빠도 마음대로 정하든가!"

"저어, 레이첼, 나도 들어가면 안 돼?"

"넌 내 쌍둥이니까 괜찮아."

아이들이 고급스럽고 화려하게 꾸며진 침실 여기저기를 뛰어다니며 각자 잘 곳을 정하는 동안 나는 종업원들을 시켜 짐을 풀고 저녁 식사를 뭐로 해야 하나 고민하기 시작했다. 마음 같아선 당장 따스한 온천수에 들어가 아무 생각 없이 자고 싶었지만 그럴 순 없는 노릇이었다.

"저기요, 마마."

"왜, 우리 아들."

"이 지역에선 특산 향신료에 절인 공작새 요리가 유명하다던데. 저기 있는 레스토랑들 전부 그게 메인일걸?"

아, 그렇단 말이지? 요 녀석이 웬일로 그런 것까지 조사해 왔담? 새삼 기특해하는 눈으로 듬직한 큰아들을 돌아보던 나는 다음 순간 멈칫해야 했다.

"······제레미, 너 그새 키 컸어?"

"그런가? 몰라. 컸나 보지."

고개를 갸웃대며 손으로 제 머리를 매만지는 제레미는 확실히 그사이 조금 더 자라 있었다.

······원래부터 나보다 컸긴 했다만, 아무튼 이놈들의 발육 수준은 그야말로 잡초와 다를 바 없다는 사실을 진작부터 알고 있었음에도 영 믿기지가 않았다. 남매 중 가장 작은 레이첼마저 몇 년 안에 나보다 더 커질 거라는 슬픈 현실이 쉬이 받아들여지지 않았다. 크흑······.

"나도 컸어! 나도 컸다고!"

그새 우다다 달려와 내 앞에 서서 거들먹거리기 시작하는 엘리아스 역시 확실히 그새 자라 있긴 했다. 나와 고만고만했던 키가 어느 틈엔가 손가락 두 마디가량 높아져 있었으니까.

그래 봤자 제 형을 따라잡으려면 아직 한참 멀었다만, 아무래도 내가 조만간 이 철딱서니들을 죄 올려다봐야만 한다는 슬픈 현실은 변함이 없나 보다.

"와하핫! 어때, 진짜 컸지?"

"정말 그러네. 앞으로 더 자라겠지."

"그걸 말이라고 하냐! 근데 슈리 넌 언제 크냐? 영원히 이렇게 꼬꼬마로 남는 건 아니겠지?"

조금 전까지만 해도 여긴 자기가 있을 곳이 아니라며 난리 치던 주제에 실실 웃으면서 손으로 내 머리를 꾹꾹 눌러 대는 엘리아스의 밉살스런 행각을 보고 있자니 기가 막혔다. 얼씨구, 그래, 너네들 혈통빨 하나는 끝내준다, 끝내줘! 몸이 자라는 만큼 정신도 좀 같이 자라 준다면 얼마나 좋겠냐고!

실로 가소롭다는 눈빛을 하고서 엘리아스를 지켜보던 제레미가 불쑥 손을 들어 동생의 붉은 머리통을 후려친 것은 그때였다. 퍽, 하는 찰진 소리와 함께 새된 비명이 꽥 하고 울렸다.

"아아악! 뭐야 또?!"

"이 새끼가 어디서 건방지게 어머니 머리를 건드리고 자빠졌냐? 손모가지 날아가고 싶냐?"

"……혀, 형은 진짜 대체 어디가 잘못된 거야?! 며칠 전부터 뭘 잘못 처먹은 거냐고?! 대체 나 몰래 뭘 받은 거야?!"

천추의 한이 서린 엘리아스의 울부짖음이 무색하게도 나 역시 제레미의 뜬금없는 낯간지럽고도 오묘한 연극 같은 태도에 대해 할 말이 없었다. 일단 장단 맞추고 있긴 하지만.

아무튼 지난번의 재판 사건 이후 우리 사이에 오갔던 그 복잡한 교감을 저 철딱서니 없는 녀석에게 무슨 수로 이해시킨단 말인가.


"난 이상한 냄새 나는 요리 싫어!"

"나도! 우리는 맵고 냄새나는 음식 못 먹어!"

비단 가족뿐만 아니라 정부와 은밀한 휴가를 즐기러 오는 귀족이 무수한 유명 휴양지답게, 별장 근처에 자리한 호화 레스토랑은 객실마다 커튼이 쳐져 있는 특이한 구조로 되어 있었다.

이런 장소라면 모처럼 온 휴가지에서 식사하다가 앙숙 가문 인사와 마주쳐 기분 상하는 일도, 새파랗게 어린 정부와 낯 뜨거운 식사 아닌 식사를 하다가 사람들의 눈총을 살 일도 벌어지지 않을 것이었다. 물론 아무리 비밀스럽다 해도 알 만한 사람은 다 알겠지만.

어쨌든 다른 손님들과 마찬가지로 휘장이 쳐진 둥그런 테이블에 다 같이 둘러앉아 이 지역 명물이라는 메인 요리를 마주하는 참에 쌍둥이가 기다렸다는 듯 투덜대기 시작했다. 저 둘의 까다로운 입맛을 맞추느라 매일같이 피땀을 흘리는 후작저의 요리사에게 새삼 미안한 마음이 일었다. 아무래도 돌아가고 나면 새해 보너스를 따로 두둑이 챙겨 줘야겠다…….

"엄마, 난 도저히……."

"레온, 언제까지고 먹고 싶은 것만 먹을 순 없잖니. 네가 원하는 대로 미식가가 되려면 다양한 요리를 섭렵해 봐야 할 텐데."

"그치만……."

"애새끼처럼 찡찡대지 좀 마라, 이 숏다리야. 별로 맵지도 않을 것 같구면……."

"그러는 작은형도 손 안 대고 있잖아!"

과연 난생처음 보는 이 생소한 요리를 앞에 두고 아무렇지도 않게 굴고 있는 녀석은 제레미뿐이었다. 미래의 전설이 되실 기사 지망생 소년의 식욕이란 생소함과 꺼림칙함도 뛰어넘어 버리는 걸까?

새삼 신기한 마음에 물끄러미 쳐다보고 있는데 그런 내 시선을 어떻게 해석한 것인지, 이색적인 향기를 풍기는 공작새 요리의 허벅지 부위를 쓱쓱 썰던 제레미가 대뜸 나이프를 내려놓았다. 녀석은 곧장 짜증이 가득 밴 무시무시한 눈길로 제 동생들을 잡아먹을 듯 노려보더니만 웬 듣도 보도 못한 소리를 해대기 시작했다.

"경애하는 어머니. 어머니의 허락 아래 내 이 식사 예절도 모르는 것들을 좀 두들겨 줘도 되오리까?"

"응, 우리 큰아들 하고 싶은 대로 다 해."

"들었냐? 처맞기 싫으면 입 다물고 처먹기나 해라, 좀!"

잠시 정적이 있었다. 엘리아스가 세상의 파멸이라도 목도한 것 같은 눈빛을 하고서 우리를 노려보는 가운데, 쌍둥이 제레미가 새삼 내 허락을 구하는 별난 행각에 꽤 감명을 받은 표정을 지어 보이며 식사에 매진하기 시작했다.

결론으로 말할 것 같으면 정체 모를 향신료로 범벅한 공작새 요리는 의외로 맛있었다. 그 까다로운 레이첼이 세 접시를 비울 정도였으니 말 다 했다. 어차피 맛있게 먹을 거면서 왜 그리 불평을 하냐……!

여차여차 디저트로 나온 산딸기 파이와 차까지 들고 나니 다들 슬슬 눈꺼풀이 무거워졌다. 우리는 온천이나 다른 명소는 내일 둘러보기로 하고 그 길로 숙소로 직행했다.

분홍색 커튼이 처진 침실을 자기 영역이라고 선포했던 레이첼은 결국 나와 함께 잤다.


다음 날 아침, 버릇대로 일찌감치 눈을 뜬 나는 아이들이 늦잠을 자도록 내버려 두고 우리의 충직한 수행 기사들과 함께 온천 주위에 죽 늘어선 장터를 보러 나섰다. 떠날 때쯤 되면 기념품 구경할 여유조차 없을 것 같다는 예상에서였다.

더군다나 지금 엘리아스가 실내만 돌아다니느라 얌전해서 그렇지, 까마득한 절경이 바로 보이는 거리로 나온다면 또 무슨 난리를 치기 시작할지 몰랐다.

……하아, 그 누구보다도 잘 안다고 생각했던 자식새끼들인데 어째

갈수록 더 난해해지는 기분이다. 이래서 사람은 자만해선 안 된다던가. 암, 그래, 쉬이 자신하지 말자, 역시 인생은……

"겁먹지 마십시오, 마님. 목숨을 걸고 지켜드리겠습니다."

……음? 내가 겁먹은 것처럼 보였나?

나로선 영 이해하기 힘든 뭔가 독특한 이유로, 우리의 충직한 노이반슈타인 기사님들은 언제든 검을 뽑아 들 기세로 손을 검손잡이에 갖다 댄 채 누구든 눈에 띄면 가만 안 두겠는 야수 같은 낯짝을 하고서 내 뒤를 졸졸 따랐다. 이른 아침부터 생계를 위해 귀족 여행객을 상대로 한 밑천 잡을 준비를 하던 중인 상인들이 일제히 눈을 내리깔며 바쁜 척하기 시작했음은 두말할 것도 없었다.

"알츠 경, 볼프강 경?"

"하명하십시오, 마님."

"……그렇게까지 경계할 필요는 없는 것 같은데."

"저희 걱정은 안 하셔도 됩니다."

"내 말은 경들이 조금 긴장을 풀어도 괜찮을 것 같다는……"

"저희는 두려움 따위 조금도 모릅니다, 마님."

"……"

뭔 말을 해도 안 먹힐 것 같은 기세로군. 나는 제레미가 일전에 잡아온 여우 털로 만든 따스한 후드 망토를 꼭꼭 여미며 자포자기한 심정으로 장터를 둘러보았다.

이런 장소에서는 아는 이와 마주친다 한들 서로 모르는 척해 주는 것이 암묵적 룰이라지만, 그래도 눈에 띄는 것은 어쩔 수가 없었다. 가령 저기 스카프 노점에서 내 또래의 여자와 함께 주책없이 낄낄대고 있는 하인리히 공작을 보라. 아무리 모자를 깊게 눌러쓰고 있어도 내 눈은 못 속인다. 부인과 사별한 지 아직 반년도 채 안 된 분께서 그새 애인을 사귄 건지, 아니면 그 전부터 만나 왔던 건지는 모를 일이었다. 후자라면 하인리히 공작 부인이 우울증에 시달리다 자결했다는 소문이 왜 퍼졌는지 이해가 간다……

휴, 과거의 나를 사람들이 어떤 눈으로 바라보았을지 이제야 제대로 절감하는 기분일세. 남편이 죽은 지 한 달도 채 안 되서 애인들을 들여앉힌 여자라니……

"도둑이야!"

사방이 오색 빛깔로 찬란하게 밝아 오는 온천 지대의 장터거리가 순식간에 소란스러워진 것은 그때였다. 누군가의 날카로운 외침이 울린 순간, 내가 걷고 있는 지점의 반대편에서 웬 꾀죄죄한 꼴의 남자가 튀어나오더니만 이어 그 뒤를 쫓는 검은 제복의 기사가 나타났다.

"비, 비켜어!"

참으로 당당하게 호령한 도둑이 나를 스쳐 지나가는 바로 그 순간, 내 뒤에 있던 알츠 경이 그대로 날도둑 나리의 발을 걸어 넘어뜨렸다.

우당탕!

근처에 있던 간판대가 요란하게 쓰러지고 상인 아저씨의 걸걸한 고함이 울렸다.

"이 놈팽이 자식이 어디서 남의 장삿길 가로막으려 작정했누! 여기가 어디라고 소매치기야아?!"

"끄아아아악!"

분노한 상인 아저씨께서 남의 장삿길 가로막으려 작정한 소매치기의 머리를 솥뚜껑 비슷해 보이는 물건으로 내려치는 동안, 나는 그 현장을 외면하며 시선을 돌렸다. 이쪽으로 빠르게 도달한 검은 제복의 기사가 나의 수행 기사들과 함께 기사식 경례를 나누고 있었다. 가만, 저 제복 어디서 많이 본 듯한…….

"베츠타인 경, 너무 가혹하게…… 어머?"

또 다른 검은 제복의 기사들과 함께 황급히 이쪽으로 다가오던 하늘 색 머리카락의 귀부인이 문득 멈칫하며 손으로 입을 가리고 내 쪽을 바라보았다. 놀라기는 나 역시 마찬가지였다.

"레이디 노이반슈타인……? 여기서 뭐 하세요?"

……제가 할 소리입니다만?


"첫 가족 여행인 거죠."

동시에 뱉은 말이었다. 그러니까 이른 시각부터 홀로 나와 기념품을 둘러보려던 나와, 비슷한 이유에서 나왔다가 어느 운 나쁜 소매치기를 만나게 된 뉘른베르 공작 부인이 말이다.

어째 좀 쑥스러운 기분이 이는 건 나뿐만이 아닌 모양이었다. 우리의 수행 기사들이 듬직하게 뒤를 따르는 동안 나와 마찬가지로 어색하게 케이프 자락을 만지작대며 걸음을 옮기던 공작 부인이 실로 어색하게 말문을 돌렸다.

"부인, 연하장으로 말씀드리긴 했지만……."

"네? 아, 네. 잘 받았습니다만……."

"예, 그때 부인께서 보여주신 모습에…… 용기가 생겼다고 말씀드리고 싶었거든요."

아, 그 부분 말인가. 그 용기란 게 어떤 종류의 용기인지 궁금증이 일 긴 했지만 자칫 실례가 될지도 몰랐기에 그저 웃으며 머리를 끄덕이는 찰나, 눈을 내리깐 채 잘 닦인 길바닥을 살피던 공작 부인이 먼저 말을 꺼냈다.

"그게, 제가 남편한테 말했어요."

"네? 어떤 말씀을……."

"처음으로 말했어요. 더 이상 참지 못하겠다고요."

무얼 참지 못하겠다는 걸까? 혹 그 점잖은 뉘른베르 공작님마저 아까 그 누구 씨처럼 정부라도 만들었단 말인가? 설얼마……!

여태껏 내내 땅바닥만 바라보고 있던 그녀가 대뜸 고개를 홱 쳐든 것은 그때였다. 늘 서글프게 가라앉아 있던 물빛 눈동자가 전에 없는 활기를 머금고 심상치 않은 빛으로 번득이는 광경에 나는 마른침을 꿀꺽 삼켰다. 어어?

"그러니까, 더는 그런 식의 훈육에는 동의할 수 없다고, 남이 하는 말보다 우리 아이 말을 믿어줘야 하지 않느냐고 말이에요."

"……."

"진작 말해야 했겠지만, 아무튼 그이는 좀 놀란 것 같더군요. 그런 식으로 대화를 하다 보니 가족 여행까지 계획하게 됐지 뭐예요."

놀라우리만치 빠른 어조로 말씀하신 공작 부인이 이제 어깨를 가쁘게 들썩이며 나를 마주 보았다. 늘 처연했던 물빛 눈매가 자부심을 머금은 채 눈부시게 반짝거렸다. 나로 말할 것 같으면 그저 넋이 나가 있을 따름이었다.

뭐, 남들이 보기에는 딱히 대수롭지 않은 행위일 수도 있겠다. 하지만 이제 삼십 대 초반임에도 한참 어린 내가 되레 보호해 드려야 할 것만 같은 이 가녀린 부인께서 평생 처음으로 남편에게 맞서기까지 얼마나 많은 용기를 내야 했을지 감히 가늠하기 어려웠다. 적어도 내 생각에는 말이다. 남의 집안 사정을 내가 무슨 수로 다 알겠냐마는……

"노…… 공자가 잘 지내는 듯해서 다행이네요."

겨우 소감을 표하자 그녀는 이제 활짝 미소를 지었다. 나로서는 처음 목도하는 해맑은 웃음이라, 순간 그녀가 갓 성년식을 치른 십 대 영애처럼 느껴질 정도였다.

"그러길 바라야죠."

그렇고말고. 우리 모두 너무 늦지 않았다는 가정하에 말이다.

"아무도 나한테 말 걸지 마!"

온천욕의 효험에 대한 전설은 카이저라이히 제국의 유구한 역사를 거슬러 올라가고도 한참 전부터 존재했다고 한다. 이런 식의 대중 온천관이 본격적으로 생겨나기 시작한 지는 얼마 안 됐다만, 아무튼 예술품에 가까운 흉상을 비롯해 온통 호화롭기 짝이 없는 노천탕으로 다 같이 입성하려는 순간이 마침내 도래했다. 한데 뿔난 망아지 같은 둘째 아드님께서 상태가 좀 이상했다.

"또 뭐가 문제니?"

"몰라! 아무튼 나한테 말 걸지 말라고! 특히 슈리 너!"

……그러니까, 우리의 엘리아스는 상태를 보아하니 아무래도 단단히 토라진 것 같았다. 대체 뭣 때문에 저리 어울리지도 않게 입을 댓 발 내밀고 있는지 이유나 알았음 좋으련만.

"제레미, 네 동생 왜 저러니?"

"몰라. 그냥 내버려 두면 혼자 풀리겠지. 아, 그나저나 벌써부터 더운데."

그건 그랬다. 입장료를 내고 들어가자마자 웅장한 돔 지붕 건물 안

쪽에서부터 훅 끼쳐 오는 뜨거운 열기에 순간 바깥 계절을 잊을 지경이었다.

"난 레이첼이랑 따로 들어갈 테니까 듬직한 큰아드님께서 동생들 좀 잘 챙겨 주려무나."

"뭐 노력은 해보겠습니다, 경애하는 어머니. 아, 근데 여긴 먹을 거 따로 안 주나?"

제레미가 점심 먹은 지 얼마나 됐다고 벌써부터 먹을 거 타령을 하며 두 남동생을 이끌고 사라진 뒤, 나는 레이첼과 함께 여성 전용탕으로 입장했다. 화강암과 대리석으로 이루어진 2층에는 수십 명을 수용할 만한 넓은 풀이 있고 3층에는 줄기차게 세워진 돌벽 사이마다 개별로 사용할 수 있는 작은 풀들이 자리하고 있었다.

아무리 요즘 유행이라 한들 남들과 함께 나체로 물속에서 놀기는 영 내키지 않았기에 우리는 곧장 가운으로 갈아입고 3층으로 올라가 풀 하나를 차지했다. 가운을 벗고 물속으로 들어가자마자 나는 곧바로 온천욕의 효과를 절실히 실감하게 되었다.

신이시여! 여기가 바로 천국이군요! 이 좋은 걸 왜 전에는 몰랐을까? 집에서 목욕할 때와는 차원이 달랐다. 온몸이 흐물흐물 풀어지는 듯한 아찔한 감각과 더불어 피부가 절로 탱탱해지는 느낌이랄까? 순전히 기분 탓일지도 모르겠지만 진짜 건강해지는 느낌이다.

"엄마, 나 더워. 여긴 차가운 물 없어?"

내가 평생 처음 겪는 황홀한 무아지경에 빠져 있는 동안 우리의 꼬마 숙녀는 나만큼 즐기고 있지 못하는 것처럼 보였다. 통통한 하얀 뺨이 어느덧 장밋빛으로 발갛게 달아오른 채로 첨벙첨벙 물장구를 치는 모습이 꽤 애틋해 보였다. 곱슬곱슬한 금빛 머리는 그새 흠뻑 젖어 퍼져 있었다.

"조금만 참아 봐, 아가. 온천욕이 미용에 좋대."

"뜨거운 물이 예뻐지게 한다고? 어떻게?"

뭐라고 설명해 줘야 할지 난감하기 그지없군. 나는 미소를 짓고는 물속에서 팔을 움직여 입을 삐죽대고 있는 소녀의 어깨를 꼭 끌어안았다. 이런 식으로 뭐든 따지려 드는 조그만 시절도 얼마 가지 않겠지…….

"글쎄, 네 피부가 더 하얗고 반짝이게 해주고, 흉터나 간지러운 부분도 금방 없애 주고, 손톱 발톱에도 윤기가 돌게 한다는데. 레이첼은 예뻐지고 싶지 않아?"

레이첼은 잠시 그 고사리 같은 손으로 내 머리카락을 만지작거리며 아무 말도 하지 않더니만, 이내 특유의 고집스러운 목소리로 금빛 머리통을 휘휘 가로저었다.

"엄마는 이런 거 안 해도 예쁘잖아. 그러니까 나도 안 할래. 예뻐지기 위해 하기 싫은 것도 참아야 한다는 건 부조리한 일이야!"

어련하시겠습니까. 이 정도 가지고 부조리하다 여기면 나중에는 어쩌시려나? 한 달에 한 번씩 귀찮은 일을 겪으면서 숨 쉬기도 어려울 만큼 코르셋을 졸라매야 할 시기가 몇 년 남지 않았는데.

……물론 그땐 또 알아서 잘해낼 것이었다. 과거에도 그랬듯이.


결국 이런 부조리한 일은 못 참아주겠다고(더워 죽겠다고) 부득부득 주장하는 딸내미 덕분에 일찌감치 온천관을 나서야 했다. 아들내미들은 아직도 놀고 있었기에 나는 별장으로 돌아와 레이첼과 함께 테라스에 앉아 주변 풍경을 감상하며 다과를 깨작거렸다. 아무래도 밤에 다들 잘 때 혼자 슬쩍 다시 다녀와야겠다는 생각을 하면서 말이다. 크흑, 이거 진짜 노인네 같잖아!

어쨌든 모처럼 한가한 시간이었다. 활활 타오르고 있는 난로 덕에 테라스에는 따스한 기운이 배어 있었다. 낮잠 시간이 다 되었는지 꾸벅꾸벅 졸기 시작하는 레이첼을 침대에 눕히고 혼자 테라스로 돌아와 유유자적 잡지를 들여다보고 있자니 내가 엄청난 호사를 누리고 있는 것처럼 느껴졌다.

내가 이러고 있는 동안 수도의 우리 집은 잘 굴러가고 있으려나. 물론 무슨 일이 생겼다면 곧장 연통이 오겠지만…… 크흑, 나는 대체 어쩌다가 맘 편히 놀지도 못하는 일 중독자가 되었던가!

"엄마!"

아이고, 깜짝이야. 테라스 아래쪽에서 불쑥 들려온 외침에 나는 걸터앉아 있던 긴 의자에서 몸을 약간 떼고 난간 아래를 내려다보았다.

우리 모녀와는 달리 퍽 재미지게 논 모양인지 하얗고 통통한 얼굴이 발그레 상기된 레온이 힘차게 손을 흔들어 보이며 별장 입구로 달려오고 있었다. 그 뒤쪽에서 여전히 볼이 퉁퉁 부은 꼴을 하고 식식 걸어오는 중인 엘리아스의 모습은 그렇다 치자. 제레미는 아무래도 그새 친구를 사귄 모양인데…… 어라?

"헤이, 우리의 경애하는 마더 슈리! 우리 이따가 애랑 같이 저녁 먹어도 돼?"

……애들은 싸우면서 친해진다던가? 나는 일순 할 말을 찾지 못하고 눈만 깜박거렸다. 그도 그럴 것이 아직 채 덜 마른 금빛 머리를 흩날리며 활기차게 이쪽을 향해 걸어오는 큰아드님의 곁에 있는 소년은 내가 아주 잘 아는 사람이었기 때문이다. 하기야 오늘 아침 일을 고려해 본다면 여기서 안 마주치는 게 되레 이상하긴 하다만…….

"안녕하십니까, 레이디 노이반슈타인."

"······여기서 보다니 반갑네요, 공자. 저녁 식사 같이해도 괜찮겠어요?"

내 목소리가 왜 이리 어색하게 느껴지는지는 나도 모르겠다. 마지막으로 봤을 때 어색하게 헤어진 것도 아닌데 왜 이런 멋쩍은 기분이 다 드는 걸까?

숙명의 라이벌답게 초면부터 으르렁거렸던 건 언제고 그새 앙금을 턴 모양인지 우리 제레미 곁에 서서 이쪽을 물끄러미 올려다보는 노라는 딱히 변한 건 없어 보였다. 제 아버지와 꼭 닮은 삐죽삐죽한 검은 머릿결도, 야외 활동을 즐기는 소년답게 살짝 그을린 안색도 여전했다. 굳이 다르게 느껴지는 것을 꼽자면······ 키가 좀 자란 것 같다는 것, 그리고 서늘한 푸른 눈동자에 전에 없던 그늘이 져 있다는 거였다.

"것 봐라, 내가 뭐랬냐? 우리 아리따운 어머니라면 흔쾌히 승낙해 주실 거라고 했잖냐."

"딱히 그렇게까지 의심한 건 아니라고, 느림보 고양이 새끼야."

"하! 민망하니까 발끈하고 있네, 똥강아지 녀석이. 한판 할까?"

"저녁 먹고. 지금은 가봐야 돼. 그럼 이따 뵙겠습니다, 부인!"

정중히 고개를 숙여 보인 노라가 빠른 걸음으로 자리를 뜬 뒤, 제레미 역시 빠른 걸음으로 안으로 들어와 동생들과 함께 우당탕 계단을 뛰어 올라왔다. 중간에 울린 쿵, 하는 소리는 아무래도 엘리아스가 방문을 닫는 소리인 것 같았다. 거참, 이상하네. 뭣 때문에 아직까지 저렇게 부루퉁한 거지?

"재밌게 놀았니?"

"응, 진짜 재미있었어! 형들이랑 잠수 시합했는데 큰형아가 거의 다 이기려고 할 때 갑자기 아까 그 머리 까만 형이 와서 뛰어드는 거야, 그래서 내가 이겨 버렸어! 형들 엄청 분해하더라고."

절로 상상이 가는 장면을 숨도 안 쉬고 다다다 내뱉은 레온이 테이블에 놓인 생강 쿠키를 들고는 척척척 걸어가 침대 위에서 곤히 자고 있는 제 쌍둥이 누이 곁에 앉았다. 그러고는 제 누이가 자는 동안 주위를 감시하겠다는 눈빛으로 쿠키의 가장자리부터 깨물어 먹기 시작했다. 참으로 사랑스러운 장면 아닌가? 똑같은 반짝이는 에메랄드빛 눈에 곱슬거리는 금빛 머리를 한 쌍둥이 남매끼리 꼭 붙어 있는 모습이라니.

"근데 너넨 왜 이렇게 일찍 돌아왔어? 생각보다 지루했나?"

천생 사내아이답게 젖은 머리의 곱슬기를 펴려고 안간힘을 쓰며 다가온 제레미가 내 곁에 철퍼덕 주저앉았다. 그리고 나는 그저 통탄의 눈물을 삼킬 따름이었다. 즐기는 건 나와 레이첼이 될 줄 알았는데, 어째 그 반대가 되어버린 것 같다.

"레이첼이 온천욕은 부조리한 짓이라고 주장해서 말이지."

"뭐야, 그건 또."

쓴웃음을 삼키며 무릎 위에 펴 놓은 잡지를 테이블 위에 던지듯 내려놓는데, 하품을 하면서 눈을 나른하게 끔벅이던 제레미가 다음 순간 긴 의자 위에 상체를 뻗으며 털썩 드러누웠다. 정확히 말해선 내 무릎을 베고서. 나는 일순 얼어붙어 버렸다가, 이내 정신을 차리고는 태연하게 입을 열었다.

"너 갈수록 누구처럼 어리광이 느는 것 같다?"

"좀 봐주십시오. 소자 주어진 임무를 착실히 완료했습니다."

"임무?"

"동생들 잘 보라며? 누구 하나 안 죽고 살아 돌아왔으니 잘 본 거지. 아, 갑자기 졸려 죽겠네."

제법 그럴싸하게 들리는군. 반박할 여지가 없다. 나는 납득하며 이 덩

치 산만 한 큰아들놈이 내 무릎을 베고 유유자적 졸도록 내버려 두기로
했다. 이러고 있는 것도 딱히 나쁘지는 않은 것 같았다. 뭔가 마음이 편
안하면서도 부드러워지는 기분이랄까…….

"근데 있잖아."

"응?"

"좀 전에 걔 말이야. 똥강아지 주제에 지가 늑대인 줄 아는 놈."

"뉘른베르 공자 말이야?"

늑대인 줄 아는 똥강아지라니, 과연 숙명의 라이벌다운 네이밍 센스라
고 해야겠다. 실소를 머금으며 시선을 아래로 돌리는데 눈꺼풀을 반쯤
닫고 있던 제레미가 문득 심상치 않은 표정을 눈에 담고서 말을 이었다.

"걔 아버지가 엄청 무섭나 봐."

"왜?"

"아까 온천에서 봤는데, 그 자식 등 쪽이 온통 피멍투성이였어. 왜 저
번에 엘리아스가 숙부 놈한테 맞았을 때처럼 말이야."

"진짜야?"

"그렇다니까. 왜 지난번에 우리 집에서 연 연회에서도 그, 있잖아. 뻔
하지."

"왜…… 그렇게 맞았대?"

"나야 모르지. 물어봐도 말하겠냐?"

오늘 아침 공작 부인과 나눈 대화가 퍼뜩 떠올랐다. 나는 잠깐 망설
였다가, 머릿속에 스쳐 가는 여러 가지 의문 중 한 가지를 조심스레 입
에 올렸다.

"그런데 공자는…… 태자 전하랑 왜 그렇게 사이가 나쁜 거래?"

딱히 큰 기대를 하고 한 질문은 아니었음에도 곧장 '그놈 얘긴 꺼내지

마!'라고 대꾸할 줄 알았던 제레미가 녹색 눈을 진지하게 깜박이며 끄응하는 소리를 냈다. 그러더니만 이내 짓궂게 킬킬 웃으며 운을 떼었다.

"글쎄, 내가 봤을 땐 테오 형이 재수 없어서 그런 거 같은데?"

"재수 없다고?"

"그 형이 은근히, 그러니까, 친하게 지낼 때는 잘 모르는데 돌아보고 나면 은근히 사람 기분 나쁘게 만드는 구석이 있거든. 혼자서 사람 좋은 척은 다 하고 싶어 한다고 해야 하나……. 어씨, 어려워라. 아무튼 가끔 보면 무슨 강박증에 시달리는 사람 같단 말이지. 누가 자기보다 더 관심받는 걸 못 견뎌 하는 것 같달까?"

남의 사정 따위엔 눈곱만큼도 관심 없는 녀석이 웬일로 이러한 진지한 성찰을 다 보여주는 거래. 하긴, 의외로 눈치 하나는 빠른 데다 황태자와 어렸을 때부터 가까이 지냈으니 그런 면모를 남보다 훨씬 더 잘 파악하고 있는 것도 무리가 아니었다. 좀 의외의 면모이긴 하다만……

"제레미, 있잖아, 너 그때 마주쳤다는 추기경 말이야."

"어, 그 사람 왜?"

"얼굴 아예 못 본 거 확실해?"

"그때 말했잖아. 후드를 덮어쓰고 있어서 제대로 못 봤다고. 목소리는 기억날지도 모르겠다만……"

쿵, 하는 거친 발걸음이 울린 것은 그때였다. 내가 화들짝 놀라 돌아보는 가운데, 뭔가 할 말이 매우 많아 보이는 표정으로 나타나 우리가 앉아 있는 테라스로 전진해 오던 엘리아스가 그 자리에서 멈칫하더니만 이어 우거지상을 썼다.

"둘이 뭐 하냐? 모자상인 줄 알았네."

일전에 받은 바 있는 모욕을 그대로 갚아준 엘리아스의 의기양양한 기색이 무색하게도, 제레미는 하품을 쩌억 하면서 태연하게 대꾸할 따름이었다.

"네가 웬일로 올바른 정의를 다 찾았냐, 우매한 아우놈아."

"……아 씨, 진짜 두 사람 뭔데?! 뭔데 어울리지도 않게 그렇게 죽이 척척 맞는 거냐고?! 대체 나 빼고 뭔 일을 꾸미는 거야?!"

"꾸미긴 뭔 일을 꾸며. 네 눈에는 세상만사 모든 일마다 어두운 음모가 도사리고 있는 것 같냐?"

"어! 정확해! 아주 확실히 그래! 특히 형이 제일 수상쩍다고! 그 속 울렁거리는 어울리지도 않는 괴랄한 호칭들 하며, 갑자기 어른인 척 점잔 빼는 것 하며……."

"아니, 근데 이 새끼가 자꾸 짖어 대네? 제국의 남아로서 어머니를 어머니라 부르지 못한다면 그건 웬 막장 비극이냐?"

"어머니는 누가 어머니야! 우리 어머니는 7년 전에 돌아가셨다고! 쟤가 어째서 우리 어머니라는 거냐……!"

울분에 찬 고함을 내지르던 엘리아스가 일순 말꼬리를 흐리며 눈을 끔벅이기 시작했다. 곤히 잠든 레이첼을 제외한 세 형제가 사이좋게 모인 침실의 테라스는 그렇게 순식간에 정적의 영토가 되었다.

쿵!

말을 내뱉은 당사자조차 일순 얼어붙어 버린 숨 막히는 정적 한복판에서 먼저 행동을 개시한 이는 제레미였다. 제레미는 누워 있던 긴 의자를 한쪽 주먹으로 요란하게 내려치며 벌떡 몸을 일으켰다. 그러고는 곧장 흉포하다 못해 무시무시한 기세로 안광을 번득이기 시작했다.

"다시 한번 말해봐라. 뭐라고?"

"나, 나는……."

엘리아스는 입을 뻐끔거리며 주춤주춤 뒷걸음을 치나 싶더니, 이어 재차 소리를 꽥 질렀다.

"뭐, 뭐?! 내가 틀린 말 했어?!"

"이 새끼가 진짜……!"

"제레미!"

우당탕탕! 마지막으로 최후의 발악을 펼쳐 보인 엘리아스가 후다닥 도주를 감행하는 가운데, 곧바로 그 뒤를 쫓는 제레미의 팔을 내 손이 덥석 붙들었다. 절로 등골이 오싹해질 정도로 흉흉한 살기를 내뿜던 소년이 일순 멈칫거리며 나를 쳐다봤다. 나는 그 눈을 보면서 최대한 차분하게 말했다.

"그냥 내버려 둬."

"뭐? 하지만……."

"괜찮아. 진짜 괜찮으니까 일단은 그냥 내버려 두는 게 나을 것 같아."

상대에 대한 배려라고는 눈곱만큼도 찾아볼 수 없는 엘리아스의 입담에는 익숙하다 못해 질린 지 오래였다. 더군다나 이 녀석들은 나처럼 과거의 기억을 가지고 돌아온 상태가 아니라 그냥 그 나이대 어린애에 불과하지 않은가. 심지어 제레미조차 말이다. 아무리 지난 며칠간 제레미가 반쯤 연극하는 듯한 태도로 내게 임했다 한들 객관적으로 봤을 때 나와 이 녀석들은 끽해야 오누이뻘인 남남인 것이다.

그리 쉬이 모친 대접을 받을 수 있을 거라곤 기대하지 않았으니 딱히 속상할 것도 없다. 하지만! 크흑, 하여간 저 못돼 처먹은 놈 같으니! 아무리 그래도 그렇지 꼭 말을 그따위로 해야 하냐고! 속으로 오락가락하며, 겉으로는 태연하게 싱긋 미소를 지어 보이는데 그런 나를 물끄러미 응시하던 제레미가 금빛 눈썹을 약간 꿈틀거리더니만 불쑥 내뱉었다.

"너 거짓말할 때랑 아닐 때랑 웃는 모습 다른 거 알아?"

"······모르겠는데?"

"젠장 할, 내 조만간 저 새끼 혀를 뽑아버리든가 해야지, 원······."

소름 끼치는 참으로 아무렇지도 않게 중얼거리며 혀를 차는 모습이 새삼 신기했다. 그 개차반 같은 성질머리를 이리 순순히 자제할 수 있다니, 나름 장족의 발전이라고 해야 하나? 에휴, 그래, 제레미라도 이 정도로 발전한 게 어디냐······.

침대맡에 걸터앉은 지식인으로 말할 것 같으면 커다란 눈을 불안하게 좌우로 굴리다 말고 머뭇머뭇 내 쪽으로 다가와 손으로 옷소매를 붙들었다. 내가 느끼고 있는 동요가 아이한테 전염될까 싶어 얼른 환하게 웃음을 지어 보이는데, 그런 나를 빤히 올려다보던 꼬마 지식인께서 한다는 소리는 바로 이거였다.

"엄마, 작은형아 사춘기야?"

"······그런 것 같구나."

"교양 선생님이 그러는데 요즘 사춘기 아이들은 덜 맞아서 탈이래."

험악한 기세로 물 잔을 들고 물을 벌컥벌컥 들이켜던 참인 제레미가 캑캑 기침을 하기 시작했다. 나는 미소를 지으며 레온의 머리를 쓰다듬었다. 레이첼이 곤히 잠들어 있는 상태라 망정이지, 안 그랬다면 지금쯤 이곳은 진작 밀림의 한복판으로 변모했을 것이다.

그나저나 저 망둥이 같은 둘째 아들놈을 어쩌면 좋을꼬. 하아, 한 녀석이 잠잠해지면 또 다른 녀석이 골치를 썩이는구나. 내 팔자야!

해가 저물어 갈 때쯤에 하얀 눈발이 흩날리기 시작했다. 우리는 두터운 털 망토로 온몸을 꽁꽁 싸맨 채 예약해 둔 레스토랑으로 직행했다.

그때까지 방 안에 틀어박혀 있던 엘리아스가 배고팠는지 여전히 입을 빼죽 내민 채 한마디도 하지 않으며 따라왔다. 나는 그렇다 치고 제레미 역시 그런 동생에게 아무런 말도 건네지 않았다.

"오호라, 여기가 제일 고귀한 자리인가 봐?"

제레미가 표출한 감상대로, 우리가 저녁 식사를 하게 된 자리는 온천관 꼭대기 층에 자리한 레스토랑의 가장 비싼 테라스 자리였다. 테라스라고는 해도 두꺼운 유리벽이 외부 공기를 차단하고 있어 찬바람 맞을 일은 없었다.

안쪽에서 식사 중인 다른 사람들의 시선이 좀 거슬리긴 했지만, 아무튼 눈보라에 휩싸인 산맥의 절경을 감상하는 동시에 따스한 저녁 식사를 들 수 있다니, 역시 같은 귀족끼리라 해도 황금만능주의가 최고인 것 같다.

"여, 왔냐?"

따스한 김이 피어오르는 스튜와 와인에 절인 멧돼지 요리가 나왔을 때쯤 노라가 나타났다. 어린 공자께서는 검은 담비 털 목도리를 거추장스럽다는 듯 한 손으로 풀어 젖히며 우리가 앉아 있는 테라스로 들어오더니만 상자 하나를 곧장 내게 내밀었다.

"어머니께서 갖다 드리시랍니다."

"부인께서……?"

"예. 하얀 초콜릿이라던가 뭐라던가. 아무튼 초대해 주셔서 감사합니다."

호오, 하얀 초콜릿이라니 그런 것도 있단 말인가? 고작 저녁 식사 같이하는 것뿐인데 뭐 이런 걸 다 보내셨담. 이쪽에서도 뭔가 따로 챙겨 드려야 할 것 같은 기분인데…….

"한데 공자…… 가족 여행 온 걸 텐데 이렇게 따로 식사해도 괜찮은 건가요?"

"제 부모님은 제가 잠깐이라도 사라져 있기를 간절히 바라고 계셨을 겁니다. 어차피 이 안에 계실 테니까 이따 인사 나누셔도 될 거예요."

어깨를 으쓱하며 대꾸한 노라가 킬킬 웃고 있는 제레미 곁에 털썩 자리를 잡고 앉았다. 숙명의 라이벌끼리 이리 사이좋게 한 식탁에 앉은 꼴을 보게 되다니, 역시 운명이란 참 제멋대로라 할 수 있겠다.

"사자 굴에 제 발로 기어들어 온 걸 환영한다, 똥강아지야."

"느림보 자식이 누구더러 똥강아지래. 요즘엔 살쾡이 새끼도 사자라고 쳐주냐?"

"어쭈, 한번 해보자 이거냐?"

"내가 할 소리다."

두 숙명의 라이벌이 테이블 밑으로 서로의 다리를 걷어차는 유치한 행각을 벌이는 동안 쌍둥이는 별 신기한 것을 보는 듯한 표정으로 노라를 지켜보고 있었다. 그 와중에도 여전히 혼자 부루퉁한 얼굴을 한 채 요란스레 스튜 접시를 휘젓는 엘리아스는 못 본 척하기로 하자.

한데 나는 어째서 자꾸 어색한 기분이 이는 걸까? 노라는 우리 사자 새끼들 앞이라 그런지 아니면 남들의 시선을 의식해서인지 내게 전에 없이 깍듯이 예를 차리고 있었고, 그건 나 역시 마찬가지였다. 어쨌든 우리 제레미와 사이좋게 투닥거리며 왕성한 식욕을 발휘 중인 노라는 괜찮은 것처럼 보였다. 아까 제레미한테서 들은 증언이나, 마지막으로 만났을 때 보았던 얼굴의 상흔이 믿기지 않을 정도로 쾌활해 보였다 이거다. 그럼에도 어딘가 묘하게 바뀐 것 같은 느낌이 드는 이유는 무엇일까?

"좋았어, 식사 끝나고 나면 제대로 대련 한판 하는 거다, 똥강아지야!"

"졌다고 낑낑 울지나 마라, 조증 걸린 고양이 새끼야. 검은 있냐?"

"그걸 말이라고 하냐? 모름지기 기사라면 검을 떼어놓지 않는 법, 나로 말할 것 같으면 우리 클라라 성녀님께서 친히 성탄절 선물로 하사하신 명검이……."

"클라라 성녀님은 알려진 것보다 훨씬 관대하신 분인가 보군."

심드렁하게 받아친 노라가 문득 내 쪽으로 시선을 돌리며 슬쩍 미소를 지었다. 말한다 해도 별 상관은 없었지만, 굳이 이 자리에서 나에게 성탄절 선물을 받았다고 털어놓지 않는 신중함에 새삼 감탄이 일 지경이었다. 다시 봤다, 이 녀석! 우리 아들내미들만큼 막무가내인 줄로만 알았는데……!

전생에 파이와 원수라도 진 듯 조용히 디저트 파이를 상대로 대련 중이던 엘리아스가 불쑥 입을 연 것은 그때였다.

"아, 진짜 더럽게 시끄럽네. 남의 기분 좋은 식사 자리에 끼어든 주제에 좀 닥치고 있으면 안 되냐?"

쨍그랑!

제레미가 들고 있던 나이프를 떨어뜨리는 소리가 요란하게 울렸다. 난데없는 시비의 저격 대상이 된 노라로 말할 것 같으면 의외로 차분한 얼굴을 하고서 천천히 엘리아스 쪽으로 고개를 돌렸다.

"대화할 때는 상대의 눈을 보고 말하는 게 예의라지. 방금 나한테 지껄인 것 같은데, 아닌가, 쫄보 꼬맹이?"

졸지에 쫄보 취급을 받은 엘리아스가 욱하며 파이 접시를 거칠게 밀쳤음은 두말할 것도 없었다. 우리의 붉은 망나니께선 자리를 박차고 벌떡 일어서더니만 곧장 레스토랑 전체를 와르르 무너뜨릴 기세로 포효를 내질렀다.

"왜, 불만 있냐?! 불만 있으면 당장 꺼지시지! 이 낄 데 안 낄 데 구분도 못 하는 들개 같은 놈아!"

저 무뢰배적인 발언에 노라가 웬일로 그저 인상만 찡그리는 동안 제레미는 이 이상 참아주기 어렵다는 듯한 반응을 보이고 있었다.

"이 새끼가 여태까지 지 혼자 꽁해 있던 주제에 왜 또 엉뚱한 데 화풀이하고 자빠졌냐?! 진짜 얻어터지고 싶냐?!"

"혀, 형은 저 자식이랑 언제부터 친했다고 편들고 난리야?!"

"편들긴 누가 편들어?! 아까부터 좋은 분위기 다 망치려고 작정한 건 네놈이잖아, 이 자식아!"

"좋은 분위기는 무슨 좋은 분위기야?! 저 자식이 아까부터 자꾸 실실 눈웃음치면서 사람 열 받게……."

"엘리아스!"

나도 모르게 언성이 대폭 올라갔다. 그 와중에도 꿋꿋이 자기들 음식만 맛있게 먹고 있던 쌍둥이가 나란히 눈을 휘둥그레 뜨며 나를 쳐다보았다. 제 형과 만만치 않은 기세로 으르렁대고 있던 엘리아스 역시 어깨를 움찔하더니만 눈을 크게 뜨고 나를 돌아보았다. 그 꼴을 보고 있자니 기가 다 찼다.

"그런 무례는 대체 어디서 배웠어?! 당장 사과하지 못해?!"

"시, 싫어! 내가 왜……."

"이놈의 자식이 한번 말을 하면 들을 줄을 몰라?! 네가 날 어떻게 취급하든 내가 너네 보호자인 건 변함없는 사실이니까 당장 시키는 대로 하라고! 너 때문에 가문들끼리 싸움 나서 엄한 사람들 죽어나는 꼴 보고 싶어?!"

물론 애들끼리 으르렁거린 일 가지고 우리 가문과 뉘른베르 가문이 싸움 날 가능성은 지극히 미비했다. 다만 저 뿔난 망아지 같은 녀석을 향한 내 인내심이 슬슬 한계에 다다른 것은 둘째 치고라도 여기서 소동이 일어난다면 피를 볼 사람이 누가 될지 너무 뻔했던 것이다.

의중이 뭐가 됐든 노라는 일전의 재판 사건 당시 진심 어린 걱정을 보여준 몇 안 되는 사람 중 하나였고, 나는 그가 기분 좋게 같이 식사하러 왔다가 어이없는 화풀이에 휘말려서 또다시 제 아버지와 사달을 겪기를 바라지 않았다.

내가 폭발하듯 외치고 나서 가쁘게 숨을 몰아쉬는 동안 엘리아스는 그저 넋이 완전히 나가 버린 듯한 모습으로 입만 뻐끔대고 있었다. 이참에 정녕 제 동생의 혀를 뽑아버릴 기세로 팔을 올리고 있던 제레미는 무슨 기도 같은 말을 중얼거리며 도로 자리에 앉았다. 어수선하게 일렁이는 암녹색 눈동자가 복잡 미묘한 빛으로 나를 빤히 응시했다.

그러는 사이 어딘가 모호하게 느껴지는 표정으로 입술을 짓씹고 있던 노라가 나와 눈이 마주치자마자 재빨리 미소로 그 표정을 지워 버리며 몸을 일으켰다. 그는 마치 아무 일도 일어나지 않았다는 듯 태연하게 일어서더니 곧장 한쪽에 걸쳐 둔 담비 털 목도리를 손에 둘둘 감아 쥐었다.

"저는 이만…… 가보는 게 나을 것 같군요. 여러모로 실례 많았습니다."

"하지만 공자……."

"괜찮습니다. 남의 가족 여행에 섣불리 끼어드는 것 자체가 실례였죠……. 안타깝지만 네놈을 눌러주는 건 나중에 해야겠다, 느림보 녀석아."

"야, 인마, 너 또 도망가기냐?"

"아쉬우면 네가 찾아오시든가. 그럼 전 이만!"

뭐가 그리 급한지 빠르게 가버리는 라이벌의 모습에 제레미는 뭔가 심상치 않은 기운을 느낀 모양인지 더는 붙들고 늘어지지 않았다. 대신에 짜증이 가득 밴 눈을 하고서 제 철부지 동생을 노려보았다.

"하여간 눈치라곤 개나 준 새끼. 넌 진짜 가정 파탄범이다."

엘리아스는 자기가 왜 뜬금없이 가정 파탄범으로 몰렸는지에 대해 따지는 대신 몹시 어색하게 느껴지는 동작으로 자리에 앉을 뿐이었다. 그리고 나는 한숨을 내쉬며 제레미 쪽을 돌아보았다.

"제레미, 나 먼저 돌아가 있을 테니까 동생들하고 마저 먹고 와."

"어, 나도 다 먹었는데."

"나도 다 먹었어, 엄마."

"나도."

아무래도 다들 내가 답지 않은 흉포한 모습을 보인 것에 꽤 충격을 받은 모양이었다. 그렇게 우리는 쓰라린 입맛을 다시며 산해진미가 차려진 레스토랑을 빠져나가 별장으로 돌아갔다.

숙소로 돌아오자마자 나도 모르게 곧장 잠들어 버린 모양이었다. 뭔가 날카로운 것끼리 부딪히는 소리가 들려온 것 같은 느낌에 설핏 눈을 떴을 때는 아직 한밤중이었다. 나는 잠시 그대로 멍하게 누워서 천장을 바라보다가, 이윽고 벌떡 몸을 일으켰다. 분명 무슨 소리가 들린 것 같았는데…….

꿈결에 헛소리를 들은 게 아니었다. 소리는 아주 가까운 곳, 그러니까 내가 누워 있는 침실의 바로 바깥쪽에서 들려오고 있었다. 나는 잠에 취해 비틀거리며 창문으로 다가가 커튼을 확 젖혔다. 이윽고 하품하는 내 눈에 들어온 풍경은 다름 아닌 어둑한 눈밭 위에서 신나게 검을 휘두르고 있는 두 소년의 모습이었다. 숙명의 라이벌답지 않게 낄낄 웃으며 검을 맞대는 모양새가 참 신기하기 그지없었다.

아니, 근데 이것들이 꼭 야밤에 이래야 하나……?

하얀 달빛에 물든 까만 머리칼과 금빛 머리칼이 나란히 창백하게 반짝거렸다. 그리고 그들이 각각 들고 있는 검은 다름 아닌 내가 준 것들이었다. 제레미에게는 하얀 검신에 황금 손잡이가 달린 롱소드, 노라에게는 검은 검신에 백금 손잡이가 달린 츠바이헨더……

나는 어쩐지 반쯤 멍한 기분으로 그 풍경을 바라보았다가, 다른 아이들은 잘 자고 있나 확인하려 비틀비틀 걸음을 옮겼다. 그러고는 놀라 버렸다. 레이첼이 자고 있어야 할 분홍색 커튼이 쳐진 침실은 텅 비어 있었다. 다른 침실 역시 마찬가지였다. 대체 어찌 된 셈인지 레온도 엘리아스도 코빼기도 보이지 않았다!

나는 그 길로 아래층으로 뛰어 내려가 두 소년이 신나게 대련 중인 뒤쪽 뜰로 나갔다. 겨울용 슈미즈 하나만 걸친 채 뛰쳐나오는 내 정신 나간 모습에 두 녀석 모두 즉시 멈칫하며 몸을 돌렸다.

"우리 때문에 깼……"

"제레미, 네 동생들 어디 갔어?"

이 추운 날씨에도 후드득 떨어지는 땀방울을 닦으며 숨을 몰아쉬던 제레미가 그게 무슨 소리냐는 듯 눈을 크게 떠 보였다. 그 모습에 절로 가슴이 철렁했다.

"아까까지만 해도 다 자고 있었는데?"

"나가는 모습 못 봤어? 지금 안에 아무도 없어!"

"뭐?"

한바탕 난리가 났다. 숙소에 모여 당밀주를 들이켜며 고요한 타지의 밤을 불태우던 수행 기사들 역시 아이들이 나가는 기척을 전혀 눈치채지 못한 것으로 미루어 보건대 아무래도 작정하고 빠져나간 것 같았다. 아니나 다를까 1층의 주방 쪽 창문이 휑하니 열려 있었다. 대관절 뭣 때문에 이 추운 밤에 창문을 통해서 몰래 나갔단 말인가? 그것도 쌍둥이까지 같이!

"너무 걱정하지 마십시오, 마님. 이 일대는 경비가 철저하니 별일 없으실 겁니다."

이 부근이 경비가 철저하다 못해 삼엄하다는 사실은 나도 알고 있었음에도 걷잡을 수 없는 공황이 밀려오는 건 어쩔 수가 없었다. 아무리 치안 좋은 휴양지라 한들 엄연히 소매치기 같은 작자들이 돌아다니는 곳이다. 행여나 녀석들이 강도라도 만났다면? 혹은 절벽에서 미끄러지기라도 한다면? 거기다 엘리아스는 고소공포증의 소유자 아니신가. 눈까지 잔뜩 쌓여서 사방이 위험하기 짝이 없는데 대체 어디로 간 거냐고!

"일단 진정하고 조금만 기다려 봐. 틀림없이 쓸데없는 거 구경하러 갔을 거야. 다리몽둥이 분질러지기 싫으면 금방 나타나겠지."

초조함에 허둥지둥하고 있는 내 어깨를 잡으며 침착하게 말한 제레미가 고개를 돌리고 노라를 쳐다보았다. 마찬가지로 심상치 않은 표정으로 서 있던 노라가 머리를 끄덕여 보였다.

"저희 가문 기사들도 함께 찾아보겠습니다. 아마 멀리 가지는 못했을 겁니다."

본의 아니게 민폐를 끼치는 중임에도 불구하고 내가 할 수 있는 일은 그저 고개를 주억거리는 것뿐이었다. 두 소년이 기사들과 함께 세 아이를 수색하러 나간 동안 내 머릿속에는 온갖 생각이 다 밀려왔다. 혹 내가 아까 소리친 것 때문에 그 녀석이 토라져서 가출이라도 감행한 것인가? 설령 그렇다 해도 왜 쌍둥이까지 데리고 나갔단 말인가? 어째서 과거에는 생전 안 하던 짓들을 자꾸 하는 거냐고……!

"레이디 노이반슈타인?"

일 초가 수 분처럼 느껴지는 불안한 시간이 얼마나 흘렀을까? 혼자 별장 입구에 걸터앉아 좌불안석으로 기다리고 있는데 뉘른베르 공작님이 찾아오셨다. 하기야 노라가 그쪽 수행 기사들을 움직여서 우리 쪽 기사들과 나간 판이니 안 찾아오는 편이 되레 이상할 것이었다.

"공작님."

"이게 대체 무슨 일입니까? 밖이 상당히 소란스럽더군요. 혹 제 아들놈이 무슨 사고라도 친 겁니까?"

"아니요, 그런 것이 아니라……."

내가 어쩔 줄을 모르고 우왕좌왕하며 엘리아스와 쌍둥이가 사라진 경위에 대해 털어놓는 동안 강철의 공작님은 침착한 얼굴로 묵묵히 듣기만 하더니, 이어 알 만하다는 미소를 지어 보였다.

"거참, 딱 그 나이 대 녀석들이 저지를 만한 짓이군요. 너무 걱정하지 마십시오. 별일 없이 무사히 돌아올 겁니다."

상대가 상대라 그런가? 다소 뻔한 소리였음에도 내 아버지뻘의 어른이 하는 말이라 그런지 바짝 곤두섰던 불안이 좀 가라앉는 느낌이었다. 내가 아무리 시간을 거슬러 왔다 한들 역시 이분 정도의 정신연령과 견주려면 한참 멀었나 보다…….

"정말 그럴까요?"

"장담하건대 머지않아 엉엉 울면서 잡혀 올 겁니다. 그러니 안에서 기다리시죠. 바람이 찹니다."

묘한 안쓰러움이 묻어나는 투로 대꾸한 공작님이 프록코트를 벗어서 내 어깨에 걸쳐 주었다. 손발이 꽁꽁 얼어붙은 듯한 감각이 그제야 한 번에 밀려오면서 좀 창피한 기분이 일었다. 마치 별것도 아닌 일에 어린 애처럼 군 것 같은 느낌이랄까…….

"한데 공작님은 주무시다 깨신 건가요……?"

"아니요. 아내는 먼저 잠들었습니다만 저는 좀 생각할 게 많아서. 아시다시피 우리 모두 이번 휴가가 끝나고 나면 죽어나기 시작할 테니 말입니다."

벌써부터 골치가 아프다는 듯 미간을 살짝 찡그리며 미소를 짓는 공작님이었다. 이토록 점잖고 우아한 분께서 하나뿐인 아들내미를 그토록 잡는다는 사실이 영 믿기지가 않았다.

"있죠, 아드님은…… 참 좋은 아이예요."

나도 모르게 불쑥 튀어나온 말이었다. 이에 공작님은 머리를 약간 기울이며 나를 바라보더니 피식하고 실소를 머금었다.

"그리 봐주셨다면 감사한 일입니다. 참, 지난번에 제 아내가 부인께 제 아들놈과 관련해서 엉뚱한 부탁을 했다던데, 그 일에 대해 다시 사과드려야 할 것 같군요."

"아니요, 사과하실 필요는…… 그러니까 딱히 부담스러운 청도 아니었는데요."

"부인께서는 이미 있는 또래 자제들 챙기기도 쉽지 않으실 거 아닙니까. 지금처럼요."

맞는 말이긴 했다. 내가 할 말을 잃고 멋쩍게 눈만 깜박이는 동안 친절한 공작님은 노라와 꼭 같은 깊고 푸른 눈동자에 종잡을 수 없는 연민이랄까, 씁쓸함이랄까, 그런 빛을 담고서 내 얼굴을 응시했다. 예전에도 종종 마주했던 오묘한 시선. 불순하거나 헛된 감정이 깃든 시선은 결코 아니었다. 그저…….

"마님!"

주위가 환하게 밝혀지나 싶더니 이어 여러 기사가 한꺼번에 외치는 소리가 들려왔다. 나는 곧장 몸을 벌떡 일으켰다. 그리고 후아, 세상에! 맞은편에서 횃불을 든 기사들과 함께 이쪽으로 전진해 오는 우리 큰아들과, 제레미의 한쪽 손에 목덜미가 잡혀 있는 엘리아스를 보았다. 그런데 쌍둥이는……?!

"엘리아스! 너……! 너 이 자식 대체 어디 갔다 온 거야?!"

"흐아아어어엉!"

"이 자식이 지금 뭘 잘했다고 울어, 울긴?! 동생들은 어디 있어?!"

내 흉포한 외침이 무색하게도 엘리아스는 바닥에 다리를 뻗고 주저앉아 꺼이꺼이 통곡을 하면서 뭐라 이해할 수 없는 괴상한 말들을 외쳐 댈 뿐이었다. 어이가 없다 못해 기가 막혀 버린 나를 위해 대신 설명에 나선 것은 단연 제레미였다. 제레미는 동생을 향해 통렬하게 혀를 차 보이더니만 가소롭기 짝이 없다는 듯 목소리로 운을 떼었다.

"달밤에 꽃 따러 산등성이까지 기어올라 갔다가 고소공포증 도져서 벌벌 떨고 있던 거 겨우 찾아냈다. 하여간 머저리 짓도 가지가지 해요."

뭘 따러 갔다고……? 어이를 상실한 내 눈에 그제야 엘리아스의 한쪽 손에 들린 하얗게 빛나는 꽃 더미가 들어왔다. 눈 쌓인 고산지대에서만

난다는 희귀 식물, 눈 위에 피는 연꽃이라는 설련이 이 난리 통 한복판에서 홀로 요요히 빛을 뿜고 있는 모습을 보고 있자니 더더욱 기가 찼다.

"대체 무슨 바람이 들어서 이 야밤에 꽃을 꺾으러 가?! 쌍둥이는 어디 있어?!"

"흐어어엉엉, 나 아파아아!"

"이게 어디서 또 슬쩍 말을 돌리고 있어?!"

"그런 게 아니라 진짜 팔 다쳤단 말이야아! 흐엉엉엉, 쌍둥이가, 레온이, 설련, 흐어어어엉!"

엘리아스가 하고자 하는 말을 이해하기까지는 아주 한참이 걸렸다. 뭘 잘했다고 서럽게 꺼이꺼이 울던 녀석이 내뱉은 소리를 종합해 보니 이랬다.

쌍둥이가 아까 저녁 식사 때 일로 엘리아스를 닦달하던 와중에 레온이 내 화를 풀어주기 위한 방침으로 책에서 본 희귀한 꽃을 들먹거렸고, 하여 어쩌다 보니 셋이서 설련을 채집하러 가는 모험을 감행하게 되었다는 거다. 여차여차 산등성이까지 올라가던 중에 엘리아스는 고소공포증이 도져 버려서 공황에 빠졌으며 이에 쌍둥이가 제레미를 데려오겠다며 먼저 가버렸단다!

내가 차마 할 말을 찾지 못하고 그저 입만 벌리고 있는 바보 같은 모습을 연출 중인 가운데, 어쩐지 웃음을 필사적으로 참고 있는 것 같은 표정으로 지켜보기만 하던 뉘른베르 공작님이 제레미를 향해 입을 열었다.

"나머지 수색대는?"

"아까 공자하고 따로 갈라져서 찾아보기로 했었거든요. 걔들은 지금 어디서 헤매고 있을지 모르겠습니다만 다시 가봐야겠……"

"엄마아!"

타이밍 좋게도 저만치서 불쑥 들려온 참으로 반갑기 짝이 없는 목소리에 하얀 입김을 내뱉으며 말을 잇던 제레미도, 공작님도, 기사들도 동시에 고개를 돌렸다. 나 역시 마찬가지였다.

"레온! 레이첼!"

신이시여, 감사합니다! 감격의 눈물이 벅차오르는 내 시야에 검은 머리 소년의 모습이 들어왔다. 어깨에 레이첼을 목말 태운 채 한 손에는 검을 들고 다른 손으로는 레온의 손을 잡고 있는 노라였다!

자기들 때문에 야밤에 이 푸닥거리가 벌어진 것을 아는지 모르는지 그저 해맑게 웃으며 손을 흔들어 대는 쌍둥이를 보고 있자니 화가 치밀면서도 동시에 얄궂게도 웃음이 터져 나왔다.

"엄마, 작은오빠가…… 어, 오빠 거기 있네? 근데 왜 울어?"

잠시 정적이 있었다. 내가 손으로 얼굴을 가리며 탄식을 삼키는 동안 노라의 어깨에서 폴짝 뛰어내린 레이첼과 레온이 앞다투어 달려와 외치기 시작했다.

"엄마, 엄마 우리가 설런 땄어! 진짜 빛이 나! 이거 엄마 거야!"

"엄마, 아직도 화났어? 여자들은 꽃 선물 좋아한다고 책에서 그랬는데!"

제레미가 '쇼를 해라, 쇼를' 하고 혀를 내두르는 소리가 아련하게 울려 퍼졌다.

내게 쌍둥이를 되찾아준 노라로 말할 것 같으면 전혀 영웅답지 않은 가라앉은 표정을 하고서 나를 물끄러미 바라보고만 있었다. 그의 아버지가 한숨 섞인 어조로 입을 열기 전까지는 그랬다, 이 얘기다.

"너는 이런 문제가 생겼다면 언질이라도 했어야지 왜 네 멋대로 기사들을 끌고 나간 거냐?"

"……."

"노라!"

"저어, 공작님. 본의 아니게 폐를 끼쳐 어찌 사죄드려야 할지 모르겠어요. 공자에겐 정말 너무 감사드려요."

내가 빠르게 끼어들자 공작님은 묵묵부답인 아들을 향해 언성을 높이다 말고 나를 한 번 돌아보더니, 곧 무슨 생각을 했는지 한결 누그러진 표정으로 머리를 가로저었다.

"폐라 할 것도 없습니다. 다들 무사히 돌아와서 다행일 따름이군요."

"정말 감사합니다. 저어, 공자한테 너무 고마워서 그런데 괜찮으시다면 차라도 대접하고 돌려보내도 될까요?"

다행히 강철의 공작님은 순순히 그러라고 승낙했고, 그렇게 우리 가족과 어린 공자는 무사히 별장 안으로 들어섰다.


잘 시간을 한참 넘겨 버린 쌍둥이는 곧장 사이좋게 침대에 누워 색색 잠들었다. 오밤중에 어울리지도 않는 꽃 채집 모험을 나섰다가 고소공포증이 도진 것도 모자라 어디서 미끄러졌는지 팔까지 다친 엘리아스는 난롯가에 앉은 채 예의 그 부루퉁한 얼굴을 하고서 침묵을 지키고 있었다. 혹시나 싶어 비상 약품들을 챙겨 왔기에 망정이었다. 마침내 엘리아스가 입을 열었을 때, 나는 이미 그의 팔에 생긴 자잘한 생채기에 연고 바르는 일을 마친 뒤였다.

"……난 사실 이제 어머니 얼굴이 제대로 기억나지도 않아."

실로 뜬금없기 짝이 없는 목소리였다. 그러고 보니 제레미도 언젠가 저런 비슷한 말을 했던 것 같았다. 다음으로 무슨 소리를 할까 싶어 잠시 기다리는데 엘리아스는 더는 아무 소리도 하지 않았다. 하여 내가 대신 말을 꺼냈다.

"나는 너희 기억 속에 있는 친어머니의 존재를 지우고 그 자리를 차지하고픈 마음은 조금도 없어."

"……."

"알았니? 너희에게 그런 걸 강요하려는 생각은 눈곱만큼도 없다고. 그러니까 더는 그런 식으로 불안해할 필요 없어."

그렇고말고. 내가 뭐라고 이 녀석들의 진짜 어머니를 밀어낼 수가 있겠는가. 이 아름다운 아이들을 손수 낳고 돌아가신 분인데. 하물며 언젠가 보았던 그녀의 초상화와 나는 눈곱만큼도 닮은 구석이 없었다. 내가 그런 욕심을 품는 게 어디 가당키나 한가…….

쓴웃음을 삼키며 연고함 뚜껑을 닫고 테이블 위에 흩어진 설런 송이들을 가지런히 그러모으는데 엘리아스가 불쑥 다시 내뱉었다.

"……그렇다고 해서 네가 우리 가족이 아니라는 건 아니야."

나는 일순 멈칫했다가, 여전히 시선을 고집스레 내리깔고 있는 소년을 향해 활짝 미소를 지어 보였다.

"알아."


엘리아스까지 마침내 곯아떨어진 침실을 나와 거실로 들어섰을 때, 심야의 영웅 되시는 두 소년은 긴 소파에 아무렇게나 널브러진 채로 꾸벅꾸벅 졸고 있었다. 하기야 이 오밤중에 때아닌 생고생을 다 했으니 피곤할 법도 했다.

장차 숙명의 라이벌로 자랄 꼬마 사자와 꼬마 늑대가 사이좋게 뻗어서 잠든 풍경이 참 아이러니하고도 애틋하게 느껴졌다. 이렇게 보니까 둘 다 아직 애들이긴 하구나…….

벽난로에서 탁탁 하고 통나무가 튀어 오르는 소리가 울렸다. 나는 잠깐 망설였다가, 두꺼운 담요를 가지고 와서 두 녀석에게 덮어주고 자세를 바로 고쳐주었다. 아니, 고쳐주려고 했다.

"……으음……."

제레미와 비슷하게 한 팔로 검을 껴안은 자세로 잠든 노라가 대뜸 앓는 듯한 탄식 소리를 내기 시작한 것은 그때였다. 본의 아니게 찬바람을 맞고 감기라도 걸렸나 싶어 조심스레 살피려는 찰나였다.

"……으, 으읏…… 아버지……."

"노라?"

"……제가 그런 거 아니에요. 제가 그런 거 아니라고요……."

내 눈이 절로 휘둥그레 벌어져 버렸음은 두말할 것도 없었다. 내가 얼어붙어 버린 사이 노라는 대체 무슨 꿈을 꾸는 건지 식은땀을 뻘뻘 흘리며 숨을 고통스럽게 몰아쉬기 시작했다. 그러면서 어린아이처럼 작고 가느다란 목소리로 중얼거렸다.

"진짜 제가 그런 거…… 하아, 제가 그런 거 아니라고요…… 정말 거짓말하는 거 아닌데 왜 제 말은 들어보지도 않아요……?"

숨이 턱 막히는 감각이 바로 이런 것일까? 언젠가 예배당에서 마주쳤던 노라의 모습이 떠올랐다. 제단 곁에 주저앉아 끅끅 눈물을 흘리던 모습이, 나 역시 그가 구제 불능의 철부지에 입만 열면 거짓말이나 한다고 생각하느냐고 묻던 모습이. 그 끔찍했던 성탄절 연회 이후 마지막으로 나를 찾아와서 실없이 장난치던 모습도 스쳐 지나갔다.

그가 지금 다시 겪고 있을 고통에서 깨어나게 해줘야 한다는 생각에 나도 모르게 살며시 손을 뻗어 소파 아래 축 늘어진 팔에 가져다 대는 참이었다. 투박한 손이 덥석 내 손을 붙드나 싶더니 다음 순간 소년이 소스라치듯 벌떡 상체를 일으켰다.

"노, 노라?"

"……."

목덜미까지 온통 식은땀으로 흠뻑 젖은 노라는 일순 자기가 어디에 와 있는 건지 영 감을 잡지 못하고 있는 것처럼 보였다. 어둠 속에서 새파랗게 빛나는 눈동자가 전에 없이 낯선 그늘을 머금고 내 얼굴을 골똘히 노려봤다. 그 심상치 않아 보이는 눈빛에 나는 마른침을 꿀꺽 삼켰다.

"노라, 너…… 괜찮아?"

잠깐 침묵이 있었다. 노라는 숨을 가쁘게 들썩이며 나를 한참이나 더 뚫어져라 노려보았는데, 그러고서 다음으로 불쑥 내뱉는다는 소리가 바로 이거였다.

"누나는 괜찮아요?"

……말문이 막히는군. 그보다 이제야 좀 예전처럼 느껴지는 기분일세. 역시 이 녀석이 답지 않게 깍듯이 예를 차렸던 것 때문에 생소하게 느껴졌던 걸까? 내가 머뭇대는 사이 노라가 손을 놓고는 주위를 둘러보며 몸을 완전히 일으켜 앉았다. 그러고는 땀에 젖은 머리카락을 손으로 긁적이며 나를 향해 미소를 지었다. 좀 전의 모습이 믿기지 않을 정도로 태연한 미소였다.

"좌우지간 고생이 많으시겠어요. 저 같은 놈 하나도 아니고 둘씩이나 딸린 데다 시끄러운 꼬맹이들까지 둘이라니."

……뭐 맞는 말이긴 했다. 뜬금없는 건 여전하다고 해야 할까?

"그러게 말이구나."

"지들이 얼마나 행운아인지 좀 알아야 할 텐데 말이죠. 아무튼 저도 모르게 깜박 잠들어 버린 것 같은데, 이만 가봐야겠습니다."

"왜, 그냥 자고 가지……."

"아니요. 이만하면 충분한 민폐였죠."

민폐는 되레 우리 쪽에서 끼쳤는데. 그냥 자고 가도 괜찮을 텐데 뭐가 그리 급한지 서둘러 몸을 일으키던 노라가 문득 멈칫하며 나를 돌아보았다.

"아, 그리고……."

"응?"

"그…… 재판 때 말이에요. 누나 진짜 멋있었다고 말하고 싶었어요. 그런 용기는 아무나 낼 수 있는 게 아니죠."

어쩐지 평소보다 더 깊게 느껴지는 목소리였다. 서늘하고 푸르스름한 새벽녘의 공기 속에서 마찬가지로 서늘하게 빛나는 눈동자가 내 눈동자를 들여다봤다. 저런 말에는 대체 뭐라고 대꾸해 줘야 할까? 연신 말문이 막혀 버리는 기분인걸.

"고마…… 워. 오늘 해준 일도 그렇고 전부……. 여러모로 매번 신세만 지는구나."

"딱히 대단한 일을 한 것도 아니었는데요."

"……넌 괜찮을 거야, 노라."

나도 모르게 더듬거리듯 말을 돌렸다. 어쩌면 좀 전에 목도한 것 때문에 저절로 튀어나온 것일지도 몰랐다.

"그러니까 내 말은…… 앞으로 더 나아질 거라고 생각하지만, 혹시라도 내가 뭔가 도와줄 일 있으면 언제든 말하라고."

내 말의 의미를 이해한 것일까? 노라는 그 새파란 눈을 크게 뜨나 싶더니, 대뜸 입가에 야릇한 미소를 띄웠다. 어른스러워 보이는 동시에 신랄해 보이기도 하는, 좀체 종잡을 수 없는 느낌의 미소였다.

"이젠 아무렇지도 않은걸요."

짧고도 다사다난했던 휴가의 끝에, 우리는 마침내 집으로 돌아가는 길에 올랐다. 돌아가는 길은 모처럼 눈보라가 그치고 햇볕이 환하게 내리쬐는 화창한 날씨였다.

"하여간 네놈은 집에 도착하기만 해."

"아, 왜 자꾸 협박질이야?! 이미 다 끝난 일이잖아!"

"끝나? 누구 맘대로 끝나? 난 아직 안 끝났거든?"

……음, 아무래도 우리 둘째 아드님의 명복을 미리부터 좀 빌어줘야 할 것 같다. 큰아드님께서 잔뜩 벼르고 있는 것 같으니. 하지만 딱히 말리고픈 마음은 없다고 해야겠다. 하핫.

모처럼 온 휴가에 되레 여독이 쌓인 모양인지 쌍둥이는 마차에 오르자마자 곧장 잠들어 버렸고, 불안 초조한 표정으로 제 흉포한 형을 살피던 엘리아스 역시 어느덧 꾸벅꾸벅 졸기 시작했다. 나는 짐을 제대로 다 실은 것을 확인한 뒤 별장 종업원이 내준 막대 사탕을 입에 물고는 마차에 올랐다.

"휴가가 끝나 버린 기분이 어때, 경애하는 어머니?"

나는 사탕을 입에서 빼고는 부러 새침한 표정으로 눈을 흘겼다.

"좋아, 제레미. 너도 쇼 그만해도 돼. 계속 듣고 있으니까 좀 메슥거린다."

창가 자리를 차지하고 앉아 짓궂게 눈을 빛내던 제레미가 내 손에 들린 사탕을 멋대로 뺏어가 제 입으로 던져 넣었다. 그리고는 킬킬 웃기 시작했다.

"하기야 네 나이에 벌써부터 나이 지긋한 어머니 대접받으면 좀 억울하긴 하겠지."

"그걸 이제 알았어?"

똑같이 짓궂은 투로 맞받아치자 그가 이제 한 손으로 내 손을 잡고는 자기 쪽으로 바짝 끌어당겼다. 그러면서 콧노래를 흥얼거리며 맞잡은 손을 흔들었다.

"그래. 뭐, 어머니든 누이든 그냥 보호자든 뭐든 가족끼리 앞으로 쭉 같이 있기만 하면 되는 거지. 안 그래?"

그래, 맞는 말이었다. 이제부터 우리 앞길에 뭐가 있든, 앞으로 또 무슨 변수가 생기든, 일단은 함께 있다는 것이 중요했다. 누가 뭐래도 우리는 가족이니까 말이다.

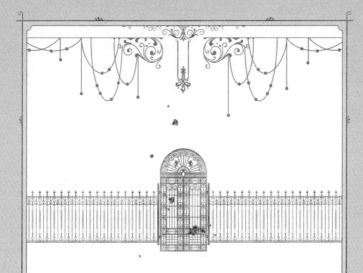

비하인드 스토리

어떤 왕자와 어떤 성직자

## &lt;어떤 왕자&gt;

어렸을 때, 그러니까 그가 아직 열두 살 남짓했을 무렵에 사촌의 집에서 화려하게 세공된 파이프를 본 적이 있었다. 동방 쪽 상품이 분명해 보였던 그 파이프는 무지갯빛을 머금은 유리 몸집에 이름 모를 오색찬란한 보석이 섬세하게 박힌 모양새가 꽤 탐미적이었다. 아직 성년이 되려면 한참 멀었던 그조차 한 번 피워 보고픈 욕구가 들 정도로 말이다.

딱히 별생각을 한 것은 아니었다. 그는 마음만 먹으면 뭐든 가질 수 있는 자리에 있었으나, 누가 봐도 귀한 선물이 분명한 물건을 탐냄으로써 그렇고 그런 철부지의 이미지로 찍히는 것은 질색이었다. 특히나 상대가 그의 존경하는 숙부님이라면 말이다. 하여 그는 그저 그냥 한 번 사용해 보려고만 했다. 본래의 의중은 딱 거기까지였다.

카이저라이히력 1115년 12월 27일.

음유시인들에게 있어 두고두고 희곡거리로 써 먹힐 만한 재판 사건이 벌어진 당일의 저녁.

"태자 전하……?"

시종들이 조심스레 눈치를 살피는 풍경이 오늘따라 유독 거슬리게 느껴졌다. 아까의 일을 생각하면 무리도 아니었으나, 테오발트는 늘 그렇듯 자신을 염려해 주는 시종들을 부드러운 미소로 물리쳤다. 지금은 혼자만의 시간이 필요했다.

누가 봐도 그는 지금 심란해 마지않는 상태였다. 자칫 전대미문의 과부를 건드렸다는 오명이 퍼질 판인 데다 열네 살배기 후작가 영식에게 꼼짝도 못 하고 두들겨 맞았다는 다소 수치스러운 오해까지 생겼다. 설상가상으로 재판은 완전히 황실에게 불리한 방식으로 종결된 상태였다.

그럼에도 현재 열일곱 살 황태자의 머릿속을 잠식하고 있는 생각은 그러한 것들과는 차원을 달리하는 종류의 것이었다. 오히려 그는 앞선 문제들에 대해 전혀 신경을 쓰지 않고 있는 상태였다.

보라색 벨벳의 무거운 휘장이 쳐진 회랑은 예전에는 좀처럼 들여다보지 않았던 장소였다. 어렸을 때나 가끔, 아주 가끔 찾아오던 곳이었음에도 어째 최근 들어 발걸음하게 되는 일이 잦았다.

화려한 벽면에 줄줄이 걸린 초상화 중 그가 시선을 고정시키는 건 오로지 하나뿐이었다. 이제는 죽고 없는 그의 생모, 루도비카 전 황후의 초상화 말이다.

"후우……."

이젠 얼굴조차 기억나지 않는다고 했던 말은 반만 진실이었다. 그가 원할 때면 언제든 여기로 와서 죽은 어미의 얼굴을 볼 수 있었으니까.

다소 서늘하게 가라앉은 그의 표정과는 대조적으로 초상화 속의 여인은 환하게 웃고 있었다. 이 초상화를 그리는 내내 화공은 얼마나 심혈을 기울여야 했을까. 보랏빛이 도는 은빛 머리카락 한 올 한 올이, 별을 담고 있는 것처럼 총총 빛나는 레몬색 눈망울이 지나치리만치 생생하게 느껴졌다.

초상화 속의 여인은 후작가의 여가주와는 머리색도, 눈동자색도 달랐다. 하지만 얼굴의 생김새만큼은 놀라우리만치 닮아 있었다. 그의 부친이나 숙부가 그 어린 후작 부인에게 그리 무르게 구는 것도 무리가 아니었다.

한때는 의문을 품던 시절도 있었다. 루도비카를 그토록 사랑했다던 황제가 어째서 정작 그녀가 낳은 자식인 제게 그리 무관심한지 말이다. 물론 그런 의문 같은 건 어린 시절의 이야기에 불과했다. 이제는 딱히 거슬리는 문제도 아니었다. 그의 계모인 엘리자베트 황후가 대외적으로는 그에게 간도 빼줄 것처럼 굴면서도 실제로는 친아들인 레트란 황자를 더 안쓰럽게 여긴다는 사실처럼 말이다.

그들의 마음속 깊이 자리한 진짜 본심이 뭐가 됐든, 그가 관심 있는 것은 오로지 겉으로 표출되는 모습뿐이었다. 정말이지 입 밖으로 내거나 행동으로 보이지 않는 속마음 따위가 무슨 쓸모가 있단 말인가? 그에게 있어선 남들의 진심 따위는 중요치 않았다. 얼마만큼 그를 최우선으로 대하느냐만이 중요했다. 그런 관념으로 지금까지 그럭저럭 만족스러운 삶을 살아왔다고 자부할 수 있었다.

그럼에도…… 그럼에도 지금 이 순간, 테오발트는 난생처음으로 타인의 진심을 얻고 싶다는 생각에 불타오르고 있었다.

초상화 속의 그의 생모와 조금 전 법정을 뒤집어놓았던 여인의 외양은 상당히 닮았다. 하지만 루도비카는 아까의 여인 같은 모습을 보인 적이 없었다. 보여줄 기회가 없었다고 하는 편이 맞으리라. 그리 일찍 죽어버렸으니.

솔직히 처음에는 그저 겉모습에 시선이 끌린 것뿐이었다. 죽은 노이반슈타인 후작이 어째서 뒤늦게 주책이 들었는지 알 것 같다는 말이 떠돌 정도로 아름다운 외양을 한 어린 후작 부인. 그 독특한 미모는 둘째치고라도 그의 어머니와 그토록 닮은 외양에 관심이 갔던 것뿐이었다. 그러던 중에 그녀가 후작가 자제들과 부대끼는 모습을 보면서 점점 더 호기심이 일었다. 정확히는 그들을 대하는 그녀의 모습에.

이제 겨우 성년식을 넘긴 어린 여자가, 대체 어떻게 하면 그토록 진실한 애정이 담긴 눈을 하고서 전처의 자식들인 또래 철부지들을 대할 수 있을까. 그건 절대 가식이나 겉치레 따위가 아니었다. 그런 문제에 있어 자신의 눈은 못 속인다고 테오발트는 장담할 수 있었다.

그랬다. 그 모습에 호기심이 동해서 툭하면 후작저를 들락거렸다. 그러다가 후작저의 장남이 앓아누운 어느 날엔가 평소처럼 방문했다가 깜박 잠들어 버렸을 때, 꿈결처럼 들려온 달콤한 자장가 소리에 슬그머니 욕심이 치솟기 시작했던 것이다. 마치 어릴 적 존경하는 숙부님의 애정을 독식하고픈 마음으로 일을 벌였을 때처럼 말이다.

그렇다고 해서 그가 다른 아이들에게 악의를 품었다거나 계획적으로 일을 꾸몄다고는 볼 수 없었다. 왼손잡이로 태어난 사람이 자연스레 왼손을 사용하듯, 그것은 그의 타고난 본능일 뿐이었다.

그가 열두 살 무렵엔가 숙부님의 집에 놀러 갔다가 호화로운 파이프에 손을 댔던 것도, 처음부터 뭔가 계획하고 한 짓은 아니었다. 그냥 한

번 피워 보고 싶었던 것뿐이었다. 그 나이 대 소년들이 흔히 그렇듯, 어른 흉내를 내보고 싶었던 것뿐이었다. 단지 처음 다뤄 보는 것이라 미숙했고 어설프게 담뱃잎을 채우고 몇 모금 빨다가 바닥에 떨어뜨려 버렸던 것도 의도치 않은 실수에 불과했다. 그때 하필이면 어른들이 나타났던 것도, 하필이면 그의 어린 사촌이 근처에서 놀고 있던 것도, 전부 그가 의도한 바는 아니었다.

그는 단지 본능적으로 행동했을 뿐이었다. 해선 안 되는 짓만 골라 하는 철부지 황태자로 낙인찍히는 것보다는 곁에 있던 어린 사촌에게 전부 떠넘기는 편이 훨씬 쉬웠으니까.

다만 골칫거리 역할을 남에게 떠맡기면 얼마나 편한지, 모두가 인정하는 악역이 생기면 얼마나 편리한지 본격적으로 깨달은 건 그때부터였던 것 같다.

늘 점잖고 선량한 희생자의 입장을 고수하는 것만으로도 더 빛날 수 있다는 사실을 모르는 사람은 의외로 많았다. 단지 애정을 독식하려고 하는 행위가 어떻게 나쁠 수가 있겠는가? 세상에 널린 죄악과 비교해 보면 딱히 잘못됐다 할 수도 없었다.

더군다나 그는 황태자였다. 장차 황제가 될 사람으로서 가능한 많은 이의 선망을 받겠다는데 뭐가 잘못됐단 말인가?

그런 식으로 거듭해서 종국엔 그의 배다른 아우를, 그의 사촌 아우를 구제 불능의 골칫덩이로 만드는 데에는 그만한 가치가 있었다. 그만큼 그의 입지는 더더욱 올라갔으니까 말이다.

하여 그는 여태까지 단 한 번도 자신의 처세술에 의구심을 품어본 적이 없었다. 바로 오늘까지는 말이다.

더없이 희한한 일이었다. 그의 계모도, 그가 존경하는 숙부도 그토록 쉽게 그의 간계에 넘어갔는데, 본심이야 어찌 됐든 그토록 쉽게 그로 인해 자신의 자식들에게 등을 돌렸는데, 오늘 그 여인은 상상도 못 한 방법으로 그를 포함한 모든 이의 뒤통수를 쳐 버렸다.

나직한 탄식이 테오발트의 고운 입술 사이로 흘러나왔다.

"큰일 났네……."

이렇게까지 깊숙이 들어가려던 것은 아니었는데. 그저 지금까지 그래 왔듯 그 모든 관심과 대우에서 자신이 우선순위가 되기를 의도했을 뿐인데.

……이젠 진심으로 탐이 나기 시작해 버렸다.

그로서는 도저히 이해하기 어려운 견고한 헌신과 애정, 귀부인으로서 가장 치명적인 침실 사정까지 밝히면서 어리석은 철부지 소년을 지키려 했던 그 마음. 그 모든 것이 온전히 그에게로만 향하게 된다면 얼마나 짜릿할까. 얼마나 더 바랄 것이 없게 느껴질까.

그에게 아주 희망이 없는 것은 아니었다. 일단 그녀가 그에게 원망을 품거나 한 건 아니지 않은가. 그러니 그들의 관계는 아직 완전히 파탄 났다 할 순 없었다.

……다만 이제부터는 방법을 좀 바꿔 봐야 할 것 같았다. 그리고 테오발트는 그 방법을 찾을 것이었다. 지금까지 늘 그래 왔듯이.


## <어떤 성직자>


'고행의 방'은 성직자들이 자신들의 죄를 신에게 고하며 스스로를 채찍질하는 장소다. 비유적인 의미의 채찍질이 아니라 문자 그대로의 채찍질 말이다. 그렇다고 해서 고행을 수행하는 추기경들이 진짜로 존재하는 건 아니었다. 대부분의 성직자는 벽에 채찍을 내려쳐 소리를 내는 편법을 썼다. 진심으로 성직에 발을 담근 이가 얼마나 된다고 굳이 그런 고통을 감행할까.

물론 어디서나 소수의 예외는 존재하는 법이었다. 가령 저 '침묵의 종'이라 불리는 젊은 추기경처럼, 젊은 나이일수록 되레 맹목적으로 성직에 목을 거는 경우는 의외로 흔했다.

남들은 편법을 써서라도 피해가는 괴로움을 굳이 수행하는 이유는 그 첫째가 마음의 평안을 위한 것이오, 둘째는 그 대가로 따라오는 평판을 얻기 위해서였다.

"예하께서……."

"벌써 4시간째입니다."

"휴우, 정말 드물게 신실하신 분이라니까요……."

하지만 오늘의 침묵의 종, 리슐리외 추기경은 고행의 방에 틀어박혀 있는 상태이긴 했으나 평소처럼 진실 된 자학 행위는 하지 않고 있었다. 4시간째 아무런 소리도 들려오지 않는 중임에도 불구하고 다들 두런두런 염려와 감탄을 나누는 것은 온전히 평소에 충실히 쌓아온 이미지 덕이었다.

그렇다면 침묵의 종께서는 진짜로 무얼 하고 있는 걸까?

아무리 고행의 방이라 한들 혹한기에 벽난로의 불을 지피는 융통성은 중앙 수도원의 기본 상식이었다.

스물한 살의 젊은 추기경은 벌써 몇 시간째 꼼짝도 하지 않고 앉아 활활 타오르는 난롯불을 바라보고만 있었다. 간혹 불꽃이 사그라들 때쯤 쌓인 통나무를 던져 넣으려 움직인 것을 제외하면 거의 완전무결한 동결 상태라 해야겠다.

오렌지색 불꽃이 날름거리는 거대한 벽난로 좌우에는 실제 사람만 한 크기의 성부상과 성모상이 근엄한 얼굴을 하고서 추기경을 마주 보는 중이었다. 따스한 불빛에 물든 추기경의 얼굴은 제법 곱상했으나, 환한 다갈색 머리칼 아래 대조적으로 자리한 암흑 같은 눈동자 탓에 다소 섬뜩한 인상을 풍기고 있었다. 색깔이 문제라기보다는 그 어두움 안에서 번득이는 섬뜩한 광기 때문이라고 해야겠다. 오죽하면 나이 지긋한 선배 추기경들조차 그를 대할 때는 교황과의 접견과 맞먹을 정도로 조심스러운 태도를 취할까.

리슐리외 추기경은 그런 사람이었다. 다섯 형제가 줄줄이 이어진 백작가의 막내로 태어나 여섯 살 무렵부터 성직에 발을 들인 이래, 그는 지금까지 그 긴 세월 동안 신들의 눈 아래 단 한 점의 부끄러움도 존재하지 않게끔 자신을 채찍질해 왔다. 겉으로는 신실한 척하면서 뒤로는 온갖 추악한 향락을 즐기는 여타 성직자들과 비교했을 때 그는 거의 완전무결하다 할 수 있었다. 수도의 모든 성직자가 지옥 불에 떨어진다 한들 그만큼은 면할 거라고 굳게 믿을 수 있을 정도로.

그에게 있어 세상의 유일한 진리는 성서뿐이었으며, 그 온갖 까다로운 교리와 청빈, 맹약한 순결 등을 철저히 지키면서도 단 한 번도 신앙에 의구심을 품어본 적이 없었다. 간혹, 아주 간혹가다 미흡한 육신의 욕망이 틈을 노리고 아가리를 벌려 오는 악마처럼 덮쳐 올 때도 있었으나 그는 철저하게 스스로를 자제해 왔다.

그 어떤 아름다운 여인을 보아도, 그 어떤 난잡한 성직자들의 축제와 대면해도, 그는 단 한 번도 육신의 욕망에 꺾인 적이 없었다. 그리고 그 사실은 저 맞은편에 표표히 서 있는 성부와 성모 신의 눈에도 명백할 것이었다.

그런데…….

한 팔에 아기 천사를 안고 서 있는 성모상을 물끄러미 응시하는 검은 눈동자가 일순 타오르듯 번득였다. 거의 분노에 가까운 격정적인 불꽃이었다.

분노, 혹은 원망일까. 어쩌면 절망이라 칭할 수도 있겠다. 아무리 밤을 새워 기도를 올려도, 아무리 스스로를 단죄하며 고행을 일삼아도, 한번 그의 내부에 자리 잡은 죄악의 씨앗은 사라질 기미가 없이 되레 빠르게 끈질긴 싹을 틔우고 있었던 것이다.

제국의 모든 인간을 통틀어 그만큼 경건한 사람은 없다는 사실은 저 성모 신이 그 누구보다도 잘 알 것이었다. 그런데…… 어째서 이런 식으로 그를 시험에 들게 하는 것이란 말인가. 어째서 저 혀를 날름거리며 타오르는 불꽃마저 그녀의 머릿결처럼 고운 빛깔로 보이는 것인가.

리슐리외 추기경이 처음으로 노이반슈타인 부인을 보았던 건 2년 전쯤, 그녀가 남편과 함께 기도를 드리러 왔을 때였다. 그때 그녀는 고작 열네 살에 불과했으나 리슐리외의 생각으론 교황의 정부인 예카테리나보다 더 예뻤다.

어쨌든 그는 후작의 곁에 앉은 요정 같은 소녀의 모습으로부터 눈을 떼지 못하는 자신에게 기겁했고, 또다시 연약한 육신이 그를 시험하는 것이라 믿고는 곧장 기도실로 달려가 장장 반나절 동안 속죄의 시간을 보냈다. 그러고서 머지않아 그녀의 모습을 잊었다.

아니, 잊었다고 생각했다. 남편과 사별한 뒤 후작가의 임시 가주가 되어 의회에 행차한 그녀와 다시 마주치기 전까지는 말이다.

처음 봤던 당시보다 매혹적으로 자란 여인의 모습을 떠올리는 그의 어두운 눈동자에 아까와는 차원이 다른 불꽃이 일렁이기 시작했다. 아까의 그것이 신들을 향한 분노와 원망이었다면, 지금은 온전히 한 인간을 향한 까마득한 증오와 갈망으로 활활 타오르고 있었다.

비단 그 자신만의 문제는 아니었다. 적어도 그의 생각에는 말이다. 의회에 참석한 다른 추기경들은 물론이요, 여타 귀족 수장들까지 그녀의 참석을 떨떠름해하는 동시에 그녀에게서 눈을 뗄 줄을 몰랐다.

얼마나 우스꽝스럽고도 아이러니한 풍경이었던가. 만일 그녀가 과부가 아닌 갓 사교계에 데뷔한 영애였다면, 지금쯤 사교계는 난리가 나다 못해 한바탕 피바람이 불었을 것이었다. 지금도 이 지경인데 오죽하랴.

철저히 외면하리라 매번 다짐을 거듭하면서도 마주칠 때마다 절로 시선이 못 박혀 버리는 것은 그의 능력 밖의 일이었다. 그를 궤멸시키려 온 악마라고 스스로에게 거듭 되뇌는 것이 무색하게도, 식사를 할 때도, 기도를 올릴 때도, 성서를 읽을 때도, 고해성사를 할 때도, 심지어 고행을 수행할 때도 그녀의 모습이 눈앞에 어른거리는 듯했다.

햇볕을 머금고 물결치듯 출렁이던 분홍색 머리카락이, 환한 풀빛 눈망울이, 섬세하게 빚어진 설탕 인형 같은 달콤한 얼굴이, 비둘기의 날갯짓 같던 몸짓 하나하나가 그를 놓아줄 기미를 보이지 않으며 끈질기게 쫓아왔다.

영원불멸의 신앙로부터 그의 눈을 돌리기 위해 악마가 그녀의 모습으로 나타난 걸까. 악마가 아니라면 누가 그 안에 이런 갈망을 불어넣을 수가 있을까.

어느덧 그는 단 한 번이라도 손끝으로 그녀의 머리카락을 스칠 수만 있다면 그가 가진 모든 것을 내던지게 될 수 있을 만큼 위험하기 짝이 없는 상태에 돌입해 있었다.

그러던 중에 테오발트 황태자가 그녀에게 관심을 보이는 사태가 벌어지고 말았다. 그는 단 한 번도 그 겉과 속 다른 황태자를 좋아한 적이 없었으나, 이번만큼은 마녀에게 홀려 버린 황태자를 구제해 줘야 한다는 의무감에 사로잡혔다.

……아니, 그런 거라고 스스로를 세뇌하려 애썼다. 결코 속된 질투 따위가 아니라, 신의 종으로서 제국의 후계자를 구제하는 사명일 뿐이라고 스스로를 세뇌했다.

차라리 그녀가 어느 어중이떠중이 놈과 눈이 맞아 시시덕거렸다면 역시 마녀다운 행각이라 치부하고 냉소할 수 있었을지도 몰랐다. 하지만 상대는 황태자였다. 교황의 굳은 신임을 받고 있는 젊은 추기경인 그보다 훨씬 높은 신분을 타고난 황태자.

그는 그 꼴을 도저히 두고 볼 수가 없었다. 그래서 늘 눈에 거슬리던 아름다운 금발의 소년에게, 언제나 그녀 곁에 붙어서 실실 웃는 꼴이 거슬리던 어린 사자에게 일을 저지를 만한 단서를 던져주었던 것이다.

그러나…… 어째서 악마는 인간보다 훨씬 강하단 말인가. 어째서 인간이 상상도 못 한 방식으로 영혼을 농락할 수 있단 말인가. 어째서 그토록 거룩하고도 고결한 형상을 하고 있을 수가 있단 말인가.

오늘 벌어진 재판에서 여인이 보인 행동은 그로서도 가히 상상도 못 했던 종류의 짓이었다.

세상 어느 여인이, 그것도 나이 어린 후처가 전처의 아이를 지키겠답시고 만천하 앞에서 그런 짓을 감행할 수 있을까.

성서에 따르면, 악마는 인간이 전혀 예상치 못한 형상을 취하고 다가온다고 했다. 과연 맞는 말이었다. 한 소년의 미래를 지키고자 순백의 신녀의 증명을 구하는 악마라니, 어느 누가 상상이나 했을까?

그는 그녀가 오늘 벌였던 행각이 순수한 애정 또는 모성에 의한 것이라고 믿을 수 없었다. 피고인석에 앉은 소년은 그녀와 고작 두 살 터울에 불과한 차기 후작이었다. 그들의 관계가 정말로 눈에 보이는 것만큼 순수하리라고는 결코 믿을 수가 없었다.

오늘 벌어진 일 덕분에 그녀는 앞으로 더더욱 세간의 집중을 받을 것이었다. 순결을 입증한 것이나 다름없는 처사였으니 황태자 역시 더더욱 거리낄 것이 없게 되리라. 후작저의 소년 역시 더더욱 맹목적으로 그녀 곁에 붙어 있게 될 것이었다.

활활 타오르고 있는 벽난로의 불꽃이 언뜻 지옥의 화염처럼 보인 것은 착각일 뿐일까. 무릎 위에 얹어놓은 묵주를 움켜쥔 그의 손에 힘이 실렸다. 어찌나 셌는지 손등 위로 핏줄이 불거져 나올 정도였다.

세간의 오해와는 다르게, 리슐리외 추기경은 신앙 외의 세속적인 권력욕과는 거리가 먼 사람이었다. 교황의 신임이나 성직자들 사이의 평판도 모두 그의 철두철미한 신실함에 따라온 부수적인 보상일 뿐이었다. 적어도 오늘까지는.

짓눌린 듯한 한숨이 그의 입술에서 새어 나왔다. 고통의 신음에 더 가까웠다.

성부시여, 우리를 불쌍히 여기소서. 성모시여, 우리를 불쌍히 여기소서…….

절박함의 벼랑 끝까지 내몰린 그가 이제부터 할 수 있는 선택은 단 두 가지뿐이었다. 철저히 취하거나 철저히 파괴하거나. 둘 중 하나다.

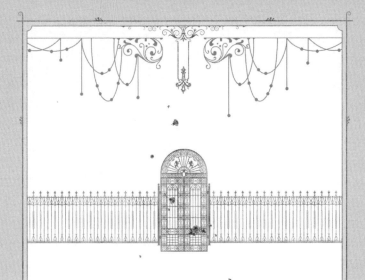

# Chapter 6
## 그해 여름 (1)

두꺼운 나무 벽 안쪽에서 들려오는 소리는 신기할 정도로 일정하면서 반복적이었다. 덜그럭덜그럭하는 소음과 마찬가지로 일정한 간격을 두고 울리는 신음까지.

이제 와서 새삼 신기할 것도 없었으나 레이첼 폰 노이반슈타인, 올봄 열세 살이 된 후작가의 영애는 숨을 죽이고 귀를 기울이는 동시에 바로 위쪽에 달린 창문으로 팔을 뻗으려 안간힘을 쓰고 있었다.

쿵.

……겨우 성공했다. 작은 주먹으로 힘껏 창문을 쳐 보인 그녀가 잠시 멈칫하며 숨을 들이켬과 동시에 안에서부터 들려오던 소음 역시 뚝 그쳤다. 그리고.

"……아놔, 레이첼 너 또!"

우당탕탕!

요란하게 울리는 발걸음 소리를 뒤로한 채 금발의 소녀는 혀를 내두르며 후다닥 줄행랑을 치기 시작했다. 좁고 가파른 계단을 뛰어 내려가 초여름의 녹음으로 환하게 물든 뜰에 접어들었을 때쯤 바로 뒤에서 무시무시한 목소리가 울려 퍼진 것은 예정된 수순이었다.

"쪼끄만 게 왜 자꾸 엿보는 취미를 들이냐?! 어딜 도망가?!"

"엿보긴 누가 엿봐! 하도 한심해서 작작 좀 하라고 방해한 거뿐이거든?! 이번엔 또 어느 집 영애래?!"

"네가 뭔 상관이야!"

꼴에 민망하긴 한지 얼굴이 머리색처럼 빨갛게 달아오른 소년이 하나뿐인 누이동생을 잡으려 뜰을 빙빙 도는 동안 창고 안에서 숨죽이고 있던 영애는 후다닥 옷을 걸치고 빠져나갔다. 숨 가쁜 술래잡기 끝에 마침내 붙들린 소녀의 꺅꺅대는 비명이 여름 하늘 아래 경쾌하게 울렸다.

"이거 놔아! 놓으라고! 홀애비 냄새 나! 떨어져!"

"이 기집애가 뭐가 어쩌고 어째?! 애초에 훼방 놓지를 말던가!"

"신기해서 그런다, 신기해서! 그 얼굴로 어떻게 그렇게 잘도 꼬시나 싶어서!"

경국지색이라 한들 같이 자란 남매의 눈에는 사람으로 보이지도 않는다던가? 엘리아스는 잠시 자신의 빼어난 용모에 대해 일장연설을 늘어놓을까 고민했다가 그냥 그만두기로 했다. 그는 누이동생을 놓아주고는 숨을 몰아쉬며 잔디 위에 주저앉았다. 레이첼 역시 혀를 끌끌 차며 그 앞에 마주 앉았다.

"엄마가 들으면 기겁할걸."

"그걸 걱정하면서도 맨날 일러바치냐?"

"안 일렀거든? 내가 말 안 해도 다 뻔히 알거든? 엄마가 하는 말이 원래는 안 그랬는데 이상해졌다고 하더라."

"원래? 그럼 꼬꼬마 때랑 지금이랑 비교가 되냐?"

나직이 투덜거린 엘리아스가 하나로 묶은 긴 붉은 머리를 가볍게 흔들었다. 저러니까 진짜 망아지 꼬리같이 보인다고 생각하며 레이첼은 이제 본래의 목적, 즉 대낮부터 창고에 숨어들어 낯 뜨거운 행각을 벌이는 둘째 오라비를 몸소 찾으러 나온 이유를 내뱉었다.

"내일이 엄마 생일이잖아. 어떻게 할 건지 우리끼리 의논해야 할 거 아니야."

"우리 중 두뇌는 너랑 레온이 다 가져갔으니까 너네끼리 결정하면 최고의 아이디어가 나올 텐데."

"아 쫌! 레온은 뭔가 기발하고도 상큼한 게 필요할 거 같다고 하던데, 오빠 좋은 생각 없어?"

좋은 생각이라. 엘리아스는 잠시 신음을 삼키며 머리를 긁적거렸다. 뭘 어떻게 해야 좀 기발하고도 상큼한 이벤트가 될 것인가?

"형은 뭐래?"

"아직 못 물어봤어. 이따 오면 물어봐야지."

"그럼 형이랑 의논해 봐. 난 도통 감이 안 잡힌다."

"명색이 천하의 바람둥이께서 어떻게 그런 쪽으로 머리를 굴릴 줄도 몰라?"

"하! 이 몸은 가만히 있어도 알아서 인기가 끓는 것뿐이거든요? 자질구레한 선물이나 성가신 이벤트 따위 안 해줘도 알아서 다가온다 이 말씀이지!"

참으로 자신감이 흘러넘치는 발언이었다. 제레미가 이 자리에 있었다면 틀림없이 '지랄을 한다'며 한 대 후려쳤을 것이다. 턱을 힘없이 떨어뜨린 레이첼의 입에서 이제 통렬한 탄식이 새어 나왔다.

"나중에 오빠랑 결혼할 여자가 불쌍하다. 틀림없이 1년도 지나지 않아 도망갈걸."

"네 걱정이나 해라, 돼지야."

"내가 왜 돼지야?! 내가 어딜 봐서 돼지라는 거야, 홍당무 주제에! 하여간 쓸모 있는 구석이라곤 조금도 없다니까!"

"야, 너 보자 보자 하니까 오빠한테 말이 너무 심한 거 아니냐?"

"심하긴 뭐가 심해, 맞는 말이지! 오빠의 존재 자체가 나와 레온의 정서적 교육에 심각한 폐해를 끼치고 있다는 것만 알아 두라고!"

"폐해애? 나 같은 멋진 오라비가 있다는 사실에 감사할 줄이나 알라고!"

손으로 가슴을 팡팡 치며 득의만만하게 대꾸하는 엘리아스의 행각에 레이첼은 그만 고개를 절레절레 흔들어 버렸다. 이 인간한테 뭘 기대한 내가 잘못이다, 뭐 그런 생각을 하면서 말이다.


"애초부터 작은형한테 조금이라도 두뇌적인 면모를 기대했던 게 잘못이었다."

제레미의 열세 살 시절과 꼭 닮은 듯하면서도 보다 마르고 지적인 외양을 한 소년, 레온 폰 노이반슈타인이 비장하기 짝이 없는 어조로 내뱉은 말이었다. 이에 레이첼은 이 이상 동의할 수가 없다는 기세로 머리를 끄덕였다.

"맞아. 작은오빠가 작년 엄마 생일날 뭘 줬는지 기억나?"

"그걸 어떻게 잊겠어. 정말 끔찍했잖아."

그날 일을 상기하는 것만으로도 끔찍하다는 듯 나란히 진저리를 쳐 보이는 쌍둥이였다.

"대체 어떻게 엄마 같은 성숙한 여자한테 그런 밥맛 떨어지는 인형 따위 갖다 줄 생각을 다 할까?"

"엄마가 마음이 약해 내색을 안 해서 그렇지, 어떻게 그렇게 센스 따위 조금도 없는지 몰라. 역시 우리 남매 중 뇌는 우리가 다 가져온 것이 틀림없어."

"맞아, 맞아."

서로 흐뭇하게 자화자찬을 나눈 쌍둥이 남매는 이제 똑같이 고민하는 표정이 되어서 머리를 맞대기 시작했다. 남들이 속 편히 멍청하게 눈만 끔뻑거릴 때 머리를 싸쥐고 진지하게 고민하는 것이 두뇌파의 숙명이라.


늦은 시각까지 레온과 머리를 맞대고 고민한 탓인지 영 잠이 오지 않았다.

이놈의 큰오빠는 대체 언제 오는 거야, 속으로 투덜대며 레이첼은 제 처소를 빠져나와 적막한 어둠에 싸인 계단을 살금살금 밟고 내려가기 시작했다. 뭔가가 필요하다면 그냥 침대 곁의 줄을 당겨 하녀를 부르면 될 일이었으나 지금 그녀는 딱히 뭔가를 마시거나 먹으려는 심산으로 나온 것이 아니었다. 커다란 에메랄드색 눈동자가 어두운 공기 속에서 걱정스럽게 빛났다.

"또 그러고 있는 거 아니겠지……."

그녀의 걱정이 무색하게도, 다행히 오늘 밤 저택의 1층과 뒤뜰은 텅 비어 있었다. 그래도 혹시나 싶어 재차 꼼꼼히 둘러보았으나 이 시간대면 으레 어둠 속에서 창백하게 빛나고 있을 분홍색 인영은 어디에도 없었다. 통통한 장밋빛 입술 사이로 안도의 한숨이 새어 나왔다. 다행히 오늘 밤은 괜찮나 보다.

처음엔 얼마나 놀랐는지 모른다. 그러니까 그들의 보호자 되시는 여인께서 한밤중에 슈미즈 차림으로 나와 온 저택을 헤매고 있는 모습을 처음 발견했을 때 말이다. 하녀장이 조심스레 부르는 소리에 나와서 그 모습을 발견했던 당시, 레이첼은 슈리가 그저 밤 산책을 즐기는 줄로만 알았다. 하지만 몇 번을 불러도 돌아볼 기미가 없이 뭐에 홀린 것처럼 서성이기만 하는 모습에 그제야 뭔가가 잘못됐음을 깨달았다. 오밤중에 용맹한 기사들의 심장을 쫄깃하게 만든 장본인께서는 걷고 있는 채로 잠들어 있었던 것이다.

레이첼이 바로 다음 날 슬쩍 떠보았을 때, 슈리는 그 일에 대해 전혀 기억을 못 하는 것처럼 보였다. 혹시나 싶어 기사들에게 또 그런 일이 생기거든 자신에게 알리라고 일러둔 레이첼은 머지않아 그러길 잘했다고 생각하게 되었다. 그러니까 한 번에 그치지 않았던 것이다.

주치의의 말로는 명백한 몽유병이라 했다. 물론 몰래 불러서 물어본 것이었다. 그녀와 그녀의 형제들이 말이다. 당사자에게는 조금도 내색하지 않았다. 기사들과 사용인들에게도 철저히 입단속을 시킨 터였다. 자신이 한밤중에 꿈을 꾸며 돌아다닌다는 사실을 알게 되면 틀림없이 엄청나게 창피해할 거라는 생각에서였다.

"헉……!"

안심하고 처소로 돌아가려 걸음을 옮기던 레이첼은 다음 순간 하마터면 비명을 꽥 내지를 뻔했다.

"……깜짝이야! 사람 놀래 죽이려고 작정했어?"

대체 언제 나타난 건지, 혹은 언제부터 거기 있었는지, 어둑한 홀의 소파에 외출복 차림으로 걸터앉아 있는 사람은 그녀의 큰오라비였다.

널찍한 어깨 부근에 달린 화려한 견장을 비롯해서 허리에 찬 검집과 머리카락까지 똑같은 금빛으로 번득이고 있었다.

"슈리는?"

"오늘은 푹 자는 모양인데. 왜, 엄마가 그렇게 보고 싶었어?"

"당연한 거 아니냐."

사람 놀래 죽일 뻔한 주제에 참 뻔뻔하게도 대답한다. 혀를 끌끌 차며 레이첼은 어둠 속에서 도사린 사자처럼 앉아 있는 오라비 곁으로 휘적휘적 다가갔다.

"엄마 생일 선물은 좀 생각해 놨어? 십 대의 마지막 생일인데 좀 특별한 뭔가가 있어야 할 거 아니야."

"너네끼리는 뭘 생각해 놨는데?"

"작은오빠는 뭐 언제나처럼 자기는 뇌가 없다고 주장했고, 나랑 레온은…… 난 내가 그린 그림 주기로 했고 레온은 편지 쓰기로 했어."

"아하. 그게 너네가 생각해 낸 특별한 무언가냐?"

"그러는 오빠는!"

발끈한 레이첼의 쏘아붙임에 제레미는 태연히 어깨를 으쓱하더니만 이내 씩 웃으며 팔짱을 꼈다.

"건국기념제 검술 대회에서 우승하는 것이 내가 줄 만한 최고의 선물 같은데."

"참 대단한 아이디어네, 그거. 생일 지나고 한참은 더 있어야 하잖아! 그게 무슨 생일 선물이야?!"

"오리 새끼처럼 꽥꽥대지 좀 말고, 그러니까 지금 더없이 지혜로운 누이의 식견을 구하려 하고 있지 않냐. 목걸이가 좋겠어, 귀걸이가 좋겠어?"

레이첼은 '오빠가 웬일로 그런 쪽으로 머리를 다 굴렸대'라고 빈정대는 대신에 곧장 대꾸했다.

"목걸이. 엄마는 누구 때문에 머리 못 올리잖아? 그러니까 돋보이게 하려면 목걸이야."

"그것참 혜안이 따로 없군. 그래서, 그 누구 되시는 새끼는 아무 생각 없대?"

"그렇다니까. 보나마나 머릿속에 또 어느 집 영애를 꼬실까 하는 한심한 생각뿐이겠지. 오빠가 뭐라고 좀 해줘."

콧소리까지 약간 섞어 가며 일러바치는 투로 떠드는 누이동생의 행각에, 제레미는 손으로 턱을 매만지다 말고 실로 진지하게 머리를 끄덕여 보였다.

"알았다. 내 딜레마를 해결해 준 것에 대한 보답으로 놈을 친히 족쳐 주지."

꼴좋게 됐다! 레이첼은 도무지 도움이라곤 안 되는 작은오라비를 향한 일말의 동정심조차 없는 흐뭇한 미소를 지었다가, 문득 한숨을 푹 내쉬었다. 제레미가 머리를 갸웃했다.

"갑자기 웬 한숨이야?"

"……아니야. 그냥 오빠 덩치를 보고 있자니 갑자기 우리가 같은 거 먹고 자란 거 맞나 싶어서."

"난 열일곱이다, 꼬맹아. 너랑 레온은 아직 멀었다고."

그렇게 애석해하는 것치고 레이첼 역시 또래 영애들에 비해 꽤 큰 키의 소유자였다. 벌써 그들의 보호자와 고만고만한 상태가 됐으니 말 다 했다. 상대가 상대라 문제였지만.

"그건 그렇지만…… 그보다 대체 뭘 먹으면 그렇게 온몸에 징그러운 근육이 울퉁불퉁 붙을 수가 있어?"

"설마 나처럼 되고 싶은 건 아니지? 네 롤모델은 내가 아닌 우리의 아리따운 어머니가 되어야 마땅할 텐데."

"오빠처럼 되고픈 마음은 절대 없거든요? 근데 오빠는 만나는 여자 없어? 아니, 여자 만날 마음 없어?"

"넌 내가 엘리아스처럼 굴면 좋겠냐?"

"그런 건 절대 아닌데, 다른 여자애들이 오빠 좀 소개시켜 달라고 자꾸 성가시게 굴잖아."

"내가 너라면, 사랑하는 누이여, 내 의중을 떠보는 짓거리 하는 대신에 주위에 소개해 줄 만한 멋진 친구 없냐고 물었을 거……."

혀를 차며 빈정대던 제레미의 목소리가 불쑥 흐려진 것은 그때였다. 레이첼이 왜 그러냐고 물으려는 찰나, 그가 한쪽 손을 들어 보이며 조용히 하라는 시늉을 해 보였다.

"오빠?"

"쉿. ……또야."

뭐? 레이첼은 황급히 뒤를 돌아보았다. 거기에는 아니나 다를까, 얇은 슈미즈 차림에 맨발인 꼴로 나와 천천히 계단을 걸어 내려오는 중인 가녀린 인영이 있었다. 창문을 통해 들어온 달빛이 치렁하게 늘어진 분홍색 머리카락을 하얗게 물들였다.

"저러다 넘어지기라도 하면……."

레이첼이 초조하게 속삭이는 소리를 한 귀로 흘리며 제레미는 조용히 몸을 일으켰다. 두 남매가 조심스럽게 다가서는 동안 한밤의 산책자께서는 한 손으로 난간을 잡은 채 천천히 계단을 디디고 있었다. 환하게 들이치는 달빛의 몽환적인 분위기까지 더해져 살아 움직이는 유리 인형처럼 보였다. 대체 꿈속을 헤매면서 어떻게 저렇게 멀쩡히 걸을 수 있는

지 신기하기 짝이 없는 노릇이었다.

"오빠……."

"조용히 하라니까."

제레미는 자꾸 보채는 누이동생에게 핀잔을 던진 뒤 천천히 여인의 곁으로 다가가, 하얀 달빛에 물든 그녀의 옆얼굴을 가만히 살폈다. 예상대로 슈리의 눈동자에는 아무런 초점도 없었다.

그가 조심스레 손을 들어 어깨를 잡자마자 계단 아래로 재차 발을 뻗던 움직임이 뚝 멈췄다. 슈리는 마치 고장 난 태엽 인형처럼 그대로 서서 더는 움직이지 않았다. 예상했던 그대로 말이다.

두 남매는 잠시 시선을 교환했다가, 곧장 행동에 착수했다. 제레미가 슈리를 양팔로 번쩍 안아 들고 걸음을 옮기는 동안 레이첼은 아래로 축 늘어진 슈리의 손을 잡고 졸졸 따라갔다.

"차라리 그웬더러 엄마 방문을 몰래 잠가놓으라고 시킬까?"

"글쎄, 무슨 꿈을 꾸고 있는지도 모르는데 선불리 그랬다가 다른 위험한 짓 하면 어쩌려고."

"위험한 짓?"

"창문으로 뛰어내리려 들 수도 있지. 아니면 무작정 문에 돌진한다든가."

그렇구나! 거기까진 미처 생각하지 못한 레이첼이 새삼 감격에 찬 눈으로 쳐다보는 동안 제레미는 이제 복잡한 표정을 하고서 침대 위에 눕힌 여인을 바라보고 있었다. 적어도 레이첼이 알기로는 그녀의 맏오라비가 이런 어울리지도 않는 심각한 모습을 보일 때는 오로지 그들의 보호자와 관련된 일일 때뿐이었다. 참으로 우스운 한편으론 감동적이랄 수 있겠다.

"오빠…… 엄마 요즘 계속 왜 이러는 걸까? 낮에는 진짜 멀쩡한데."

"네가 가장 많이 붙어 있으니까 네가 말해봐. 요즘 스트레스 받거나 불안해하는 낌새 같은 거 있어?"

드물게 낮게 착 가라앉은 음성이었다. 그리고 이런 때는 절대 빈정대거나 딴소리해서는 안 된다는 사실을 레이첼은 여러 번의 경험을 통해 아주 잘 터득하고 있었다.

"그런 것 같진 않은데…… 불안해하고 있는 것 같지도 않고. 그냥 완전 멀쩡해. 작은오빠 때문에 가끔 복잡해 보이긴 하지만 그것 말고는……."

"복잡해 보인다니? 그 새끼가 나 없을 때 무슨 사고라도 쳐?"

"아니, 그건 아니고. 그러니까, 엄마가 전에 지나가듯 했던 말인데, 작은오빠가 원래는 안 그랬는데 이상하게 변했다고 했거든."

원래? 원래라면 어렸을 때 이야기를 하는 것일까? ……아니면 예전에, 3년쯤 전에 그에게 털어놓았던 꿈속 이야기일까? 제레미는 암녹색 눈동자에 답지 않은 진지한 빛을 머금으며 신음을 흘렸다. 혹 또 그 꿈을 꾸고 있는 것인가? 알 수가 없는 노릇이었다.

"오빠?"

"……일단 너도 이만 가서 자라. 네가 누누이 강조했듯 내일은 중요한 날이니까."

"오빠는 어쩌게?"

"난 좀 더 지켜보다가 자야겠어."

레이첼은 순순히 머리를 끄덕여 보였다. 예전이라면 상상도 못 했을 일이다. 그들이 좀 더 어렸을 때만 해도 제레미는 레이첼에게 있어 도저히 참아줄 수가 없는 진상이었다. 네 살 위의 짓궂은 오라비라면 다 그렇게 마련이다. 그런데 그 진상이 든든하게 느껴지는 날이 다 도래한 것이다. 역시 사람은 오래 살고 봐야 한다니까.

열세 살짜리답지 않은 생각을 곱씹으며 레이첼은 몸을 돌리려다, 문득 멈칫하면서 자기도 모르게 불쑥 내뱉었다.

"남들이 알면 뭐라고 떠들어 댈까……?"

침대 곁에 의자를 끌어다 놓고 앉아 잠든 여인의 얼굴을 골똘히 내려다보던 제레미가 천천히 고개를 돌리고 그녀를 쳐다보았다. 금빛 눈썹이 일순 꿈틀한 것 같았다.

"다들 입단속 철저히 시키지 않았나? 새어 나간다 해도 우리가 아닌 사람들이 떠드는 소리가 뭐가 중요한데?"

"중요한 건 아니지만 엄마가 속상할 거 아니야."

그렇구나! 거기까진 미처 생각을 못한 제레미는 저도 모르게 혀를 내둘렀다. 그의 누이동생은 가끔가다 이런 식으로 생각지도 못했던 핵심을 찌를 때가 있었다. 역시 그들의 두뇌는 쌍둥이가 전부 가져간 것이 틀림없는 것 같았다.

"오빠."

"음?"

레이첼은 잠깐 망설였다. 그랬다가, 이어 빙긋 짓궂게 웃으며 말을 이었다.

"누가 엄마 괴롭히려고 하면 오빠가 없애 버려."

"그걸 말이라고 하냐."

"오빠 입버릇대로 다리를 찢어버려."

"알았다니까."

사람은 적응의 동물이라고 한다. 누가 한 말인지 몰라도 그 깊은 견식에 존경을 금할 수가 없었다.

나 슈리 폰 노이반슈타인, 거짓말처럼 시간을 거슬러 과거로 되돌아온 지 어언 3년 차, 내가 기억하는 과거와 비슷한 듯하면서도 다른 이 현실에 지나치게 익숙해져 버린 것 같았다. 그러지 않고서야 아침부터 새삼 세월 참 빠르다는 청승맞은 생각이나 곱씹고 있을 리 없었다.

"열아홉 생일을 축하드립니다, 마님!"

"마지막 십 대 생일 축하해, 엄마!"

……그렇다. 오늘 자로 나는 열아홉이 된 것이다. 스물세 살까지의 기억을 가진 주제에 새삼 그 사실이 영 믿기지가 않는 나도 나다만.

아무튼 사이좋게 무슨 작당을 한 건지 아침부터 저택을 무너뜨릴 기세로 합창하는 우리의 충직한 기사들과 사용인들은 그렇다 치자. 어느덧 키가 훌쩍 자란 쌍둥이가 결혼식에 사용해도 좋을 정도로 거대한 5단 케이크를 들이미는 모습은 참 갸륵하기 짝이 없었다.

"와하하핫, 생일이라면 역시 생일빵이지!"

"끼아악! 작은오빠, 대체 무슨 짓이야?! 저녁까지 이대로 보존해 놔야 한단 말이야!"

"형은 정말 기품이라곤 눈곱만큼도 없어."

……새벽부터 개고생했을 요리사와 주방 하녀들의 심혈이 깃든 새하얀 대왕 케이크를 품위 없게도 손으로 푹 찍어서 내게 던지려 드는 엘리아스 놈은 그냥 못 본 척하기로 하자.

레이첼의 앙증맞은 손바닥이 엘리아스의 등짝을 사정없이 두들기는 동안 나는 간신히 고맙다는 말을 건넸다.

크흑, 내가 지금 느끼고 있는 감격을 보다 구체적으로 입 밖으로 냈다 간 눈물이 펑펑 쏟아져 버릴 것 같다! 안 그래도 요즘 자꾸 옛날 꿈을 꿔서 싱숭생숭하던 참에 이런 기특한 모습들이라니!

"축하해, 엄마! 선물은 저녁 만찬 때 줄게!"

우리 사랑스러운 딸내미가 기대하라는 듯 눈을 반짝반짝 빛내며 한 말이었다. 아무렴 기대하고말고!

"와하핫, 꼬꼬마들이 준비한 선물이 다 거기서 거기지 뭐. 이 몸으로 말씀할 것 같으면……."

"작은형 설마 또 작년처럼 끔찍한 인형이나 들고 오려는 건 아니지?"

"아 씨, 끔찍하다니! 그게 얼마나 귀한 건데 이 세상 물정 모르는 숏 다리야!"

그 사람만 한 토끼 인형이 그리 귀한 물건이던가? 작년 이맘때 엘리아 스가 기세등등하게 업어 왔던 토끼 인형을 떠올리는 나의 입에서 절로 신음이 새어 나왔다. 뭐, 꽤 보드랍고 푹신해서 잘 때 껴안고 자긴 좋긴 했다만, 내 나이를 좀 생각해 보란 말이다……!

"내가 왜 숏다리야?! 그러는 형은 얼마나……."

"숏다리니까 숏다리지! 네놈이 나만큼 긴 다리의 소유자가 되려면 아 직 10년은 멀었다, 이…… 끄아학!"

빡!

요란한 마찰음이 울림과 동시에 다짜고짜 머리통을 세차게 얻어맞은 엘리아스가 꽥꽥대며 팔짝거리기 시작했음은 당연지사였다. 레온의 입 가에 참으로 고소하다는 조소가 걸렸다.

"끄아우으으…… 아, 왜 아침부터 다짜고짜 때리고 지랄이야?!"

"그러게 누가 걸리적거리게 거기 서 있으랬냐?"

그냥 때리고 싶어서 때렸다고 말하면 될 것을 굳이 저리 교묘하게 떠넘긴 제레미가 이제 물기를 머금은 금빛 머리를 손으로 탈탈 털며 식탁에 앉았다. 그러고는 맞은편 자리에 앉은 나를 향해 씩 미소를 지었다.

"열아홉이 된 기분은 어때?"

"음, 안 알려줄래."

"거참, 야속하기도 하셔라. 그나저나 저 케이크, 파묻혀도 될 정도로 크네. 어때?"

뭐가 또 어떠냐는 것인가……?

일이 일어난 것은 순식간이었다. 내가 비로소 그 의미를 제대로 파악하고 몸을 벌떡 일으키기도 전에 제레미는 이미 에메랄드 같은 눈동자를 사악하게 번득이며 이쪽으로 다가오고 있었다!

"꺄아아아악! 무슨 짓이야아! 하지 마! 하지 말라고오!"

"푸하하하! 형이 웬일로 이런 센스를 다 발휘하냐!"

"아, 진짜 큰오빠까지 왜 이래애?! 이거 저녁 식사 때 쓸 거란 말이야아!"

나와 레이첼의 앞다툰 비명이 무색하게도, 제레미는 참으로 손쉽게 한 팔로 나를 번쩍 들어 올리더니만 그대로 그 거대한 케이크 위로 냅다 던져 버렸다! 신이시여!

그러는 사이 우리의 충직한 기사들의 얼굴에 서린 참으로 형언하기도 어려운 갈등의 빛은 그냥 못 본 척 넘어가는 편이 나을 터였다. 암, 저들이 무슨 수로 이 흉포한 사자를 저지할 수 있겠는가.

"으엑, 퉤퉤! 이 망할 것들아……!"

온몸이 크림 범벅이 되어버린 내가 입안에 들어간 달콤한 덩어리를 반쯤 삼키다 못해 품위 없이 내뱉는 동안 제레미와 엘리아스는 배를 잡고 키득거릴 뿐이었다. 심지어 레온조차 웃음을 참으려 애쓰는 기색이 역력한 꼬라지를 연출하고 있었다. 크흑, 역시 그나마 상식을 갖춘 건 우리 딸내미뿐이로구나!

"오빠들 진짜 못돼 처먹었다니까!"

"왜, 너도 똑같이 해주랴?"

"꺄아악! 하, 하지 마아아!"

"너네, 퉤, 이딴 게 그렇게 재밌어어어?!"

픽! 내가 힘껏 내던진 크림 덩어리가 보기 좋게 제레미의 어깨를 맞추었다. 그리고 그게 시발점이 되어버렸음 두말할 필요도 없으리라.

결국 우리의 충직한 요리사와 주방 하녀들의 피땀이 서린 5단 특제 케이크는 우리의 눈싸움용 놀잇감으로 전락하고 말았다. 나와 네 아이 모두 온통 크림 범벅이 되어 전투를 치르는 동안 우리의 심약한 사용인들은 문자 그대로 숨 넘어가기 일보 직전의 얼굴이 되어버렸으며 기사들은 성호를 그었다.


머리카락에까지 범벅이 된 버터크림을 깔끔하게 씻어 내느라 평소보다 목욕하는 데 더 오래 걸렸다. 혀를 끌끌 차며 내 머리를 빗겨 주는 그웬의 눈빛이 좀 많이 매섭게 느껴졌다. 크흑, 나도 내가 그런 어린애 같은 짓을 하게 될 줄이라곤 전혀 예상치 못했었단 말이야…….

똑똑.

단장을 다 마치고 혼자 거울 앞에 서서 외출용 하늘색 드레스의 매무새를 살필 때쯤 노크 소리가 울렸다. 나는 고개도 돌리지 않고 외쳤다.

"이제 그만 순순히 패배를 인정하시지 그러니?"

"누가 뭐래? 모름지기 승자라면 전리품을 챙기셔야지."

전리품? 이건 또 무슨 장난인가 싶어 눈을 가늘게 뜨며 열린 문 쪽을 돌아보던 나는 다음 순간 절로 넋이 나가 버리고 말았다.

"그건 대체……."

"꼬꼬마 어머니의 열아홉 생일을 축하드리나이다. 앞으로도 쭉 이렇게 건강하다 못해 팔팔하시길."

짐짓 장난스레 느물대는 제레미의 커다란 오른손에 들려 있는 물체는 다름 아닌 목걸이였다. 목걸이는 목걸이였는데, 그토록 화려한 목걸이는 나로서도 처음 보았다. 정교하게 세공되어 촘촘히 엮인 연둣빛 보석의 수를 다 세면 수백 개쯤은 될 것 같았다. 목걸이라기보단 스카프에 가까워 보일 지경이었다. 세상에.

"네 눈 색깔에는 에메랄드보다는 페리도트지."

페리도트라, 그러고 보니 딱 이번 해 건국기념제 축제 때 요 녀석이 내게 페리도트 브로치를 사다 줬었는데 말이다. 그땐 이놈이 웬일로 나한테 선물을 다 주나 싶어서 군말 않고 받긴 받았다만, 생일 선물치곤 좀 많이 늦었었다. 지금과는 다르게 말이다.

순간 머릿속이 하얗게 변해 내가 어물쩍대기만 하는 사이 제레미는 목걸이를 들고 내 뒤쪽으로 성큼 다가왔다. 거울에 비친 우리의 모습을 보고 있자니 새삼 이 녀석이 언제 이렇게 컸나 하는 생각이 다 들었다.

뭐 진작부터 알고 있긴 했다만, 이렇게 나란히 놓고 보니까 덩치 차이가 너무 심하지 않은가! 아니면 내가 작은 건가? 역시 대자연은 불공평하다.

"밤에 베개 밑에 넣고 자면 악몽도 물리쳐 준다던데."

아하, 그으래? 안 그래도 요즘 꿈자리 사나운데 잘됐군. 나는 잽싸게 정신을 차리고 길게 풀어 내린 머리카락을 한 손으로 모아 올렸다. 시선을 뗄 수 없을 만큼 화려하기 짝이 없는 목걸이는 다행히 입고 있는 드레스와도 그럭저럭 잘 어울렸다.

"고마…… 워. 그런데 이런 목걸이는 대체 어디서 구한 거야?"

"내가 설마 어디서 슬쩍하기라도 했을까 봐? 들판에서 꺾어 왔다고 하면 믿을래?"

으음, 왠지 이놈이라면 그것도 가능할 것 같긴 하다. 그러니까 들판에서 보석 목걸이를 키우는 것 말이다. 한창 세상을 발아래 두기 시작한 녀석이니 원.

내가 기억하는 과거와 비슷한 부분은 여전히 남아 있었다. 가령 제레미가 재작년에 기사 서품을 받고서 작년에 벌어진 이름 없는 깃발인가 하는 도적단 토벌 전투에 참가한 사실 같은 것 말이다. 고작 열여섯 나이에 꽤 뛰어난 활약을 보인 두 소년에게 정규군 총사령관께서 꽤 감복하셨다지.

물론 달라진 점 역시 무수히 많았다.

일단 저 엘리아스 놈의 예전에는 없던 주색잡기 행각을 보라. 대체 누굴 닮아서 그런 버릇을 들였는지 수도의 온갖 영애는 다 건드리고 다니는 꼬라지 말이다! 설상가상으로 끝맺음이라도 확실히 할 것이지, 불과 얼마 전에 어떤 영애의 오라비라는 작자가 찾아와 엘리아스에게 결투를 신청했던 때를 떠올리면 아직도 머리가 지끈거린다!

변한 건 제레미 역시 마찬가지였다. 우선적으로 그와 늘상 붙어 다니던 사람이 바뀌어 있으니까. 원래는 항상 테오발트 황태자와 함께 다녔지만, 지금은…….

"나의 경애하는 레이디시여, 내가 매번 말하는 거지만 넌 고민이 너무 많아서 탈이라고."

바로 뒤에서 들려오는 쾌활한 목소리에 나는 화들짝 상념에서 벗어났다. 딱히 고민하고 있었다고 할 순 없지만서도.

"레이디를 케이크에 집어 던진 녀석이 할 소리는 아닐 텐데?"

"나름 즐거웠으면서 뭘 그래. 그런데 어디 가려고?"

"황후마마 뵈러 가는 거야. 갑자기 차 마시러 오라던데."

"오호라, 둘이 은근히 사이좋으시네? 그 여자가 내 팔을 자를 뻔했는데도 말이지?"

"사이좋은 거 아니거든? 그리고 네 팔은 멀쩡하잖아. 이젠 황제 폐하라 해도 네 팔을 노리진 못할걸."

그렇고말고. 이제 어느 누가 감히 이 녀석의 팔을 노릴 수 있을까? 그때 그런 식으로 요놈의 오른팔을 지키지 못했다면 벌써부터 노이반슈타인의 사자 소리를 듣는 일은 일어나지 못했으리라. 그런 생각에 그저 빙긋 웃자 그는 뭐라고 투덜대는 소리를 내더니만 이어 킥킥 웃으며 내 뺨에 입을 맞추었다.

"하기야 너라면 그 무서운 여인도 잘 다루겠군. 아무튼 그럼 저녁 식사 때 보자고."

"넌 오늘……."

"맞아, 드디어 너랑 비슷해졌지. 하기 싫은 일도 참고 해야 한다는 거 말이야."

"훙, 여전히 취향 한번 촌스럽군."

"감사합니다. 황후마마 역시 늘 그렇듯 취향 한번 훌륭하십니다."

"대체 어디서 그런 조잡한 장신구를 구했는지 모르겠지만 내게 자랑하려 차고 온 것만큼은 확실하군. 하나 노이반슈타인이 아무리 돈만 썩어 넘친다 한들 내 눈을 만족시키려면 아직 멀었네."

"알아봐 주시니 감사할 따름입니다. 마마의 장신구도 독특하신걸요."

······무슨 황후와 후작 부인의 대화가 이 지경이냐고 묻는다면 할 말이 없다. 나도 잘 모르겠으니까.

지난 3년간 몇 차례 걸쳐 만남을 가진 끝에 어쩌다가 보니 나와 엘리자베트의 관계는 차마 뭐라 설명하기도 어려운 형태의 양상을 띠고 있었다. 초반에는 그 자리에서 혼절해 버릴 기세로 파들거리던 다른 귀부인들도 이제는 그저 또 시작이거니 하는 태평하기 짝이 없는 미소로 반응하게 되었으니 오죽하랴. 아아, 대체 어쩌다 이렇게 되었을까?

"정말 아름다운 목걸이네요. 선물 받으신 건가요?"

오늘 이 자리에 함께 참석한 다정한 바이에른 백작 부인이 던진 질문에 나는 생긋 웃으며 머리를 끄덕여 보였다.

"감사합니다. 우리 큰아들이 생일 선물로 준 거예요."

"어머······."

그것참 귀엽다는 듯한 미소를 지어 보이고 있는 백작 부인과 대조적으로 엘리자베트는 하 하며 코웃음을 칠 따름이었다.

"그런 거였나? 난 또 어떤 보는 눈 지지리도 없는 종자가 부인한테 반해서 보낸 선물이기라도 한 줄 알았지."

"마마, 부러우시면 그냥 그렇다고 솔직히 말씀하소서."

"흥, 누가 부럽다는 겐가! 누군 아들 없는 줄 아나?"

예예. 어련하시겠습니까. 내가 어깨를 으쓱하며 찻잔을 기울이는 동안 바이에른 부인은 얕은 웃음소리를 냈으며 엘리자베트는 재차 코웃음을 쳤다. 그러더니만 불쑥 화제를 돌렸다.

"한데 노이반슈타인 부인은 자녀들 혼사를 어찌 정할 생각인가? 그 시건방진 장남 녀석은 벌써 성년이 지나지 않았나?"

"솔직히 말씀드리자면, 폐하, 아직 잘 모르겠습니다. 다만 그 애들이 원하는 상대와 맺어질 수 있기를 바라는 마음이라……."

"그것참 로맨스 소설 같은 소리로군. 태자 역시 혼사가 미정인 시점에 내가 할 소리는 아니네만, 그래도 그대 입장에선 하루빨리 혼사를 정해 버려야 편하지 않겠나?"

언제나 그렇듯 퉁명스러운 어투이긴 했으나 날카롭게 나를 응시하는 파란 눈동자에는 미묘한 염려 비슷한 것이 깃들어 있었다. 그리고 나 역시 그녀가 뭘 걱정하고 있는 것인지 잘 인지하고 있었다.

제국의 백성이 남녀 가리지 않고 성년이 되는 나이는 열여섯이다. 진짜 어른으로 쳐주는 건 열여덟쯤부터라지만, 어쨌든 법적으로 성년은 성년이었다. 이미 성년을 넘긴 제레미가 아무런 혼약도 맺지 않은 상황에서 내가 일부러 그러는 거라고 떠드는 사람들이 없을 리가 없었다. 그러니까 내가 조금이라도 더 노이반슈타인의 가주 자리를 독식하려 일부러 혼사를 막고 있다고 말이다. 과거에도 이미 겪은 일 아니던가. 하지만 어쨌든 지금의 나는 아이들 중 누구에게도 정략혼을 강요하고픈 마음은 눈곱만큼도 없었다.

물론 제레미를 상대로 쏟아져 들어오는 혼사야 엄청나게 많았다. 개중에는 당연히 저 하인리히 공작가도 포함되어 있었다. 바로 며칠 전에 하인리히 공녀로부터 웬 책갈피 선물이 날아왔으니 말 다 했지.

과거의 이맘때 나는 제레미와 하인리히 공녀의 약혼을 추진했었고, 결과적으로 제레미는 장장 4년간이나 결혼을 주야장천 미뤘다. 그때는 그저 막연히 이놈이 혹 마음에 둔 딴 여자라도 있나 싶었는데, 지금 와서 생각해 보니 그놈 성격에 그런 식으로 강요당하는 것은 참을 수가 없었던 것 같다.

……그래서 날 결혼식에 참석 못 하게 한 것일지도 모르겠군. 흑.

황금 휘광처럼 환하게 빛나는 초여름의 태양이 뉘른베르 공작저의 자갈돌 깔린 오솔길을 물들이고 있었다. 노이반슈타인 후작저와 비교했을 때 보다 밋밋한 듯하면서도 나름 고풍스러운 멋을 풍기는 장소였다.

공작 부인과 간단한 인사를 나눈 뒤 그는 곧장 친우의 처소로 발걸음을 옮겼다.

"여, 뭐 하냐, 똥강아지야? 시간이 몇 시인데 늦장 부리고 있냐?"

이른 시간부터 늑대 굴에 쳐들어와 당당히 호령하는 사자의 만행에 침대맡에 걸터앉아 있던 흑발의 청년이 천천히 고개를 들었다. 졸음기 가득한 날카로운 푸른 눈동자가 상대의 부드러운 암녹색 눈동자를 한참이나 뚱하게 노려보나 싶더니 마침내 울린 말은 바로 이거였다.

"안 간다니까, 이 광견병 걸린 고양이 새끼야."

"가기 싫은 건 나도 마찬가지다만 우리 둘 다 하고 싶은 것만 하던 호화로운 시절은 지나지 않았냐."

"글쎄, 예전에도 하고 싶은 대로 해본 적이 별로 없어서 말이지. 그나저나 그분 선물은 제대로 드렸냐?"

"덕분에. 빨리 움직이라고, 일 다 마친 다음 우리 집 가서 저녁이나 먹자."

"그것참 매력적인 제안이다만 중간 과정이 영 안 내키는데."

상대가 심드렁하게 대꾸하거나 말거나 제레미는 성큼성큼 창문으로 다가가 커튼을 확 열어젖혔다. 어둑했던 방 안이 순식간에 환하게 밝혀졌다.

오늘 참가하기로 된 사냥 모임의 주체는 황실과 교황청, 즉 지루하기 짝이 없으며 꼴 보기 싫은 몇몇 인간까지 섞여 있는 모임이다. 그럼에도 초대를 받았으면 마땅히 참석하는 것이 의무였다. 특히나 두 사람 같은 특정 가문의 후계자들이라면 말이다. 영 내키지 않는 짓이었지만 꼴 보기 싫은 인간들과 마주한 상태로 약을 슬슬 올리는 일에도 그럭저럭 소소한 재미가 있다고 할 수 있겠다.

"너 안 가면 나도 안 간다?"

"협박하냐? 거기엔 비실이 황자놈들이랑 우리 꼰대뿐만 아니라 다 늙어 빠진 주제에 용케 나를 노려볼 힘이 남아도는 할아버지까지 있단 말이지. 네 싸가지라곤 개나 준 아우놈이나 끌고 가지그래."

"꼴 보기 싫은 혈연들 있는 건 나도 마찬가지거든요? 그리고 그 싸가지 없는 놈은 내 아우지만 네놈은 내 전우잖나."

흑발의 기사는 잠시 아무 말도 하지 않고 눈이 부신 듯 인상을 찡그리고만 있었다. 이에 금발의 기사는 벽에 걸린 거대한 검을 친구에게 던지며 마지막으로 내뱉었다.

"옷 걸치시게, 전우여. 나 혼자 그 인간들 상대하게 두지 말라고."

내가 마침내 황후 궁을 나서게 되었을 즈음엔 벌써 온 사방에 황혼이 드리우기 시작하고 있었다. 저녁 식사 시간에 늦을까 싶어 서둘러 발길을 재촉하던 나는 예기치 못하게 황후 궁 쪽으로 다가오던 누군가와 마주치게 되었다.

"레이디 노이반슈타인."

"태자 전하."

황급히 예를 갖추는 나를 물끄러미 내려다보는 은발의 미청년, 테오발트 황태자였다. 이렇게 마주치는 것도 굉장히 오랜만이었다. 3여 년 전의 재판 사건 이후 그는 더는 우리 저택을 방문하지도, 따로 연통을 취하지도 않았으니까. 종종 공식 행사 때나 봤던 게 다였다. 다행스러운 한편으론 나에게 품었던 마음이 그리 금방 식었나 싶어 좀 시원섭섭하기도 했었는데…… 큼큼.

"오랜만입니다. 어마마마를 뵙고 가시는 길입니까?"

"예. 전하께서는 사냥 다녀오시는 길인가요?"

"사냥제랄까, 뭐 그런 셈이죠."

나긋한 투로 대꾸한 그가 금빛 눈매를 우아하게 휘며 미소를 지었다. 어딘가 쓸쓸하고도 고독해 보이는 미소라, 나는 결례를 무릅쓰고 이렇게 질문할 수밖에 없었다.

"그다지 재미없으셨나 봅니다."

"예, 뭐…… 아바마마와 성하께서 주최하신 행사인데, 부인께서도 아시다시피 저를 싫어하는 사람이 워낙 많잖습니까."

"설마요. 누가 전하 같은 분을 싫어할 수 있겠어요?"

"부인은 언제나 다정하시군요. 제 사촌과 소꿉친구도 그리 생각해 준다면 더 바랄 게 없을 것 같습니다."

사촌과 소꿉친구……? 아아, 그러고 보니 오늘 거기에 노라랑 제레미도 있었겠구나. 그 녀석들하고 무슨 일이 있었던 걸까?

내 기억이 맞다면, 최근의 정세 역시 내가 겪었던 과거와는 미묘하게 다른 양상을 띠고 있었다. 그 빌어먹을 청문회를 대신하다시피 한 재판 사건 이래, 의회와 교권이 전에 없는 결속력을 보여주며 황권을 견제하기 시작한 것은 둘째 치고 여타 귀족들까지 친황실파와 반황실파로 나뉘어 대립하기 시작한 것이다. 그리고 그 반황실파의 중심에는 떠오르는 태양 격인 노이반슈타인의 사자와 뉘른베르의 늑대가 있었다.

물론 그 두 녀석이 뭔가를 주도했다는 게 아니라 그냥 분위기가 그렇다는 거다. 어릴 때부터 황태자와 돈독한 사이였던 제레미가 근래 들어 노라와 둘이 붙어 다니며 사방을 들쑤시는 것 역시 젊은 영윤들로 하여금 그러한 공기를 조정하는 데 한몫했다.

작은 나비의 날갯짓이 태풍을 일으킬 수도 있다던가? 황태자의 한때에 불과한 풋사랑이 이 정도로 정세를 바꾸어놓는 시발점이 되리라고 누가 예상이나 했을까? 만약 그때 나와 테오발트가 그의 개인 서재로 들어가지 않았더라면 일어나지도 않았을 일이었다.

"제레미는…… 전하를 싫어하는 것이 아닙니다. 의외로 쑥스러움을 많이 타는 녀석이라 전하와 다시 화해할 방법을 못 찾고 있는 것뿐이에요."

확실히 제레미는 테오발트에 대한 오해 아닌 오해를 진작에 푼 상태이긴 했다. 내가 설명한 것도 있었으니. 다만 그가 그러고도 여전히 어릴 적의 동무인 황태자를 꺼려 하는 데에는 나조차 알 수 없는 다른 이유가 있는 것 같았다.

"아하하, 부디 그랬으면 좋겠습니다. 이거 영 따돌림 당하는 기분이라서요. 부인께서도 아시다시피 요즘 그 녀석과 신나게 붙어 다니는 제 사촌이 절 워낙 싫어하는지라, 가망이 있을지는 모르겠습니다."

"공자도 전하를 진심으로 싫어하는 건 아닐 거……."

"상냥한 말씀 감사드립니다만 그 사실은 누가 봐도 명백하지 않습니까."

쓰라린 어조로 읊조린 테오발트가 은빛 속눈썹을 처연하게 내리깔았다. 묘하게 애절해 보이는 눈빛, 상대로 하여금 절로 안쓰러운 기분이 동하게 만드는 쓸쓸한 눈빛이었다.

"왜 그렇게……."

"글쎄요, 저희가 어렸을 때 일이 하나 있었는데, 아무리 고민해 봐도 역시 그것 때문인 것 같습니다."

"일이라니요?"

"그게, 다소 창피스럽습니다만…… 제가 열두 살 때쯤엔가 숙부님의 집에 놀러 갔던 적이 있거든요. 그때 사촌 녀석도 저보다 더 어렸었죠. 여덟 살인가 아홉 살쯤이었으니."

나는 그저 묵묵히 귀를 기울이고만 있었다. 고독한 황태자께선 이제 우수에 가득 찬 눈동자를 하고서 회한에 젖은 목소리로 말을 이었다.

"그 녀석이 그때 숙부님이 아끼시는 파이프를 가지고 놀다가 깨뜨렸지 뭡니까. 그러게 손대지 말라고 했었는데도 참…… 하필이면 그 순간에 어른들이 나타난 것이 불운이라면 불운이었죠."

"꽤 풋풋한 모습들이었겠어요, 두 분 다."

"하하, 그랬을까요? 어쨌든 노라는 어린 마음에서였는지 제가 그랬다고 떠들기 시작했는데, 뭐 다들 별로 믿는 기색은 아니었죠. 지금 생각해 보면 그때 그냥 대신 나서 줄 걸 그랬어요. 제가 나이도 더 많은 데다 황자였으니까, 그깟 사소한 사고 하나 대신 덮어줄 수도 있는 건데 그러질 못한 겁니다. 참 별일 아니죠?"

"아……."

"틀림없이 믿고 따르던 사촌 형에 대한 믿음이 깨져 버렸던 거겠죠. 어

린 시절의 사소한 사건이 오늘날까지의 앙금으로 이어질 줄 누가 알았
겠습니까."

신랄하게 덧붙인 그가 더없이 우습지 않냐는 듯 내 눈을 빤히 들여다
보았다. 으음, 이해가 가는 한편으론 뭔가 미심쩍은 기분이 자꾸 드는
건 내가 순수하지 못한 탓일까? 노라가 그런 일로 아직까지 앙금을 품
을 만한 사람이라고는 영 믿기지가 않는데…….

"아, 이런, 제가 부인을 너무 오래 붙들고 있었군요. 송구합니다."

"아닙니다."

"조심히 들어가십시오. 참, 생일 축하드립니다. 오늘은 영 그른 것 같
으니 선물은 건국기념 축일 때 드리기로 하죠."

하고 정중히 인사를 건네는 젊은 독수리께서는 의외로 속이 후련해
보였다. 나는 그에게 감사 인사를 건넨 뒤 집으로 향했다.

"어어째서 네놈이 우리 집에 기웃거리는 거야아아!"

우리 뿔난 망아지 둘째 아드님의 노여움에 가득 찬 포효 소리가 쩌렁
쩌렁 울리고 있었다. 기막혀 하는 나와는 달리, 저 격렬한 환영 인사의
대상이 된 침입자께서는 거품을 문 채 날뛰는 뻘건 사자 새끼를 완벽하
게 외면해 버리며 내게 인사를 건넸다.

"생일 축하드립니다."

"으응, 오랜만이네. 멋지게 탔구나."

제레미야 허구한 날 붙어 다닌다지만, 나로서는 노라와 근 반년 만에
마주하는 참이었다. 그리고 오랜만에 본 노라는 이제 더는 어릴 적의 모

습을 찾아볼 수 없을 정도로 자라 있었다. 새삼 낯설게 느껴지는 건 그쪽도 마찬가지인지 나를 물끄러미 응시하는 푸른 눈동자가 이상야릇한 빛으로 반짝거렸다. 큥, 네놈들이라면 몰라도 난 변한 거 없는데.

아무튼 어릴 때는 마냥 거칠면서도 안쓰러운 강아지 같았던 소년은 이제는 범접하기도 어려운 야성적인 분위기의 청년이 되어 있었다. 키도 엄청나게 커 버려서 제레미랑 둘이 이러고 나란히 서 있으니 지레 겁이 날 지경이다. 뭔가 태양의 기사와 어둠의 암살자의 조합 같은…… 큼큼. 이런, 내가 무슨 생각을.

"아, 왜 저놈이 여기 있냐고오오! 난 쟤 싫어! 슈리, 나 저 시커먼 놈 싫다고! 저놈 빨리 쫓아내!"

"난 그러는 네 태도가 더 싫구나."

내가 잠시 잠깐의 망설임도 없이 쏘아붙이자 엘리아스는 당장에라도 석궁을 들고 와 쏴 버릴 기세로 날뛰다 말고 일순 충격을 받은 낯짝이 되어 얼어붙고 말았다. 독기가 싹 가신 녹색 눈동자가 지진이라도 일어난 듯 속절없이 흔들리기 시작했다. 쯧쯧, 그러게 왜 손님한테 행패를 부리고 난리냐고. 그런데 어째서 우리의 기사님들까지 동공에 지진을 일으키고 있는 것처럼 보일까?

어쨌든 그런 식으로 오래간만에 내가 좋아하는 요리로만 특별히 엄선된 저녁 만찬을 앞에 두고 다들 빙그르 둘러앉는 가운데, 우리의 꼬마 아가씨가 가장 먼저 내게 선물을 내밀며 입을 열었다.

"생일 축하해, 엄마. 이건 내가 그린 그림이야. 열심히 그렸으니까 소중히 간직……"

"레이첼 네가 그려 봤자 다 거기서 거기겠지! 생일 선물로 허구한 날 그려 대는 그림이 다 뭐냐?"

"아, 진짜 작은오빠 좀 닥치고 가만히 있으라고! 나가 죽어버려!"

"영애께서 그림에 재능이 있나 보군요. 멋집니다."

젊은 늑대가 푸른 눈을 내리깔며 느긋하게 내뱉은 저 찬사에, 레이첼은 좋은 분위기만 되면 꼭 초를 치는 데에 남다른 일가견이 있는 엘리아스를 향해 포크를 집어 던지려다 말고 언제 그랬냐는 듯 쑥스럽게 웃기 시작했다.

"재능이 있다기보다는…… 후훗, 그냥 취미죠, 뭐."

"저도 한때는 유화에 취미가 있었죠. 다 지나간 얘기지만."

"와, 네놈이 그런 취미도 있었냐? 영 상상이 안 가는데."

"어렸을 때 얘기라고. 예술은 폭발이라는 얄궂은 현실을 머지않아 깨닫게 되지만 않았어도……."

"폭발이라면 너네 꼰대 얘기겠군."

"정확히 그래."

제레미와 노라가 저런 식으로 지엄하신 대공작을 능멸하는 동안 이번엔 레온이 내게 선물을 건넸다. 하얀 여름 장미 다발과 총 5장짜리 편지였다. 오호, 편지라, 왠지 작년의 교환 일기 사건이 떠오르는 건 기분 탓일까?

"하여간 유치해서는. 생일 선물로 편지 쪼가리가 다 뭐냐?"

"아 씨, 그러는 작은형은 뭐 얼마나 대단한 거 준비했다고 그래?!"

"적어도 네놈 같은 숏다리와는 비교도 안 될 거다! 자, 이게 바로 내 선물이라고!"

의기양양하게 외쳐 보인 엘리아스가 내게 건넨 것은 웬 투박한 종이에 싸인 네모난 물체였다. 보아하니 딱 책인 것 같았는데, 저 망둥이 같은 놈이 웬일로 이런 고상한 선물을 다 생각해 냈나 싶어 곧바로 포장을 뜯던 나는 다음 순간 머리를 갸웃하게 되었다.

"표지가 특이하네. 제목도 없고, 빨간 표지는 처음 보는데……."

우당탕탕!

장내가 삽시간에 소란스러워진 것은 그때였다. 엘리아스가 뭐라도 잘 못 먹은 것처럼 의자에서 떨어져 내리고 제레미가 몸을 벌떡 일으켰다! 쌍둥이는 비명을 내질렀으며, 노라는 가타부타 말도 없이 내 손에 들린 책을 낚아채 갔다. 이게 갑자기 웬…….

"엘리아스으으으!"

"아, 아냐, 아냐! 그런 거 아니라고! 내가 헷갈려서 준 게 분명해애!"

"그걸 지금 변명이라고 지껄이냐?! 너 이 새끼 이리 와. 이리 안 와?!"

"아아악! 진짜 실수라니…… *끄*아아아악! 실수라고오오오!"

엘리아스가 제레미의 쇳덩이 같은 주먹으로 신나게 두들겨 맞는 동안 나는 멍한 시선을 돌려서 노라 쪽을 바라보았다. 노라로 말할 것 같으면 그 정체 모를 붉은 표지의 책을 한 손으로 펼쳐 들여다보며 의미심장하 기 짝이 없는 웃음을 흘리는 중이었다. 이것들이 뭐라도 잘못 먹었나?

"그게 도대체 뭐니?"

"한정판 도색 서적입니다."

……지금 내 표정이 어떤 상태인지는 잘 모르겠다만 아마 오늘 아침 의 주방장 씨와 비슷하지 않을까. 과연 우리 둘째 아드님이다. 세상 어 느 미친 녀석이 의붓어머니에게 도색 서적을 선물로 줄 수가 있는지 심 히 궁금하다.

물론 헷갈려서 그랬다는 변명이 아주 납득이 안 가는 건 아니지만, 그 렇다 쳐도 왜 그딴 걸 주문했냐고! 아무래도 당분간 용돈을 끊어버려 야겠…….

"그런데 너희 모두 그걸 어떻게 알았니? 표지만 보고?"

"……."

"엄마, 작은형 또 나갔어."

여차여차 소란스러운 저녁 만찬이 끝난 뒤, 하녀들에게 차를 내오라 지시한 다음 두 청년이 있는 응접실로 향하는 참에 레온이 내게 와서 속삭인 말이었다. 나는 절로 멈칫하며 미간을 찡그렸다.

"대체 언제…… 이번엔 또 누구랑 만난다니?"

"나도 몰라. 근데 엄마, 작은형 또 금화 챙겨서 나갔는데 아무래도 데이트하러 가는 것 같진 않았어."

……환장할 지경이군. 차라리 여염집 영애랑 밀회하러 나간 거면 그나마 나으련만, 설마 진짜 요즘 그런 취미에까지 맛들린 건 아니겠지?

처음 엘리아스가 저녁 시간마다 말도 없이 외출했을 적에 나는 그가 단순히 데이트하러 나간 줄 알았다. 요즘 놈이 그런 쪽으로 워낙 발달해 버렸으니까 말이다…….

하지만 우리의 꼬마 지식인 레온이 짚어준 단서에 따르면 아무리 봐도 데이트하러 나간 낌새가 아니었다. 본인에게 직접 추궁했을 때 엘리아스는 단연 절대 아니라고 잡아뗐었다. 절대 아니라고, 단지 데이트하러 가는 것뿐이라고. 그럼에도 계속해서 미심쩍은 촉이 드는 건 어쩔 수가 없었다.

근래 들어 영식들 틈에서 유행한다는 카드 게임 열풍. 설마 엘리아스가 그쪽에까지 발을 들였을까?

혹시나 싶어 기사들에게 몰래 뒤를 밟으라고 시켜놓았으나 어떻게 알았는지 매번 잘도 따돌리고 사라진다는 거였다. 도박에 관해서라면 이미 내 아버지와 관련된 지긋지긋한 기억이 있는 만큼 전전긍긍해 미치겠는 노릇이었다. 대체 왜 안 하던 짓들을 자꾸……. 후우, 이걸 제레미한테 말해야 하나 말아야 하나. 일단 확실해지기 전까지는 보류하기로 했다마는, 진짜 그런 거라면 조금 두들겨 맞는 걸로 끝나지 않을 텐데.

그런 복잡한 생각을 곱씹으며 응접실에 들어섰을 때 제레미와 노라는 소파에 긴 다리를 뻗고 앉아 실로 사이좋게 으르렁대고 있었다. 거참, 저 둘이 저만큼 친해질 줄 누가 상상이나 했을까?

"역시 검술 대회가 제일 기대되는데. 우승자야 이미 명백하지만……."

"그러니까 네놈이 패할 거라는 사실이 명백하다 이 말이지?"

"아니, 네놈이 나한테 패할 거라는 사실이 명백하다는 의미다, 똥강아지야."

"꼭 네놈처럼 거들먹대는 놈들이 경선에서 제일 먼저 나가떨어진다는 거 알고는 있냐."

4년 주기로 개최되는 건국기념제의 꽃은 단연 검술 대회라 할 수 있겠다. 모든 남성의 로망인 동시에 여성의 로망이기도 한 올해의 검술 대회의 결말이 어찌 되는지 나는 아주 잘 알고 있었다. 외국 방문객들까지 호흡을 겨우 가누며 환호를 내지르게 만들었던 그 결투의 끝을. 흐음, 벌써부터 우승 자리를 놓고 의기양양하게 으르렁대는 두 놈을 보고 있자니 입이 근질근질하구나.

"너희는 즐겁겠구나. 난 벌써부터 머리가 아픈걸."

반쯤 장난스러운 기분에 슬쩍 던진 것뿐인데 두 놈 모두 서로를 향해 느물대다 말고 동시에 정색하며 나를 쳐다보았다. 모양도 색깔도 전혀 다른 두 쌍의 눈동자가 말끄러미 쳐다보는 꼴을 보고 있자니 괜스레 민망해졌다. 뭔가 내가 산통을 다 깨버린 것 같은데?

"왜 머리가 아파?"

"아니, 내 말은 그러니까 최대 규모의 행사잖아. 이런저런 사람들 상대할 생각을 하자니 벌써부터 골치가 아프다는 거야."

그렇고말고. 보기 싫은 이런저런 인사들과 어쩔 수 없이 마주해야만 하는 건 둘째 치고 올해는 엘리아스가 2황자에게 주먹을 날린 바로 그 해 아닌가. 참 사건 사고 많은 해였는데……. 설마 이번에도 또 그런 일이 일어나지는 않겠지?

묵묵히 내 표정을 살피는 듯하던 제레미가 대뜸 또 무슨 장난기가 발동한 건지 실실 웃기 시작한 것은 그때였다. 그는 내 손을 잡고 끌어당겨서 손등에 입을 맞추더니 예의 그 느물거리는 어조로 말했다.

"이건 어때? 널 괴롭히는 인간들을 내가 전부 없애 버리는 거야. 그리고 이 똥강아지한테 전부 뒤집어씌우는 거지. 어떠냐, 똥강아지?"

이 뻔뻔하기 짝이 없는 제안에, 젊은 공자께서는 눈을 가늘게 뜬 채우리를 응시하다 말고 소파 등받이에 긴 팔을 걸치며 더없이 진중하게 고개를 끄덕여 보일 뿐이었다.

"그것참 명예로운 누명이로군. 못 할 것도 없겠지, 네놈이 정말 그 일을 할지는 모르겠다만."

"못 할 건 또 뭐가 있냐? 아, 이왕 하는 거 시체나 뜯어먹는 독수리들까지 싹 물갈이해 버리는 것도 나쁘지 않을 것 같은데."

"황권 교체도 좋고, 이왕 하는 김에 교황청까지 밀고 가지."

"좋네, 우리 둘이서 그렇게 제국을 장악하는 거야. 어때, 슈리? 네가 바란다면 제국 최초의 여제로 만들어 드릴게."

하나는 황금 사자 후작가의 후계자요, 하나는 황후의 인척 되는 공작가 후계자인 주제에 위험천만한 소리를 참 태평하게도 지껄인다. 이것들이 이런 부분에서 뜻이 맞아버리면 안 되는데.

그럼에도 내 입가에는 어느덧 미소가 피어오르고 있었다. 나는 손을 올려 페리도트 목걸이를 만지작거리며 마찬가지로 장난스럽게 대꾸했다.

"나쁘지 않네. 제국 최초라는 타이틀은 내 전유물이니까."

여러 가지 면에서 과거와는 다른 건국기념제가 다가오고 있었다.

여담으로 엘리아스 녀석이 내게 실수로 선물한 빨간 책에 대해 말하자면 아무래도 노라가 가져가 버린 것 같았다. 그걸 왜 가져갔는지는 도통 모르겠다만.

그리고 기념 축일을 하루 앞둔 날 좋은 오후, 뜻밖의 방문객이 나를 찾아왔다. 과거의 내 예비 며느리였던 소녀, 하인리히 공녀였다.

"레몬밤 괜찮아요?"

"네, 감사합니다."

공손히 대답하는 어린 공녀, 아직 열여섯이 채 되기도 전인 오하라 폰 하인리히의 자태는 내 기억과 마찬가지로 흠 하나 잡을 데가 없었다. 사소한 몸놀림 하나하나에도 절도가 깃들었다고 해야 하나. 더불어서 우아하게 땋아 올린 백금발, 서늘한 눈매의 보라색 눈동자와 같은 색깔의 최신 유행 드레스 등 과연 수도 제일 미녀로 불릴 영애다운 모습이라 해야겠다.

……그래도 내 눈에는 우리 레이첼이 훨씬 더 예쁘지만. 에헴.

내가 그녀를 탐색하는 동안 오하라 역시 공손한 듯하면서도 예리한 눈빛으로 나를 탐색하고 있었다. 내가 기억하는 모습 그대로 말이다.

지금 와서 생각해 보면 그녀는 언제나 내게 최대한 예우를 갖추고 대했지만 그다지 기꺼워하지는 않았던 것 같다. 그때의 내 평판을 고려해 보면 당연한 일이긴 했다. 다만 레이첼과도 사이가 그다지 좋지 못했는데, 레이첼 쪽에서 번번이 예비 올케를 싫어하는 티를 대놓고 냈기 때문이다.

어쨌든 오늘날 이 시점 오하라가 뭘 바라고 날 찾아온 건지는 뻔한 일인데…….

"갑자기 방문해서 죄송합니다."

"괜찮아요. 참, 보내준 책갈피는 잘 받았어요. 독특한 디자인이더군요."

"마음에 드셨다니 다행이에요. 저어, 제가 오늘 이리 찾아뵌 것은 부인께 부탁드리고 싶은 것이 있어서랍니다."

이건 좀 예상치 못했던 소리라고 해야겠다. 부탁이라니? 설마 이 도도한 아가씨가 여기서 대놓고 혼약을 부탁하려는 작정은 아니겠…….

"부인께서 제 예법 스승이 되어주셨으면 해요."

아하, 그런 거로구먼. 나는 찻잔을 내려놓고는 의자 등받이에 몸을 기대었다. 내 얼굴을 탐색하듯 뚫어져라 응시하는 보라색 시선이 슬슬 부담스럽게 느껴지고 있었다.

"내가 공녀를 가르칠 만한 부분은 없는 것 같은데요? 내가 공녀에게 우리 딸을 부탁한다면 모를까."

"부담을 드리려는 의미는 아니었어요. 전 단지…… 그런 식으로나마 부인과 좀 더 가까워지고 싶어서요."

"부담이라기보다는 의외라고 해야겠네요. 공녀 같은 영애가 뭣 때문에 나 같은 지루한 부인과 가까워지려는 걸까요?"

"이미 알고 계시잖아요."

냉큼 대답한 그녀가 이어 눈꼬리를 살포시 접으며 살가운 웃음을 만들어 냈다. 참으로 뭇 남성의 가슴을 설레게 만들 만한 웃음이었으나 나는 여성에겐 관심이 없었다. 암, 그렇고말고! 그래도 퍽 귀엽다고는 해 줘야겠다.

"좋아요, 공녀. 허심탄회하게 말해보죠. 공녀라면 이미 좋은 혼처가 널리고 널렸을 텐데 어째서 굳이 우리 가문과의 결속을 원하는 건가요? 아니면 순전히 공작님의 의지일 뿐인가요?"

살다 살다 내가 오하라를 앞에 두고 이런 식의 직설적인 화법을 쓰는 날이 올 줄이야. 예전에는 어째서 이 아가씨가 그토록 어렵게 느껴졌던 걸까?

반응을 살피기 위해 눈을 슬쩍 드니, 공녀의 해사한 얼굴에는 내가 미처 예기치 못했던 붉은 홍조가 피어오르고 있었다. 오호라?

"제 의지도 들어가 있습니다. 노이반슈타인과의 결속을 원하는 가문이 널렸다는 사실은 저도 알고 있어요. 이런 식으로 먼저 나서는 건 레이디답지 못한 일이라는 것도요. 하지만 사자 굴의 일원이 되려면 그만큼 남들과는 다른 각오를 보여야 하지 않을까요?"

되바라지다 할 수 있을 만큼 자신감에 찬 어투였다. 마치 어떤 책에서 읽은 그럴싸한 글귀를 읊는 듯한 어조랄까. 흠, 확실히 예전엔 이 아가씨가 이토록 풋풋하게 느껴지지 않았는데. 그때의 나를 보던 다른 어른들도 지금의 나와 비슷한 심정이었을까?

"딱히 엄청난 각오까지는 필요하지 않다고 생각하는데요. 누가 들으면 우리 가문이 진정 야수 소굴인 줄 알겠어요."

쓴웃음을 삼키며 부드럽게 대꾸하자 자신만만하던 보라색 눈망울이 일순 주춤한 것 같았다. 그것참, 이 맛에 귀부인들이 어린 영애들 놀리는 취미를 들이는 걸까?

같은 공작가일지언정 하인리히와 뉘른베르의 위상이 다르듯, 작위의 높낮이에 따라 무조건 위세가 비례하는 것 또한 아니었다. 노이반슈타인은 후작가이지만 본디 그 위엄만큼은 하인리히 공작가와 맞먹는 수준이었다. 나아가 재무적인 측면과 사병들의 수를 따졌을 때 노이반슈타인을 능가하는 가문은 뉘른베르 정도라 할 수 있겠다.

"저는 그런 의미가……."

"자, 솔직하게 대답해 봐요. 공녀는 자신이 우리 제레미를 감당할 수 있다고 믿나요?"

"저는 암표범이에요. 능히 감당하고도 남을 거라 믿어요."

단호하고도 자부심이 넘치는 목소리였다. 내가 바라던 식의 대답은 아니라고 해야겠다.

"내 말의 의미는 그 애의 마음을 붙들어놓을 자신이 있냐는 거였어요. 하인리히 공녀, 난 우리 아이 중 누구도 애정 없는 정략혼의 제물이 되기를 바라지 않거든요. 그건 아마 공녀의 아버지 되시는 분도 마찬가지겠죠."

오하라는 잠시 예의 그 탐색하는 듯한 눈빛으로 나를 살피나 싶더니, 이어 묘한 의구심이 깃든 음성으로 질문했다.

"제가 아드님의 마음을 움직인다면, 그때는 우리의 혼약을 흔쾌히 승낙해 주실 건가요?"

"왜, 내가 개인적인 욕심 때문에 로맨스 소설에나 나올 헛된 핑계를 대는 것 같나요? 아니면 자신이 없는 건가요?"

"천만의 말씀이에요, 그런 불온한 의미가 아니라……."

"두 사람의 마음이 통하기만 한다면 바로 결혼식을 올리게끔 만들어 주겠어요. 공녀도 알다시피, 내가 앉아 있는 자리는 무척이나 피곤하거 든요."

잠시 침묵이 흘렀다. 자존심이 상한 건지 아니면 벌써부터 둘의 결혼 식을 상상이라도 하는 건지 귓가를 붉게 물들인 채 눈을 굴리던 오하라 가 다시금 입을 열었다.

"부인께서 약조를 지키시기만 한다면…… 저어, 그의 취향은 어떻 게 되나요?"

"그건 공녀 스스로 알아내야 할 문제 아닐까요."

"그렇지만 부인께서는 자제분들과 드물게 가까운 사이시잖아요. 예 비 며느리가 될 영애에게 조언해 주실 만한 것 없나요?"

아무래도 이 아가씨의 머릿속에선 진작 결혼식까지 다 끝난 모양이 다. 정말이지 내가 제레미의 여자 취향에 대해 뭘 알겠는가? 과거에도 기껏 혼사 정해 줬더니만 일일이 잔소리하기 전까진 꽃 하나 안 보낸 도 무지 낭만이라곤 조금도 없는 놈인데 말이다.

휴, 엘리아스는 그쪽으로 너무 발달해서 탈이고 제레미는 너무 관심 이 없어서 탈이라니. 하여 나는 재차 쓴웃음을 지으며 최대한 상냥하게 대답했다.

"내 아들의 연애 취향은 내 권한 밖의 일이라서요."

"기다리시게들, 아리따운 레이디들이여! 이 몸이 오늘 밤 그대들의 심장을 달굴 터이니!"

……이쯤이면 익숙해질 법도 됐건만 절로 한숨이 새어 나오는 건 어쩔 수가 없다.

일찌감치 일어나 벌써부터 온통 번쩍번쩍하게 빼입은 것도 모자라 어깨에 장식용 활까지 걸친 둘째 아들내미가 저런 식으로 쇼를 벌이는 동안 나는 비교적 천천히 준비를 했다. 분명 연회에 참석하러 가는 길인데 어째서 전투에 임하는 사령관 같은 비장한 기분이 이는 건지 모르겠다. 반쯤 술에 취한 듯 멍한 기분으로 오늘을 위해 준비한 화려한 연분홍색 드레스를 입고 머리 단장까지 다 마쳤을 때쯤 제레미가 나를 데리러 왔다.

"거울아, 거울아, 세상에서 누가 제일 예쁘냐, 뭐 이런 거라도 하는 중이냐? 왜 이렇게 오래 걸려?"

"그래, 맞아. 사실 그러는 중이었어."

"그래서 거울이 뭐라는데?"

"내가 제국 최고의 미인이 되려면 우리 딸내미를 없애야 한대."

"거울 씨가 눈이 삐었나 보네."

내가 아름답게 보이려고 최선을 다했다면, 참으로 불공평하게도 잘난 혈통을 타고난 큰아드님께서는 오늘따라 유독 더 화려해 보였다. 황금색과 주홍색으로 포인트를 준 새 제복 탓일지도 몰랐다. 오늘 연회에서 만날 영애들의 새가슴에 미리부터 명복을 빌어줘야겠다. 정인을 강탈당할 위기에 처할 영식들에게도.

"표정이 안 좋아 보이시는데. 또 무슨 고민 있어?"

"아니. 그냥 엘리가 대체 어쩌다 저 지경이 되었는지 궁금해져서."

"신경 쓰지 마. 다른 허튼짓하는 것보다는 차라리 저 지랄 떠는 편이 낫지."

……그, 그거 왠지 심히 찔리는 발언이로구나. 그래, 차라리 저렇게 황도 제일의 바람둥이로 악명을 떨치는 데에만 맛들렸다면 그나마 나을 터다. 만에 하나 혹시…….

"슈리, 나한테 뭐 말 안 한 거 있어?"

하여간 이놈은 둔해 터진 것 같으면서도 은근히 눈치 하나는 죽여준 단 말이야. 나는 황급히 머리를 가로젓고는 되는대로 아무렇게나 말을 돌렸다.

"그건 아니고. 제레미, 너는 어때? 따로 만나는 사람 같은 거 없어?"

이에 제레미는 팔짱을 끼고 서서 금빛 머리를 약간 기울이나 싶더니 대뜸 눈살을 찌푸려 보이는 것이었다.

"글쎄, 아직까진 여인보다는 검이 더 좋은걸. 근데 그건 갑자기 왜?"

"아니, 뭐, 네가 혹시라도 마음에 둔 사람 있으면 미리부터 혼약을 정 해 두는 것도 나쁘지 않을 것……."

"누가 뭐라고 하디? 네가 의붓자식들 혼처도 안 알아봐 준다고?"

……직접 뭐라고 한 건 아니다만 그런 말이 아예 안 나오는 건 아니리 라. 혼약을 정해 준 과거에도 저놈이 결혼을 미뤄 대는 게 다 내 탓이라 는 소리가 나온 마당이었으니 말이다.

"그런 건 아닌데…… 난 네가 원하는 상대랑 맺어졌으면 좋겠거든. 너 를 두고 쏟아지는 혼담이 어디 한둘이니."

"내가 영원히 결혼하지 않겠다면 어쩔래?"

"넌 차기 가주잖아."

"그런 건 엘리아스 놈한테 줘버리지, 뭐."

끔찍한 소리를 참 태평하게도 지껄인다. 차라리 쌍둥이한테 주고 말지! 내가 고개를 절레절레 흔들며 미소를 짓는 동안 제레미 역시 암녹색 눈동자를 짓궂게 반짝이며 키들거렸다.

"슈리, 우리가 아닌 남들이 떠드는 소리에는 신경 쓰지 마."

페리도트 목걸이와 최대한 비슷하게 맞춘 에메랄드 귀걸이를 만지작대던 내 손길이 문득 멈칫했다. 그도 그럴 것이 저 말은 바로 언젠가 내가 아이들에게 한 소리였으니까.

"신경 쓰지 않아…… 단지 너희한테 화살이 돌아갈까 봐 걱정되는 것뿐이라고."

"누가 화살을 쏴 댄다는 거야? 말만 해."

문가에서 물러나 내 곁에 다가온 제레미가 그 커다란 손으로 내 손을 그러쥐며 짐짓 장난스럽게 물었다. 맞잡은 손에서 전해져 오는 따스한 온기에 어쩐지 안심이 되어서, 나는 마찬가지로 장난스럽게 대꾸했다.

"말하면 어쩌게?"

"내가 제일 잘하는 거, 전부 다리를 찢어…… 큼큼, 없애 버리면 되지."

"그런 식으로 대응했다간 순식간에 사방이 적이 될 거야."

"되라고 해. 세상에 우리만 남을 때까지 전부 없애 버리면 되겠네. 뭐, 그럼 진정한 사자의 시대가 도래하고 우린 천하를 호령하게 되겠지. 자, 이제 그놈의 결혼 얘기는 두 번 다시 꺼내지 말자고. 아무래도 내가 속임수에 넘어간 것 같아. 안 될 말이지, 마더 슈리, 절대 안 될 말이라고요."

4년 주기로 개최되는 제국의 건국기념 축제인 만큼 각 수교국의 인사들 역시 화려한 사신단을 이끌고 연회에 참석한 상태였다. 사파비국의 알리 파샤 왕자를 비롯해 튜튼 왕국의 왕자 왕녀들이 이국적인 자태들을 뽐내며 제국민들의 시선을 사로잡고 있었다.

그와중에 등장하자마자 그 시선들을 모조리 강탈해 버린 존재가 있다면 단연 우리 가족이었다. 황금색으로 맞춘 드레스와 정장 차림의 쌍둥이, 장식용 활을 들고 새 검은 정장을 입은 엘리아스, 근래 들어 떠오르는 태양 격인 노이반슈타인의 사자 되시는 제레미까지. 크흑, 뿌듯하기 그지없구나.

연회장 입구에 도착하자마자 우리 사자 새끼들을 향해 남녀노소 가리지 않고 쏟아지는 저 동경과 질시 어린 시선들을 보라. 물론 이것들의 아리따운 외양 뒤에 숨겨진 본모습을 안다면 다들 기겁하겠지만, 뭐 어때랴. 요헨, 보고 있어요? 당신이 남겨 준 아이들이 벌써 이만큼 자랐답니다.

"휘유, 꽃밭 천지로세."

"작은오빠, 제발 천박하게 굴지 좀 마."

"아, 왜? 뭐가 천박하다고 그래? 넌 왜 맨날 나한테만 그러냐?"

……정신연령도 좀 빨리 자라 준다면 더 바랄 게 없겠군요. 에휴, 저 망나니 같은 둘째 놈을 어쩐다?

"여, 일찍 왔네, 똥강아지?"

"네놈이 느린 거다. 레이디 노이반슈타인?"

한 손에 술잔을 든 채 우리 쪽으로 다가온 뉘른베르의 젊은 늑대께서 내게 정중히 인사를 건네는 동안 사람들의 시선은 우리에게서 떨어질 줄 모르다 못해 못이 박힌 것처럼 보였다.

오늘 노라는 푸른색과 검은색으로 포인트를 준 제복 차림을 하고 있었는데, 절친과 극명한 대비를 이루는 한편 극렬한 야성미를 풍기는 통에 주변에 모인 여성분들의 심장에 영 좋지 않아 보였다.

끼리끼리 논다던가? 이 두 사이좋은 라이벌이 나란히 붙어 다닐수록 뭇 영애들의 가슴은 들썩거리다 못해 새카맣게 타버릴 텐데. 뭐 눈은 즐겁구나.

새삼 흐뭇해하고 있는 나와는 달리 우리의 엘리아스는 영 흐뭇하지 못한 것처럼 보였다.

"네놈은 왜 맨날 가는 데마다 있냐?"

"내가 있는 곳마다 네놈이 나타나는 거 아닐까. 혹시나 싶어 미리 일러 두자면 난 남색에는 관심 없다."

"이 시커먼 놈이 뭐라는 거야?! 아, 형은 대체 왜 이딴 놈하고 어울리는 거냐고?!"

"사람 사귀는 문제에 관하여 네 조언은 그다지 받고 싶지 않구나, 멍청한 아우 놈아. 근데 너네 부모님은 어디 계시냐?"

"남의 부모님 안부 함부로 묻는 거 아니다."

"아하. 미안."

"아, 난 이놈 싫다고오!"

"어쩌라고."

무슨 대화가 저 지경인진 모르겠다만 아무튼 그럭저럭 화기애애한 만담이 오가는 가운데, 저만치서 한 무리의 영애에게 둘러싸인 채 도도하게 부채질을 하던 하인리히 공녀가 반갑다는 듯한 미소를 지으며 내 쪽으로 다가왔다. 화려하게 풀어 내린 곱슬거리는 백금발은 윤기가 흘러넘쳤고, 발그레 상기된 얼굴은 막 피어난 튤립처럼 풋풋하고 싱그러워 보였다.

"레이디 노이반슈타인."

"하인리히 공녀. 드레스 멋지네요."

"감사합니다. 부인께서도 만만치 않으세……."

우아하게 말을 잇던 그녀가 불쑥 밀쳐지기라도 한 것처럼 한쪽으로 기우뚱하기 시작한 것은 그때였다. 정확히 표현하자면 드레스 자락이라도 밟은 것처럼 갑작스레 비틀거리다가, 제레미와 노라와 엘리아스가 사이좋게 으르렁대는 지점의 정중앙으로 돌진하다시피 하며 쓰러졌다!

"어머머……!"

"꺄아악!"

쿵!

털푸덕!

잠시 정적이 있었다. 내가 팔을 반쯤 뻗은 채로 입을 벌리고 얼어붙은 가운데, 실로 경이로운 순발력으로 잽싸게 뒤로 물러난 세 남자가 이제 눈을 끔벅이며 엉뚱하게 내 쪽을 바라보았다. 그와 동시에 내 좌우에 나란히 서서 현장을 지켜보던 쌍둥이가 참으로 사악한 웃음을 터뜨리기 시작했다.

"푸하하하하!"

"아하하하! 오빠들 좀 받아주지 그랬어! 푸하하!"

화려한 금제 바닥과 격하게 포옹한 영애에 대한 배려는 안중에도 없는 저 현란한 폭소에, 마찬가지로 여기저기서 킥킥 하는 비웃음 소리가 울리기 시작한 것은 당연한 수순이었다. 하여 나는 치미는 동정심을 금치 못하는 표정을 하고서 바닥에 쓰러진 과거의 예비 며느리를 바라봐 주었다.

하여간 매정한 것들 같으니. 두 놈은 기사에다 한 놈은 천하의 바람둥이인데 어째서 이런 면에 대한 배려심이 전혀 없을까?

"공녀, 괜찮아요? 다친 데는 없어요?"

다행히 수도 제일의 미소녀께서는 크게 다친 곳은 없는 것처럼 보였다. 대신에 얼굴이 온통 새빨갛게 물든 채 후다닥 일어나 사라지는 모양새가 영 안쓰럽기 짝이 없었다.

"아, 진짜 웃겨…… 푸크크크큭!"

쌍둥이가 아직까지 배를 잡고 낄낄대는 가운데 나는 허리에 손을 얹고서 배려심이라곤 개나 준 놈들을 노려보았다. 그러자마자 세 놈 모두 실로 순진무구하기 짝이 없어 뵈는 표정으로 눈을 동그랗게 떠 보이는 것이었다. 얼씨구?

"좀 받아주면 어디가 덧나니?"

"내가 왜? 그런 건 꼴에 기사인 형이 해야지."

"무슨 소리냐. 레이디의 몸에 함부로 손을 대는 건 기사도에 어긋나는 짓이다. 그렇지, 친우여?"

"암, 참된 기사라면 힘을 아껴야 하는 법이라지. 우리가 잘못 손댔다가 박살이 나버린 게 어디 한둘도 아니고……."

……그것참 논리적으로 일리 있는 변명들이군. 반박할 수가 없다.

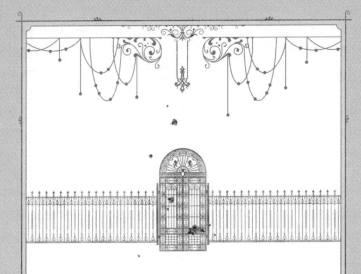

비하인드 스토리

어떤 동화의 결말 (2)

창밖으로 보이는 먹구름이 잔뜩 낀 하늘은 온통 우중충해서 마치 이 자리에 모인 인물들의 현 심정을 대변해 주고 있는 듯했다. 그도 그럴 것이 몇 달 전부터 고대해 왔던 세기의 축제가 삽시간에 사상 유례없는 균열의 씨앗이 되어버렸으니까.

언제나 가십거리를 찾아 떠드는 일을 소소한 일상의 낙으로 삼던 사람들조차 이번 일에 대해서만큼은 섣불리 왈가왈부할 엄두를 내지 못할 지경이었다. 아마 제국 역사상 최초일 것이다. 문자 그대로 축복이 넘치는 결혼식 한복판에서 신랑이 신부의 목을 조르는 초유의 사태가 벌어진 것 말이다. 만일 사건 발생 당시 신랑의 바로 곁에 있던 소공작이 끼어들지 않았더라면, 하루 안에 제국의 고귀한 여인이 둘씩이나 변사하는 기록이 세워졌을지도 모를 일이었다.

"……그래서 결혼 따위 아무래도 좋다 이건가? 그 주장의 무게에 대해 경이 얼마나 인지하고 있는지 실로 의문스럽기 짝이 없군."

말을 하고 있는 사람은 험악하다 못해 서슬이 퍼런 표정을 짓고 있는 황제, 막시밀리안 폰 바덴 비스마르크였다. 사냥감을 노리고 달려드는 맹금류의 그것처럼 표효한 금색 눈동자가 이글이글 타오르는 동시에 뭐라 형언하기 힘든 연민의 빛을 머금은 채 금발의 청년을 응시하고 있었다.

접견실에 모인 이는 총 세 사람, 황제를 포함하여 그의 처남 되는 알브레히트 폰 뉘른베른 공작, 그리고 이 모든 사태의 중심에 있는 제레미 폰 노이반슈타인 소후작이었다. 아니, 이제는 후작이라고 해야 할까?

"시신을…… 확인하고 싶습니다."

장장 반 시간가량이나 한 마디도 없이 묵묵히 입을 다물고 있던 청년이 마침내 중얼거리듯 내뱉은 소리였다. 이에 침통하다 못해 참담한 얼굴을 하고서 파이프를 물고 있던 공작이 머리를 가로저으며 저지에 나섰다.

"경, 경의 모친은 끔찍하게 살해되었다고 하네. 생전의 고왔던 모습을 그대로 간직하는 편이 나을 것이야. 경에게도, 고인에게도."

청년은 대꾸하지 않았다. 언제나 짓궂은 활기와 젊음으로 반짝거렸던 암녹색 눈동자가 황폐하리만치 황량하고 어둡게 가라앉아 있었다. 반면에 무릎 위에 얹어 둔 손은 보이지 않는 무언가를 으스러져라 움켜쥐는 듯 주먹을 꽉 쥐고 있다. 어찌나 세게 쥐었는지 손마디 아래로 핏줄이 불거져 나올 정도였다. 그때 황제가 다시 입을 열었다.

"경의 모친은 후작저를 떠나기 전에 경을 위해 인장과 상속장을 두고 갔네. 혼인이 완벽하게 성사되었다고 보기 애매한 상황이니 경이 진정 파기를 원한다면 그리 진행하는 것도 어렵진 않아. 오히려 짐에게는 잘 된 일이라고 봐야겠지."

"……."

"……경의 부친이 어째서 그러한 유언장을 남겼다고 보는가? 짐이 정녕 고인의 뜻을 거스르면서까지 황금 사자를 고스란히 독차지해야 하겠나? 저 세상에서 친우의 얼굴을 어찌 보라고?"

"편법이 아주 없는 것은 아닙니다, 폐하."

"편법? 그게 도대체 뭔가, 친애하는 처남이여?"

신랄함이 가득한 황제의 물음에 공작은 침통한 눈빛과 극명한 대조를 이루는 사무적인 음성으로 설명에 들어갔다.

"'전 가주의 유지' 말입니다. 현시점에서 전 가주는 요혜너스가 아니라 슈리 폰 노이반슈타인으로 적용됩니다. 결혼식이 진행되기 전에 장남에게 인장과 상속장을 남기고 떠났으니, 그것을 그녀의 의지로 치고 존중하는 식으로 일을 틀 수 있습니다. 제국법상 전 가주의 유지 존중권은 있어도 전전 가주의 유지에 대한 전통은 존재하지 않으니 말입니다."

수년 전 그녀의 가주권을 지켜주는 데에 큰 역할을 했던 전 가주의 유지 법이 이젠 그녀 자신에게 적용되어 그 의붓자식에게 이어지고 있었다. 이 얼마나 아이러니한 일인가.

물론 공작이 앞서 덧붙였던 대로 일종의 편법에 속하는 수작이었다. 그럼에도 상당히 그럴싸한 수작이었다. 그물망처럼 얽힌 법도를 이리저리 틀어서 입맛대로 탈출구를 찾는 수단은 권모술수에 능한 뉘른베르 가문다운 처세였다.

"그게 정말 통할 거라 생각하는가?"

"못 할 것도 없지 않습니까. 나아가 모친을 죽음으로 몰아가는 데 큰 기여를 한 여인과 평생 함께 살라니 너무 가혹한 처사라 사료됩니다."

"누가 평생 데리고 살라던가? 적절한 시기에 이혼해 버리면 되지 않은

가. 하여간 다들 어찌 그리 융통성이 없는지 원……."

혀를 끌끌 차는 황제의 말에도 일리가 있긴 했다. 그러나 적어도 공작의 생각에는, 진정 이대로 결혼이 성립된다면 조만간 노이반슈타인 후작저에서 새신부가 시체로 발견되었다는 소식이 들려올지도 모를 일이었다. 당장 저 젊은 기사만 해도 순간 이성을 잃고서 그 모든 사람이 보는 앞에서 신부의 목을 조르지 않았던가.

그 밑으로 줄줄이 이어진 사나운 남매들은 또 어떤가. 온 후작저가 이를 갈고 있는 마당이니 어리석은 신부 하나 죽어 나가도 전혀 이상하지 않을 판이었다.

굳이 그런 식의 끔찍한 시댁살이를 안겨 주지 않아도 문제의 신부는 충분히 나락으로 떨어진 참이었다. 이번 혼인이 성립되지 않는다 한들 앞으로 괜찮은 혼처 자리 구하기는 영원히 글렀으니까. 결혼하다 말게 된 것도 모자라 남편이 될 뻔한 남자한테 목이 졸리는 지경까지 간 여자다. 그 원인에 대해 아는 이들은 이 자리에 모인 두 사람을 포함해 극소수뿐이었으나, 감추려 들수록 꼬리에 꼬리를 물고 퍼져 가는 것이 바로 추측성 소문이었다. 더군다나 하인리히 가문은 여식 하나뿐이다. 멀쩡한 데릴사위 들이기는 영 곤란하게 되었으니 한동안 골치 좀 아플 것이었다.

그런 생각을 곱씹으며 재차 청년 쪽으로 시선을 주던 공작은 다음 순간 저도 모르게 흠칫했다. 멍한 듯 황량한 눈길로 바닥만 바라보는 듯했던 청년이 이제 무표정한 얼굴로 아버지뻘의 중년들을 골똘히 응시하고 있었던 것이다.

착 가라앉은 암녹색 눈동자에 어수선하게 깃든 가늠하기도 어려운 난폭함에 공작은 일순 모골이 송연해지는 기분에 사로잡혔다.

"그래서…… 제 어머니를 죽인 배후는 정확히 누구랍니까."

공작은 파이프에서 입을 떼고 황제를 쳐다보았다. 황제로 말할 것 같으면 손을 들어 턱수염을 매만지는 태평한 태도를 취함으로써 자신이 느끼고 있는 동요를 감추고 있었다.

"밝혀지는 즉시 경이 가장 먼저 알게 될 걸세. 스트라이페 측에서 온 힘을 다해 수사에 착수 중이니 오래 걸리진 않을 것이야. 짐작 가는 자들이…… 한둘은 아니겠지만, 결과가 나올 때까지 섣부른 행동은 자제하게. 그리고 보니 이번 일에 공작의 아들이 큰 역할을 해주었더군."

비텔스바흐를 빠져나가는 산맥 부근에서 발생한 이번 사건이 스트라이페 대원의 눈에 가장 먼저 띄었다는 사실이 천운이라면 천운이었다. 그러지 않았더라면 배후가 누가 됐든 바라던 대로 산적들의 습격에 인한 불운한 사고로 흐지부지 매듭지어졌을 테니까 말이다.

피습당한 상대는 후작 부인과 더불어 그녀를 호위하던 노이반슈타인의 기사들이었다. 산적들의 수의 우열은 둘째 치고라도 미심쩍은 구석이 한두 가지가 아니었다. 만약 정말로 누군가가 배후에 있다면, 그 시각에 그녀가 그곳을 지나갈 것을 어떻게 짐작했는지 역시 문제의 관건 중 하나였다.


보지 않는 편이 나을 거라던 공작의 조언이 무색하게도, 제레미는 북쪽 탑에 있는 스트라이페의 관할실로 발걸음을 옮기는 중이었다. 뭐에 홀린 것 같은 멍한 표정을 하고서 걸음을 옮기는 그의 곁에는 막내 남동생 레온이 따라붙어 있었다. 혼자 간다고 그렇게 일렀는데도 귓등으로 흘리며 부득불 따라붙은 자태가 과연 한 핏줄다운 행각이라 해야겠다.

제레미는 '레이첼하고 엘리아스는, 걔들은 어쩌고 있어' 따위의 말을 던지는 대신 묵묵히 어두운 지하 복도를 걸어 내려갔다. 곧이어 그의 앞길을 가로막은 이는 다름 아닌 결혼식에 친히 행차해서 비극을 알려준 장본인이자, 그의 평생의 숙적인 사내였다.

"여긴 개나 소나 드나드는 장소가 아닌데."

상대가 누구인지 뻔히 알면서도 내뱉는 저 비아냥거림에 제레미 역시 마찬가지로 한 치도 다르지 않은 빈정대는 투로 대꾸했다.

"난 네놈이 아니라 내 어머니를 만나러 온 것뿐이다."

"어머니?"

이죽거리듯 상대의 말을 되풀이한 사내가 팔짱을 끼고서 그를 빤히 마주 응시했다. 어둡고 퀴퀴한 지하 구역의 공기 속에서 짙푸른 눈동자가 서늘하게 빛을 발하고 있었다.

"참 신기하단 말이야. 썩어 가는 고깃덩어리나 다를 바 없는 시체 따위를 왜들 확인하지 못해서 안달일까?"

쿵!

"형!"

레온의 애탄 외침이 무색하게도, 제레미는 이미 한 손으로 공자의 멱살을 틀어쥔 채 벽으로 힘껏 밀어붙이고 있었다. 이글이글 타오르기 시작한 녹색 눈동자와 대조적으로 정작 멱살이 잡힌 사내의 푸른 눈은 한 치의 흔들림도 없이 건조하기 짝이 없었다.

"왜, 내 말이 틀렸나?"

여전히 신랄하다 못해 비웃음이 가득한 음성이었다. 그리고 제레미는 어째서인지 갑자기 분노가 순식간에 사그라들어 버리는 듯한 감각에 사로잡혔다.

하, 하는 허탈한 웃음이 그의 입에서 새어 나왔다.

"스트라이페에 들어가기만 하면 다 네놈처럼 되냐?"

"글쎄, 모르지. 다른 놈들은 어떨는지."

"네놈은…… 고인에 대한 경의도 없나 보지? 망자의 시신에 대고 그따위로 지껄이게?"

"꼭 뒤가 구린 놈들이 네놈처럼 발끈하더라고. 너도 아주 잘 알 텐데? 사람이 죽고 나면 남는 건 썩어 가는 고깃덩어리뿐이라는걸. 이미 혼 떠난 시체 껴안고 애석해하면 뭐가 달라져? 시체에 대고 경의를 표하고 눈물지으면 죽은 사람이 돌아오냐?"

묘하게 골수를 들쑤시는 듯한 일침이었다. 제레미는 그만 손을 풀고는 뒤로 한 걸음 물러섰다. 그는 자타공인 라이벌 되는 상대에 대해 제대로 안 적이 한 번도 없었지만, 지금 이 순간 어째서 이 공자의 평판이 그토록 험악하다 못해 끔찍한지 알 것 같았다.

적어도 제레미가 아는 여타 스트라이페 대원들은 이 정도로 망자에게 무감각하게 굴지는 않았다. 철저히 황제의 명만 받드는 비밀경찰 조직이라지만 그래도 전원 기사 출신인 만큼 나름대로 명예와 기사도는 갖추고 있다 이거다.

그런데 눈앞의 이 녀석은 명예고 도덕심이고 안중에도 없는 것처럼 보였다.

잠시 살얼음판 같은 침묵이 흘렀다.

서로를 물끄러미 노려보는 두 라이벌 사이의 침묵은 마침내 늑대 쪽에서 입면서 끝이 났다.

"아직 시신 조사가 다 끝나지 않은 마당이거든. 아무리 유족이라 해도 섣불리 보여줄 순 없지. 내가 너라면, 여기서 이런 식으로 허송세월 낭비하는 대신에 너네 집안 사용인들부터 족쳐 볼 텐데. 너희 의붓어머니 되시는 분의 죽음을 바랐던 자가 어디 한둘이냐?"

"네가⋯⋯."

"물론, 네 녀석 중 하나가 범인이 아니라는 가정하에 말이지."

파란 얼음 같은 눈동자에 일순 섬찟한 무언가가 번득인 것 같았다. 이에 제레미는 평소처럼 곧장 욱하는 대신 절로 인상을 찌푸리게 되었다.

"우리 중 하나⋯⋯?"

"진정한 수사의 핵심은 어느 누구도 용의 선상에서 제외하지 않는 거다. 너네라고 다를 거 같냐? 이 모든 게 네놈의 자작극일 가능성도 농후하다고 보는데."

실로 기가 막히다 못해 어처구니가 없는 발언이었다. 그와 동시에 참으로 그럴싸한 논리이기도 했다. 피가 끓는 대신 되레 더 차갑게 식어버리는 기분이랄까. 그런 감각에 사로잡힌 채 제레미는 이제 문자 그대로 정이 다 떨어진 표정을 하고서 이를 악물었다.

"혀 놀리는 수준만큼 행동력도 뛰어난지 궁금해지는군. 좋아, 그럼 그대로 힘껏 수사에 착수하시라고, 스트라이페 나리. 단 이따위로 잘도 나불거려 놓고 아무런 단서도 찾지 못한다면, 그때는 네놈이 가장 먼저 죽게 될 거다."

웬만한 사람이었으면 벌써 다리가 풀려 버렸을 무시무시한 경고였음에도 불구하고 젊은 공자의 얼굴에는 조소만이 피어오를 뿐이었다. 제레미는 그대로 몸을 돌려서 그 뻔뻔한 낯짝을 뒤로한 채 이 지긋지긋한 장소를 빠져나갔다.

그렇게 집으로, 언제나 기다리고 있던 누군가가 더는 없는 집으로 향하는 내내 이상하리만치 무감각하고 무심한 기분마저 들었다.

그에게 조심스레 말을 건네는 동생의 음성도, 마차의 바퀴가 굴러가는 소리도, 말들의 발굽 소리도 아득하리만치 멀게 느껴졌다. 그 와중에 생생하게 느껴지는 게 있다면 오로지 한 손안에 꼭 쥐고 있는 페리도트 브로치의 감각뿐이었다.

배후가 누가 됐든 그들의 계모가 끔찍하게 살해됐다는 것만큼은 너무도 확실했다. 그리고 제레미는 그 배후를 파헤치고 싶었다. 아니, 파헤쳐야만 했다.

가장 먼저 떠오른 용의자는 그들의 친척들이었다. 그다음에는 그 친척들과 관련된 또 다른 인물들, 혹은 슈리의 친정 쪽 인물일지도 몰랐다. 어쩌면 문제의 하인리히 공작가도 얽혀 있는지도 몰랐다.

정말이지 누가 그녀를 죽였을까?

사람들은 그를 두고 세상의 본질을 꿰뚫어 보는 기사라고 떠들어 댔다. 하지만 지금 그는 무언가를 꿰뚫어 보기는커녕 뭘 어떻게 시작해야 할지 갈피조차 잡지 못하고 있었다. 이 순간 그가 느끼고 있는 감각이 있다면 오로지 단 하나, 공허함뿐이었다.

뉘른베르 공자가 한 말이 옳았다. 이미 혼이 떠난 시체를 앞에 두고 슬픔에 젖어 보았자 더는 무슨 소용이 있을까? 무슨 말을 하든 그녀는 더는 그의 목소리를 들을 수 없을 터였다. 어떤 사과도, 어떤 감사 인사도, 어떤 고백도 더는 아무런 소용없는 헛된 울림에 불과할 것이었다.

이제 와서 그가 배후가 될 만한 인간들을 모조리 죽여 버린다 해도 그녀가 돌아올 수 있을까. 그녀의 죽음에 조금이라도 기여한 모든 이로 하여금 대가를 치르게 만든다 해도 그녀가 다시 살아 돌아올 수 있을까.

그래 봤자 이제는 두 번 다시 볼 수 없다는 걸 알면서도, 무슨 짓을 해도 되돌릴 수 없다는 걸 알면서도 잔혹한 충동이 아가리를 벌린 채

쉴 틈 없이 덮쳐 오고 있었다.

제레미는 탄식을 삼키며 손을 들고 머리를 싸쥐었다. 가슴이 쇠사슬에 얽힌 듯 바짝 조여 오며 숨통을 틀어막는 듯한 고통이 시작되었다. 그녀가 이런 식으로 그들을 떠날 수 있으리라곤 단 한 번도 상상해 보지 못했다. 마치 동화 속 세상에 사는 어린아이처럼, 그녀가 영원히 그들 곁에 남아 있으리라는 헛된 착각 속에 사로잡혀 있었던 것이다.

그녀는 죽지도 않을 거라고 믿었던 걸까? 언제나 그렇듯 그 자리에 그렇게 있을 거라고, 그 미소도, 눈물도, 잔소리하는 목소리도 언제까지나 남아 있을 거라고 믿었던 걸까? 지금 이 순간에도 그 목소리가 이토록 귓가에 생생한데……

"아, 진짜, 아무 데나 다리 올리고 앉지 말라고 몇 번을 말하니?"

"제발 성급하게 굴지 좀 말라니까. 그러니까 툭하면 뭐 깜박하고 덜렁대는 거야."

제레미는 정말이지 '만약'을 운운하고 싶지 않았다. 아니, 만약이라는 생각 자체를 하고 싶지 않았다. 하지만 정말로 만약에, 그가 결혼식 전날 밤 곧장 그녀를 찾아갔더라면, 모든 오해를 풀어주기 위해 대화를 시도했더라면 그녀가 그들을 떠나는 일은 발생하지 않았을지도 몰랐다.

하지만 그는 그러지 않았다. 언제나 그랬듯, 쑥스럽고 뭐가 그리 어색했는지, 혹은 그녀 앞에만 서면 어설픈 바보 같아지는 자신이 싫어서, 마지막 기회조차 날려 버렸다.

그리고 그녀는 떠났다. 이제 남은 것이라곤 오로지…… 그가 언젠가 누이동생과 했던 약속뿐이었다. 그 약속을 이행하는 것 역시 한발 늦어지게 되어버렸지만, 아무것도 하지 않는 것보다는 나을 터였다.

질식하는 듯한 탄식이 그의 악문 이 사이로 새어 나왔다. 거의 신음에 가까웠다. 물기 어린 암녹색 눈동자 속에서 겁에 질린 어린 소년이 벌벌 떨며 울고 있었다. 비명을 지르고 있었다.

사람들은 내가 진실을 꿰뚫어 볼 줄 안다고 떠들곤 해. 언제나 답을 알고 있다고, 두려울 것이 아무것도 없는 진정한 사자라고. 하지만 이제는 아무것도 바로 볼 수 없어. 뭘 어떻게 해야 할지 아무것도 모르겠어.

나는 뭘 어떻게 하면 좋지? 내가 뭘 어떻게 하면 돼? 슈리, 어디 있어?

"수고 많았네, 공자. 경이 아니었다면 이대로 종결되어 버렸을 테지. 수사권은 전부 경에게 위임할 테니 좀 더 애써 주게."

황제의 침통한 음성은 단순히 옛 친우의 후처의 죽음을 슬퍼한다기보다는 보다 개인적인 감정이 섞여 있는 것처럼 느껴졌다. 그것은 좀처럼 어울리지 않는 참담한 얼굴을 하고서 파이프를 연거푸 피워 대는 공작도 마찬가지였다.

그리고 그의 고숙과 부친이 어째서 이런 비슷한 반응을 보이는가에 대해서 노라 폰 뉘른베르는 아주 잘 알고 있었다.

"힘써 배후를 밝히겠습니다. 맡겨 주십시오."

나직하게 흘러나온 음성은 자신의 귀로 듣기에도 냉랭하고 사무적이기 짝이 없었다. 최근 들어 언제나 그렇듯, 자신과 가장 가까운 관계라 할 수 있는 두 어른이 비통해하고 있거나 말거나 그는 별 관심이 없었다.

"노라."

조용히 물러가려는 찰나 그의 부친이 문득 그의 발걸음을 붙들었다. 노라는 접견실의 출구로 다가가다 말고 몸을 약간 돌려서 왜 그러냐는 표정으로 공작을 물끄러미 쳐다보았다.

"……집에도 한번 들르거라. 네 어머니가 네 걱정을 많이 하더구나."

아, 그렇단 말인가. 노라는 황제가 저런 표정으로 자신을 쳐다보지 말았으면 좋겠다는 생각을 하면서 아버지의 얼굴을 똑바로 마주 보았다. 어딘가 씁쓸하고도 안타까운 눈빛을 하고 있는 아버지 쪽과는 달리 아들 쪽의 눈동자는 한 점의 온기도 없이 냉랭했다. 모양도 색깔도 같은 눈임에도 그토록 달라 보일 수가 없었다.

"제가 집에 기웃거릴수록 걱정이 배가 되실 텐데요. 전 여기서 아버지와 종종 마주치는 것만으로도 충분합니다만."

"노라……."

"그냥 이대로 쭉 유지하는 편이 서로에게도 더 좋을 것 같습니다. 그럼 전 이만."

공작이 다음으로 하려던 말이 무엇이든 간에, 그것은 뒤도 돌아보지 않고 그대로 걸음을 옮기는 공자의 만행에 의해 그대로 막혀 버렸다. 황제가 어설프게 헛기침을 하기 시작했음은 두말할 것도 없었다.

한편, 아무래도 나이가 들어서 저 지경이 된 모양이라고 생각하며 접견실을 빠져나온 노라는 다음 순간 또 다른 예기치 못한 인물과 마주해야 했다. 정확히 말하자면 황급히 그의 곁으로 다가온 어떤 영애의 가느다란 목소리가 그의 발걸음을 일순 붙들었다.

"저어, 공자……."

이번엔 또 뭔가 싶어 곧장 곁을 돌아본 노라의 시야에 들어온 인물은 다름 아닌 이번 사건의 핵심에 있는 하인리히 공녀였다. 무언가를 탄원하러 온 건지 아니면 하인리히 공작을 따라온 건지, 단출한 드레스 위에 스카프를 둘둘 감은 차림으로 그를 붙든 공녀는 뺨에 홍조를 띤 채 우물쭈물거리고 있었다.

"뭡니까."

"저어…… 다름이 아니라, 그때 절 구해주신 것에 감사를 표하고 싶어서요. 어떻게 보답할 방법이 있을까 싶어서……."

수줍게 말꼬리를 늘인 여인이 내리깐 속눈썹 아래로 보라색 눈을 힐긋 굴려 그의 표정을 살폈다. 이 뻔한 행위에 노라는 머리를 약간 기울이다 말고 씨익 미소를 지었다.

"뭣 때문에 내가 영애를 구한 것이라고 생각하는 겁니까?"

"예? 아, 하지만……."

"뭐, 이해합니다. 결혼 취소 위기에다 앞으로 웬만한 혼처 구하기는 그르셨을 테니…… 영애에게 반한 것이 분명해 보이는 공자를 물고 늘어지시는 것도 무리가 아니죠."

아무래도 정곡을 제대로 찌른 모양이었다. 주춤하며 물러선 공녀가 얼굴을 붉게 물들이며 눈을 깜박이기 시작했다.

"저는 그저……."

"공녀 같은 가녀린 분께서 저 같은 놈을 감당하시긴 어려울 텐데요. 자신 있으시면 한번 시험해 보는 것도 나쁘지 않겠죠."

느긋하게 읊조리는 푸른 눈동자가 어둡게 번득이며 여인의 머리 꼭대기부터 발끝까지 천천히 훑기 시작했다. 순간적으로 소름이 쫙 끼치는 느낌에 오하라는 저도 모르게 뒷걸음질을 쳤다. 그녀가 의도했던 게임에서 상대가 이 정도로 동물적인 매력을 강하게 발산할 줄 예상치 못했던 것이 불찰이었다.

"행동거지를 조심하십시오, 공녀. 안 그래도 평판이 바닥을 치는 중 아닙니까."

냉소로 가득 찬 비아냥거림을 마지막으로 노라는 하얗게 질린 채 어정쩡하게 굳어 있는 여인으로부터 몸을 돌렸다. 하여간 착각들 하고는.

확실히, 그 혼례식장에서 갑자기 뭐에 �씐 것처럼 눈이 돌아가 신부의 목을 조르기 시작한 제레미를 저지한 이는 노라가 맞았다. 단 그 행동이 기사도라든가, 명예라든가 하는 보편적인 이유에서 기인한 것은 결코 아니었다. 그때 노라는 반쯤 이성을 잃은 사자의 팔을 붙잡으며 이렇게 말했었다.

*"넌 그럴 자격 없어."*

그랬다. 그걸 알려주기 위해 붙들었던 것뿐이었다. 어리석은 공녀 하나쯤 불명예스럽게 죽든 말든 그가 알 바가 아니었다. 그는 단지 상대에게 그걸 깨닫게 해주고 싶었을 뿐이었다. 너희는 그렇게 분노할 자격이 없다고 말이다.

노라 폰 뉘른베르 공자가 어렸을 시절, 세상 전체가 동화 나라같이 느껴지던 어린아이였을 때, 그의 집을 방문한 사촌 형이 선반 위를 장식하고 있던 파이프를 피우다가 깨뜨려 버린 적이 있었다.

그게 얼마나 중요한 물건이었는지는 잘 기억나지 않았다. 기억나는 거라곤 때마침 옆에서 목검을 가지고 놀고 있던 그에게 잘못을 뒤집어씌우던 사촌 형의 비겁한 모습과, 그의 어깨를 붙들고 눈을 들여다보며 재차 다그치던 아버지의 매서운 모습뿐이었다.

*"네가 그런 것이 아니라고? 증인이 바로 곁에 있는데 아니라고? 태자 전하께서 거짓말을 하고 계신다는 거냐?"*

연거푸 쏟아지는 냉엄한 질문에 그는 무작정 아니라고 외치며 도리질을 했었다. 그리고 그때 평생 처음으로 아버지한테 뺨을 얻어맞았다. 어쩌면 별일 아니라고 여길 수도 있었다. 어렸을 때 일인데 뭐가 그리 대수냐고.

문제는 그의 사촌 형이자 제국의 황태자 되는 인간의 수작질이 그 한 번에 그치지 않았다는 거였다.

테오발트 황태자는 어릴 때부터 우아함과 선량함의 표본 같은 사람이었다. 겉보기에는 그랬다는 얘기다. 처음 몇 번은 노라 자신조차 내가 뭔가 오해한 게 아닐까 진지하게 고민했을 정도이니.

어릴 때부터 그토록 믿고 따랐던 사촌 형이 은연중에 자신과 부친 사이를 이간질하고 있다는 사실을 깨달았을 때쯤엔 이미 그들 사이의 신뢰는 박살이 나 있었다. 그리고 그의 엄격한 아버지가 제일 못 참아주는 문제가 바로 거짓말이었다. 어느 순간부터 노라는 친족들 틈에서 구제 불능의 철부지에 입만 열면 남 핑계나 일삼는 골칫덩이 소년이 되어 있었다. 나름대로 오해를 풀어보려 노력해 보았으나 한번 낙인이 찍힌 뒤론 무슨 짓을 하든 더 악화되기만 했다. 그나마 희망이 있는 이는 그의 모친이었으나, 워낙 병약하고 심약한 사람이라 그에게 큰 도움이 되어주진 못했다.

실로 암울하고도 괴로운 소년기였다. 어떻게 보면 세상 누구보다도 그의 편이 되어줘야 할 사람들이 그에게 등을 돌린 거나 마찬가지였으니까. 아버지의 혹독한 훈육보다, 어머니의 소심한 대처보다 더 상처가 되었던 것은 바로 그 사실이었다. 정작 그를 낳은 사람들이 그를 믿어주지 않는데, 어느 누가 진심으로 그의 편이 되어줄 수 있을까?

그래서 노라는 연회가 싫었다. 연회뿐만 아니라 모든 공식 행사가 싫었다. 그 자리에서 아무렇지도 않은 화기애애한 가족의 모습을 연출하는 일도, 무엇보다 틈만 나면 나타나 교묘하게 그를 깎아내리는 사촌 형과 마주하는 것이 제일 싫었다. 하지만 그런 티를 대놓고 내면 낼수록 피를 보는 건 자신뿐이었다.

그러던 어느 날, 그가 열네 살 무렵의 어느 성탄축일 날이었다. 그때 그는 전날 더는 참지 못하고 아버지와 크게 한바탕하려다가 되레 실컷 매타작을 당한 뒤 홀로 집에 남겨진 참이었다. 연회야 원래 싫어했던 참이니 잘된 일이었으나, 이렇게 된 거 아버지를 크게 골탕 먹여 주겠다는 유치한 심보로 뒤늦게 황궁 연회장으로 향했다. 한쪽 뺨을 뒤덮은 울긋불긋한 피멍을 가릴 생각도 하지 않고 말이다.

하나 막상 도착하고 나니 좀 겁이 나서 연회장 입구를 기웃거리며 한동안 망설이기만 했다. 소년다운 호승심으로 오긴 왔으나 막상 오고 보니 괜스레 후회가 드는 것이었다. 창피하기도 했고. 그래서 그냥 다시 돌아가려던 참에, 연회장 입구에서 좀 떨어진 한적한 정원에 홀로 서 있는 어떤 여자를 보았다.

여인은 뭣 때문인지 혼자 나와 울고 있었다. 길게 풀어 내린 연분홍색 머리카락 위로 하얀 눈이 내려앉고, 창백한 뺨이 찬바람을 맞아 빨갛게 물들었는데도 춥지도 않은지 그 자리에 서서 울고 있었다. 그리고 그는 그렇게 생긴 여자애는 처음 보았기에 반쯤 호기심에 젖어 저도 모르게 그쪽으로 다가갔다.

*"왜 울고 있어?"*

신기한 일이었다. 그가 말을 걸자마자 뭐가 그리 서러운지 혼자 숨죽여 흐느끼던 여인이 곧장 눈물을 뚝 그쳤다. 그러고는 빠르게 손수건을 꺼내 눈물을 훔치며 그를 향해 미소를 짓는 것이었다.

*"우는 거 아니란다. 네 부모님은 어디 계시니?"*

이상한 말투였다. 아무리 봐도 그 또래로 보이는 여자였는데 말투만 놓고 보면 그의 어머니 연배 같았다. 그가 머뭇거리는 사이 이쪽으로 완전히 돌아선 여자가 젖은 풀빛 눈을 커다랗게 떠 보였다.

*"세상에…… 다친 것 같은데, 괜찮니?"*
*"다친 거 아니야. 넌 왜 우는데?"*

그의 되바라진 반문에, 그녀는 잠깐 멈칫하나 싶더니 어딘가 말갛게 느껴지는 미소를 지었다.

*"그냥, 살다 보면 하기 싫은 일도 해야 할 때가 있잖니. 그래서 그런 거란다. 너는 왜 울고 있니?"*

울고 있어……? 그는 울고 있지 않았다. 등짝이 벗겨지도록 회초리 찜질을 당한 것도 모자라서 몇 시간이나 무릎 꿇고 앉아 있어야 했던 어젯

밤이라면 몰라도, 지금은 아니었다. 그런데 왜 저런 소리를 하는 걸까?

*"난 우는 짓 같은 거 안 하거든? 내가 진짜 관심 있는 일 아니면 쓸데없이 눈물 짜는 짓거리 안 한다고."*

퉁명스럽게 쏘아붙이는 찰나 차갑고 부드러운 손길이 그의 피멍이 진 뺨에 와 닿았다. 전혀 예기치 못했던 행동이라, 그는 자기도 모르게 그 손을 뿌리치며 한 걸음 뒤로 물러섰다.

*"뭐, 뭐 하는 거야……?"*

그녀는 여전히 미소 띤 얼굴로 그를 바라볼 뿐이었고, 그래서 그는 정말로 우는 게 아니라고 말하려 했다. 하지만 그때 하필이면 안쪽에서 튀어나온 웬 인형 같은 금발의 소녀 하나가 우렁찬 목소리로 그들의 조우를 방해했다.

*"아, 가짜 엄마, 큰오빠가 찾는다니까아!"*
*"이런, 미안하구나."*
*"진짜 귀찮아 죽겠다고!"*

투덜대며 앞장서는 금발의 소녀를 조용히 뒤따르는 여인의 뒷모습을 그는 한참이나 물끄러미 바라보고 있었다. 머지않아 노라는 그때 만난 여자가 '가짜 엄마'라고 불린 이유가 무엇인지, 그리고 그녀의 말투가 왜 그렇게 이상했는지 알게 되었다.

노이반슈타인 후작저의 임시 가주이자 죽은 전 후작의 후처. 남편이 죽은 지 한 달 만에 애인들을 들여앉힌 것도 모자라 자식들의 친척까지 전부 내쫓은 노이반슈타인 성의 마녀, 철혈의 미망인. 참으로 굉장한 별명들의 소유자였다, 그녀는.

그럼에도 노라는 그가 그때 우연히 만났던 여인이, 연회장을 빠져나와 홀로 쓸쓸히 울고 있던 여인이 세간의 소문대로 악독하고 탐욕스러운 마녀라고는 믿을 수가 없었다.

그러기에 그녀는 너무도 슬프고…… 달콤해 보였다. 그리고 그가 여태껏 봐 온 어떤 영애도 그녀만큼 예쁘지는 않았다.

어쩌면 그녀 역시 그처럼 지독한 오해에 시달리고 있는 것이 아닐까, 그가 어디에도 털어놓을 곳이 없어 혼자 예배당에 숨어들어 울었듯이 그녀 역시 그런 것이 아니었을까 하는 생각. 물론 단순히 외모에 혹한 소년의 기만적인 추측에 불과할 수도 있었으나 그때 보았던 그녀의 모습, 그리고 그녀의 의붓자식들이 그녀를 대하는 모습을 관찰하면서 그 추측은 점점 확신으로 굳어 갔다.

아이러니하게도 거기에는 그의 아버지가 어머니에게 지나가듯 뱉은 말도 한몫했다.


*"가여운 사람이지. 요헨 그 친구가 참 못할 짓을 하고 갔어."*


아, 그랬다. 그의 아버지는 노이반슈타인 후작 부인에 한하여 상당히 무른 구석이 있었다. 그것은 그의 고숙 되는 황제 역시 마찬가지였다. 다만 그의 고모 엘리자베트 황후는 정확히 반대였는데, 그 이유를 알게 된 건 좀 더 세월이 흐른 뒤, 그가 열여덟 나이로 스트라이페에 자원했을 때 황제의 집무실 벽에 걸린 전 황후의 초상화를 우연히 보았을 때였다.

남작가 출신 영애 주제에 황후의 자리에까지 올랐던 루도비카 황후. 테오발트 황태자의 생모이기도 한 전 황후는 아무래도 소싯적 제국의 핵심 축이나 다름없는 세 사내의 마음을 단단히 사로잡았던 모양이었다. 황제, 뉘른베르 공작, 나아가 노이반슈타인 후작까지.

그런 거였나, 하는 생각이 일었다. 그 여자가 전 황후와 그토록 닮았기에 다들 그런 거였나.

노라는 그녀가, 후작가의 여가주가 안쓰러웠다. 그녀에게 호의적인 이들은 다들 그녀를 통해 다른 누군가를 떠올리고 있었을 뿐이며, 적대적인 사람 역시 마찬가지였다.

어쩌면 그녀를 유일하게 그녀 자체로만 바라봐 줄 이는 그녀에게 딸린 의붓자식들뿐이었는데, 그가 먼발치에서나마 지켜본 바로는 그 의붓자식들이 그녀를 대하는 방식에는 참으로 못돼 먹은 동시에 아이러니한 구석이 있었다. 물론 그가 남의 집 사정을 다 알 수는 없는 노릇이었다. 남들 역시 그의 가족 사정을 알지 못하듯이.

처음 노라가 스트라이페에 자원하겠다고 했을 때 공작은 불같이 진노했었다. 당연히. 하나뿐인 뉘른베르의 후계자가 어느 기사단보다 더 위험하고 가혹하다는 스트라이페에 자원이라니, 반대하는 것도 당연했다.

그럼에도 노라는 몰래 시험을 치렀고, 결국 붙어버렸다. 혈압을 폭발시키기 일보 직전이 된 공작과 달리 황제는 재미있어했다. 사내아이다운 반항의 일종이라 여긴 것인지 어쩐 것인지, 최강의 검술 실력을 보유한 조카가 황제 직속 비밀 경찰대에 들어온 사실을 기꺼워했다.

하지만 노라에게 있어 그건 단순한 반항심의 표출이 아니었다. 그리고 어쩌면 그의 예상보다 더, 제국의 온갖 추잡하고 은밀한 사건들을 담당하는 스트라이페의 업무는 그와 잘 맞았다. 개중 그 무엇보다 가장 그의 흥미를 사로잡았던 일은 바로 노이반슈타인 가문과 관련된 일이었다.

황제와 죽은 전 후작은 젊은 시절 가까운 친우였다 했다. 그래서 그랬던 걸까? 그래서 황제가 죽은 친우의 유지를 지켜주려 자신의 직속 부대에게 그토록 은밀한 지시를 내렸던 것일까? 알 수 없는 노릇이었다.

어쨌든 노라가 그런 식으로 노이반슈타인과 관련된 모든 인물의 과거 행적부터 현재의 동태까지 샅샅이 파악하게 된 건 결코 고의가 아니었다. 업무일 뿐이었으니까. 그 과정에서 어린 시절 잠깐 조우했던 여인의 행적을 새로운 눈으로 살피게 된 것은 덤이었다.

결과적으로 그가 한때나마 확신했던 추측이 맞아떨어졌다고 해야겠다. 그녀가 그간 행해 온 모든 일 뒤에는 세간에 알려지면 골치 아플 진실들이 속속히 숨겨져 있었다. 가령 불법으로 용병을 고용한 일이라든가.

묘한 연민과 동질감이 이는 동시에 신기한 마음도 일었다. 신기한 일, 아니, 신기한 사람이었다. 친자식도 아닌 데다 나이 차이도 얼마 나지 않는 의붓자식들을 위해 이렇게까지 할 수가 있다니.

그러는 한편으론 그 의붓자식들을 향한 냉소적인 기분이 피어올랐다. 만약 그녀 같은 사람이 그의 가족이었다면, 그는 결코 그녀를 그런 식으로 대하지 않았을 거였다. 그녀가 손가락질을 받도록 내버려 두지 않았을 거였다.

그의 아버지와 그의 어머니가 그에게 그녀와 같은 애정을 반만이라도 보여줬더라면 그는 지금쯤 제국 최고의 효자가 되고도 남았을 거였다.

어떤 일이 있어도 자신의 편이 되어줄 사람을 바로 곁에 두고도 모르는 것들이라니, 얼마나 한심하고도 가엾은가.

때마침 사파비발 스파이들을 색출하는 시기라 다행이었다. 비텔스바흐를 빠져나가는 마지막 관로, 아로프 산맥에서 발생한 사고가 그토록 빨리 발견된 것은 소수 정예의 스트라이페 대원들이 인근에 잠복 중이었기에 가능한 일이었다.

사자의 발톱들이라고 자부심 넘치던 수행 기사들의 시신이 처참하게 널린 골짜기 아래서 부서진 마차가 발견되었다. 마차 안은 텅 비어 있었다. 온 산을 이 잡듯이 수색한 끝에 마침내 폭포 근처에서 발견한 여인의 시신은 사람들의 예상보다 훨씬 더 참혹했다.

대체 무슨 꿍꿍이로 이런 짓을 하고 간 건지, 시신은 처참하게 토막이 나 있었다. 아무래도 신원을 모르게 하려고 수작을 부린 듯했다. 머리도 간신히, 아주 간신히 찾아낼 수 있었다.

노라는 평소처럼 무표정한 얼굴로 대원들에게 지시를 내렸다. 토막 난 시신을 자루 안에 모아 담는 과정에서 반짝이는 물체 하나가 그의 무릎 위로 떨어졌다. 언젠가 마주했던 그녀의 눈동자와 꼭 비슷한 빛깔의 페리도트 브로치였다.

미처 발견하지 못한 걸까? 아니, 아무리 봐도 일개 산적 따위의 소행이 아니었다. 모든 정황이 그리 말하고 있었다.

그는 브로치를 안주머니에 넣고는 시체 꾸러미를 안아 올렸다. 비텔스바흐로 돌아가는 길 내내 그는 평소와 같은 냉랭한 얼굴을 유지한 채 양팔로 꾸러미를 꼭 끌어안고 있었다.

늑대가 기억하는 사자들의 모습은 동화 속의 주인공들처럼 밝고 아름다운 모습들이었다. 찬란한 햇볕을 받으며 서 있는 것이 가장 잘 어울리는 눈부신 아이들. 그들의 속사정이 어찌 됐든, 수도의 모든 사람이 노이반슈타인 자제들을 동경하고 부러워했다.

하지만 그들이 그렇게 있을 수 있도록 만들어준 건 누구인가. 확실한 건, 그녀 역시 살아생전 그만큼이나 고독했을 거라는 거였다. 남부러울 것 없는 자리에 앉아 있으면서도 늘 괴롭고 외로웠던 그처럼.

그럼에도 노라는 감히 그녀와 자신 따위를 비교하는 짓을 할 수는 없었다. 그는 그저 고독하고 비참한, 무리에서 떨어져 나간 비겁한 늑대 한 마리에 불과했으니까. 그 덜떨어진 사자 녀석이 그에게 그토록 정떨어진 표정을 지어 보인 것도 무리가 아니었다.

한때는 그 녀석이 부러웠었다. 지금 역시 다른 의미로 그 녀석이 부러웠다. 제 부친의, 그리고 아름다운 계모의 유지대로 후작 자리에 앉자마자 뭐에 홀린 것처럼 방계 가문들을 박살 내기 시작한 그의 처지가 부러웠다. 제국의 귀한 가문들이 줄줄이 변고를 당하는데도 다들 속수무책인 것이, 그 정도로 압도적인 복수의 칼날을 휘두르고 있는 녀석의 능력과 인망이 부러웠다.

누가 예상이나 했을까? 분명 계모를 원망하고 있어야 마땅할 동화 속 주인공들이 실상은 그 반대의 마음을 품고 있었다는 사실을. 문제가 있다면 다들 너무 늦었다는 것이었다. 그와 그의 부친의 관계처럼, 제대로 바로잡기에는 영영 늦어버렸다.

어째서 다들 잃고 난 뒤에야 회한에 사로잡히는 것일까. 이제 와서 분노에 사로잡힌 그들이 우스웠다. 우스운 동시에 부러웠다. 적어도 그들은 사랑을 받았으니까 말이다. 세상 무엇과도 바꿀 수 없는 따스한 기억이 남아 있을 테니 말이다…… 그와는 다르게.

노라는 단검을 내려놓고는 한 손으로 턱을 매만지기 시작했다. 한 단서를 들추니 다른 단서들이 마치 잘 영근 구황작물의 줄기처럼 줄줄이 딸려 나오고 있었다. 얽힌 사람, 얽힌 세력이 너무도 많았다. 무엇보다 그가 가장 이해할 수 없었던 점은, 어째서 교황청까지 이 일에 얽혀 있는 듯 보이냐는 거였다. 그녀는 이 정도로 사방의 미움을 받고 있었단 말인가? 이렇게 많은 이에게 제물로 점찍혔었단 말인가? 이 사실이 밝혀진다면 현 시국의 운명은 어찌 되려나.

노이반슈타인의 혈기왕성한 사자는 죽은 여인에 대한 그리움으로 반쯤 미쳐 있는 상태였다. 만일 그 망설임 없는 칼날이 교황청에까지 향한다면, 그렇게 된다면 내전은 피할 수가 없게 된다. 이 사실을 황제에게 보고하면 황제는 틀림없이 묻으라 할 것이었다. 어쨌든 그는 황제니까. 죽은 여인에 대한 사적인 안타까움으로 제국을 위기에 빠뜨리진 못할 것이었다.

하지만 황제 대신 분노로 들끓고 있는 사자 굴에 먼저 알리면 어떨까? 꽤 괜찮은 결말이다. 그렇지 않은가? 참 꼴좋게 돌아가는 상황이었다.

노라는 잠시 고개를 들고서 산기슭 주위를 둘러보았다. 어느덧 겨울이 물러가고 따스한 봄이 오고 있었다. 나들이를 가고 승마를 하러 가기 좋은 날씨였다. 그리고 그녀가 이 자리에서 죽은 지 벌써 넉 달이 지났다.

조용한 속삭임이 그의 입술 사이로 새어 나왔다. 거의 기도에 가까운 중얼거림이었다.

"용서하십시오, 레이디 노이반슈타인. 당신이 살아생전 사랑하셨을 그 모든 사람은 파국을 면치 못하게 될 것입니다……."

자기들이 얼마나 축복받았는지 뒤늦게야 깨달은 멍청한 녀석들을 도우려는 마음에서가 아니었다. 지난 몇 달간 날밤을 새워 가며 수사에 매달린 것도 남겨진 그 덜떨어진 사자들을 위해서가 아니었다. 단지······ 그게 그가 할 수 있는 유일한 일이었기 때문이다.

그 옛날 언젠가, 눈 내리는 정원에서 혼자 울던 그녀에게, 그의 눈물을 닦아주었던 유일한 사람에게 그가 바칠 수 있는 유일한 헌사였기 때문이다. 나아가 누구보다도 황가에 충성스러워야 할 위치에 있는 그가 황실의 뒤통수를 치는 모습에 사람들이 어찌 반응할지도 몹시 궁금했다.

남이 보기에는 참으로 악랄하고도 비열한 처사일 수도 있었다. 하지만 그게 바로 그, 노라 폰 뉘른베르크였다.

어쩌다 이렇게 되어버렸을까? 어린 시절의 그는 그저 어떤 누군가의 기사가 되고 싶었을 뿐이었고, 그게 그가 바라던 전부였다.

그럼에도 지금 이 순간, 그는 어린 시절의 꿈과 완전히 반하는 짓을 하려 하고 있었다. 그가 되었어야 할 열정 가득한 정의로운 주인공은 이미 소년 시절의 눈물 속에 녹아 내려간 지 오래였다. 그에게 있어 명예란 유년 시절에 처참히 짓밟힌 것이었으며, 혈연을 향한 애정이나 충성심 따위 역시 마찬가지였다. 그 시절 제단 위에 혼자 꿇어 엎드려 울던 소년은 더는 이 자리에 없었다.

제국을 제물 삼아 의식을 올린다면, 그때는 죽은 이가 살아 돌아올까? 다시 돌아와서 이 모든 잘못된 부분을 바로잡아 줄 수 있을까?

······물론 망상에 불과한 의문이었다.

혹한이 물러간 뒤 불어오는 봄바람은 따스했다. 머지않아 벚꽃이 피기 시작할 터였다. 자신과는 도무지 어울리지 않는 봄의 따스한 햇볕을 머리 위로 느끼며 노라는 올라탄 종마에 박차를 가했다.

모든 것을 하얗게 덮어주던 겨울은 끝났다. 이젠 본격적으로 피바람을 일으킬 시간이었다. 그 과정에서 그의 생명 역시 보장할 수 없는 상황이었으나 아무래도 상관없었다. 그리고 그는 마침내, 언젠가 그녀에게 말했던 그대로 눈물을 흘렸다.

2권에서 계속…